반풍수 세상

반풍수 세상

김원우 에세이

차례

1. 석박사 사태, 양아치 양성책

↓

　심심찮게 신문의 화제로 떠오르는 기사가, 아무개의 학위 논문에 남의 글이 여러 군데나 인용 표시도 없이 제 글인 양 파고 들어앉아 있다고, 이 표절 사태(沙汰/事態)를 재심사 후 학위를 취소하든가, 그에 상당하는 처벌을 부과해야 한다는 고발성 원성이다. 처음에는 표절자를 생매장이라도 시킬 듯이 으르대다가도 대개는 흐지부지 끝나거나, 연구 부적절/부정행위로 간주할 수는 있지만, 검증 시효가 지났으므로 더 제재할 수 없다는 양해에 이르고, 곧 석박사 학위를 그대로 용인하는 선에서 마무리하는 것이 요즘 우리 학계의 통상 관례이다. 명백하게 드러난 대로 그들이 소지하고 있는 허울 좋은 석박사 학위는 개인의 허물에 관대한 우리의 속풍이 떠안긴, 전적으로 가짜 호칭이다. 그 가짜 명패를 이마에 붙이고 학생들을 가르치고, 제자들의 논문 지도로 밥을 빌어먹고, 으스대며 살아가니 이런 블랙 코미디를 언제까지 감상하라는지, 참으로 쓰디쓴 심정이다.

　그 실례로 어느 신문 보도에 따르면, 지난 정권의 법무부 장관으로서 (자의든 타의든) 나라의 여론을 한시적일망정 반반으로 갈라놓으며 대규모 분란을 교사했던 조모 (전직) 교수는 서울대에서 받은 석사 학위 논문에서, (외우기도 쉽게) 123군데나 남의 문장을 도용했고, 역시 번차례로 교육부 장관을 잠시 살았던 김모는 역시 같은 학교의 석사 학위 논문에서 136군데나 날강도질을 저질렀다는 공식적인 발표가 있었다. 참으로 어이없게도 법을 지키는 거야 나중 일이고 법을 가르치는 작자가, 선생들과 학생들에게 모범이 되랍시고 닦달하는 교육 행정의 최고 책임자가 남의 글인 줄 (번연히 알면서도) 제 것인 것처럼 후무렸으니, 이러고도 그 자리에서 부하들을 부릴 수 있는지, 일을 시켜본들 속으로는 '네까짓 게 어쩌다가 임시로 장관을 살지만, 심보는 도둑놈 아닌가, 참 뻔뻔스럽기도 하다' 하고 시뻐할 게 (거의) 틀림없을 것이다.

물론 오래전부터 우리의 교육 체제에서는 출세 제일주의만을 인위적으로 강화하느라고 인성에 윤리의식을 덧입히는 '올바른 인간' 육성에 철저히 미숙했고, 그 결과 온 사회에 철면피가 넘쳐나도록 사주하는 일방, 최고의 지성 운운하며 그들의 소행을 너그럽게 용납하는 분위기가 만연해 있다. 따라서 법무부든 교육부든 그 슬하의 공무원들이 장관을 우습게 볼 리는 만무하고, 밥줄이 걸려서가 아니라 각자의 윤리의식이 반쯤 마비되어 있거나, '다 그렇지 뭐' 하는 총체적인 징벌 무감각증에 빠져 있다고 봐야 할 것이다. 이런 어리벙벙한 집단심성을 걸러내지 않고 법을 자꾸 만들거나 잘 가르치자고 말로만 나불거려봐야 도로아미타불이 되고 마는 것은 늘 봐오는 바 그대로다. (하기야 법을 아무리 정교하게 제정해본들 법망이란 말대로 여러 허점이 있을 수밖에 없으므로 들락거릴수록 커진다는 그 구멍 안팎은 즉각 치외법권 지역이 되고 말아 온갖 송사리들이 준동하는 일대 장관을 펼칠 터이다.)

그런 개탄의 신문 기사를 읽고 난 후, 자칭 성마른 기질의 먹물들 투정은, 도대체 그 번듯한 대학의 선생들은 눈을 어디다 달고 있길래 학생이 도둑질하는 것도 몰라보고, 논문지도는 고사하고 제대로 읽어보지도 않고 학위를 준다는 말인가, 선생이 남의 글인지 학생 글인지 분별도 못한다면 자격 미달자거나 억지로 자리나 지키고 있다는 소리 아닌가 하고 게걸거릴 게 뻔하다. 당장에는 다 맞는 말인 성싶어도 실은 오늘날의 우리 교육 현장을 태반도 모르는 반거들충이의 실없는 비방일 뿐이다. (부질없는 단언이지만, 요즘 우리의 모든 석박사 논문을 엄정한 눈으로 다시 뜯어보면 반 이상이 앞의 그 두 도둑글 자랑을 우습게 볼 지경으로 날림 글의 일대 경연장이거나, 날강도질을 저질러놓고 있으므로 도대체 어디서 훔쳐 온 것인지 알아볼 수도 없는 잡동사니로서 온통 헛소리의 일대 시위장일 게 확실하다.)

차제에 내가 경험한 대로, 그것도 벌써 20여 년 전의 학위 지도와 그 취득의 경과에 따르는 여러 실상과 도둑글의 횡행 현장을 소개하면 대체로 다음과 같다. 물론 내가 담당하고 가르친 학문이 예술의 한 지류여서 요즘처럼 세분화의 극치를 이루는 대학사회의 편제를 그대로 대변한다기에는 다소 무리가 따르고, 논문도 이과/문과의 그것이 워낙 판이해서 한 잣대로 비교할 수는 없다 하더라도 학생과 선생의 위상이 엄연히 다르고, 각자의 직분과 소임이 성별처럼 명확히 정해져 있으므로 그 두 관계에서 주고받을 몫은 명확할 수밖에 없어서, 그 테두리에는 의외로 넘볼 수 없는 두툼한 담장이 세워져 있다. 흔히 간과하나 사제 간에 배우고 가르치는 내용은, 한쪽이 한 발자국 앞서 '알고 있는 게 많다' 라는 이 숙명 때문에 좀 우스꽝스러운 긴장 관계를 조성, 급기야는 하등에 불필요한 백안시와 불화, 심지어는 서로가 투정과 응석, 신경질과 고성까지 내지르는 경우도 허다하다.

↓

이제 지루한 사설은 접어두고 곧바로 사례를 들이댐으로써, 좀 과장하면 우리의 대학 풍토 전반을, 그중에서도 논문의 작성, 통과에 이르

1. 석박사 사태, 양아치 양성책

는 일련의 말썽 많은 통과의례 전반을 좀 천연스레 이해하고 나서, 제발 앞으로는 그 불뚱이 성깔을 자제하는데 이 글이 일조할 수 있기를 바랄 따름이다.

석사든 박사든 그 학점 이수 과정과 학위 취득에 따르는 경과는 대체로 비슷하고(학과에 따라 통합 과정이라고 해서 강의도 함께 듣고 배우는 경우도 흔하다), 논문의 질과 길이가 다소 다르나 그것의 작성, 수정, 통과, 인쇄, 날인에 이르기까지 지도교수와 학생이 나누는 교시와 수용 상의 절차는, 두 사제의 관계가 (통상적인 스승과 제자의 그것처럼) 정상적이라면 대체로 똑같을 수밖에 없다. 박사 학위 논문이 석사의 그것보다 길이가 길므로 참고서적도 많고, 선생의 지도가 상대적으로 좀 더 각별하겠으나, 그 차이는 지식의 전수/이수 시간에 비례한다고 보면 대체로 맞다. (여기서는 석사 학위 논문을 실례로 들어 그 경과를 풀이하는 것이 여러모로 편하고 경제적이다. 각자의 짐작을 펼쳐보면 박사 '사태'에 대한 난맥상도 저절로 드러날 테고, 학력 인플레 현상에 대한 반성도 곁다리로 따라올 듯싶으니까.)

학생들 각자의 향학열에 따라 차이가 아주 심하지만, 2년 또는 3년 동안 석사 과정을 가르치면서 대개의 선생은 전공별로 필독서를 2, 30권쯤 소개, 권독을 '귀에 못이 박이게' 독려하는 것이 통상 관례다. 하지만 마이동풍(馬耳東風)이란 말을 어김없이 실천하려는 듯 책들은 그중 반 이상을 곧장 사서 보란 듯이 지참하고 다니나, 제대로 정색, 정독하는 수강생은 거의 없다. 선생도 군이 그들의 그 과시적 학업 태만에 제재를 가하지 않고 마냥 내버려 둔다. (선생에게는 그럴 시간도 없고, 그런 간섭은 강의 중의 호통에 그쳐야지 사석에서의 충고마저 하등에 쓸데없는 의심을 살 우려도 없지 않아서이다. 이 간단한 선 긋기마저 흐릿하게 매조지는 뭇방치기 같은 교수들도 의외로 많다.) 학위를 따려면 각자가 알아서 자발적으로 면학에 열을 올려야 할 테고, 논문 작성 시기에 단단히 혼을 낼 수 있기 때문이다. 어영부영하다 보면 과목당 학점은 죄다 A나 90점 이상을 받아 이수를 끝내고, 논문 '작성' 때문에 바짝 긴장하는 시기가 닥친다. 그러나 8할 이상의 대학원생들은 말로만 그 걱정을 되뇌면서도 여전히 참고도서와 기본 '텍스트'의 독파에는 한껏 늑장을 부림으로써 엄살꾸러기를 자처한다. 구구한 그 생리를 다 해설하자면 소설을 여러 편 써도 모자라겠으나, 벗쟁이나 판조사의 '지적 허영 부리기'라고 단언하면 얼추 들어맞을 것이다.

그러나저러나 요즘은 공부를 잠시 뒤로 물리고 딴전을 부리기에 안성맞춤인 '제도'가, 곧 시간을 수시로 탕진하도록 재촉하는 물량 공세가 핸드폰, 컴퓨터, 각종 공연/전시회, 모꼬지 등에 자욱하게 쟁여 있으므로 만판이고, 또 여러 가닥으로 얽힌 인간관계가 훼방꾼을 자처하며 개개인의 면학 분위기를 속절없이 갉아먹고 있기도 하다. 그래서 '남'의 도움을 은근히 바라고, 여러 사람의 조언을 듣는다는 구실을 앞세워 잠자코 '정독/속독/다독'에 빠져 지낼 짬을 내물리도록 다그친다. 공부란 다들 알다시피 '혼자' 읽고 쓰면서, 메모로 갈무리할 것과 버릴 것을 터득해가는 일련의 독실한/고독한 사유의 충전작업인데, 건달들처럼 떼를 지어 설치며 똑같은 책을 들고 다니는 허세에 충실한 대학원생이 대다수인 이 엄연한 사회적인 현상은 학력 인플레가 조성한 몰풍경 중의 하나다. 깡패와 운동선수의 변별점은, 한쪽은 다수의 힘을 빌리면서 공연히 남의 일에 나대며 동티나 내는 신바람에 놀아나는가 하면, 다른 한쪽은 제 혼자서 땀을 뻘뻘 흘리며 독자적인 기술/요령을 터득하느라고 혼신의 몰두를 일삼는 그 차이다. 제 실력을 못 갖춘 것들은 (학원가의 과외 수업과 부모의 극성이 보여주는 바대로) '복수/다수'의 힘을 빌려서 소기의 목적을 이루려고 설치는데, 이런 풍조를 보더라도 우리 사회의 전반적인 기율은 건달들의 세계와 일맥상통한다고 해도 과언이 아니다. (무직자들이 설치는 정치판의 생태도 정확하게 건달들의 그 건공잡이 짓거리와 어슷비슷하다.)

　(옳은 실력이 돋보이는) 세칭 '내공'의 축적은 철두철미하게 단수인 '개인'이 자력으로, 심지어는 은사의 충고/지도도 사양하면서 독자적인 세계의 개척, 개안에 매달려야 하는 지적 탐험에 불과하다. 그런 온축이 웬만큼 쌓인 논문 작성자는 우선 '주제어'를 잡는 기량에서 단연 유별나다. 가령 예의 필독서를 찬찬히 메모하며, 장차 요긴하게 써먹을 어휘/문구/문맥을 별도의 공책/머리에 적바림하면서 숙독해가다 보면, 웬만한 대학원생은 저절로 앞으로 작성할 논문의 주제가 어느 순간 퍼뜩 떠오르게 되고, 제2차 자료의 섭렵으로 이어지게 마련이다. 이를테면 염상섭의 특정 장편소설 한두 편에 예제없이 출몰하는 기발한/수상한 '공간'이 왠지 탐독자의 숨 가쁜 독서 열기를 비끄러매더니 좀체로 놓아주지 않는다. 무엇이 씌어서 주위를 휘둘러보면 그 '공간'을 채워주는 관련 서적은 넘쳐날 지경으로 많다. 하릴없이 그 참고서적들을 하나씩 섭렵해가다 보면 의외로 공허한 서술문으로 치렁치렁한 가짜 저작물들도 새삼 눈여겨보게 되며, 실은 그 부실과 우열을 알아보는 눈매는 이제 논문을 쓰고 싶어지는 동기에 불을 붙인다. 그러다가도 '공간'을 함부로 볼 수 없다는 안목이 어느 날 문득 깨달아지고, 그 미지의 신기루가 저 멀리서 가물거리고 있음을 새삼 자각한다. 가령 사적/공적 공간, 개방적/폐쇄적 공간, 장식적/인위적/자연적/상징적/제도적/기계적 공간 따위로 그 개념이 다양하게 나눠진 현실에 적이 놀라게 되는

것이다. 그런 개안/착상의 역량을 어느 텍스트에 적용하자니 기왕의 논문들이 온갖 토를 달아놓은 그 모든 이해, 해석이 도무지 성에 차지 않는다. 성에 차기는커녕 죄다 헛소리임이 개별논문의 가락에 속속들이 묻어 있는 게 빤히 보이는데야 어쩌랴. (모든 지적 연찬은 선행의 성과에 대한 부정, 비판으로 나아가게 되어 있다. 인용과 표절로 얼버무린 논문은 작성자의 주장이 없거나 남의 말로 자기 생각을 피력하려는 꼴이니 애초에 '부정 정신'이 없는 데림추의 잠꼬대일 뿐이다.)

강조하건대 인문학이든 사회과학/자연과학이든 모든 학문은 궁극적으로 선행의 잡다한 온축에 시비를 거는 잔소리 불리기고, 새로운 시각으로, 더불어 비판적 안목으로 기성의 고식적 질서를 극복, 보완하는 경쟁적 눈치싸움이다. (모든 지식은 임시방편적일 수밖에 없다는 기백과 배짱이 학문에 귀의, 면종후언의 근거로 작동하게 되는 것이다.) 어렵게 풀이할 것도 없이 이왕 길에 나섰으면 중도 만나고 소도 보지만, 그것들을 일일이 상대할 이유도, 여유도 없다는 사정이야말로 논문의 태동을 보장하고, 학문의 광활한 대지를 열어놓는다.

주제어 '공간'에 따르는 2차 자료들의 쓸만한 대목/구절들을 염상섭의 대상작=작품=저작물의 내용에 어떻게 덧붙일지를 숙고하다 보면 자기 논문의 속살을 관통하는, 일컬어 일이관지하는 '자의식'이 떠오르게 될 테지만, 그 서술은 전적으로 설명력, 곧 문장력이 감당하게 마련이다. 아무리 '눈이 빠지도록' 해당 텍스트의 면면을 미주알고주알 뜯어본 후, 자잘한 일반성/보편성/공통성을 빼고 나름의 속성/특성을 솎아내서 '열린 공간에서 닫힌 공간으로의 변주'야말로 이 작품의 주조음이고, 이 작가의 작가 의식은 '실제의 그 당대적/현실적 공간에 인위적 장치를 덧대지 않음으로써 나름의 특별한 개연성/여실성을 구축하며,

따라서 여느 작품들의 그 상투적/자동기술적인 환경 묘사와 멀어짐으로써 리얼리즘의 작은 승리를 자축한다'는 결론에 이르렀다고 할지라도 그 일련의 해설은 결국 문장/문맥을 조립해내는 솜씨가 좌우한다.

논문의 질을, 그 성과와 의의를 가름하는 관건은 결국 '자기 문장'인 것이다. 부언컨대 우리의 모든 논문에는 각자의 '자기 문장'이 없어서, 그것을 총찰하는 지도교수들조차 '문장 감각'에는 등한하기 짝이 없어서 도무지 읽히지도 않고, 그 재미없기가 이를 데 없이 맨숭맨숭하다. 이 '문장 부재'가 이어지는 한 잡다한 석박사 논문의 양적 증가는 이렇다 할 의미가 없다고 단정하면 시비를 걸어올 선행의 석학이 과연 몇이나 있을지 나는 물론 알 수 없다. 과격한 비유를 들이대자면 지금 우리 학계는 장차 누구도 거들떠보지도 않을 '논문 쓰레기'의 양산 체제를 탄탄하게 구축하고 있을 뿐이다.

'우열과 선악 일체는 결국 문장력이 가름한다'는 이 재미없는 직언을 에둘러 풀이하면 논문/학문의 성과와 그 부실은 문맥 전반에 고스란히 스며들어 있는 '기이한 무늬'의 피륙 짜기와 같다는 말의 직유이다. 시늉일망정 한껏 기신거리며 제출한 초고 상태의 논문을 (직분상의 성의로) 읽어가다 보면 지도교수의 입에서는 쉴 새 없이 한숨이 터져 나온다. 그럴 수밖에 없는 것이 어떤 논문이라도 무슨 말을 하는지 알아볼 여지조차 안 비치는 '되다 만' 문장으로 환칠이 되어 있어서이다. 글쓰기 훈련을 장장 10여 년 동안의 제도권 교육에서 제대로 못 배운 학생들을 탓할 수도 없으려니와, 그런 자격 미달자가 대학원에서 기어코 공부를 더하려는 욕심, 그 열의를 무작정 허용하는 교육계의 과욕, 전통적인 선비 우대/학벌 중시 세태, 풍요로운 경제적/시간적 여유 같은 우리 사회 전반의 기류 등을 다각적으로 고려하더라도, 이 '문장 실종' 사태는 불가사의하다기보다 단연 '문제적'이다. 대학 강단이 문장 강화로 일관할 수도 없으려니와 대학교수인들 무슨 죄를 지었다고 대학원 수강자 개개인들의 '문장연습'부터 가르치겠는가. 대학 당국이야 교육의 본성상 인내심으로 버틸 수밖에 없다 하더라도 '문장도 안 가르치고 뭐했나'라며 대학교수를 한사코 희생양으로 몰아세우려는 거친 말버릇도 무식자들의 철딱서니 없는 원성에 지나지 않는다.

가끔씩 그런대로 의미가 통하는 두세 문장과 단락이 없기야 할까만, 그것들도 부분적으로나/전체적으로나 일관성 좋은 맥락으로 이어지지는 않아서 바로 잡아주기도 시간 관계상 어렵고 힘들며, 논문 작성자를 불러서 설명하기도 여간 곤혹스럽지 않다. 어쩔 수 없이 지도교수는 틀린 문장, 흔히 오문/비문이라는 엉터리 문장이나마 난외에다 고쳐주곤 하지만, 그런 수정을 웬만큼 쓸어 담은 개고본은 대개 다 앞뒤 논조가 더 뒤틀려 있는 엉터리라서 짜증이 치밀어 오른다. (어떤 생산품을 만들어본 양반들은 잘 알지 싶은데, 오망부리는 잔손질로 고쳐봐야 보잘 것없는 하치에 그치고 말아 아무런 소득도, 보람도 없게 마련이다.) 지도교수의 인내심에도 당연히 한계가 있어서, 안 되겠다, 무슨 말을 하려는지 내 머리로는 도저히 따라갈 수 없다, 한 학기 더하지 뭐, 이런 상태로는 앞으로 2년도 모자라겠다, 뒤에다 시정할 대목을 대충 간추려 놓았으니 참고해, 참고도서도 숙독을 제대로 안 해서 겉치레에 그치고 있다, 자네 창피야 자업자득이니 어쩔 수 없다 치더라도 내가 장차 무슨 낯으로 학생들을 가르치라고 이런 난해한 원고를 제출하냐, 도서관이든지 어디서 하루 열두 시간 이상씩 꼼짝 말고 처박혀 읽고 메모해 봐, 알아서 하지 뭐, 하고 단호히 내친다. 이처럼 후천적인 문장 훈련 미달생은 대체로 개선의 여지도 없는 것이 일반적인 현상인데, 그들 중에는 '학력 만들기'에 끈질긴 집착을 보이는 무서운 억척보두도 없지 않다. 그래서 대학사회에서는 아무리 굴퉁이라도 한 10년 야단받이 노릇을 해내면 인정상 석박사를 안 줄 도리가 없다는 탄식이 공공연히 나돌고 있는 형편이다.

선생의 지도, 충고를 반이라도 따르는 학생은 벌써 논문의 질이 꽤 양호한 편이다. 재차 또는 삼차 수정본에도 (말귀가 뚫린 대로) 그럭저럭 제 육성이 실려 있고, 규격품에는 간신히 들 수 있는 정도여서, 지도교수의 성향에 따라서 천차만별이긴 할지라도, 한두 차례 더 개고하라고 꾸짖은 다음에 인쇄본을 만들어 오라고, 도장을 찍어주겠다는 언질을 떨어뜨린다. 이런 정상적인 통과의례를 석사 과정은 3년쯤, 박사 과정은 4년쯤에 걸쳐 마친다고 할지라도 그 개별논문의 수준은 고만고만할 뿐더러 여전히 예의 그 '되다 만' 글줄/글발이 곳곳에 난무하는, 읽다가도 중도에서 내팽개쳐야 하는 논문들이 부지기수이다.

(대학의 지명도와는 전적으로 무관하게) 작금의 우리 대학들이 무수히 양산하는 학위 논문들은 거의 그런 요식행위를 억지로 통과한, 어렵사리 '인공수정'을 거쳐 '의사와 남들'의 조력에 의한 일종의 제왕절개 수술로 탄생한 천덕꾸러기에 불과하다는 것이 나의 솔직한 경험담이다. 어쩌다 증정본 논문을 밑줄 그어가며 열독하다 보면 엉망인 그 문장력을 비롯하여, 논지도 종잡을 수 없는 해석력, 이것저것 온갖 자료들에서 솎아낸 인용문이야 수북이 쟁여 있긴 하지만, 막상 수박 겉핥기에 그치고만 그런 과대망상증의 넋두리를 여과 없이 모아놓은, 흡사 넝마의 하치장 꼴이다. 그야말로 남이 쓰다 버린 물건을 주섬주섬 거둬들이는 양아치의 그 고유한 일솜씨를 학문/지적 탐구에 그대로 써먹는 만용(蠻勇)의 활약상이 고스란히 펼쳐져 있는 것이다. 감히 비유컨대 수많

은 떼거리가 모여 시위하는 현장의 알아들을 수 없는 그 원성을 아무렇게나 활자화해놓은 '되잖은 언어의 거대한 매립장' 같다는 감상을 도저히 뿌리칠 수 없는데, 나만의 중뿔난 편견이라면 어쩔 수 없이 돌아앉고 말겠으나, 우리의 학문적 비상과 온축을 근본적으로 깔아뭉개고 있는 이 자포자기적 '언어 감각 부재 현실'을 비웃을 수밖에 없다. (일컬어 제도적 난맥상인데, 그 개선책의 일단이나마 이런 자리에서 토로해도 좋겠으나, 거대한 도떼기시장판에서 모깃소리를 내질러본들 누가 귀담아듣겠는가.)

이미 행간에도 넌지시 드러나 있는 대로 남의 지적 재산을 무단으로 강탈한, 그런 도둑 글로 뒤발한 석박사 학위 논문이 유독 이 땅에서, 그것도 작금에 유난스럽게 떠들고 나서는 것은 달리 이해해야 할 대목도 없지 않다. 근원적으로는 현대문명의 출중한 복제기술에 의존, 글 도둑들이 그 탁월한 성능과 암약한 흔적에 불과하지만, 나로서는 그 좀 '난해한' 심리적 탈선 의식까지 싸잡아서 매도해야 하지 않을까 싶다.

↓

우선 앞에서 실례로 든 두 선행의 인용문 무단 도용자들은, 대개의 구지레한 변명이 그렇듯이, 깜빡 실수로 각주나 미주에 그 근거를 밝히지 않았을 뿐이라는 해괴한, 앞뒤가 안 맞아들어가는 실언을 둘러댄다. 명백한 거짓말이다. 실수를 한꺼번에, 그것도 특정한 시간대에 123번이나 저지른다면 옳은 정신상태도 아니고, 논문 작성법조차 모른다면 당사자는 물론이고 지도교수도 징치감이다. 그중 어느 한 사람의 언행과 복장, 텀블러, 백 팩, 갑작스러운 무언증 등을 종합적으로 고찰해보면 자기도취적인 성격에 출세주의자의 과장기가 전신에 속속들이 배어 있다. 그의 상투적 문장은 더 말할 것도 없다. 그런 문장을 그의 '간판'에

1. 석박사 사태, 양아치 양성책

따라 우대하는 매스컴과 우중의 각별한 무분별도 참으로 한심 천만이다. (물론 메뚜기도 한철이라고 일시적 명망에 들떠 돌아가는 작태인 줄이야 잘 알지만.) 단언컨대 그에게는 자기 문장이 한 줌도 없다. 더 직접적으로 말하면 자기 자신의 논지도 없고, 어렴풋이나마 머릿속에서 얼쩡거리는 그 주장을 설명할 수 있는 글쓰기/글짓기 능력이 태부족이라서 '남'의 글/구절을 송두리째 따와 써버릇하는 고질이 중증 상태로 감염되어 있다. 그런 '남'의 것 베끼기로서의 '소비 행태'가 이때껏 무사통과의 혜택을 누린 것은 그 거죽만 번듯한 학력, 국립대 교수라는 신분에 따라붙는 우리 사회의 일방적인 프리미엄 때문임은 새삼 강조해둘 만한 사례이다. 하기야 우리 사회의 저변에는 '니것/내것'에 대한 분별력이 워낙 허술해서 글 도둑질쯤이야 일상생활 중에 누구나 다반사로 저지르는 '선의의 거짓말하기' 쯤으로 취급하는 병폐가 널리 퍼져 있기도 하다. 달리 표현하면 남의 재산을 잘 활용한다는 의미에서 의적을 자처하는 시건방진 사명감마저 온몸에 두르고 설치므로 그에게서 어떤 죄책감을 따졌다가는 이쪽이 무안을 당할 지경이다. 바늘 도둑이 소도둑놈 된다는 말대로 인용의 횟수가 얼마든지 불어나도 그 장물은 이미 자기 물건이라는 착각 때문에 얼마든지 여의롭게 사용할 수 있는 경지에 이르다가, 기어코 만무방의 배짱까지 누리게 되는 것이다.

그 '남의 말' 도둑질을 지도교수가 왜 몰랐느냐, 그 못난 소행도 알아보지 못하는 눈씨로 국립대 교수 노릇을 한다니, 정녕 장한 경지다는 뜻 우중의 빗발처럼 촘촘한 비아냥이 들린다. 그런 원성은 어처구니없게도 이 세상을, 나아가서 오늘의 대학 풍토를 너무 모르는 소치로 내지르는 지청구일 뿐이다. 여기서는 내가 실제로 겪고 나서 한동안 몸서리를 친 바 있는, 창피하기 짝이 없는 경험담을 토로하는 것이 여러모로 편리할 듯하다.

　내가 가르친 교과목에는 '소설실습'이라고, 학생들이 순서대로 손수 쓴 2백 자 원고지 70장 안팎 분량의 작품을 A4 용지에 복사해서 일주일 전에 배포, 모든 수강생이 읽어오도록 하고, 그 습작의 잘잘못을 공개적으로 품평하는 학부 강의가 있었다. 제출한 작품의 태반 이상이 무슨 말을 하고 있는지 종잡을 수 없는, 한글 문장이 이토록 해독하기 어려운 쐐기문자인가 하는 수준의 엉터리들이다. 그중에서도 이야기가 그런대로 굴러가고, 더러는 나름의 작의도 알아볼 수 있는 가작이 눈에 띄기도 하지만, 서른 명 안팎의 수강생 중 고작 한두 작품만이 그나마 칭찬의 대상이 될 뿐이다. 그런 작품의 반열에 오를 만한, 보기에 따라서는 아주 출중한 작품이 어느 학기 중에 제출되었다. 이제는 그 줄거리도 아슴푸레하지만, 술술 읽히는 문장력이 탁월했고, 현재와 과거의 시공간이 넘나들면서 이야기를 풀어가는 구성력도 뛰어났다기보다 자연스러웠다. 소설은 이렇게 쓰는 것이라고, 배경으로 조립한 환경/공간은 어차피 인공적일 수밖에 없으므로 실경을 대상으로 삼아 묘사에 주력할 게 아니라 적당히 지어내라고, 평소의 공상/환상으로 머릿속에서 자주 일구고 있는 그 절대적/물리적인 생활 조건을 조작(造作)하는 것이 작가의 소임이자 소설 쓰는 재미이기도 하다는 설풀이를 나는 장황하게 떠벌였다. 두 시간짜리 연속 강의를 그 한 작품의 해석, 칭송에 몽땅 할애해도 아깝지 않을 정도였다. 작품의 임자도 득의만면했고, 그렇게 봐서 그런지 다른 수강생들도 선망의 눈길을 보내는 데 주저하지 않았다.

　그다음 시간에는 순서대로 다른 작품을 품평하며, 역시 형편없다고, 전번 시간의 아무개 작품을 본받으라고 일갈했다. 그런데 강의가 끝난 후, 한 청강생이(시간제 등록생으로 나이가 지긋한 중년 여성인데, 스스로 고백했듯이 오로지 등단을 목표로 삼고 자식뻘의 수강생들과 함께 내 말을 받아쓰기에 열을 내고 있었다) 짐짓 쭈뼛거리며 내 연구실까지 따라와서 지난 시간의 그 잘 쓴 작품이 모 기성작가가 연전에 발표한 이 소설이라고, 읽어보시라며 신예작가들의 신작 선집 한 권을 디밀면서, 자신이 대조해본 근거라며 예의 그 선행 작품까지 탁자 위에 내려놓고 돌아섰다. 순간적으로 시뻘겋게 달아오르는 얼굴을 쓰다듬고 허겁지겁 읽었더니 과연 그대로였다. A4 원고지 첫 장의 앞쪽에 몇몇 문장이 잔손질로 바뀌져 있고, 한두 문장은 일부러 빠뜨리기도 한 흔적이 얼비치긴 했으나(나중에 추측해보니 어느 잡지에 원고를 발표한 후 재수록할 때, 작가가 수정한 게 아닌가 싶었다. 그 후 개인 작품집에도 당연히 실렸겠으나, 그때도 가필했는지 어떤지까지야 나도 모를 수밖에 없다), 그 이후는 기성작가의 그 신작을 그대로 베낀 것이었다. (컴퓨터가 필사하는 신체적 고역을 다소 면제시켜주므로 벌어진, 작금의 방자한 전자 문명이 몰아온 해프닝이라고 볼 여지도 없지 않다. 선생의 칭찬을 비롯한 수강생들의 관심을 끌고 싶은 '속악한' 욕심을 일단 논외로 돌린다면 그렇다.) 열불이 치밀어서 학과 조교에게 그 도둑년을 (이목구비가 반듯한 여학생이었고, 재수와 휴학을 두루 거친 터이라 동급생보다는 서너 살 많았을 것이다) 당장 불러오라는 하명을 떨구려고 전화기를 들고 생각해보니 공개석상에서 단단히 단속해야겠다고, 차제에 잘됐다고, 도작/모작/패러디/패스티시/키치 따위의 범위와 그 경계에 도사리고 있는 명색 창작행위로서의 도둑질/난도질에 대해서 다음 시간의 반 이상을 때워야겠다고 작정했다.

　모든 도둑이 그렇지 않나 싶게 그 여학생도 처음에는 베끼지 않았다고 한사코 시치미를 뗐다. 내가 예의 그 신작 선집을 집어 흔들며, 이

속에 자네 작품이 남의 이름으로 그대로 있는데 어쩌란 말인가 하고 증거를 들이대자, 그 책자를 본 적도 없다고 딱 잡아떼기까지 하는 것이었다. 어처구니가 없었으나, 내 말문마저 가로막는 그 뻔뻔스러움이 오히려 나의 들끓는 열불을 몰라볼 지경으로 단숨에 가라앉혀 주었고, 월급쟁이로서의 멀쩡한 이성도 다소 회복할 채비를 갖추었으므로 한층 더 음성을 낮추어, 자네의 지금 그 거짓말이 더 나쁘다, 미국에서는 거짓말한 소행이 앞서 저지른 그 야밤의 도둑질보다 더 몹쓸 범죄로 봐서 대통령까지 백악관에서 쫓아냈다고, 감히 가당찮은 비유까지 즉흥적으로 끌어다 썼지만, 당분간 이 강의실에서 자네 얼굴을 안 보는 게 서로 심정적으로 편하겠다고, 그런 불상사를 미연에 방지하기 위해 이런 수업도 벌이고 있는 거 아니냐 하고 말았다.

그 후 그 여학생의 동정에 대해서는 작정한 바 있어서 무관심으로 일관했는데, 전과했는지 중퇴했는지 내 눈에 띄지 않아 그나마 한시름 놓은 채로 정해진 일과를 꾸려 나갔다. 두 해쯤이나 지났을까, 해거름에 연구실을 나와 퇴근길을 재촉하고 있던 어느 가을에, 단풍이 막 얼룩지고 있어서 제법 운치가 샘솟는 느티나무와 메타세쿼이아 가로수 길을 발밤발밤 줄이고 있으려니까, 맞은편 길의 끝자락에서 웬 선남선녀가 걸어오고 있었다. 대체로 그런 뜻밖의 조우는 그렇지 않나 싶게 나와 그 욕가마리는 한 눈길에 서로를 알아보았다. 선입관이란 무서운 것이어서 거짓말쟁이 여자에게 붙들려 시방 이럴까 저럴까로 한창 머리를 사납게 굴리고 있는 듯한 상대방 남자는 그 입성이나 걸음걸이도 엔간히 어수룩했다. 곧장 내 심사는 그 젊은 사내를 향해, 그대도 나처럼 지금 속고 있네, 세상 탓을 할 게 아니라 그렇게 홀릴 때가 있으니 헐렁한 소설들 속의 그 무작한 남녀상열지사도, 시시껄렁한 인생살이도 속속

1. 석박사 사태, 양아치 양성책

연이어지는 게지 하고 두덜거리고 있었다. 어느새 두 남녀와 나 사이에는 2차선 교내 차도가 대학본부 쪽으로 급하게 휘어지는 가장자리에 이르렀다. 욕감태기는 자신을, 더불어 자기 짝도 쳐다보라는 듯이, 짐짓 모른 체하고 지나치려는 나의 눈길을 잡아채려고 몇 번이나 힐끔거렸다. 일순간 오싹해지고 꺼림했다. 내가 잘못 읽지 않았다면 선생답게 먼저, 자네구나, 어째 여기서 다시 만나네, 오랜만이다 같은 눈짓 연기만 피워올렸어도 곧장, 선생님, 별일 없으시지요, 인사도 못 드리고 같은 너스레로 시방 무르익어가는 중인 연애에 결정적인 분식을 보태려고 덤빌 기세였다. 멈칫거리는 그런 시위에는 한때의 전비(前非)를, 그 새빨간 거짓말을 까맣게 잊어버리고 일상생활을 영위하는, 깔축없는 미혼여성으로서의 미태까지 드리워져 있었다. 엉겁결에 걸음을 서둘렀으므로 나는 등 뒤의 그 초조한 시선을 저만치 물렸다. 내 생각은 두서없이 이어졌다. 저처럼 뻔뻔스러운 행티도 개인의 성정 탓이 아니라 제대로 가르치지 못해서, 환경을, 기풍을, 풍조를 바꾸려는 범사회적 노력이 태부족이어서, 요컨대 우리만의 물러터진 '풍토성' 자체가 덮어씌운 가면이랄 수밖에, 너무 심하다, 학력에도 무슨 가짜가 있을까만, 그 가짜를 누가 만들었나, 그 허물을 선생이, 담당 교수가 몽땅 뒤집어써야 한다는 것은 좀 억울하다, 부디 그 착한 미지의 사내를 눈가림으로라도 잘 붙들어야겠네, 살림살이야 남들이 하는 대로 베껴도 누가 가타부타 할 리 만무하니 제2의 인생살이나 깔끔하게 빚어보시게, 나도 이제야 눈 감고 모른 체해야지 더 어쩌겠나 하는 심중을 마구 뒤적였다.

(의도적으로 자잘한 세목을, 이를테면 작가 이름, 제목, 수강생들의 반응 등을 뭉떵뭉떵 생략해서) 정황 설명이든 심경 표현이든 충분하지 못한 걸 자인하지만, 위의 실례는 오늘날 우리의 대학생들이 리포트,

과제물, 습작, 논문 등에서 남의 지적 재산을 얼마나 예사로 또 거리낌없이 베껴 쓰고 있는지를 여실히 보여준다. 또한 선생의 '만부득이한 불찰'과 그 허물을 지적해준 한 갸륵한 정보 제공자가 이 시대의 통제 불가능한 전자 '복제' 문명의 단면을, 그 만능의 홍수 사태를 증언하고 있기도 하다. 뿐만 아니라 그 배경에는 임시방편으로 얼렁뚱땅 훔쳐서 써먹는 그 비양심적 비행을 너그럽게 봐주는 수많은 구성원이 엄존한다는 사실도 놓쳐서는 안 되는 대목이다. 내가 꾸려간 그 교실의 수강생 중 몇몇은 분명히 예의 그 기성작가의 특정 작품을 사전에 읽었으련만 함구로 일관했고, 거품을 물고 칭찬하는 선생의 '가당찮은 격려'를 의외라는 듯이 멀뚱거리기나 했을까, 일언반구도 없었는데, 그 일단의 가식도 당연히 주목해야 앞으로 지식/정보의 수수에 참고가 될 터이다. 그다음 시간에 내가 잡다한 여러 책의 도움을 받아 도작/모작/습작을 분별하면서, 거기에 동원하는 여러 문구/줄거리/형식의 도용/남용/선용/차용/사용(私用)/혼용/활용의 사례를 정색하고 설명하자, 제법 진지하게 경청하던 그 수강생들조차 후무리기를 가리는 양심이야 없었을까만, 눈감아주기/덮어버리기에 이력이 난 그 집단심성 자체는 우리 사회의 제반 기율 세우기에는 무용지물이 아니라 해악임을, 이 분명한 '풍토성' 앞에서는 정의, 상식, 공정, 평등 같은 좋은 말이 아무런 호소력도 없다는 것을 깨칠 수밖에 없다. 따라서 앞으로도 도작 논문/모작 소설은 수없이 태어날 테고, 그때마다 '관용의 미덕'을 발휘하는 우중과 출세주의자들이 온갖 너스레로 감싸는 호도(糊塗)를 즐기고, 까마귀 고기를 먹은 것처럼 건망증을 자랑하듯이 뒷북치기＝사후 검증이나 능사로 삼을 게 명약관화하다.

↓

반드시 짚고 넘어가야 할 눈감아주기/봐주기의 미풍에는 이런 실례도 유구하게 내려오고 있다. 주지하듯이 석사 학위에는 지도교수 외 두 명이, 박사 학위에는 네 명이 심사위원으로서 논문 앞장에 단정히 착석해 있기 마련인데, (과문한 탓으로) 나는 그들이 해당 논문을 찬찬히 읽고 소신대로 찬반의 의사를 개진했다는 미담을 아직 들은 바가 없다. 그들은 대개 다 지도교수와 가깝게 지내는 같은 대학의 또는 다른 대학의 해당 학문 전공학자들로서 서로 품앗이하듯이 이름을 빌려주고 빌려 써버릇하는 통상 관행에 젖어 있다. 그야말로 매명 행위로 심사비를 받고 있으며, 감히 남의 제자의 논문을 어떻게 가타부타 품평하냐는 겸손의 미덕을 발휘하는 것이다. 이 위선의 권위를 이성적 눈으로 해석하자면 역시 우리의 '관후한' 집단심성/풍토성 말고는 달리 찾을 말이 없지 않을까 싶다. (널리 알려져 있듯이 '자의식'은 소위 '근대'가 발견/발명한 개인의 숨겨진 정체성이자 합리적 이성의 동력원이라고 한다. 그런 의미에서도 우리의 논문 심사위원 대다수는 아직도 '전근대인'임을 매번 자인하고 있다. '근대' 미달의 풍토성이 다른 분야보다 대학과 학계에 더 가득하다는 '가설'을 나는 전적으로 맹신하는 편이다.) 목차나 겨우 훑어보고, 요식적인 합석 자리에 나타나서 도장이나 찍는 이런 엄숙한 몰풍경에서 블랙코미디의 한 장면을 떠올리는 사람이 비단 나뿐일까. 지금이야 그럴 리 만무하겠지만, 한때는 그 합심에 뒤이어 예비 박사 학위 취득자가 조촐한 식사 자리를 베풀기로 되어 있었다는 듣기 민망한 풍문도 공공연하게 나돌았다. 더욱이나 원고 위에 덧칠을 여러 차례나 해치웠을 지도교수에게 적정한 사례비를 건네는 미풍도 드물지 않았음은 우리의 전통적 미덕인 '인정상' 딱히 거시기한 일도 아니다. 하기야 그런 지식 전수에 따르는 비결의 오묘함을 떠올리면 그 사례는 언제라도 약소하기 이를 데 없었을 테고, 그러므로 두 사제만이 무덤 속까지 그 비밀을 가지고 가야 은사(恩師)의 위엄이 고스란히 이어질 터이다. (그런 성의 표시야 동서고금을 통해 워낙 다양하게 개발되어 있는데, 왜 하필 지금 초들어 말하냐는 핀잔이 들린다. 그렇다면 '논문 작성의 요령' 조차 안 가르쳐서 남의 글 훔치기가 예사인 풍토는, 그래서 사이비 문장의 난무를 부추기는 행태는 옳은 일인가, 그 희비극적 무대를 마냥 내버려 두자는 언질을 어떻게 이해하란 말인가.)

　영원히 들통이 나지 않는 '남'의 논문도 부지기수이다. 이를테면 최초로 제출한 석사 학위 논문의 수준이 너무 형편없어서 이런저런 지적을 알기 쉽게 조목별로 명기한 후, 철저히 고쳐서 다시 제출하라고 교시할 수 있다. 알다시피 문장력은 단숨에 나아지지 않는다. 선천적으로 언어 감각이 모자랄 수도 있고, 후천적으로 훈련이 덜 되어 있는 재능도 한눈에 파악할 수 있게 마련이다. (그런 '문장력' 실격자는 실제로 자기 문투에 무슨 하자가 있는지, 좋고/반듯한 문장이 어떤 것인지 분별하는 언어 감각에 장애 요인이 현저하다. 대체로 그 결함은 만성적인 독서량 부족 탓으로 돌려야 하지만, 책 읽기 버릇을 단숨에 길들일 수는 없으므로 교정 자체가 거의 불가능하다.) 어떤 경우라도 2주일쯤 후에 가지고 온 그 재고의 한계는 분명하고, 문맥이 자연스레 이어질 리 만무하다. 뒤로 갈수록 문장끼리 싸우고, 이 말 저 말이 좌충우돌을 거듭해서 어안이 벙벙해진다. 끝까지 읽어내기도 힘들지만, 종내에는 내팽개칠 수밖에 없다. 그런데 어떤 논문은 깜짝 놀랄 지경으로 앞뒤 문장이 잘 어우러져서 꽤 늠름한 지론을 떨치고 있다. 틀림없이 '남'의 필력을 빌린 것으로, 글깨나 써본 세칭 유령작가가 매만진 손길을 감지하게 마련이다. 그들은 친인척일 수도 있고, 심지어는 남편이나 아내이기

　1. 석박사 사태, 양아치 양성책

도 하다. 뻔히 짐작이 가지만, 자신이 밤을 지새우며 고쳤다고 빡빡 우기는 시퍼런 연기력 앞에서는 더 따질 수도 없다. 기를 쓰고 덤비는 데야, 논술고사 비슷한 소위 오픈북 테스트를 연구실에서 실시할 수도 없으려니와 그런 '시험'은 규정상 지도교수의 재량 밖에 있다.

뿐인가, 한 편당 고액의 집필료를 받기로 약속하고 석박사 논문을 써주는 신종 대필업도 오래전부터 암암리에 성업 중이라는 풍문도 들린다. '박사' 명찰 달기에 신들린 이런 풍조를 나무라기 전에 '공부/연구/탐구'의 진면목이 무엇인지를 제대로 보여주는 스승이 없어지고 만 대학 전반의 '풍토성'을 샅샅이 점검하지 않는 한, 한 문장이야 못 쓸까만 한 문단도 꾸려내지 못하는 박사들이, 남의 문장으로 저자 행세를 일삼는 꼭두각시들이 분야마다 내로라하고 설칠 것은 자명하다. ('좌파/진보'가 무슨 말인지, 그 훌륭한 어휘가 과연 교육에 어떻게 기능적으로 작동해야 하는지 나는 '진정으로' 모를뿐더러 감도 잡지 못하고 있지만, 그런 말을 떠들어대는 교수들이 자기 제자의 논문을 꼼꼼히 읽는지 어떤지 알 수 없다. 짐작이야 있지만, '사표'는 '모범'의 다른 말이고, 그것은 '실천'과 '자성'을 전제, 강제하고 있지 싶은데, 역시 견문이 부족해서 나는 그런 대학 접장을 아직 목격하는 분복을 누리지 못해서 내심 안타까울 뿐이다.)

다들 그러듯이 이 글에도 다소의 위엄을 갖추기 위해 억지로나마 '남'의 글을 빌려와야 할 계제인 성싶다. 어떤 문헌에서 따온 다음과 같은 요령은 논문 작성에는 말할 것도 없고 방정한 문장 쓰기에서도 귀감으로 삼아야 할 구체성이 여실히 배어 있다. (예의 그 '봐주기/눈감아주기 풍토성'이 이런 명구조차 시식잖게 여길 게 뻔하지만, 오로지 '간판'을 이마에 붙이기 위해 오늘도 불철주야 남의 글만 눈여겨보는 숱한 논문 작성자 제위에게는 다소 참고가 되지 않을까 싶다.)

우선 '불투(不偷)'부터 내세우는 의도가 자못 의미심장하다. 한때의 임시방편으로 (훔쳐서) 써먹는 인용은 가능한 한 삼가라는 말이다. 그 인용문의 적절성을 여러 측면에서 따져보면 저절로 남용을 자제하게 된다는 이치가 행간에 깔려 있다. 모든 글은 글쓴이의 지식＝앎을 최대한으로 자랑하는 도구에 지나지 않지만, 후일을 위해서라도(더불어 다른 글에 써먹기 위해서) 그 반 이상을 감추고 갈무리하라는 겸양, 절약, 비축의 묘를 시사하고 있기도 하다. 실은 한꺼번에 밑천을 다 까발리고 나면 이내 동어반복을 일삼게 되고 마는 곤경을 치르는데, 적어도 그 고비를 넘긴 글은 다소의 귀태(貴態)가 묻어난다.

두 번째 경구는 '부장(不裝)'이다. 정서/감각의 분출을 여의롭게 조성하는 소설과 문학평론 같은 장르에서는 달리 해석할 여지도 있겠으나, 논문 쓰기에서 '꾸미지 말라'는 이 말 이상으로 적합한 말이 또 있을까 싶다. 개인적인 사설과 사설(辭說)을 주저리주저리 엮어내는 논문이 의외로 많은데, 흔히 '주제어'의 심도가 얕은 문맥에서 수식어가 많고, 학식 부족증을 메꾸느라고 쓸데없는 곁말을 자발없이 널어놓고 있다.

세 번째의 경구는 위의 두 말을 통괄하는 '불취(不吹)'다. 자화자찬도 삼가야 하지만, 남의 글을 추켜세우는 것도, 정전(正典)을 위시한 숱한 명저/걸작의 명언/명구를 무조건 떠받드는 상투적인 어법도 실은 모든 문장가의 고질이라는 말이다. 대체로 그렇게 따서 쓸 말은 이미 다른 유명한 글쟁이들이 때와 곳을 가리지 않고, 그것도 반복해서 써먹고 있는 말인 경우가 태반이다. 그 실례로는 "성경" "논어" 같은 것인데, 그 특정한 인용구의 당대적/역사적 배경만 돌아보더라도 버성기다 못해 실소를 머금어야 하는 사례도 흔하다. 가령 '회사후소(繪事後素)'는 그 멋진

은유 때문에라도 다들 써먹고 싶어 하는 최고의 명구지만, 기초를, 수양을, 근신을 채근하는 이 덕목 지상주의가 자기 자랑을 일삼아야 하는 현대인에게, 전자 문명의 즉각적인 수용/소비에 목마른 작금의 교육 현장에서 얼마나 생색이 날지는 실로 의문이다. 물론 오늘날일수록 "논어"의 모든 구절은 새롭게 해석해야 한다는 사견이 있을 수 있겠으나, 그런 담론조차 오래전부터 (심심풀이로) 반복을 일삼아 오고 있는 일종의 '흘러간 옛노래'이다. 그 구성진 가락의 효용이 일시적일뿐더러 향수층마저 제한적이라는 엄연한 사실 앞에서 일정한 '경배'는 지양해야 옳으며, 비판적인 글읽기/글쓰기는 명작/호저 앞에서 오히려 더 기염을 토해야 할 것이다. 하기야 모든 논문은 기존의 여러 학설/지론/가설에 대한 반기, 반문, 반발을 전제로 성립되는, 그 온축의 저장고에 밀알 한 톨 보태기임에랴.

그러나저러나 석박사 지망자가 지금도 넘쳐나는 각 대학의 모든 선량한 선생들은, 그래서 점점 더 바쁜 심신으로 하루를 잘게 쪼개 쓰는 지도교수들은 과연 제자의 논문을 꼼꼼히 읽고, 샅샅이 그 잘잘못을 지적해줄 시간과 성의가 정녕 '없는지', 그렇게나 공사다망한 지체로도 스승의 지위를 유지하겠다는 과욕은 결국 엄벙뗑이 아닌지 '가슴에 손을 얹고' 자성해야 할 텐데, 그들의 기득권이 워낙 막강해서 총장도 눈치나 살피는 그 요지경 세상 속으로 희생양을 자처하는 무리가 떼지어 한사코 몰려들고 있다니, 참으로 딱하고 어이없는 진풍경일 뿐이다.

↓

추기 1_ 두 전직 장관의 엉터리 논문만 사례로 들었다고, 딴에는 딱딱거린 글이 '공정성'을 진작에 등지고 말았다는 성토가 들리고 있다. 맞는 말이다. 일찌감치 지난 대선의 한 정당 소속 대통령 후보로 뽑힌 이

모씨는 자신의 석사 논문의 부실, 엉터리 수준을(보나 마나 '남'의 글을 송두리째 후무린 것일 테다) 걸고 들자, 그까짓 학위가 지금 내게 무슨 소용이냐, 대학 당국에서 취소하든지 말든지 알아서 하라며 내팽개쳐 버렸다. 석사 학위를 받겠다고 덤빈 자신의 향학열을 일시에 내팽개친 그 자기기만 내지는 자기부정은 그의 성격적 파탄을 점칠 수 있게 하며(그의 소신에는 지난날의 자기 행태를 '그런 일이 없었다'로 전면 부정하면서, '기억에 없다'는 상투적인 변명도 생략하는, 이른바 '시치미 떼기' 전략이 일관성 좋게 흐르고 있다. '과거'가 없는 인간은 그 백지상태의 두뇌로도 이미 상당한 정신적 장애를 겪고 있음은 분명하다), 한편으로는 우리의 석박사 학위 제도가 얼마나 엉성궂게 운영되고 있는지를 잘 알아서 그 풍조를 능멸하는 대범한 진솔성을 과시하고 있다. 그의 정치적 능력과 인기가 그런 인격 파탄적 임기응변 때문인 듯한데, 실은 그 언행 일체는 어릿광대와 유사한 면면이 없지 않다. 또한 지난 정권의 마지막 국방부 장관은 지방의 한 대학에서 받은 학위 논문에 '남'의 글과 자료까지 무단 전재했다는 증거를 들이대자, 불찰, 부덕, 유감, 사과 같은 입에 발린 소리를 뻔뻔스럽게 지껄이고 나서 어떤 '취소' 소동도 말없이 잠재우는, 아니 평정해버리는 '무관'의 위세를 떨치기도 했다.

추기 2_ 예를 들기로 한다면 끝도 없을 것이다. 모르긴 해도 우리의 최근 석박사 학위 논문의 '대다수'가 허술한 게 아니라 '남'의 것을 훔쳤거나 '표나게' 짜깁기한 것이라 학위 소지자들이 감히 '한 번 봐라' 하고 내놓을 수도 없는, 한마디로 지리멸렬의 표본일 게 분명하다. 그들은 석박사라는 학력을 어디다 한 줄 써넣기 위해, 메떨어지게도 오로지 성씨 뒤의 호칭에 써먹기 위해서 머리품이 아니라 사교품을 파는데 진력했으므로 자신의 논문의 '내용'이야 안중에도 없고, 실은 그 '골자'가 무엇인지도 잊어버린 게 아니라 애초부터 모르고 있었다고 해야 맞을 것이다. 그러니 앞에서 거명한 고위직의 그 유명짜한 위인들은 상투어대로 빙산의 일각에 지나지 않고, 상대적일망정 그들의 논문들도 그럴듯한 '형용'은 갖추고 있을 테니 '좀 너그럽게 봐주자'고 해야 공정한 처사일 것이다.

추기 3_ 다른 전공 쪽의 들은풍월을 참고로 덧붙여도 좋을 계제인 성싶다. 자연과학 쪽은, 특히나 의학 쪽은 그 도제식 층하가 워낙 엄격, 자별해서 선생이 제자에게 논문의 주제와 그 서술 요령도 메모 형식으로 집어주고, 그 초고도 은사가 거의 다 뜯어고쳐서 '환골탈태'한 꼴로 통과시키는 경우도 비일비재하다고 한다. 그쪽의 논문 길이가 상대적으로 짧은 데다 실증적 사례 연구를 제시, 증명하는 기술력에는 일종의 매뉴얼 같은 것이 있을 테니까. 그러니 그쪽 논문의 사실상 주인은 박사 학위 소지자가 아니라 지도교수라서, 별도의 '살'을 이식하는 간단한 시술로 또 다른 한 건의 논문을 발표하면서 슬하의 여러 제자를 '공동 연구자'로 대우하는 학풍도 널리 퍼져 있는 모양이다. 의학 쪽에서 '가짜 학위' 소문이 '별로' 없는 실정은 그런 엄격한 질서와 사제간의 복종/관용이 지켜지고 있어서 그런 듯한데, 외부에서 따따부따할 사안이라기보다 장기적인 자정능력에 맡겨야 할 일일 것이다. 거꾸로 인문학 쪽에서는 수하의 제자와 동료들을 동원하여 공저/편저 만들기에 부지런한 사계의 권위자들도 흔하다. 글보다는 입으로 연구하는 이런 대가들의 탁월한 능력/공력은 그 요긴한 '기초자료'로서의 인프라/데이터 베이스 구축일 텐데, 어디서나 '이름 올리기'야말로 자기 '허상' 세우기에 얼마나 요긴한 제도인가를 우리 사회가 추인해주고 있다.

추기 4 내가 아는 한, 우리의 대학사회에서는 오래전부터 '동남아부대' 라는 우스개가 은어로 널리 통용되고 있다. '동네에서 남아도는 아줌마/아저씨'의 준말인데, 그들이 떼지어 석박사 과정을 과점하고 있다는 비아냥이다. 그들의 향학 열기가 일취월장한 배경에는, 아니 우후죽순의 기세로 대학 당국의 째는 재정 형편에 거름 구실을 자처한 데는 개인 소득의 증대, 가전제품의 일상화에 따른 여가 선용, (경영학 과정 같은) 시니어들을 위한 고등교육 공급의 자극으로 말미암은 피교육생의 창출 등이 가수요까지 유발했다는 분석을 내놓을 수 있을 것이다. 어쨌든 성별/나이를 따돌리고 '공부라도 해볼란다'는 열의를 머라칼 수는 없고, 그 교육의 질적 '수위' 조절은 관장하기 나름일 테지만, 대학 당국의 엄정한 간섭과 담당 교수들의 매서운 지도력을 수강생들의 폭발적인 '학력 만들기' 기세가 마구 흔들어대고 있음은 주지의 사실이다. 그 활기찬 동력이 '동남아부대' 란 속어를 불러온 셈인데, 일컬어 미대부도(尾大不掉)이다.

이런 비등한 교육의 공급/수요에 맞서는 무슨 짱짱한 개선책을 운운하기에는 이미 때늦은 감이 없지 않고, (교육 전문가들이 이구동성으로 부르짖는) 일시적 고식책이 아무리 정밀하다 하더라도 씨가 먹힐 리도 만무하다. 현재 수준의 자원으로는, 곧 대학 당국의 느려터진 제도적 대응력, 교수 요원들의 소극적/피상적 교육 자세, 건성꾼다운 피교육자들의 학습열 등이 서로 질세라 야합한 결과라서 근본적인 개선책이 나올 수 없게 되어 있다. (기껏 내놓은 대안 중 하나가 일부의 석사 과정에는 학위 논문을 제출하지 않아도 된다는, 지도교수들의 수고를 덜어주면서 '헐렁한 학위 팔이' 장사를 공식화한 정책이다.) 차라리 '사법고시'에 준하는 '서술형 답안지 테스트' 같은 제도를 강제적으로 시행하여 석박사의 입학 관문을 통제해야 옳지 싶거만, 대학 당국의 재정적 이해(利害)와 교수들의 '밥그릇' 싸움이 걸려 있어서 말도 못 꺼낼 게 뻔하고, 그런 시험 제도조차 이내 '새치기' 편법을 개발하는 머리들이 비상해서 '개악'만 자초할 게 분명하다. 서두에서 밝힌 대로 '눈감아주기' 같은 집단심성/타성태가 우리의 풍속 전반을 이중 삼중의 뻐딱한 '구조'로 두텁게 짜놓아버려 어떤 분야라도 '개혁' 자체의 진정성은 헛소리다. 그러나 머리가 굳을 대로 굳어버린 교수들이 예의 논문지도와 점검에서 후안무치하게 드러내는 그 요식행위, 교육 중의 그 찌그러진 권위와 진부한 타성을 뜯어고치는 '일대 제재'는 당장에라도 기술적/법적으로 가능한 일인데, 그 짓을 누가 도맡겠는가.

우리 사회의 가장 후진 부분을 정치 쪽이라고들 하지만, 그 진단이 전적으로 잘못된 것은 그쪽의 그 낙후성을 만든 주체가 교육이고, 그 중추인 대학의 기능적 불구성을 논외로 취급하니 자다가 봉창이나 두드리는 수작인 것이다. 그러나저러나 '남'의 글을 넝마처럼 아무데서나 거두어도 되고, 그런 양아치들을 상대로 '학위 장사'를 하는 거대한 세력을 도대체 누가 상대할 수 있을지, 그 물음에 대한 대답조차 궁해진 세태임에랴.

2. 취향에 대하여

↓

    요즘 들어 '취향'이란 말은 '개성' 대신에 아무 데나 두루, 자주 쓰는 유행어가 아닌가 싶다. 그런데 유심히 들어보면 '취향'을 아무라도 함부로 쓰는가 하면, 묘하게도 특권을 누리기까지 하는데, 나만의 별난 심사인지 어쩐지 알 수 없다. 그래서 그럴 텐데 '취향'을 나름대로 정의하고, 각자가 적확하게 써야 하지 않을까 하는 노파심이 발동한 지도 오래되었다.

    아리송한 말은 사전부터 찾아보는 버릇이 있으나, 국어사전을 비롯하여 다른 외국어 사전들을 뒤적거려 그 설명을 이리저리 곰파다 보면 어딘가 미흡하고 성에 차지 않아 궁금증을 더 부풀려놓는다. 내 미심쩍음이 이번에도 마찬가지긴 했으나, 나름대로 사전의 뜻풀이부터 쫓아가 보면 대충 이렇다.

    한 국어사전에 따르면 '취향'은 취미가 쏠리는 방향이라고 한다. 또 다른 사전의 뜻풀이로는 하고 싶은 마음이 생기는 방향이나 그런 경향이라고 설명해놓고 있다. 좀 따져 보면 '취미'와 '하고 싶은 마음'은 전혀 다른 말이다. 그 대상이 무엇이든 '하고 싶은 마음'은 불쑥 생길 수도 있으나, '취향'은 대체로 평소에, 아니 오래전부터 벼르고 있던 염원으로 '하고 싶은 마음'이라기보다는 지니고 싶거나 그렇게 이루어지기를 바라는 한 개인의 묵은 생각이거나 의견이고, 일종의 '회포'로서 그 자신의 자의식을 부분적으로나마 일정하게 대변하는 관견(管見)이라고 해야 다소 그럴듯하지 않을까 싶다.

두 사전의 뜻풀이에 사용한 '방향' 운운은 한자어를 그대로 옮기는 데 따른 고식적인 뜻매김에 불과하므로 더 따질 것도 없으나, '취미'나 '취향'이 다 그렇듯이 두 말은 다 같이 어느 한쪽으로 정신이 쏠리는 정도가 아니라, 대개는 이미 마음속에 확고히 지닌, 어떤 대상에의 경도가 비정상적으로 기울어지고 쏠린, 사람마다 다소의 차이는 있겠으나 그쪽으로 생각이 미치거나 몰입하게 될 때는 거의 반쯤 미친 상태임은 매양 보고 겪는 바와 같다. (요즘 세태어로는 일종의 '확증 편향'이다.) 가령 바둑이 취미라면 일주일에 두세 번은 기원에서 맞수와 대면하고 묵묵히 수담을 나누고 살아야 사는 것 같을 테고, 흔히 트로트라고 통칭하는 대중가요를 산책 중에도 핸드폰으로 들어 버릇하는 노익장과, 자기 방 속에 파묻혀 모차르트의 달콤하면서도 서글픈 일련의 피아노 협주곡 '들'을 걸핏하면 되풀이해서 듣는 양반의 두 취향에는 끈질긴 편애가 유난스럽게 작동하고 있다고 해야 옳을 것이다.

어떤 대상에(여자/남자, 옷, 문학, 음악, 미술, 풍경, 음식, 건축 등이다) 대해 관심을 가지고, 감흥을 느끼면서(그만한 마음의 작동이 일어나려면 상당한 미적 감각의 세련이 따라야 한다) 한동안 감상, 비판하는 능력이나 그런 멋이라는 뜻풀이대로 '취미'는 '취향'보다 한결 한 대상에의 몰입 정도가 더 집약적이고 전문적이라고 해야 할지 모른다. '취향'은 물론 상대적으로 그 몰두의 정도가 다소 느슨하고, 광범위하다. '취미'가 프로의 경지라면 '취향'은 아마추어의 그것과 얼추 들어맞지 않을까 싶은데, 물론 생각하기 나름이긴 하다. 하기야 모든 낱말은 쓰기에 따라서 그 뜻이 달라지고, 시대별로 그 쓰임새가 늘어나게 마련이지만, 어떤 경우라도 언중이 사전 편찬자보다는 시대를 앞서가며 대변하는 천부적 자질상 그 말의 질감의 지평을 다양하게 열어가면서 그 미개지를 속속 개척, 안내하는데 언어의 묘미가 있다.

취미나 취향이 각인각색인 것은 누구나 자주 보고 겪고 있는 생활상의 경험이지만, 요즘에는 '취향'이 아무렇게나 두루치기로 쓰임으로써 반 이상은 잘못 쓰이고 있는데, 한편으로는 상당한 정도로 그 고유한 특성을 누리는, 어느 개인의 독자적인 개성으로서 남들이 감히 그 영역 곁에서 얼쩡거리지도 못하는 월권적인 제2의 인격체로까지 부상하는 듯한 느낌마저 들게 한다.

가령 '대중의 취향이 그렇다니까' 같은 말은 '유행'이나 '대세' 대신에 딴에는 고상한 문자를 골랐답시고 사용하는 말인듯하다. '그 사람 취향이 좀 그래'라는 말은 '개성/기질/주관'을 좀 눅인 말이지 싶은데, 현장의 분위기와 화자의 말버릇을 둘러보아야 무슨 뜻으로 썼는지 알 수 있을 것이다. '손님 취향대로'는 그때의 주위 형편에 따라 '입맛'이거나 '기호'거나 '성정'이나 '풍류'을 뜻하기도 할 터이므로 무엇이라고 꼭 단정하기가 어렵다. '취향이 워낙 까다로워서 그 사람 기분을 맞추기는 정말 힘들어'에는 깐깐하고 신경질적인 성질/성품/인격까지를 싸잡아 낮춰 보고 있다는 속내가 묻어난다.

보다시피 '취향'이 이처럼 다양하게 쓰이는 만큼 그 쓰임새에는 어느 개인의 양식/소양/교양/지위/능력/경험까지도 일정하게 반영하면서 그만이 지닌 개성/자의식/속성/취미를 드러내는가 하면, 한 시절의 일시적 유행/양식/형식을 대변하기도 한다. 이쯤 되면 '취향'이야말로 두루뭉술한 말로서 손색이 없을 듯하고, 어느 특정인의 자격/실력/사견을 모호하게, 그러나 은근히 도두보면서 대접하는 말이라 아무렇게나 쓸

수록 딱히 나쁠 것 같지도 않다.

그러나 '취향'이란 어휘의 값어치가 그대로 실토하듯이 좀 별난 성깔을 자체적으로 갖는 셈이기도 하며, 수더분하거나 털털하면서도 소박하고 너그러운 성정의 보통 사람에게 어울릴 말은 아니다. 이를테면 막일꾼, 건달, 억척보두, 행내기, 숫보기, 물신선, 무룡태, 데림추, 고정배기, 건성꾼 같은, 한 가지 이상의 결함과 괴팍한 성정을 가진 그 방면의 판장원들에게도 취미나 취향이야 없을 리 만무하건만, 그들에게 써먹기에는 왠지 개발에 주석 편자 같아서 마뜩잖다. 이런저런 사정을 톺아보면 아무래도 어느 정도의 글줄이 들어 있어서 외모에도 소양이 엔간히 묻어 있고, 그의 일상에도 고상한/차분한/조용한 여유/시간을 혼자서, 강조하건대 '독자적으로' 누릴 줄 아는 교양인의 오지랖에서 취미/취향이 노닥거려야 안성맞춤일 성싶다. 이미 드러났듯이 떠들썩하거나 수선스럽고 물덤벙 술덤벙으로 돌아다니면서 흰소리/헛소리를 지껄이며 사는 사기꾼의 일상이 그렇듯이 그들에게는 취미/취향을 진득이 누릴 짬도, 마음의 여유도 없을 것이므로 두 말과는 사이가 겉돌고 있다. 말이란 이처럼 사람보다 훨씬 더 섬세한, 스스로 앉을 자리를 찾아갈 줄 아는 영물이 아닐 수 없다.

어쨌든 어느 광고 문안에도 '우리 동네 이웃집의 소비 취향'이라고 너그럽게 쓰이고 있으니 '경향'을 대신해서 쓴 그 '취향'의 느낌을 알 듯 말 듯하다. 한때는 목욕 문화, 교통문화, 음주/음식문화, 지방문화 등으로 '문화'의 일대 전성시대를 구가하더니 요즘은 '취향'이 대세를 완전히 장악하고 있음이 분명한 것 같다. 먹고 살 만해졌다기보다 단군조선 시대 이래 최대의 풍요를 누리는 호시절 덕분에 언어의 과소비도 자심한 면면이다.

↓

우리가 평소에 어느 개인의 취향 운운할 때는 선뜻 그 사람의 옷가지를 입길에 올리게 마련이다. 입성이야말로 그 사람의 취향을 대변한다고 해도 좋을 듯싶고, 옷과 취향은 아삼륙으로 서로 잘 어울린다. 그래서 두 말은 붙어서 사용 빈도수를 높이고 있다. 실제로 옷매무시를 보면 그 사람의 취향이 고스란히 드러나고, 내 눈짐작에 따르면 그 옷거리를 서너 차례만 보고 나면 그의 성품/개성/기질도 웬만큼 알 만하고, 그의 소양/능력/출신 정도도 대충 짐작할 수 있을 것 같다.

이런 대목에서는 역시 나의 생업 근성을 나름대로 발휘하여 '실물'을 끌어 와야 효과적일 듯하다.

요즘은 그 친구의 동정을 도통 알 수 없으나, 그는 30여 년 전후쯤 나와 제법 가깝게 교유한, 자신의 고향을 자랑하고 사수하는데 앞장서는 유지였다. 오며 가며 알게 된 동년배로서 학연은 없지만, 그의 중고교 및 대학 동기생 중에는 나와도 꽤 자별하게 한동안씩 내왕한 적이 있는 외우도 없지 않았다. 그의 직업은 명색 '사업'인데, 월급쟁이로서 직장 생활을 한 적이 없다는 '기정사실'은 여러 입을 통해 들어서 알고 있지만, 사업가로서 그가 벌인 그 수많은 사업이 어떤 것인지 나는 말할 것도 없고 그 자신도 다 헤아릴 수 없지 않나 싶다. 동업자를 불러 모은다거나 친가/처가/외가 쪽의 친지들로부터 사업자금을 융통해서 시의적절하게 유행상품을(다양한 품종의 사은품을 개발, 위탁 생산하여 유통을 도맡는 식의 분업 체제가 아니었을까 싶지만, 그쪽으로는 문외한인 나의 짐작일 뿐이다) 제조하거나, 더러는 직원 서너 명을 부리며 선술집이나 노래방 같은 자영업체를 꾸렸겠으나, 어느 직종에서도 쇠푼이나마 만졌다는 풍문을 듣지 못했으니 번번이 실패했다기보다는 제물에

2. 취향에 대하여

시들해져서 작파했던 듯하다.

　대충 그의 신원과 성정이 빠끔히 드러난 셈인데, 이상하게도 그의 옷걸이는 물론이고 옷거리도 뛰어났다. 아마도 자신의 옷 취향에 대한 나름의 자부심이 너무 오뚝해서 사업도 번지레할 뿐 실속을 못 차린 게 아닐까 싶은데, 거의 맞을 것이다. 신사복을 비롯하여 와이셔츠나 남방셔츠를 늘 소문난 장인에게 맞춰 입는다든지, 걸치고 나서는 목도리, 시계, 모자, 허리띠, 가방 등도 척척 어울릴뿐더러 아주 세련된 것이어서 그의 안목을 한 수 이상 우러러봐야 할 지경이었다.

　가물거리는 옛날의 어느 배경을 회상해보면, 싸락눈 같은 보풀이 잔뜩 올라앉은 짙은 회색 홈스펀 재킷에 자잘한 체크무늬로 짜인 쑥색 버튼다운 남방셔츠를 받쳐 입고 나선 모습은(목도리를 두르고 있었을 텐데 어떤 색상이었는지 모르겠다), 그 너머로 누런 낙엽이 펼쳐진 가로수 길 위의 멜로드라마 영화배우를 떠올리게 했다. 겨울이면 치렁치렁한 검정 오버코트를 입고, 왜 그러는지 차양이 짧은 쥐색 노동자 모자를 쓰고 나타났는데, (흔히 레닌 모자라는 이 쓰개는 소련과 중국에서 한때 유행했던 것으로, 우리 쪽 서민의 두상은 물론이고 풍속과도 왠지 어울리기가 쉽지 않다) 그 입성 전체에는 어떤 조각미로서의 정적이 넘실거리고 있었다. 그가 걸치고 나서는 옷은 어느 것이라도, 특히나 그 유별난 간색 위주의 색조를 고려할 때, 여윳돈이 쓸 만큼 있다고 해서 손쉽게 구할 수 있는 것도 아니었고, 백화점의 명품점을 뒤져본들 찾을 수 있는 것들이 아닌 게 분명했다. 역시 짐작인데, 그는 평소의 옷보 기질을 쫓아 그 색깔이나 디자인이 웬만큼 눈에 찬다 싶으면 값의 고하를 따지지 않고 즉흥 구매를 불사하는 듯했고, 자신의 적당한 풍채와 그 옷들이 묘하게도 조화를 부려서 멋쟁이라는 말이 즉각 떠오르게 했다.

어쩌다 잊을 만하면 '안 바쁘냐'를 앞세우고 나타났는데, 그때마다 옷매무시가 달라져 있을뿐더러 그것들이 멋을 안 부린듯한데도 잘 어우러져서 자신만의 잔잔한 개성을 온몸에 두르고 있는 것이었다. (하기야 내 눈에만 그렇게 돋보였을 뿐이라면, 역시 '취향 편견'이라는 줄자를 들이댈 수밖에 없을 것이다.)

이미 그의 능력/재력/교양 정도가 얼추 드러나고 말았지만, 그는 워낙 다방면의 지인/우인을 많이 거느리고 있어서 그들로부터 주워 들은 말에다 콩고물을 묻혀 옮기는 말솜씨가 제법 비상했으나, 책은커녕 신문도 읽지 않고 살면서도 세상만사에 모르는 것이 없었고, 내가 보기에는 그것만으로도 대단히 유식한 체하는, 자기 앞에서 알거냥하는 사람을 곧장 타박하면서 자존심을 세워버릇하는 친구였다. 왜냐하면 그 반질거리는 말재주가 남의 것을 그대로 따와서 그런지 뿔뿔이 겉돌고 뒤죽박죽인 게 대번에 드러나서였고, 고유한 개성이 보이지 않아서였다. 나만 만나면 화랑을 경영하고 싶다는 말을 빠뜨리지 않으면서 '그때는 자네 도움말을 착실히 받아쓰기하며 배워야지' 같은 말을 덧붙이곤 했는데, 그 동정만으로도 그의 허영기를 알아볼 만하지만(이런 '허영기'에 흔히 '지적' 같은 관형사를 붙이지만, 그에게는 '글줄'이 워낙 미미해서 그럴듯하지도 않고, 얼치기 사업가/정상배들이 대체로 그렇듯이 노둑을 피우면서 상대방의 그때그때 기분/신분에 안기고 어울리려는 사교술이 좀 별난 것일 따름이었다. 물론 그의 옷주제가 그런 안길성을 의젓하게 감춰놓기도 했다), 그의 옷 취향과 교제술, 대인관계에서의 처신과 돈 씀씀이를 보면, '저 포즈, 저 스타일, 저 허영이 소양과는 아무 관계도 없는데 신기할 지경으로 척척 어울리고, 말솜씨를 보더라도 미감에 대한 나름의 개성적인 안목도 없는 게 틀림없건만, 일단 입성

하나는 멀쑥하게 빠졌다고 봐야겠네' 하는 소감이 저절로 괴어들었다.

↓

남성들보다는 여성들에게 상대적으로 많은 '옷보'가 남자에게도 없을 리야 만무하지만, 그들에게 공통적인 성질 하나는 각자의 특별한 그 취향을 언제라도 활짝 열어놓고, 유행에 민감한 평소의 심경을 저울질하면서 자신의 변덕스러운 기질에 순응, 아니 적극적으로 제 성질에 아첨을 떨어댄다는 것이다. 간단하게 말해서 옷에 돈을 아끼지 않는다고 하면 맞는 말이지 싶어도, 그들은 예의 그 취향이 유난스럽고 까탈스러워서 절대로 똑같은/비슷한 색상이나 디자인의 옷을 사지도 않고, 조금이라도 자신의 눈에 거슬리는 옷은 더 거들떠보지도 않는다.

취향의 일면에 각자의 개성/안목이 속속들이 배어 있는 것은 사실이지만, 적극적으로 개발하기에 따라 그 취향은 변덕스럽게 달라질뿐더러 상대적으로 고상/비속해지는 실례는, 특히나 옷 취향에서 두드러지게 나타나고, 눈에 띄는 즉시 그 적부(適否)를 가려낼 수 있지 않나 싶다. 이를테면 누구라도 신문 지면과 텔레비전 화면을 통해 유명인들의 옷태를 매일같이 감상, 그 품평을 머리에다 새길 수 있는 시대이므로, 더불어 그들의 취향과 아울러 각자의 성격/능력/자질(여기서 '재력'은 논외이지 싶은데, 고가의 옷에 대해서는 내가 잘 모르기도 하려니와 옷값 지출에도 '절약과 즉흥 구매'를 따져 버릇하는 보통 사람이 의외로 많아서이다) 등도 짐작해볼 수 있는 덤까지 누리는 세태이기도 한 것이다. 내 눈에는 그들의 취향을 곧잘 어루더듬을 수 있는 유명인사들이 한둘이 아니다.

불우 이웃 돕기 같은 캠페인에 잘 참여하는 어느 유명 변호사는 꼭 차이니스 칼라가 달린 와이셔츠만을 입고 한때 텔레비전의 패널로 자주 나타나던데, 첫 단추를 단정하게 여미는 그 복장에 대한 집착이 그의 사생활과 성격을 웬만큼 짐작하게 했다. 하기야 그 진정한 '속살'이야 당사자가 털어놓지 않는 이상 그의 집사람이나 '겨우' 알 것이다. 환갑도 진작에 넘긴 어느 여류명사는 번번이 새빨간 투피스를 즐겨 갖춰 입던데, 그 원색이 그런대로 그 부한 몸매와 어울리긴 했어도 오죽이나 많은 색상을 다 뿌리치고 유독 남의 눈에 띄는 새빨간 옷만 골라 입는 그 취향은 실로 난해하달 수밖에 없다. (그런 원색을 보면 얼떨떨해진 다는 유명 화가도 있지만, 나도 붉은 옷에는 즉각 으스스한 기운을 느끼고 만다.) 하기야 중국 사람들이 그들의 국기 색깔인 그 진홍색 옷을 즐겨 입는다지만, 일본 사람들을 상정해보면 입성에서 일반 국민의 공통적인 색깔 취향까지 분별할 수는 없을 듯하다. 그러나저러나 합성염료가 일상생활의 여러 도구/수단으로 널리 쓰이면서 밀레의 '이삭줍기'에서의 그 세 농부(農婦)처럼 중간색이 노동복에 어울린다는 통념도 부질없어지긴 했으나, 지금도 새빨간 원색 옷은, 이래봬도 내가 노동자는 아니라는 과시로 비칠 수 있다는 점만은 한 번쯤 생각해볼 일이다.

장신구도 복장과 복식미에서 빠뜨릴 수 없는 취향의 한 단면인 것은 두말할 것도 없다. 한때는 허리띠를 매지 않아도 되는 바지를 즐겨 입는 사람과, 화려한 얼룩무늬 바지 멜빵을 어깨에 두르고 신문을 화려하게 장식하는 명사도 있었다. (서스펜더라는 이 서양식 장신구는 묘하게도 우리 풍채와는 잘 맞지 않는다는 것이 내 편견이다. 어떤 문물이라도 서로 호환, 활용함으로써 명실상부한 '지구촌'을 삽시간에 만들어버린 '자유무역주의' 정신을 참조하더라도 과연 단순 비교할 수 있는지 의심스러운 사례이긴 하지만, '대부'나 '흐르는 강물처럼' 같은 미국 영화에서 주인공들이 둘러맨 그 멜빵의 자연스러움에는 개성적 인물/

인위적 배경/자연적 경관 등과의 그럴싸한 조화 이전에 생활화되어 있는 복식 전통의 무게를 떠올리게 한다. 한편으로 일본인들은 군복 복장의 어깨를 엑스자로 동이는 흰 붕대형 장신구를, 서양의 검사들이 가죽끈으로 어깨를 동였던 그 결사전용 무구를 개발, 상용했으나, 그 용도가 정신 무장으로는 다소 도움이 되었겠으나, 그 호신용 장식이 과연 얼마나 실용적/실전적이었는지 나로서는 짐작할 수도 없다. 그때나 지금이나 미군의 군복은 수시로 개량을 거듭해서 당대 최고의 전투용 복식을 구가하는 데 손색이 없는 듯하다. 미군의 야전복은 '마초'로서의 야성미를 멋들어지게 뽐내고 있을뿐더러 그 기능성이야말로 우리가 당장 베껴서 써먹어야 할, '정신 무장'보다 더 중요한 전투력 향상의 수단임은 재론의 여지가 없다.)

↓

그러나 뭐니 뭐니 해도 가장 보편적인 복장으로는 역시 한복을, 흔히 '개선, 간편, 생활' 같은 접두어를 붙여 버릇하는 그 좀 구식의 '개량' 옷을 즐겨 입는 유명인사의 취향을 한 번쯤 짚고 나서야 하지 싶다. 그 겨울용 생활한복은 의외로 편하고 따듯할뿐더러 집에서나 바깥출입 때나 상용할 수 있어서, 또한 은근히 옛날의 그 양반 의식/품위와 보수적인 '민족주의'의 정체성을 은근히 드러낼 수 있어서 두루 안성맞춤이라는 나름의 편향이 배어 있는 듯하다. 물론 그 밑바닥에는 양복을 걸치려면 와이셔츠에 넥타이를 매야 하는데 번번이 그것을 골라잡기가 귀찮아서, 또 넥타이 매듭이 목을 조르는 게 답답해서 같은 변명도 딸려 있다. 그래서 어떤 '규격'을 모나지 않게 풍성하니, 요컨대 두루뭉수리로 넉넉하게 마감해버린 그 복고 지향의 옷을 좋아하는 모양이나, 대님 대신에 예전의 홀태바지처럼 발목을 조인 그 봉제선을 보더라도 개량한복의 맥없이 여유로운 복장미는 '무개성'을 제멋대로/소탈하게 과시하려고 안간힘을 쓴 것 같다는 선입관/편견을 지울 수 없다.

여기서 내 나름의 토를 단다면 우리 전통 한복은 시대별로 끊임없이 '개선'을 추구해왔고, 유행에 아주 민감한 특성을 자체적으로 지니고 있다. 그래서 한복 바느질아치의 주장과 고객의 요청에 따라 어딘가 달라진, 따라서 독자적인 '개량' 복식을 지어내기가 비교적 손쉬운 옷이기도 하다. (물론 서양 옷은, 남성복이든 여성복이든 개량/변주/창의를 과감하게 수용하는 융통성을 발휘하는데, 그 실적은 미국 영화산업을 대변하는 아카데미상의 의상상 수상 영화들이 매년 보장하고 있기도 하다. 어느 해라도 그 복식의 기발성/창의성은, 특히나 서부극에서는 단추 하나의 위치 선정에서도 드러난다.) 양쪽의 그 숙의 과정과 공정 일체에 대해서는 비록 어릴 때의 눈대중으로나마 나는 물릴 정도로 관찰한 바 있는데, 동정을 조붓하게/낙낙하게 달지, 옷깃을 가슴이 살짝 보이도록 깊이 파든가 목까지 받게 여미든가, 끝동의 폭과 색깔을 어떻게 덧댈지, 마고자의 단추를 금/은붙이나 호박/옥을, 또는 헝겊 매듭으로 꾸밀지 등을 일일이 의논한 끝에 결정함으로써 옷 주인의 취향을 드러내기로 되어 있다. 그러므로 여름옷이든 겨울옷이든 잘 지어서 곱게, 옷태가 살아 오르게 입음으로써 비로소 완성되는 특이한 옷이 한복이다. (다른 민족의상도, 예컨대 서양 옷이나 일본 옷도 그렇긴 하겠으나, 입고 나섰을 때 한복 고유의 그 '비활동적인 정적미'가 상대적으로 더 두드러진다는 의미이다. 그래서 여름용 한복도 잘 입어야 하고, 노동복으로 입는 남성용 한복은 볼품없게 마련인데, 군이 그 흰 적삼을 입고 근영을 남기는 '민족주의적' 작가들이 있기도 하다.) 한복이야말로 마구잡이로 지어서도 안 되고, 아무렇게나 입고 나서서는 더욱 안 되는

　　　　　　　　　2. 취향에 대하여

'귀한' 옷인 것이다. 공정이 그래서 어쩔 수 없기도 하지만, 요즘에는 아무리 일류 한복집의 전문 바느질아치가 지은 옷도 그 거친 솜씨가 한눈에 띄곤 한다. 그 허술한 붙비는 결혼식장에서 여성 혼주의 한복 차림을 보면 대번에 알 수 있다. 그 하자투성이의 한복은 유행을 좇아 예전보다 훨씬 화려하고 요란딱딱해졌을지는 몰라도 그 바느질 품질은 하향 평준화되고 말아서 전통 복장의 품위를 마구 훼손시켜놓고 있다. 공정이 까다로운 옷이라서 그럴 수밖에 없다는 것은 그만큼 정성스레 입어야 귀태가 나게 되어 있다는 말이기도 하다. 그런데 오늘의 시속은 그 명색 생활한복을 후줄그레하게 입기로 작정이라도 한 듯 다들 남의 옷을 빌려 입은 몰꼴로 옷거리 전체에 귀태는커녕 개성조차 비치지도 않는다. 그야말로 옷 자체의 위엄도 죽이고, 입은 옷걸이에 품위도 올라붙지 않은 것이다. 돈도 버리고, 취향도 못 내비쳤으니 우리의 전통 복장 양식에 망신살을 끼얹은 것이 아니고 무엇인가.

여느 나라의 전통 복장도 대개 다 그렇지 않나 싶은데, 오늘날의 기계식 기성복에 비하면 우리의 한복은 고치기도, 세탁 후 다시 짓기도 까다로운 옷이다. 빨래 걱정을 앞세우면서 옷을 입는 사람은 멋쟁이도, 자신의 취향을 섬기는 사람도 아니라고 할 수 있겠으나, 한복은 끼끗한 차림새여야만 옷태가 나게 되어 있고, 그래서 진솔 옷을 정성스레 짓고 곱게 입어야 한다. 대중이 모이는 광복절 같은 행사장에서 유명인사들이 형식적으로 입고 나서는 한복들이 하나같이 어울리지도 않고, 남의 옷을 잠시 빌려 입은 듯이 추레한 게 아니라 초라하게 보이는 것은(전문가의 솜씨를 빌렸을 청와대 주인을 비롯한 정치인들의 한복들도 예외가 아니다) 깨끗한 옷이 아니기 때문일 것이라는 내 짐작이 얼추 맞을 것이다. (세탁과 다림질 공정에도 당연히 정성들인 솜씨가 따라야 한다는 말이기도 하다.) 생활한복을 즐겨 입는 양반들의 옷태가 별로인 것도 대체로 같은 맥락이다. 손세탁이든 기계 세탁이든 그 마무리가 시원찮아서 그렇다는 것을 알고 자신의 옷 취향을 깔끔하게 드러내는 사례를 보기가 어려우니 결국 '개선'과는 동떨어진 별종의 한복이 되고 만 것이다. 치마와 저고리만 겨우 명맥을 유지하는 여성 한복도 역시 잘 입어야 옷도 살고, 그 속의 아담한 몸피마저도 눈대중으로 알아볼 수 있도록 채근하는 것이 우리의 고유한 옷치레지만, 이제는 그런 미태를 따지는 여성들이 희귀해지고 말았으니 더 말품을 보탤 여지도 없다. 하기야 저고리는 옅은 무채색 계통을, 치마는 짙은 간색으로 받쳐 입는 중년 여성들의 그 일률적인 한복 차림에서 무슨 취향 따위를 발굴하기는 무람없는 짓거리일 것이다.

↓

취향은 가지각색이고, 그것들이 저마다의 각별한 개성을 두드러지게 뽐내는 특징이나 장식이라는 뻔한 소리를 지껄였지만, 내 안목으로는 도저히 이해하기가 껄끄러운 다음과 같은 사례도 있었다. 어쩌다 한때 통성명하고 지낸 작가로서 그가 기명한 저서를 받느라고 참석한 조촐한 자축연 자리에서였다. 소설집도 이미 서너 권이나 펴낸 그 작가는 끝내 누렁이 색깔의 헌팅캡을 벗지 않아서, 내 짐작일 뿐이지만, 일부러 뒷머리털을 수북하니 기른 대머리이지 싶었고, 대번에 구렁말의 그 갈색 털빛을 떠올리게 하는 신사복에 같은 색깔의 조끼와 그 속에는 짙은 회색의 터틀넥이라는 스웨터를 받쳐 입고 있었다. 화가들 중에는 더러 그런 이색적인 복장을 표나게 입는 양반들이 없지 않은데, 스웨터가 감싸고 있는 그 목 언저리가 아무래도 심심하다고 여겼던지 제법 굵다란 체인형 목걸이까지 두르고 있었다. 공중목욕탕 속에까지 그런 금붙이 목걸이를 걸고 때를 밀어대는, 일정한 생업이 없이도 잘 사는 건달형 욕객을 더러 목격하지만, 저것도 무슨 취향이겠거니 하고 살피니 굵다란 은빛 반지도 유별났고, 팔목이 불편할 듯싶은 두툼하고 큼지막한 시계도 돋보였다.

그런데 그가 일행들에게 정성 들여 친필로 사인하는 볼펜을 건너편에 앉아서 곁눈질하니 어느 교회에서 선전용으로 제공하는, 흰색 자루에 두껍 쪽이 녹색인 싸구려 제품이었다. 나의 유추로는 그의 부인이 독실한 기독교 신자가 아닐까 싶었다. 그러나 한편으로 생각해보면 명색 문인이 필기구로 공짜로 얻었을 그 사은품을 상용한다니, 그것조차 차마 버리기에는 아깝다고 할지라도, 이런 귀한 출판기념회 자리에까지 꼭 들고나와서 과시해야 했을까. 하기야 요즘에는 원고 작성을 다들 컴퓨터로 찍어대니 딱히 필기구를 갖추고 있을 필요도 없지만, 여러 종류의 사전용 형광펜을 비롯하여 연필, 볼펜, 샤프 펜슬 등을 문구점에 들릴 때마다 사는 나의 기벽과는 너무 동떨어진 취향이어서 적이 놀랐다. (나는 한때 만년필도 여러 개나 갖고 있었으나 사용하기가 귀찮고, 잉크를 장만하기가 불편해서 폐기 처분한 적이 있긴 하다. 형광펜/연필/볼펜/샤프 펜슬 등은 세종로 교보문고에 가면 여러 종류가 쌓여 있는데, 가격 차이가 심하지만, 국산은 그 성능이나 외장에서 외제의 품질을 반도 못 따라간다. 세계를 상대로 핸드폰을 수출하고 사는데, 필기구 정도야 아무것이라도 수입해서 소비하면 그뿐이다는 사고방식에도 인격/국격의 취향이 남루한 채로 배어 있다고 나는 생각한다. 우리의 생필품 볼펜으로 하얀 축에 검은 꼭지가 달린 그 유구한 '골동품'을 개량하지 않는 집단심성은 난해하기 짝이 없다.) 그의 그 좀 별난 옷 취향과 사은품 볼펜을 비교해보니 어느 한쪽은 '개성'과도 거리가 있는 게 아닌가 싶었다. 물론 그런 취향 일체에 따르는 그만의 희귀한 일화와 그 콤플렉스를(그런 게 있기나 하다면) 무시할 수도 없으므로 임시에는 좋다/나쁘다 할 것도 없을 듯하고, 어째 취향치고는 뒤죽박죽이고, 사기행각에 이골이 난 가짜들의 단세포적 성깔을 보는 것 같다는 인상을 지울 수 없었다.

취향이란 과연 함부로 쓰기에는 아주 곤란한, 적당히 써버리기에는 까다로운 어휘가 아닌가 싶었고, 그에 따르는 이런저런 상념을 떠올려 본 날이었다.

↓

미식가나 애주가들도 각자의 구미가 유별나겠으나, 그들의 그 '유별난' 기호를 여기서 다룬다는 것은 숱한 지면/화면에서의 그 '맛집 순례'처럼 진부할뿐더러, 차라리 소설에서 주요 인물의 성격을 살리는 일화로나 써먹어야 적당하지 않을까 싶다. 하기야 한 다리 건너서 알고 지내는 어떤 지인은 대로변의 높다란 빌딩과 상당한 현찰을 굴리는 엄연한 임대업자임에도 불구하고 늘 삼겹살, 빈대떡, 족발, 순대 같은 싸구려 안주에 소주만을 즐긴다는데, 그쯤 되면 취향을 둘러댈 일이 아니고 소탈한 성격에, 먹성조차 구질구질한 절약으로 땜질함으로써 자기 입맛을 개발하기는커녕 방치한, 굳이 비유하자면 북한처럼 자승자박형의 토속적인 생활인으로 자족하는 흉물이라고 치부해야 할 터이다. 하고 많은 미주와 명주(銘酒)를 다 물리치고 싸구려 술인 소주만을 찾는 그 취향은 어쩌다가 돈푼깨나 거머쥔 잔풀내기의 고집에 지나지 않는 것으로, 호주가 명색이 무색하게 매일 맛도 없는 벌술만 먹어 버릇함으로써 인생을 탕진한 셈인데, 그런 양반들이 우리 주위에는 의외로 많다. 그가 아무리 애주가라 할지라도 술에 관한 한 단연코 어떤 취향이 없는 모주꾼일 뿐이잖는가.

　한편으로 어떤 문학을, 구체적으로는 어떤 종류의 소설을 좋아하는지/싫어하는지를 점검함으로써 각자의 취향을 알아보는 것도 다소 유익하지 않을까 싶은데, (나로서는) 그 분별이 의외로 간단할 것 같다. 가령 도스토옙스키를 지독하게 바치는 독서가가 의외로 톨스토이는 그 능장을 부리는 이야기 진행과 사건의 짜임새가 헐렁해서 지겹다고 머리를 절레절레 흔들 수 있고, 전자에는 비관적인, 후자에는 낙관적 세계관이 관류해서 그렇다는 나름의 분별을 끌어대는 식이 그것이다. 나의 기호가 실로 그렇게 작동하는데, 전자의 작품에는 인간의 위선, 세상/제도의 온갖 모순 따위를 그 장황한 문장, 너덜너덜하니 했던 말을 자꾸 숙덕거리는 대화체, 잘 읽히기는 하나 별난 묘사/표현도 없는 밋밋한 문맥으로 지치지도 않고 꾸물꾸물 살해, 신의 무소불위, 죄와 벌 따위를 그리고 있어서 사람살이/세상살이 가운데서 가장 만만하고 요긴한 실경을 보여준다고 생각하기 때문이다. 그 진득한 불평/불만에는 투정/짜증/체념/비아냥/허탈 따위가 절절이 무르녹아 있어서 하등의 낯선 이질감을 느낄 짬도 없다. 한편으로 『마담 보바리』가 내 취향과는 아주 걸맞다고 강조하고 싶은 것은, 명색 도회지에서만 살아온 내게 아무런 저항감 없이 다가오는 그 시골 풍정도 빼어나지만 그 적확한 직유법에 혹해서, 그것을 어떻게든 원용, 나름껏 베낄 수 없을까 하는 궁리에 몸이 달아서 재독, 삼독하며 학생들에게 '귀가 따갑도록' 권독한 덕분이었음을 이제는 털어놓을 수 있다. 토마스 만과 서머셋 몸과 헨리 제임스를 즐겨 읽은 것은 한글이 도저히 따라갈 수 없는 그 반듯한 논리, 설명력, 지적인 문체 감각과 더불어 '이야기'라는 현실/현장에 드리운 사회적/가정적 배경/환경의 면면과 다사다난한 곡절을 (눈이 시원해지는) 사실화를 방불하게 할 정도로 얽어가는 그 기량을 익혀보려고 덤빈 것이었지만, 숙독 후에는 늘, 안 되겠다, 내 주제로는 도저히 따라갈 수 없다, 능력도 많이 모자라지만 우리하고는 풍경/풍속이 너무 다르다 같은 심란한 패배감을 거듭 새기기 위해서였다. 글 품팔이로 처자식을 먹여 살려야 하는 그 신물 나는 노동에 지칠 대로 지친 내 망가진 심신으로는 그런 외국 소설의 정점에다 내 조촐한 각성을 부려놓을 수 있는 것만도 오감 천만이었다. 하기야 그 시절이 좋았다는 생각을 지금에서야 절감하는 것도 반복이 불가한 인생의 묘리인 듯하다.

외곬이라서 따분할 뿐인 나의 문학적 취향이랄까 기호를 이처럼 구지레하게 풀어놓는 것은, '판타지 소설'이란 장르가 이제는 아예 '주류'의 이야기 양식으로 떠오른 문학 풍토에 진저리를 치고 있기 때문이기도 하다. 주인공의 신체 일부가 어느 날 이상하게 탈바꿈했다거나, 돈 많은 삼촌이 나타나 여행 경비로 뭉칫돈을 집어주었다거나, 이상한 인물과의 조우, 그와의 변태적 경험, 그 괴물 같은 일상 따위를 상상/공상/환상이라는 이름으로, 그러니까 문학이 아니라 문자로 새기는 작금의 반동적/반복적/반현실적 작업 일체를 못마땅하게 여기고 있어서이다. 그 해괴한 발상이 '우리' 인간에게 무슨 이익을 줄 수 있는지, 문학이 즐기기/시간 때우기만을 겨냥한다면, 그 목적에 돈 벌기/이름 팔기 따위가 반드시 끼어들게 되어 있는 '근대' 이래의 세계 구조/체제와 문학은 목숨을 걸고 싸워야 옳지 않은가. (세도인심을 내팽개치고 한사코 화조월석을 읊조리는 그 풍류시 속의 '임 향한'이 '판타지 서사물'의 매명과 배금주의로 바뀌어버렸다는 내 소견을 토로하자면 또 다른 지면이 필요할 듯하다.) 그런데 상상의 도피처로 숨어버린다니, 비겁한 소행이 아닌가. 시대가 달라졌으니 문학에도 갈래가 늘어날 수밖에 없

2. 취향에 대하여

으나, 그 많은 갈래가 궁극적으로 추구하는 것이 무엇이어야만 할까. 이 복잡다단하고 그만큼 엉망진창인 현상을, 아무리 똑똑한 인문학자/언론인들도 설왕설래만 일삼는 이 착잡한 현실과 점점 경거망동에 놀아나는 인간 군상을 분석, 해설하기는커녕 깡그리 기피, 무시, 매도, 파괴한 '문학 행위'가 사기는 아닐지라도 야바윗속이 아닐까 하는 꼰대다운 고정관념을 나는 좀처럼 뿌리칠 수 없다.

작가는 모름지기 허구한 나날을 번민으로, 속으로만 끌탕을 일삼는 열등감으로, 불만/불평/변덕으로 자기학대/자존자대라는 자기모순에 지겨워하는, 자신의 무지몰각에 절망하는 멀쩡한 정신적 장애인으로서 뻔뻔스럽고 몰염치한 환경/인간을 그만의 잣대로 분별할 뿐인데, 비겁하게도 '판타지'로 제 앞가림만 하겠다니. 환상은 상상의 자유를 분명히 오용하고 있다. 그것은 철두철미하게 비생산적인 망상일 뿐이다. 또한 현실/이념을 직시하는 분별력의 부재 내지는 파기가 휘두르는 감정/감상/감각의 착란상태이기도 하다. 어떤 수단과 방법을 구사하더라도 당장의 실천과 미구의 실현이 도저히 불가능한 작은 원망(願望)과 거창한 이상을 머릿속의 사상누각으로 짜깁기하려는 얄팍한 감상주의는 백해무익을 떠나서 자기기만이든가 자기도취가 아니고 무엇인가. 좀 극단적으로 말하면 언어는 실상을 그럴듯하게 적바림하기에도 벅차거나 부실한 도구에 지나지 않고, 그것을 깨쳐감으로써 문학의 권위에 다가가고, 문학의 위상을 반듯이 세우지 않는가. 이 천형 같은 불구/불비를 환상의 자유로 바꿔치기하겠다니, 그게 만병통치약 같다니 얼마나 무책임한 소치인가. 도대체 현실을 내팽개친 그 자리에서 문학적 취향과 작가적 개성 운운하며 씨양이질로, 혹책질로 자기 자신을 팔아대고, 언어의 역사적 문맥 일체를 파먹고 사는 행태가 과연 옳은 문학이거나 할까.

문학에서의 '정당한' 취향은 편견의, 자기 기질의, 작가로서의 소양/교양의 정도와 무관하지 않은 듯하다. '개성/관점'이라는 만능자를 휘두를수록 문학은, 그 속의 주제와 소재 일체는 무법천지의 권능을 무시로 행사하는 무뢰배의 지위를 (일시적으로는) 누릴 게 틀림없다. 그 언어는 허튼소리로 미래를 약속하는 계몽가나 자신이 무슨 말을 지껄이는지도 모르는 선동가의 그 허텅지거리를 부지불식간에 닮아갈 것이라고 단정할 수도 있다. 허세가 악덕이듯이 언어의 과장은 사기다, 사실을 위장하고, 독자를 속이는 데 전념하므로. 그들에게 취향이 있다면, 그 환상 만발의 소재 의식도 취향이라고 한다면 (앞서의 몇몇 실례와 견주어보더라도) 그것은 전적으로 가짜거나 위장용 도배에 지나지 않을 것이다.

그러니 세상이 변했다는 것을, 더불어 취향도 달라졌다는 사태를 직시하라는 강요는 한 시절의 그 고전을 숙독하라는 권유만큼이나 부질없는 월권일지 모른다. 어차피 각자의 취향은 서로의 쇠귀에 경 읽기나 마찬가지인, 서로를 경원, 백안시하며 살아가는, 참으로 난감한 한 시절을 맞은 것이다.

↓

음악 감상에서의 취향은 각자가 워낙 다를 수밖에 없고, 고전음악 감상에 관한 한 오디오 기기의 다양한 발명, 개량과 보편화로, 최근에는 유튜브의 실연 녹화로 다들 전문가 이상의 세련된 취미를 구사, 생활화하고 있으므로 여기서 왈가왈부하는 것은 전적으로 가당찮을 듯하다. 그야말로 나설 자리가 아니고, 베토벤의 교향곡들을 듣고 어떤 극치의 감정을 매번 느끼는 애호가에게 쇼스타코비치의 교향곡에서 울려 퍼지는 광포한 음색도 즐겨보라는 권유는, 숙환으로 와병 중인 병자에게 당장 일어나서 걸으면 낫는다고 지껄이는 건강 전도사의 설레발과 다를 바 없을 것이다. (심신이 고루 걸을 수 없는 사정을 철저히 무시하는 이런 망발은 허튼 상식의 맹점을, 경험의 무지를 토로하는 선동에 불과하다.) 그러므로 어느 쪽이든 다, 때맞춰 번갈아 좋아할 수도 있고, 각각 즐기는 시절이 따로 있다는 푸근한 분별은 전문가의 소임일 듯싶고, 그런 경지에 굳이 취향 운운하면 흰소리일 것이다.

거의 같은 맥락으로 미술 감상에서의 취향도 워낙 다양해서 그 안목에 대해 따따부따하는 것은 쓸데없는 월권이거나 간섭이기 십상이다. 그러나 이제는 문학 이상으로 대중화되어 있는 미술 감상에서의 특정 분야, 이를테면 베끼기로서의 구상화의 인기가 몰라볼 정도로 시들해진 데 반해 독자적으로/독선적으로 관심의 열기를 한껏 누리고, 화가들도 제가끔 독보적으로 기리는 비구상의 면면은 감상자의 눈을 점진적으로 열어놓는가 하면, 화폭 앞에 서자마자, 이런 어처구니없는 낭비라니, 하고 외면을 강제하기도 하므로 차제에 취향이라는 잣대를 빌려 다소 허튼소리를 보탤 여지는 있을 듯하다.

주지하듯이 미감의 향수는, 곧 아름다움을 분별하는 안목은 시대별로 달랐다기보다 달라지고, 개발되었는데, 그런 눈을 만든 자원은 사물/현상을 속속들이 관찰, 연구한 후, 그 특별한 시각을 화폭에 옮기는 기술로서의 '덧칠하기'로 깨친, 그 고단한 숙련에 지치지 않고 견뎌낸 화가들이었다. 색상이든 형상이든 그것의 재현은 결국 색의 분배/혼합으로, 선/면의 반복적 긋기로 완성에 이른다. 적어도 재현자의 마음에 찰 때까지 반복하는 그 덧칠하기에 미쳐 가는 경지가 화가의 본업이라기보다 (상투적인 표현대로) 권리이자 의무이다. 그 편집광적인 반복 행위의 심경을 글로 표현하기는 불가능할 테지만, 그 심적 변화는 궁극적으

로 '만족', 곧 어떤 완성의 추구에 대한 맹목적 바람일 수 있다. 그 만족
감은 화가의 마음에 찰 때까지 덧칠하는 다른 표현이다. 내가 지금 그
리고 있는 이 '자연'은 내 눈에 보이는 저것을 닮아야 하지만, 동시에
'이럴 수밖에 없다', 급기야는 '이래야 한다'는 맹신의 표적물로서, 웬
만큼 옮겨져서 완성품에 이른 그 '그림'은 이미 화가의 심상이 반 이상
베껴진 '제2의 어떤 대상'에 불과하다. '모나리자'는 실물보다 잘 생겼
다기보다 너무 닮지 않아서 동떨어진, 화가의 심정적 '이상'이 수많은
덧칠로 화폭에 옮겨진 일종의 '환영'일 수 있는 것이다. 실제로도 그 그
림은 제한된 화폭에 욱여넣어져 있으므로 크고 작은 덧칠을 거치는 동
안 축소, 생략, 삭제, 변모의 경과를 통과한, 그야말로 독창적인/유일무
이한 생성물일 뿐이다. 요컨대 화가의 붓질 하나에도 그의 심상에 엉어
리진 어떤 이상적인 미의식이 숨어 있을 수밖에 없고, 가장 맞춤하나
실물보다는 대체로 작을 수밖에 없는 화폭 속의 형상은 그의 일시적인
이상의 구현체이다. 따라서 문학을 비롯하여 모든 예술과 그 창작 행위
의 궁극적인 목표는 다가가기에 벅찬 어떤 '이상', 곧 항상적인 진선미
에의 접근에 지나지 않는다. 결국 그것에의 충실성은 창작자의 만족감
에 봉사한 윤리의식을 고백한 것이다. (소위 '이발관 그림', 수채화, 만
화 등은 그 이상의 왜곡으로서 덧칠하기의 자발적인 생략을 즐기고, 고
의로 마무리를 재촉함으로써 별도의 장르 감각을 드러낸 것일 뿐이다.)

범박하게 간추리면 그런 베끼기의 안목과 기량 일체는 19세기 중반,
1863년 파리에서 열린 '낙선전'의 다른 호칭이었던 '인상주의'로부터
완전히 달라졌다. '모나리자'의 몰골법(沒骨法, 스푸마토 기법)에서 보여준 그
수많은, 그러나 역설적이게도 그 흔적 없는 덧칠로서의 이상 구현이 부
질없어 보이기 시작한 것이다. 미의식의 일대 혁명이라고 해도 좋을 그

이상 추구에의 포기, 또는 시각의 과감한 교정은 화가의 눈에 비친 색상/형상으로만 압축되고, 그 전의 단축법/원근법 등도 저절로 조정, 무시될 수 있었다. 그렇다고 화가들의 본분인 덧칠하기 작업이 줄어들지는 않았으니, 마침 사진의 발명이 그들의 재현 기량을 가까이서 대신해 주었다. (아무리 과장해도 지나치지 않는데, 시각과 의식의 상호 영향력에 미친 사진의 역할은 괄목할 만한 것이었다. 현대문명의 '개진과 성숙'은 '사진'의 보급과 활성화에 기대서 그 존재감의 의식화를 드높였다.) 게다가 예전의 미적 대상에 새로운 문물이 숱하게 보태짐으로써, 그것을 시각적으로 보듬고 이해, 해석하자니 심상에서 한사코 얼쩡거리는 그 이상의 형체마저 흐릿하게 자취를 감추었다. '모나리자'와 대면하면 당장 달려드는 그 안정감, 균형감 등에는 어떤 대상의 전체든 부분이든 다 보여주어야 한다는 화의(畵意)가 넘실거렸는데, 이제는 그런 감각 일체가 부당한 욕심으로 여겨졌다. 이상이 달라졌을 뿐만 아니라 화가마다 각자의 별난 화의를 지니게 된 것이다.

인상주의의 탄생과 사진의 대두가 미감의 개발, 발전에 도화선이 되었다면, 그 후 우후죽순처럼 일어난 미술상의 여러 '이념'은 추상화의 발명을 내발적으로 구축하고 있었다는 유추를 끌어온다. 역시 도식적 해석을 내놓으면 '현대'라는 광적인, 그만큼 지리멸렬하기도 한 여러 문물, 사조, 의식, 요컨대 문화적 유전자라는 신조어인 그 밈(＝풍토성) 같은 것이 현대인 대다수를, 특히나 화가의 심경 일체를 착잡하게 얽어가는 동안 텅 빈 캔버스는 우리 인간의 의식과 그 이면을, 세상만사의 속살을 도해하는 도구로 다가온다. 이상이 달라진 게 아니라 없어졌거나 애매해지면서 그림의 대상이 '의식의 심부'까지 넘보게 된 것이다. 그래도 덧칠하기라는 숙명의 작업은 더 집요하게 이념/화의를 강화하는 쪽으로 몰아갔는데, 그 형상화는 색감이든 형상이든 일관성 좋은 붓질 보태기로 이어지고, 그것이 추상화에서의 그 조화미, 단순미, 지속미, 추구미라는 다른 이념에의 접근으로 나아갔다고 할 수 있다. 신경질, 짜증, 노이로제, 다정다한/다사다망/다식다병 같은 현대인의 필요악 같은 증후군과 '모나리자'는, 그 배경의 흐릿한 환경은, 그 화폭에 어리는 아우라 등은 대척점에 있다고 해야 바른 말이며, 실제로도 그 모든 이상적 조화를 감상할 마음의 여유가 부족한 게 아니라 그런 불구 상태는 현대의 표상이기도 하므로 불가피하다. 말을 줄이면 현대의 모든 사상(事象)은 어차피 구상화의 소재로는 부적합하고(영화와 사진이 그 일부를 도맡고 있기도 하므로), 그 실체와 본질도 막연해서 추상화의 표적물로 떠올라 있다. 그림의 소재가 인물화, 상상화 등에서 탈피, 화가의 시선이 미치는 일상의 사상으로 확대되었다는 실적이 벌써 실물/실상의 변주와 와해를, 더불어 왜곡을 사주, 응원하고 있었던지도 모른다.

미적 대상으로서의 추상화가 어떻게 탄생했는지를 소박하게 풀이해 보았으나, 그렇다고 구상화나 반추상화 같은 장르의 의의가 줄어드는 것은 아니고, 그 취향은 전적으로 임의로운 것이라서 가타부타할 수도 없다. 적어도 화폭 속에 엉겨 있는 화의만을 감상하기로 들면 추상화가 예의 그 출신이 일러주는 대로 윤리적인, 곧 작업 자세로서의 절박감을 한결 강단 좋게 누리고 있다는 사실은 부정할 수 없으며, 그것을 나름대로 이해하려는 감상자의 시선도 꼿꼿해질 수밖에 없는 것이다.

↓

각설하고 그림과 마찬가지로 조각과 건축도 다 같이 미적 대상물로서의 어떤 형상미를 추구하지만, 그 쓰임새에는 상당한 공공성이 불가피하게 따라야 하고, 그 위치 선정에는 다른 배경과의 조화를 고려해야 한다는 점에서 반드시 공간 감각을 따져야 한다. (어떻든 그림은 평면 예술이고, 추상화가 미술의 영역을 수십 배로 넓혀놓았듯이, 그 여파인 장치미술/행위미술 같은 별난 장르의 확산을 논외로 친다면, 공간예술 로서의 조각과 건축의 실용성은 평면예술의 그 개인성과 즉각적인 감 상성의 대척점에 있다.) 따라서 조각/건축은 그 형상물 자체와 더불어 외부의 여러 조건이 감상권에 의젓이 참석하여 언제라도 참견을 사양 하지 않는데, 이를테면 주변의 사물/배경과 아울러 사회적/정치적/역 사적 환경 등도 참고하라고, 심지어는 개인적 시각 너머의 다수, 곧 집 단심성으로서의 무언의 취향까지 고려해야 한다는 성마른 주장까지 내 놓는다.

  가령 서울의 한복판, 그 얼굴에 해당하는 세종로에 우뚝 세워진 이순 신 장군 동상과 그 뒤의 틀진 세종대왕 좌상에 대해 우리는 '민족/역사 의식' 같은 지겨운 강박관념을 떠나서라도 어떤 취향을 가지고 마주해 야 할 임무가 있다. (공공성은 누구라도 지켜야 하는 강제적 성격을 띠 는데, 그것이 인권을 최대한으로 누리게 한 현대문명에 대한 예의이 다.) 앞엣것이 입상이라서 뒤엣것을 굳이 좌상으로 앉힐 수밖에 없었다 면, 기념관이 아닌 실외에서 하늘을 지붕 삼아 점잖게 의자에 앉아 있 는 동상이 과연 얼마나 어울릴지는 심사숙고해볼 문제다. 마찬가지로 이미 50여 년의 연조가 엿보이는 시커먼 청동 입상과 황금색의 세종대 왕 좌상이 얼마나 대비의 조화미를 구사하는지는 저마다의 취향이 할 말을 재촉할 터이다. 그런 대비는, 역설적으로 선행의 입상을 너무 의 식하느라고, 높다란 기단과 넓적한 기단으로 분별하도록 쾌치고, 장군 의 손이 오히려 정적인가 하면 부지런한 군주답게 그 어수(御手)가 어색 할 지경으로 동적이기도 하며, 게다가 이순신 장군의 얼굴과 투구와 칼에는 그 고의의 비사실적인 형태미를 대번에 알아보도록 강제하는 긴장이 흐르는 데 반해, 세종의 용안과 어좌(御座)와 자태에는 그 조작적 사실성이 지나칠 정도로 단조로워서, 어설프고 무딘 용포(龍袍)의 주름에도 여실하게 떠올라 있다. 요컨대 선행의 조각상을 너무 의식하다가 조선조 초기의 임금 좌상이 까마득한 후대의 장군 입상에 치여버렸다는 감상을 내놓게 한다. 왜 그 크기조차 입상에 좌상을 얼추 비슷하게 맞추느라고 동체(胴體)조차 우람해서 어질기는커녕 거인 같다는 아쉬움을 해소할 여지가 없어지고 말았다고 할 수도 있다. 더욱이나 그 배후의 경복궁과 그 위의 북악산과의 어우러짐을 먼눈으로 점검해보면 입상을 오히려 좀 더 크게, 좌상은(꼭 좌상으로 앉힐 수밖에 없었다면) 기단의 높이와 체적을 줄여야 좋지 않았을까 하는 의문이 다가듦을 막을 수 없다. (실은 입상의 주변 광장이 지나치게 협소하다는 지적에는 어떤 변명도 통하지 않을 것이다.) 무인과 문인의 대비로서 퇴계 같은 선비상을 앉히는 것이, 이순신의 용모를 훨씬 더 추상화시키는 것이, 아울러 군주의 얼굴도 지금 같은 사실성을 한가락 더 눅여야 옳지 않았을까.

아무튼 감상의 진정성을 독촉하는 조각/그림 앞에서는 문득 허망한 바람을, 저래서는 좀 미흡하달 밖에, 딴에는 성에 차는 작품이 그리 쉽게 나오나 같은 평퍼짐한 감상을, 어쩔 수 없지 뭐 하는 투정을 내놓을 수밖에 없는 것이다.

↓

우리의 모든 건축물을 한낱 편의 시설로만 여기는 통념에 반기를 들고 나설 수밖에 없는, 그 복잡다단한 행정적 구조/규제 자체에 나는 불평이 많지만, 특히나 대문, 기둥, 창문, 처마 같은 가장 기본적인 장식에조차 어떤 조화, 안정, 균형, 변주 감각을 덧붙이지 못하는, 아니 아예 없애버리지도 못하는 '반독창적 실력 전반'에는 절망을 금치 못하는 편이다. 가령 여느 아파트라도 천편일률적으로 짜맞춰서 붙여놓은 베란다 쪽의 철책 창틀 '장치'는 일부러 입주민의 일과와 일상을 골탕 먹이려고 작정한 행악처럼 비친다. 적이나 하면 거기다 높이 1미터 안팎의 '화초담'을, 그 재료로는 벽돌이든 대리석이든 철재든 골라잡고, 그 문양도 '단순한 조화미'를 먹이는 식으로 쌓으면 외관도 다채로워지려니와 대개 빨래를 걸거나 화초 몇 포기를 키우는 데 허비하는 그 널찍한 공간을 생색나게 써먹을 수 있을 것을, 그럼으로써 사생활도 보호하고 각 가정의 전반적 정서, 취향을 다양하게 개발, 정화하는데 좋을 것을, 그리하여 현대 건축의 금과옥조인 그 기능성을 살려야 할 것을, 하는 내 투정이 (우리 건축 현장의) 물정에 어두운 시정인의 한낱 볼멘소리란 말인가. 여러 잔소리를 줄이면 벽돌집을 지어본 경력이 워낙 일천하다는 역사성도, 수시로 신문 지면을 요란하게 장식하는 건축가들의 발언도 한때의 그 음풍농월을 건너뛰어 '유체 이탈'로 들리는 나의 소회는 착잡하다. 하기야 수천 년 동안 복층의 거주용 석조건물 한 채를 못 짓고, 목재 구조물에 겨우 기와를 얹은 단층집에 눌어붙어서, 소일삼아 장난스레 탑이나 석등 따위를 세우면서 살아온 우리의 주택 취향에 무슨 변주, 창의를 기대한다는 것도 무리일지 모른다.

취향은 섬세할수록, 개발할수록, 다양할수록 그 진면목의 허실이 두드러지게 되어 있는 임의로운 자의식일 수 있다는 뻔한 소리를 너더분하게 늘어놓았지만, 그 배후에는 역사적 문맥으로서의 전통과 그 관성에 길항하는 개인의 심리적 음영도 분명히 작동하고 있는 듯하다. 나의 좀 삐딱한 개인적 취향이지 싶은데, 일취월장하는 국력을 반영하듯이 전국 각지에는 문학 기념관과 그 주변에 세워놓은 문학비가 무수히 많고, 감히 예상컨대 한때의 공적비처럼 점점 불어날 추세다. 그것들마다에 아담한 정취가, 자체적으로나 주변과의 조화로나 특이한 분위기가 빚어지기를 바라는 내 소망은 이내 시들해진다. 수백 년에 걸쳐서 명색 주권국가를 영위해온 나라가 반반한 석조건물 한 채도 남기지 못하고, 기껏 돌무더기에 불과한 성이나 쌓고 남은 돌로 알량한 척화비(斥和碑)나 갸륵한 송덕비를 새기는데 급급해온 주제들이 어느 세월에 고상한 취향을 과시할 수 있을지.

대체로 우리의 취향은 엉성하고 촌스럽기도 한데, 그 배경에는 유족한 생활의 연륜이 짧기도 하려니와 그 여유도 일부 계층에 국한되어 있은 탓이 큰 듯하다. 문화란 전통과 관습의 기억이며 동시에 실천이므로 그 연륜과 세련의 정도에 따라 취향의 급수가 매겨질 것이라는 나의 잣대를 당분간 수정할 필요는 없을 듯하다.

↓

추기 1_ 문학비는, 내가 본 범위 안에서 말하면, 예전 것이 요즘 것보다 훨씬 기품이 살아 있다. 가령 대구 달성공원에 세워진 이상화 시비는 최초의 문학비라서가 아니라 그 크기, 새긴 글자체, 그 형상 등이 괄목할 만하다. 나의 추단에 따르면 무학력자에 독실한 독학자였던, 명실상부한 일본통으로 손색이 없었던 김소운의 안목과 입김이 들어가서 (물론 그의 취향까지는 알 수 없지만) 그 정도의 기념비를 해방 직후에, 그것도 단시일 안에 건립할 수 있었지 않았나 싶다. 차마 다른 실례를 들먹일 수 없지만, 요즘 세우는 시비, 문학비, 문인 동상/흉상 등에는 남루한 취향이 얼쩡거리고 있음에도 불구하고 누구도 감히 이견을, 감상을 내놓지도 못하고 있다. 서울 세종로의 교보문고 언저리에 벤치와 함께 놓여진 횡보 염상섭의 좌상이 ('횡보'는 모로 걷는 걸음걸이라는 말로서, 호치고는 특이한데, 막상 그 주인은 짐짓 생각하는 포즈로 삐딱하니 앉아 있다) 그 자리에 과연 어울리는지 숙고해볼 만하다. 취향은 시대에 발맞춰 변할 테지만, 그 안목의 수준/우열은 대번에 확연히 드러나는 것인 듯하다.

3. 신문이라는 마약

↓

요즘은 신문의 위력이 예전 같지 않다는 말을 자주 듣는다. 어쩌다 점심이라도 함께 먹기 위해 두어 달에 한 번씩 만나는 친구들이(문학 방면에는 고만고만한 상식을 가지고 있으나, 한때는 자신들의 생업에 충실히 종사하다가 10여 년 전부터 은퇴 생활을 누리는 평범한 시민들이다) 신문을 구독하지 않은 지가 오래되었다면서, 신문을 보지 않아도 세상이 돌아가는 판세에 대해서 알 만큼은 알고 있다는 자부를 스스럼없이 드러내곤 한다. 짐작하건대 다들 텔레비전으로, 핸드폰으로, 컴퓨터로 뉴스와 속보를 듣는 것으로 충분하다는 표정이고, 실제로도 하루에 꼭 2시간 이상씩 두 종류의 신문을 통독하는 나보다 그들이 정치 판세라든지 경제, 사회, 문화 쪽의 화제에 대해서는 더 정통할뿐더러 더러는 시중에 파다한, 그러나 신문에는 일언반구도 비치지 않았던 정계의 추문이나 유언비어까지 들려주어 나를 적이 놀라게 하는 경우도 비일비재하다. (같잖은 나름의 핑곗거리가 없지 않아서) 나는 여태 핸드폰을 지니지 않고도 그럭저럭 일상생활을 영위하는 데 하등의 불편도 모르는 '시류 역행적 꼰대'에 불과하지만, 무슨 정보나 어떤 뉴스도 실시간대에 바로 접할 수 있는 그 만능 기기가 신문보다야 훨씬 편리하고, (잘은 모르나) 시청료든 구독료든 공짜거나 천 원 단위의 푼돈인 성싶고, 특정 정보에 따르는 댓글의 반응까지 챙길 수 있을 테니 나의 아날로그식 정보량과는 비교급이 아닐 게 틀림없다.(신문 한 부의 구독료는, 최근에 많이 올라서, 월 2만 원이다.)

다른 동네는 어떤지 몰라도 우리집의 경우는 새벽 네 시 전에 어김없이 신문이 현관문 밖 복도에 떨어져 있다. 그때부터 나의 일과는 신문 읽기로 시작하는 셈이며, 세상이, 나라가, 사람살이가 어떻게 돌아가는지를 종이 위의 활자를 통해 대충 이해하면서 분노, 짜증, 신경질, 심드렁, 비난/조롱/비판, 허탈/콧방귀 등의 감정을 차곡차곡 터뜨렸다 삭이는 한편 머릿속에다 대충 챙겨 두는 데 쉬 지치지 않는다. 한창때나 지금이나 뜨악하니 놀라서 전후 문맥을 찬찬히 뜯어 맞춰 본 뉴스는 흔했으나, 다시 읽고 싶은 보도를 접한 날은 이때껏 없었던 것 같으니 신문이 내게는 스트레스/화딱지/자탄 따위를 떠안기는 '비관론 전염 병원체' 같다고 해도 과언이 아니다.

그러나 마나 나의 세상 이해는 말할 것도 없고, 내 자의식과 언행의 반 이상도 신문에서 얻은 상식/소식/정보/지식 따위를 나름껏 취합, 해석, 분별한 다음의 그 건더기에 불과하다는 생각에 미치면, 나머지 반으로서의 변덕스러운 개성, 타고난 비사교적 기질, 초름한 소양에 기대고 있는 별난 취향 같은 것이 아주 하찮게 여겨지곤 한다.

그동안 신문과 얽힌 내 개인적 일화를 늘어놓기로 들면 말이 길어질 테지만, 고등학교 2학년 때 끄무레한 안개가 짙게 서성거리던 가을 초입의 어느 날 등굣길에서, 중앙통의 전봇대들에 다닥다닥 붙어 있던 '중앙일보 창간' (전부 한자로) 광고지를 보고, 서울에서는 저런 거창한 사업도 벌이네 하는 선망을 곱새긴 기억이 지금도 선히 남아 있을 정도다. 대학생 때도 신문조차 안 보고도 그냥저냥 사는 집안 형편 덕분에 중앙도서관의 정기간행물실에는, 강의 시간을 빼먹는 한이 있더라도, 매일 같이 검정 고무신이나 낡은 운동화 바람으로 개근하다시피 출입하며 여러 종류의 신문을 샅샅이 열독하곤 했다. 훈련병 시절에도 딱히 고되고 괴롭다는 생각은 뒷전으로 물려놓고 매일 신문을 못 보는 이 사정만큼은 정말 답답하고 비인간적이네, 지금도 세상은 그런대로/ 뒤죽박죽으로 굴러가고 있으려나 하는 짐작을 떠올려보면 공연히 막막해지고, 언제쯤, 그러니 꼬박 3년 후겠는데, 그때는 내게도 신문을 느긋이 보며(예의 그 정기간행물실에서는 여러 신문을 나무 막대기 두 짝으로 철해두었다가, 내가 입대하기 직전에는 2층 층계참의 널찍한 공간에 유리 전시대를 설치해놓고 앞뒤에서 서성이며 관람하도록 비치해놓았었다.) 살아가는 그런 세월이 닥치려나 하는 공상을 이어가곤 했다. 더듬을수록 아득해지는 옛일이지만, 징글맞도록 지겨운 세월이었다. 훈련병 시절을 겪고 난 후 1년쯤 지나서야 사령부 내 파견부대에서 복무하게 되었는데, 마침 정훈참모부의 퀸셋 막사가 배수로 건너에 이어져 있는 통에 틈틈이 여러 신문을 훔쳐볼 수 있어서 그나마 숨을 쉬고 사는 기분을 만끽할 수 있었다. 그즈음 어느 날 정문 초병 근무를 끝내고 복장을 풀자마자 바로 옆 막사로 뛰어가서 역시 나무 막대로 철해서 가로다지 걸이에다 나란히 걸어놓은 신문을 읽고 있는데, 일본의 대표적 우익인사에다 그 현란한 감성적 문체가 단연 돋보인 소설가로 유명했던 미시마 유키오가 해괴한 할복자살을 감행했다는 뉴스를 접하고 적잖이 놀랐다. 문인이 그런 해프닝을 공공연하게 저지르는 일본의 사회적 분위기, 우국적 결기가 왠지 내 가슴을 서늘하게 적셔 놓았다. (자살을 감행하는 주인공보다 여성 인물의 캐릭터를 훨씬 애틋하게 그렸던 "금각사"의 작자가 부하에게 자기 목을 치게 하는 그 일본식 죽음으로 생을 마감할 수도 있는가 하는 생각이 한동안 자주, 사령부 정문을 지

3. 신문이라는 마약

킨답시고 멍하니 서 있는 중에도 떠오르곤 했다. 젊은 한때의 객기로 '아름다운 산화(散華)' 같은 낭만적 관용구를 곱씹곤 했을 것이다.)

근자에 들어서는 신문 없이 못 사는, 좀 과장하면 '신문 중독증'이 점점 더 심해지고 있다는 자각이 거슬려서, 차제에 읽는 시간을 대폭 줄이던가 두 신문 중 하나를 끊어 볼까 하는 생각도 떠올렸다가 이내, 무슨 낙으로 새벽 시간을 메우려고 하는 물음 앞에서는 곱다시 이대로 살아야지, 버릇이 성격이고 팔자라는데 어째, 하던 짓을 불쑥 안 하다간 탈 난다는데, 악연도 타고난 인연이라잖아 하고 물러서는 내 심사가 같잖아서 지질한 쓴웃음을 흘리는 지경이다.

(사전의 뜻풀이대로라면) 마음대로 되지 않는, 헤어지려야 헤어질 수도 없는 남녀의 인연을 악연이라고 하는데, 나와 신문의 관계가 꼭 그래서 도저히 떼려야 뗄 수 없다는 생각을 품은 지도 오래되었다. 중학교 때부터 대구 매일신문사 정문 옆의 게시판에 벽보 조로 붙여놓은 석간신문을 서서 떠듬떠듬 읽어버릇했으니, 거의 60년 동안이나 이어온 인연에도 불구하고 나와 신문은 탐탁찮다 못해 아주 징글징글하다고 해야 할 정도로 그 일거일동이 못마땅하기 이를 데 없다. 그렇다고 이제부터 다시는 너를 안 볼란다 하고 매정하게 돌아설 수도 없으니 악연도 이런 악연이 달리 있을까 싶어지는 것이다. 달리 말하면 신문이 내게는 마약 같은 것으로, 흔히 습관성에다 장기 복용에 따르는 기능 장애 현상이 나타난다는 그 중독성이 아주 심각하며, 요즘에서야 이 '중독 증세'를 어떻게 좀 해소해야 하지 않을까 하고 고심 중이다.

↓

내가 신문을 열독한다고 하나 어폐가 아주 심한 말이다. 요즘에는 나이 탓으로 순발력도 떨어져서 아무리 천천히 읽어도 선뜻 이해할 수 없는 기사가 부지기수라서 모든 지면을 곁눈질하다가, 마, 됐다, 몰라도 괜찮을 것 같다 하고는 면면을 겅중겅중 적독(摘讀)하고 있으니 말이다. 중년 전부터 심각하게 '의식' 했었을 성싶은데, 나는 천성이, 돈이야 먹고 살 정도면 되고 더 있어 봤자 엉뚱한 짓으로 남은 인생을 그르치고 말지 싶어서 유별나게 집착하지도 않는 쪽이고, 수리적 머리도 모자라서 경제면은 아무리 열심히 읽어도 아리송해지는 기사 천지다. 통화량의 긴축/완화를 왜 인위적으로 조절하는지(돈의 가치는 시장에서 상품이 많고 적음에 따라 저절로 오르고 내리고 할 텐데 말이다), 환율의 고저가 실생활에 왜 중요한지를 이해하기가 어렵고, 그 변화의 중요성을 숙지해본들 내게 무슨 이해(利害)가 당장 닥칠 것 같지도 않은 그 '남의 급한 사정'에 군이 열을 낼 필요가 있을까 하는, 이런 '무관심' 일변도의 사고방식이나 행태를 뜯어고친다고 무엇이 달라질까 해버리는 주제니까. 심지어는 부동산의 시세와 장단기적 전망 같은 기사를 읽고 짐작을, 이해 범위를 넓혀 가려고 해도 헷갈리기만 하고, 용적률/건폐율 등을 사전으로 익혀 보았자 그 지식이 세상을 더 잘 이해하는 데 얼마나 도움이 될지 나로서는 의심스럽다. (20층짜리나 그보다 더 높은 상층부의 아파트에서 살면 여러 점에서 불편하고, 그만큼 시간 낭비도 불가피할 뿐더러, 위험천만하지 않을까 하는 내 혼자만의 추측 말고 또 다른 '경험적 지식'을 터득해본들, 도대체 그런 분별을 써먹을 데가 어디이며, 그게 우리 삶에 무슨 소용이란 말인가.) 더욱이나 늘 한 면을 통째 그 동향의 분석, 전망에 할애하는 주식란에는 일별도 주지 않는다. 이때껏 주식으로 돈을 벌려고 잠시도 생각한 적이 없는데, 만에 하나 내게 그럴 여윳돈이 생겨 주식 투자에 매달릴 작정이 섰다면 제대로 그 방면의 공부를 다부지게 한 연후에 덤벼야 할 테고, 그러자면 내 둔팍한 머리로는 10년쯤 불철주야 '현장 답사'와 '거시/미시 경제'도 웬만큼 익혀야 하지 않을까 하는 속단을 무시하기도 껄끄럽고, 그런 골치 아픈 실물경제를 알기 싫은데야 어쩌랴. 그래서 경제면은 신형 자동차, 라면 같은 신상품, 매장 풍경 같은 사진만 힐끔 쳐다보다 넘겨버리고 마는데, 이처럼 찬밥 신세를 면치 못하는 신문 지면이 이즈막에는 점점 늘어가고 있다. 가령 (왜 그렇게 대문짝처럼 크게 취급하는지 도무지 이해할 수 없는) 골프 시합 같은 기사에는 내 시선이 아예 머물지도 않는다. 나머지 체육면 기사도 대체로 마찬가지지만, 특정 선수를 지목, 그의 팬을 자처한 적도 없긴 한데, 영국의 프로팀 토트넘에서 뛰고 있는 손흥민의 득점 뉴스는 꼼꼼히 훑어보고 난 후, 기사의 질을 품평하지만 대체로 그 폭발적인 슛 장면에 대한 설명력/해석력이 부족하다고, 툴툴거리는 정도이다. (운동 신경이 뻣뻣하기로는 아예 장작 수준인데도) 한때는 프로야구 선수들의 타율과 그들의 타격 자세 따위를 눈여겨보곤 했으나, 그 열기도 이내 시들해졌다. 이제 스포츠면은 경제면처럼 굳이 알려고 하지도 않으니 관심이 멀어졌다고 할 수 있겠는데, 딱히 서운하지도 않다. 연예면도 마찬가지라서 배우나 가수의 이름은 물론이고 얼굴조차 생소한 '인기인'이 내게는 전철 속의 승객만큼이나 낯설고, '내남 없이 참으로 지루한' 얼굴이라서 후딱 외면해버린다.

그렇긴 해도 문화면에서 책 소개와 학술 기사나 미술계 동정 등을 그나마 열심히 읽는 편이지만, 문학 방면의 소식은 건성으로 한눈이나 파는 정도이다. (다른 문인들도 그렇지 않나 싶은데, 나로서는 환갑 전후부터 문학/문단의 화제에는 관심이 엷어지다가 이내 그 한가로운 기사들이 젊은 시절의 내 객기를 보는 듯 점직스럽고 시시껄렁하게 여겨져서 눈길을 돌려버릇하니, 절 살림을 모르는 이판승처럼 마음자리가 제물에 편해졌다.) 종교란은 언제라도 비교적 눈여겨보는 편인데, '마음을 비우라' '만물이 소생하는 봄날이다' 식의 그 진부하고 고리타분한 덕담에는 이내 질감스러워진다. 인간의 이중적 위선 행각과 불합리/부조리로 이전투구를 일삼는 세상사에 대해서는 내전보살처럼 끝끝내 몽따면서 생활 감정과 한참 동떨어진 윤리적/이상적 지침을, 예컨대 천국, 구원, 기복양재(祈福禳災) 같은 무망한 소원풀이를 한사코 강요하는 종교인들의 그런 상투적 발언이 과연 얼마나 호소력이 있을까 하는 생각으로 보깰 때면, 평생토록 책을 딱 '한 권'만 붙들고 동어반복을 신들려 되뇌는데도 밥을 먹여주니 참 희한한 직업이다. 귀한 신문 지면이 왜 수시로 이처럼 행복한 성인군자의 지명도까지 관리해줄까 하는 망상을 이어가면 이내 허탈해진다.

읽기와 한눈팔기를 제멋대로 골라잡을 수 있는 신문 지면과 마찬가지로 쳐다보기와 바꾸기를 분 단위로 가릴 수 있는 텔레비전 화면과의 접촉은 주로 뉴스 듣기로 한정되어 있는데(시사 전문가들을 나란히 앉혀놓고 문답식 공개토의를 벌이는 시사 프로는 더러 경청하는 편이지만, 어느 특정인의 말발이 억지스럽고 무지하다 싶으면 채널을 바로 바꿔버리는 편이다), 똑같은 채널을 세 번쯤 연속으로 보면 이내 그 따분한 진행이 지겨워진다. (우리의 앵커들은 대체로 너무 딱딱하고, 취재기자들과의 주거니 받거니가 어설프고 사전에 짜맞춘 것 같은 낌새가 역력해서 시청자가 되레 민망해지는 때가 많다.) 나머지 화면들도 어슷비슷해서, 이를테면 연속극, 대중가요 경연대회, 연예인들이 둘러앉아 잡담을 나누는 프로들은 너무 재미가 없어서 수십 년 전부터 안 보고 있다. 따분하고 시시하기로는 방화도 오십보백보여서 그쪽에 대해서는 철저히 무식한 편이다. (최근에 외국영화제에서 무슨 상을 받았다는 우리

영화를 보다가 그 느려터진 시퀀스, 상하와 좌우도 모르는 듯 변화가 없는 고정적 화면에 진력이 나서 20분 만에, 시간 낭비다, 저게 재미있다니, 저렇게 못 만들기도 어렵지 않을까, 저런 대사가 복선이라고, 참으로 난해의 극치다, 내 머리로는 도저히 못 따라 잡겠다 라며 비 맞은 중처럼 중덜거리다가 일어서버렸다.)

↓

내 나름의 분별에 따르면 신문지면은 크게 세 가닥으로 나눌 수 있지 않을까 싶다. 기자들이 전문분야별로 현장을 뛰어다니며 취재한 후, 오늘 이 시각, 이 시점에서 가장 요긴한 화제가 될 만한 기사를 작성하여 데스크에(요즘도 그럴 텐데, 부장이나 차장이 도맡고 있을 것이다) 넘기면 부서장이 일단 취사(取捨)를 가린 다음, 그 원고의 길이를 조정, 게재 여부를 관장하는 '기사문 지면'이 있다. 이 기사문 지면이 절대적으로 많고, 특종이든 뒷북치기 기사든 신문 지면의 질적 가치는, 이 기사들의 글감, 글발, 글맛에 따라 즉석에서 그 우열이 두드러지게 달라진다. (물론 기사의 중요도를 가려서 위로/아래로, 크게/작게 앉히는 편집=레이아웃, 곧 지면의 정리와 안배에 따라, 더 크게는 기사 꼭지별 표제 활자와 여백의 크기에 따라 신문의 질적/상대적 가치가 판이하게 드러난다. 이 편집 감각의 핵심은 과감한 정리벽이겠는데, 그 우열 가리기에는 자잘한 미적 감각의 분식이 필요하다. 이것에 소홀한 신문은 영원히 2류지, 3류지의 처지에서 벗어날 수 없다.)

그다음으로 종요롭고 비중도 자못 뜨르르한 지면은 각 신문사의 편집 방향과 사시(社是)를 공공연히 떨치고 나서는 논설위원급들의 칼럼과 논설란이다. 이 지면은 고정석으로 정해져 있고, 가장 긴박한 논란거리를 주제로 잡아 그 선악/시비를 도저하게 지적, 비판하는데, 이 '논조면'

의 더듬거리는/등등한 기세에 따라 후줄근하니 쉰내가 등천하는 지면과 펄떡거리며 싱싱한 기운이 배면에까지 비치는 지면이 뚜렷하게 갈라진다. 시중의 여론/민심 내지는 시쳇말로 '집단심성'의 형성에는 이 논설란의 기여도가 가장 출중해서 대세의 흐름을 장악, 집중적으로 교도하고 있다고 봐야 할 테지만, 요즘에는 SNS을 통한 '가짜성' 속보의 떼쟁이 근성이 극성스러워서(별다른 재주/능력도 없어서 오로지 그 검질긴 성깔 하나로 생계를 그냥저냥 이어가는 '운동권' 기질이라 어쩔 수 없긴 할 것이다) 한때의 그 완력이 완연하게 시들해진 것은 사실인 듯하다. 하기야 아직도 논설까지 꼼꼼히 읽는 구독자는 자칭 '꼰대' 근성이 왕성한 극소수의 '꼴통 보수적 우익인사'로서 소설의 캐릭터로나 써먹을 수 있는 '예외적 인물'이 아닐까 싶긴 하다.

'논조면'과는 글발의 성격도 비슷하고, 주제어의 선택에서도 대동소이한 또 다른 고정란으로는 외부 필자들을 주기적으로 골라잡아서 그들의 시론/시평을 싣는데, 이 지면은 특등석처럼 정해져 있고, 그만큼 협착해서 논란거리를 충분히, 심도 있게 다룰 여지는 근본적으로 제한되어 있다. 한동안씩 고정 필자로서 시사성이 짙은 화두를 선점, 자신의 고견을 피력하는 이 '기고면'의 질적 고하는 당연히 해당 필자의 필력이 좌우하지만, 그 논조는 알게 모르게 그 신문의 '명시적/암묵적 편집 방향'을 의식적으로, 아니 지성적(至誠的)으로 떠받드는 것이 보통이다. 그 눈치 살피기에 둔한 필자는 있을 리 만무하고, 조금 삐딱한 사담을 풀었다 하면 그 이름은 서둘러 개두환면(改頭換面)의 불명예를 감수해야 할지 모른다.

주지하듯이 위의 논조면과 기고면이 양질의 여론을 주도하여, 우리 사회 전반의 정치적/사회적/문화적 환경 조성에 절대적으로 이바지해야 하건만, 작금에는 조잡한, 그만큼 미심쩍은 '정보 팔기'에 혈안이 되어 있는 명색 '언론 소통 매체'들이 거치적거릴 정도로 많아서 사실은 커녕 가짜 뉴스의 진위조차 분간하기가 어려운 형편이다. 문자 그대로 여론의 '아노미' 상태를 매스컴이 앞장서서 조장, 사실을 허위로, 가짜를 진짜로 조작하고 있는 셈인데, 유사 이래 가장 배부른 국부(國富)를 누리고 사는 덕분에 소식이든 상식이든 좌우 진영이 맞수처럼 편을 갈라 전혀 다른 가리사니로 독자/시청자를 헷갈리게 하고 있으니 이래저래 한 끼에 밥상 두 개씩을 받아놓고 그 만복감으로 속이 거북하기 짝이 없는 세상을 마주하고 있다.

말이 나왔으니 좀 더 솔직한 직언을 토로한다면 문재인 정부가 들어서고 난 이후, 우리 사회의 정체성이 단시일 내에, 그것도 더 어떻게 망가질 수도 없을 지경의 혼돈 상태로 돌변, 세칭 편 가르기로 형해화되어버린 느낌이 여실하다. 그의 취임사에서 예언한 바 그대로 한 번도 경험해보지 못한 '이상한/불안한/불편한/무잡한' 환경을 조성해놓은 그 비상한 능력에는 혀를 내둘러야 할 판이고, 그 무지막지한 공세에 치여서 경황도 없고 죽을 맛이다. 속된 말로 단정한다면 나라를 개판으로, 분탕질로 단숨에 말아먹기로 작정한 게 아닐까 하고 의심하면서 민심이, 투표가 정히 그렇게나 옳다면 다른 소수의 의견은 예전의 그 역모(逆謀)와 다를 바 없는가 하고 하등에 쓸데없는 우원 사고에 젖어서 사는 나날이다. (분탕질로 난장판을 벌여놓은 그 구체적 사례들을 내가 구독하는 신문의 사설들이 연일 지적, 매도하고 있으니 여기서 더 강조한다는 것은 필설/지면 낭비의 표본일 것이다.)

덩달아 최근 5년 동안 그 반반하던 신문의 권능과 구실조차 몰라보게 허물어진 것은 보는 바와 같다. 그럴 수밖에 없는 것이 명백한 허물/과

오와, 숙맥 같은 무능/무식과, 묵과할 수 없는 결격/실격 사유가 신문 지면을 온통 도배하며 매일 터뜨려지고 있는데도, 우리 편은 그 모든 잘못이 곱게 보인다는 조로 뭉개고 있는 '능사'를 보더라도 세상 형편과 자신의 주제꼴을 미처 깨닫지 못하고 깨춤을 추는 명색 좌파 정부의 야망은 장차 대서특필할 만한 '역사적 낭패'에 해당할 것임에 틀림없다. 이런 실정(失政)의 난장판을 그나마 너끈히 견뎌내고 있는 것은, 민간의 여러 체질적/후천적 단련과 그 기력이 지난 정권들을 끈질기게 닦달, 속칭 '개발 독재'의 출중한 모범 사례를 쌓아 올린 경제력 덕분임은 두말할 것도 없다.

그 밖에도 독자 투고란이 있고, 가십란, 광고란, 날씨란, 방송프로안내란, 바둑란, 별지로 발행하는 기사광고란 등이 있겠으나, 여기서 내가 특히 주목하는 것은 기중 넓은 지면을 장악하고 있는 앞서의 그 세 지면이고, 그것들에 대한 나의 '개인적'이라기보다 신문 중독자로서의 '장애 기능적' 내지 '마약 중독적' 불만/불평/불쾌/투정 등을 늘어놓을 작정인데, 물론 편견이거나 확증편향에 지나지 않는다고 공박한다면 (무위도식하는 주제라서) 달리 심사숙고해 보긴 하겠으나, 빡빡 우기는 재미로 사는 의식 외골수가 그렇듯이 승복할 준비는 아직 되어 있지 않다는 점만은 덧붙여 두어야겠다.

↓

우선 기사면의 난점은, 각 꼭지가 또 그 글줄의 반 이상이 요령부득해서 도무지 사건/사태의 내막과 그 인과를 종잡을 수 없다는 것이다. 동어반복도 심하고, 기사들끼리 겹치는가 하면 좌충우돌하는 대목도 지나치다 싶게 수북하다. 두 기자의 이름이 나란히 밝혀져 있는 기사는 횡설수설하는 바람에 새겨읽어도 종잡을 수 없는 경우도 드물지 않다.

실로 난해하기 짝이 없는 기사들투성이다.

아주 심란해지다 못해 욕쟁이를 자청하고 싶을 지경으로 울화가 치밀고, 공분에 휘둘렸던 최근의 사건은, 더불어 그에 대한 신문들의 얼떨떨한 기사는 세칭 '세월호 조난 사태'이다. 이 단순한 해난(海難) 사고는 급기야 정치적/정권 파탄적 '사태'로 비화, 아직도 그 미해결의 장막을 걷어치울 수 없도록 대못을 박아두었으니 여기서 거론, 논박을 서슴지 않아도 나름의 의의는 있을 듯하고, 더불어 신문 기사의 미필적 고의도 지적하는 양수걸이가 되지 않을까 싶다.

이제는 케케묵은 사건이고, 다들 신물을 켜고 있으나 한동안 어이가 없어서 말문을 닫고 어리둥절한 채로 어기댄 '세월호 참사'에 대한 다음과 같은 본질적인 의문을 신문은 한결같이 무시, 경시했거나, 작게 취급함으로써 온 나라의 부분적 공분이 집중화, 세력화하는데 우두망찰함으로써 무능, 무력을 과시했다. 문자를 쓴다면 구전지훼(求全之毁)의 본보기로 두고두고 들먹여야 할 악습 하나를 '세월호 조난 사태'에 따르는 신문 기사가 보탠 것이다.

우선 우리나라는 자타가 공인하듯이 세계적인 조선(造船) 왕국인데도 불구하고, 왜 일본에서 18년 동안이나 운행한 중고품, 아니 고물 여객선을 (헐값에) 사들여 운송업을 하도록 당국이 방임했느냐는 의문이다. 우리 조선산업의 주전공이 화물선이나 석유/천연가스 수송선이지 여객선이 아니라면 장장 6개월에 걸쳐 객실 증설 공사를 '성공적으로' 마친 수리 기술 앞에서는 어정쩡한 견강부회나 둘러대야 하지 않을까 싶다. (여객선 제조는 수지 타산이 맞지 않고, 섬세한 기술적 노하우가 따라야 한다는 변명이 우리나라의 전반적 국력과 조선업 현황에 얼마나 어울릴지 의문인데, 참으로 얼토당토않은 수작이 아닌가.) 유사종교 단체가 대주주인 한 해운회사가 떼돈을 단기간에 벌기 위해 고물 여객선의 증개축을 시도한 것까지는 그렇다 치더라도 그 운항을 허가한 관계기관의 직무 과실부터 따져야 하지 않나. (모든 신문은 동업자끼리의 신의를 지키려고 그러는지 여느 종교 단체가 벌리는 사업 수단으로서의 여러 불법, 부정에는 대체로 관대한 편집방침을 고수한다. 그 묵언은 성역화의 다른 말일 수도 있고, 종교의 자유 운운하는 구실은 일종의 눈가림식 미봉책이 아닐 수 없다. 어떤 종교라도 불편부당한 포폄의 대상이어야 함은 모든 신앙인의 생활 감정과 직결되어 있어서 그럴 수밖에 없는데, 우리 매스컴들은 그 점을 흔히 간과하거나 몽따기를 일삼는다. 주지하듯이 신문은 세상만사를 취재, 보도하면서 세론과의 '비대칭' 여부를 점검, 조정, 비평할 소임에서 게으름을 피울 수 없다. '종교 해방'도 예외의 주제어가 아니다.) 또 왜 그날따라 제주도로 수학여행 가는 학생들이 그 배를 탔는지(계약 당시에 안전성 여부를 따졌는지, 보험 상태도 점검했는지 등이다), 하필 화물 과적이 왜 그 날짜에 유독 심했는지, 차량 180여 대를 포함한 화물 650여 톤의 고박(固縛)이 그날만 왜 그토록 헐렁했는지, 선장 대신에 임시로 운행을 맡은 조타수의 운전 미숙이 왜 물살이 드센 진도 앞바다에서 급선회하는 변침(變針)을 저질렀는지 등을 신문은 밝혀주어야 하지 않나. 모든 신문사의 사회부장은 '직권 남용/방기' 내지는 '월권'이라는 비난을 각오하고서라도 부서의 부하 기자들을 몰아붙여서 미심쩍은 대목을 낱낱이 명쾌하게 풀어내라고, 그런 기사가 여론을 크게 조성, 정부에 압력을 가하는 일방, 장차의 취재상 교훈으로 써먹을 수 있도록 조치했어야 했고, 그래야 기자로서의 상당한 직무유기를 모면할 수 있지 않았을까. (물론 304명의 생떼같은 목숨이 한날한시에 희생되고 만 그 참혹한 사고에 따르는 여러 원인을 들먹인다고 해서 사달이 나고 말 빌미 같은 여러 조건/우연이 달라지지도, 새롭게 개선될 여지도 없기는 하다.)

그 후 여러 차례나 명칭만 적당히 갈아 끼운 관민 합동의 '세월호참사조사위원회'가 설왕설래 끝에 내인설과 외력설까지 불러들였고, 그런 편 가르기가 점점 더 오리무중 사태로 비화, 세월호에 등을 기대서 빌어먹고 사는 중뿔난 '외부 세력'까지 생긴 것은 잘 알려진 사실이지만, 그런 난장판을 불러들인 원인 중 하나로 신문이 그 막강한 권력을 유용, 일정한 역할 분담에서 실족했다는 관견(管見)도 한 번쯤은 고려해 봐야 옳지 않았을까. 하기야 예의 그 무능한 조사위원회 '들'이 딴에는 국고를 축내며 공밥을 먹었답시고 엉성한 보고서 같은 것을 작성했을 테지만, 우리 사회를 오래도록 그만큼이나 갈가리 찢어놓은, 아니 대통령의 탄핵과 정권 교체까지 불러온 해괴한 국난을 신문은 어떤 식으로든 선명하게 정리, 보도할 의무가 있었다. (그럴 시간은 많았고, 지면도 그 긴 세월에 비례하여 충분할 정도로 넉넉했다.) 물론 신문의 기능과 역할이 시사성/선정성만 좇느라고 토픽감을 최우선으로 다루다가도 득달같이 달려드는 또 다른 특보에 몰두해버리면 종전의 그 발등의 불같은 뉴스는 그야말로 헌신짝 취급해 버릇하는, 태생적으로 선전, 선동을 주특기로 살아가는 매체에 지나지 않지만, 그 고유한 즉시/즉흥의 선정주의조차도 결국은 구독자의 뜨거운 반응을 고무, 부상시키는 전략/전술에 최대한으로 성실히 복무해야 함은 재론의 여지가 없다.

뿐만이 아니다. 박근혜 전 대통령의 파면을 헌법재판소가 만장일치로 결정한 것이 과연 옳았는지, 전체주의 체제에서나 가능한 '반대표 전무'라는 투표 결과를 그대로 받아들이게 한 강압적인 여론 자체도 최선은 아니라고, 따라서 재판관들마저 소신 없이 여론에 휘둘린 그 투표 행사를 외부의 전문가들 필봉을 빌려서라도 '끝장 토론'을 주도, 징계해야 했으며, 차제에 대통령의 통치권과 그 한계에 대해서 경종을 울려야 하는 절대적 권력은 신문밖에 없을 텐데, 그 당시 (구독자로서의 내 눈에는) 그런 원숙한 시야의 개진에 우리 신문의 역량은 워낙 함량 미달이었다. 쉽게 말하면 무사분주/무위무능한 여론을 사주, 공갈배를 방불케 한 당시의 야당, (여성 대통령으로서 파벌을 스스로 조장한 본인의 엉성한 통치 행태와 옹졸한 처신과 능구렁이 속을 감추는 데 서툴렀던 대인관계 등을 논외로 취급한다면) 탄핵을 지레 거론, 탈당한 소수의 여당 국회의원, 드센 여론 앞에서 법리/법치를 희생양으로 삼은 헌법재판관까지 절대선으로 몰아갈 하등의 근거도 없었건만, 신문은 그런 미증유의 사태에 대해 여론을 교정, 선도하기는커녕 거의 수수방관했다는 '무능' 자체는 지금이라도 한 번쯤 짚고 넘어가야 할 '역사적 숙제'가 아닐 수 없다. (어린 학생들의 생때같은 목숨이 더 귀중하다는 논리는 다분히 직정적 '감상'을 조장하지만, 해난사고가 '통치권'과 맥이 닿아 있다는 발상은 법리에도 어둡고 공부도 모자라는 변호사의 궤변이 아니고 무엇인가.)

최근의 한 해괴한 사건에 대한 보도도 신문의 직무 태만 풍조가 사소한 사안에까지 퍼져서 이제는 아예 '쉬쉬 제일주의'를 과시하기로 작정하지 않았나 싶었는데, 고 박원순 전 서울시장의 죽음이 그것이다. 요즘 유행하는 완곡어법으로서의 세태어인 '극단적인 선택'이 서울의 뒷동산 맞잡이인 북악산에서 저질러진 것까지는 알겠는데, 그 수단이 무엇이었는지, 망인의 트레이드 마크였던 '납작한' 배낭 속에다(그 부피로 봐서 소지품도 보잘것없음은 물론 거의 폼이 아니었을까 싶은데, 그런 잔꾀도 그만의 독보적인 처신이라면 정략가로서의 자질은 충분하다고 할 수 있을 듯하다) 넥타이나 자일을 미리 챙기고 있었는지, 그런 자해 행위의 도구를 섣불리 공개해서는 안 된다는 관행이 과연 고인과 유족의 명예를 배려한 미풍인지 어떤지 짐작조차 못하게 가로막고 나선 것이다. (예의 그 미시마 유키오의 주검을 '사진'으로 공개하지 않는 것은 자신의 고유한 국가관을 위해서 순사한 사자에 대한 배려일 수 있으나, 우리 쪽 자살의 도구에 대한 '글'로서의 기록마저 빠뜨린 것은 망자의 자존심을 살리느라고 그런 것 같지는 않다.) 대개의 신문 독자는 막상 그것이 꼭 알고 싶은데도 신문은 평소의 설레발 기질에서 돌연 후퇴, 근엄한 함구로 일관해버리지 않나. 형평성을 따지더라도 연전에 검찰의 소환을 앞두고 자신의 넥타이로, 그것도 공개된 장소에서 자살한 L그룹의 부회장 L씨의 죽음은 정확히 보도했는데, 아직도 관민의 차별의식을 죽음에까지 적용한다면 신문은 최소한의 선정적 규칙에마저 불공정을 저질러버린 것이 아니고 무엇인가. 하기야 고인은 임대주택의 월세를 저작물의 인세로 충당한다고 공언한 적이 있지만(신문에 보도된 기사를 아직도 외우고 있는 내 기억력에 착오가 없길 바라는데), 내가 아는 한 그의 저서 중 어느 것이라도 베스트셀러가 되었다면 출판사가 6개월 단위로 인세를 정산할 텐데, 집세도 반년에 한 번씩 내는가 싶어 역시 정치인은 흰소리와 거짓말을 입에 매달고서 살아갈 뿐만 아니라(그 월세는 인세가 감당하기에는 거금이었다), 그런 부픗한 말버릇이야 원래 공사다망한 고관들의 한 장기로 여길 만도 하니 앞으로 유심히 새겨들어야겠다며 씁쓸한 체념에 빠진 적이 있긴 하다.

또 하나의 사례로는 성남시의 '대장동 개발 비리 사건'에 따른 대대적인 보도이다. 돈 단위도 수천억 원에 달해서 만부득이 그럴 수밖에 없겠다 싶을 정도로 거의 두어 달째 사회면을 두세 쪽이나 할애, 대서

특필하고 있건만 막상 헷갈리고, 답답하다 못해 가장 요령 좋은 명강의라는 풍문을 좇아 원희룡 전 제주도 지사가 판서까지 휘두르는 사설 방송을 들어도 도무지 그 실체는 점점 더 오리무중으로 치닫고 있는 판이다. 부당/폭리 수익을 몇몇 피의자가 독식한 것이 움직일 수 없는 사실이라면, 그 돈의 행방을 추적하면 곧장 범법/탈법/위법/편법 행각의 전모가 드러날 텐데, 그 손쉬운 해결책을 놀리듯이 배돌리고 있는 이런 수상하고 해괴망측한 풍조가 우리 매스컴의 풍토성인지, 아니면 어떤 사건이라도 어렵게 풀어가기로 작정한 집단심성 탓인지 헷갈리게 만들고 있다. 검찰이야 소위 수사의 수위 조절상 또 시시각각 달라질 상부의 은밀한 지시에 부응하느라고 세월아 네월아 식으로 어물거린다고 하더라도 신문은 그 천문학적인 돈의 귀착지를 추적할 수 있지 않나. 썩지도 않을 그 돈이 도대체 어디에 숨어 있단 말인가. 그 행방을 모른다니 수사기관이 엄벙뗑을 부리는 것이 아니라면, 우리에게는 민완 수사관이 있을 리 만무하니 민완 기자조차 씨가 말랐다는 소리 아닌가. 서로 죽을 고비가 닥치더라도 딱 잡아떼기로 맹세한 통에 '기억에 없다'며 몽따고 있어서 그럴 테지만, (내 짐작으로는) 그것이 어딘가에 '숫자'로든, 아니면 '현금'이나 부동산 같은 '실물'로든 숨어서 잔뜩 웅크리고 있을 게 분명하고, 그 동산의 명목상의 소유자를, 아니면 실제 주인이나 익명/가명의 임시 소유자를 찾아내야 한다고 신문은 예의 그 주특기인 선동의 의무를 다해야 마땅하지 않을까. 그런데 어느 신문도 그 선정적 선동술에는 태만을 일삼으며, 우리 소관이 아니잖아, '짐작은 있으나 물증이 없는데 어째' 식의 모르쇠를 잡고 있다. 하기야 그 부당한 이득이 얼마나 되는지도 신문마다, 기사마다 다 다르다. (기사의 꼭지마다 8천억, 6천억, 4천억 식으로, 심지어는 총 수익 규모가 1조단위라는 설까지 가지각색이다.) 돈과 돈 단위에 너무 무시한 내 외문을 일도양단식으로 풀어줄 당사자도 원희룡 같은 명강의자가 아니라 신문이라고 생각하는 나야말로 중독성 장애가 자심한 것일까. 하기야 대개의 율사 출신 정치인들은 훤히 다 알고 있으면서도 이실직고를 삼가는 수사를 다채롭게 개발, 말 버릇으로 삼고 있는 듯하다. 더 심란한 대목은, 매사에 자신의 모든 '과거'를 송두리째 부정하는, 그 자기 희화화로 대권 후보자의 지위까지 획득한 이모의 그 무지막지한 시치미 떼기를 무대책으로 응시해야 하는 모든 신문 독자들의 무력감이라니.

↓

외부 필자의 글들은 워낙 그 종류가 다양해서, 또 그 길이도 제각각이어서 다 다룰 수는 없지만, 개중에는 시시껄렁한 개인적 잡담/경험담을 재미있다는 핑계로, 대다수 독자의 구미를 돋운다는 구실로 장기간 연재하는 꼭지도 많다. (여행도 고유한 직종으로 부상하여 '인문여행 전문가'가 어떤 특정 지역의 풍광을 서사적으로 소개하는 고정란도 있고, '음식 평론가'는 이제 아주 유력한 직업이고, 세계 각국의 전통주를 음미, 그 특미를 소개하는 '술 비평가'의 지위는 실로 부럽기 이를 데 없다. 그러나 직위/직제를 명확하게 세분하다가 더 애매해져버린 '경제산업에디터'나 '문화전문기자'도 있는데, '경제산업'과 '문화'의 범위를 가늠하자니 나의 무식이 당장 드러나고 말 것 같다.)

어차피 신문도 첨단적인 인기 상품이어야 하므로 소비자의 기호에 적극적으로 부화뇌동할 수밖에 없긴 하다. 하기야 지금은 사회적 공기(公器)다운 소임을 어느 정도로 다부지게 자각하고 있는가에 따라 그 신문의 품질의 우열이 달라지는 시대도 아닌 듯하다. 오로지 선정성에 부응하기 위해 인기인의 동정을 큼지막한 사진으로 앉혀놓음으로써 기사의 질과 양을 최대한으로 낮추고, 그 배면의 진상/허상에 관한 글을 대폭 줄이거나 엉뚱하게 띄워가는 최근의 편집방침을 보더라도 '보고 느끼고는 곧장 잊어버리는' 기사에다 '읽고 알아가며 느긋이 생각하도록 쾌치는' 꼭지가 양보해야만 하는 추세다.

그러니 여기서는 세론을 즉각 반영하는 시론/시평을, 대체로 대학교수/전직 고관 같은 고명한 필진이 다루는 그 중후한 주제 의식, 요컨대 그 근엄한 시각의 논지를 마냥 도외시하는 것도 불필요한 치외법권 지역을 상설, 운영하는 불공정 사례에 해당할 것이므로 차제에 피상적으로나마 집적거려도 무의미하지는 않을 듯하다.

오래전부터 일부의 식자층에는 널리 알려진 관용어로 '포럼 토크' 라는 비아냥이 있다. 공허한 소리라는 말이고, 실천하려면 만난을 무릅써야 하는 '이상론' 에 가깝다는 지적이다. (오늘날 같은 비정한 시대에는 '이상주의' 야말로 상스러운 낱말에 불과하다고 영국의 어느 역사학자는 일갈하고 있다. '이상주의' 의 다른 말은 '감상주의' 로서 모든 멜로드라마/통속소설의 주제는 바로 이것이다. 어쨌거나 우리의 두뇌 작동에 '고리타분한' 사고적 유전자로 내려오고 있는 '유교 사상' 은 이상주의의 구현을 위해 극기와 희생을 강요함으로써 공허한 언변을 남발, 무위도식을 사주하는데, 요즘에는 '사회주의' 라는 용어가 아무런 각성의 흔적도 없이 미구에 닥치고, 기려야 할 절대선 같은 종교용어와 맞먹는 구실을 다하고 있다.) 그런데 요즘 신문에 실리는 국제정치적/외교적 시평들은 대개다 공염불을 방불하게 할 정도로 그 '포럼 토크' 를, 일본, 미국, 중국 같은 상대방이 콧방귀를 끼며 무시해버릴 만한 교과서적인 정답(定答)만을 각자의 출중한 지론/탁론인 양 떠벌이고 있다. 주지하듯이 '포럼' 은 지금/여기/만인의 비등한 여론에 대한 비판과 그 드센 세론의 일정한 교정/수정을 공적인 자리에서 지적, 성토, 강요하는, 곧 단상과 단하가 격론을 벌이기로 되어 있는 로마식의 민주주의적 기획이다. 그러나 우리의 시론은 일시적인 흥분 상태를 대변하는 그 오류투성이 여론의 눈치를 힐끔힐끔 살피면서, 잘잘못을 지적하기는커녕 오로지 추종하느라고 천방지축이다. 한마디로 '시평'이 아니라 여론에 맹목적으로/적극적으로 편승하기 위해 허둥거리는 '만평'이다. 사례를 들어보면 이런 케케묵은 논란거리도 있다.

참으로 답답하게도 우리 위정자들은 모든 시민이, 거의 십중팔구가 '남북통일'을 바란다고 단정하고, 언제라도 그 뻔한 노래를 단골 장기로 불러대도 싫증을 내지 않는 줄로 착각하고 있다. 특히나 배운 사람일수록, 먹물이 많이 들어 애국을 생업으로 삼는 위인일수록, 딴에는 '의식 있는 좌파' 내지는 '주사파'임을 자임/자부할수록 어디서나 '통일'을 무슨 각별한 '이념'이라도 되는 양 부르짖어야 현명한 정치인/우국지사나 된 줄로 거들먹거리는 풍조마저 없지 않다. 과연 그럴까. 내 추단으로는 88서울 올림픽을 기점으로 알게 모르게 두터이 형성된 우리의 중산층 시민과 그 집단심성으로서의 명실상부한 '세계시민' 의식은 대개다 남북통일을 사생결단코가 성취해야 할 당면과제가 아니라, 아, 언젠가는 되겠지, 되면 좋다 마다, 동족인데 왔다 갔다 하고 더불어 살면 좋지, 정도의 막연한 소원 풀이에 그치고 있다. (다들 만만하게 대하지만 '세계시민' 의식은 '민족/민중/외세/주체/이념' 같은 선동적인 상투어와는 정반대의 개념으로 써먹어야 진가를 발휘한다. 더욱이나 우리가 '세계시민' 의식을 명실상부하게 체현하고 있던 1990년대부터 북한은 이른바 '고난의 행군' 중이라서 공식통계로도 30여만 명이 아사한 반역사적 시기이다.) 좀 과장한다면 통일 자체를 바라지도 않고, 정

그렇게나 원한다면 북한의 정치 체제부터 전면적으로 뜯어고친 연후에나, 그러고도 대략 20년쯤의 경과 조치를 각오하면서, 시장경제의 점진적 이식과 자유민주주의의 일상화에 매진해야 진정한 단일국가로서의 '남북통일'이 이루어질까 말까 할 테고, 그에 수반하는 한반도 전체의/전국민의 (장기간) 죽을 고비와 모험적/자주적/도발적 의식 일체를 꿋꿋한 신념으로 헤쳐나갈 비상한 지도자 대망론도 불가피하다는 지론을 섬기고 있을 게 틀림없다. 그럴 수밖에 없는 것이 시대착오적인, 아니 역사 반동적인 체제로서 김씨 일가와 극소수의 그 추종 세력이 호의호식에 전념하는, 북한 주민의 절대 대다수가 헐벗고 굶주리고 있는 지금의 현상은 유사 이래 '지구상에 실재하는 디스토피아' 그 자체와 다를 바 없다. 어떤 잣대로 견주어 보더라도 북한의 현재 정세, 무지막지한 통치와 그 모든 수단은 비정상을 넘어 반인류적이고 패악적이다. 솔직히 진단하면 여삼추의 기색으로 자체적인 붕괴를 기다릴 수밖에 없고, 그 이상의 득책은 (최근의 동구나 아랍의 선례가 보여주었듯이) 대규모의 살상극에 이를 것이라는 진단이 설득력을 얻고 있기도 하다. 그런 의미에서도 '내재적 접근'이란 용어는 반세계적/비인간적인 정국 운영에 대한 긍정적 인식 아래서 발명한 언어 희롱에 불과하므로 틀린 말은 아닌 것 같다. 적어도 국가간 관민의 교류가 오늘날처럼 빈번한 국제 정세 아래서 '내재적'은 '외세'만큼이나 성립 불가이며, '주체사상'을 호도하는 일방 '자주/자립/자영'처럼 엉성한 전시대적, 쇄국적, 망국적 용어일 뿐이다. 요컨대 북한의 고위층이 부르짖는 '통일'은 철두철미 입에 발린 소리에 불과하며, 북한 주민의 단속용 구호/거짓말에 지나지 않고, 김씨 일가의 언행 일체에서는 오래전부터 '통일'을 진정으로 바라지 않는다는 '포즈'가 역력했음에도 이쪽의 '좌파' 식자들만 그것을

3. 신문이라는 마약

못 읽고 있다니, 눈에 콩꺼풀이 씌었다고 해야 옳을 것이다.

알다시피 김씨 조선은 수시로 여러 통일 정책의 표백(表白)을 능사로 삼아 왔는데, 그런 전술 자체도 인심이 늘 불안할 수밖에 없는 과도기적 상태로 정체와 신민을 몰아붙이기 위한 양두구육책에 지나지 않았음은 보는 바와 같다. 그 허울 좋은 전략들은 (이제야 지내놓고 보니 또렷하게 알 수 있듯이) 어떤 것이라도 전적으로 가짜였다. 진정으로 통일을 바란다면, 진심으로 김씨 왕조의 번영을, 나아가서 지상낙원을 이루려는 전략이라면 그럴 리가 없다. 한때의 이씨 왕조처럼 백성이야 도탄에 빠지든 말든 현상 유지에 허둥거리면서 꼴같잖은 유일 체제 전반의 관성에 기대고 있는, 70여 년째 기와집에 이밥 타령을 되풀이하고 있는 그 '허황한' 실적이 웅변하고 있다.

그런데 우리 신문들은 사세를, 곧 그 재력을 꼭 그렇게 드러내야 성에 찬다는 듯이 정기적으로 국내외의 석학을 불러서 '한반도 통일 전략' 포럼을 개최하고, 강연료와 여비 같은 경비 일체를 활수하게 허락하면서 허망하기 짝이 없는 고담준론을 베풀고 있다. 들으나 마나 그 역사적/지정학적/국제정치학적 담론에 틀린 말은 일언반구도 없을 테지만, 당장 어디다 써먹을 만한 언사도 거의 없을 게 자명하다. 김씨 왕조 체제가 결코 통일을 바라지 않으며, 미사일과 핵의 보유도 그 체제의 불안한 지속을 어렵사리 유지하는, 얍삽하고 치졸한 수단에 지나지 않음을 뻔히 알면서도 일부러 '어렵게 말하기'로서의 그 소피스티케이티드한 말 잔치만을 한사코 늘어놓느라고 여념이 없는 것이다. 그야말로 '포럼 토크'이자 궤변일 뿐이다. 모르긴 하나 감히 추측컨대 그런 '포럼 토크'의 지상 중계 기사만큼, (전문이든 요약문이든 대담이든) 그 가독률이 형편없는 꼭지도 달리 찾기 어려울 것이다.

외부 필자들의 기고문은 대체로 식상하기 꼭 좋은 그런 '포럼 토크'의 답습으로 시종일관하고 있음에도 불구하고 지명도가 워낙 짱짱해서 의무적으로라도 읽다 보면 어느새, 참으로 허황지설도 가지가지다, 이처럼 하나마나한 헛소리를 푼수처럼 지껄여도 밥을 먹여주는 직업이라니, 실로 장한 소임에 늘어진 팔자네 같은 넋두리가 저절로 터져 나오고 만다. 강조컨대 그 고명한 외부 필자들의 글은 하나같이 외국의 사례/실례를 무슨 금과옥조처럼 인용하는데, 역사적 배경도 다를 수밖에 없는 우리의 사정을 잠시라도 고려해보았는지도 의심스러운 문맥들 투성이다. 그야말로 자기 생각이 없으니 남의 글로 지론을 펼치고 있는 셈인데, '우리 입장'이 없는 그런 글이 올바른 여론 형성을 도와주기는커녕 방해물이 되고 있다는 사정을 그 필자만이 모르고 있으니, 우리 지식인 사회의 결격 사유를 먼 데서 찾을 것도 없는 셈이다.

　　당연하게도 기고문도 꼭지마다 그 질은 천차만별이다. (어떻든 언로가 활짝 열려 있고, 그만큼 다양하나 협소한 지면 관계상 늘 치우친 단견과 특별한 편견만 들려주는) 미국과 서유럽의 최신 정보/현황을 소개하는 담론이 그나마 새겨읽을 만하지만, 그것도 부분적인 사실이거나 편파적인 견해가 아닐까 하는 옥생각이 비어져 나오는 것까지 막을 수는 없다. 그런 소회는 신문 한 장으로 '세계'를 다 읽는다는 것은 무리이며, 그 일부의 정보마저 확증편향이 심한 우리의 심상에 나쁜 고정관념을 덮어씌우고 있음은 어쩔 수 없는 일인데, 어차피 모든 정보/지식은 한낱 관견(管見)일 뿐이라는 자각의 확신 여부는 의외로 한 언어권의 지적 총량을 저울질할 수 있는 척도이기도 할 것이다.

↓

　　매일 고정란에 실리는 무기명의 논설과 기명의 칼럼은 발품과 귀품으로 쓴 기자들의 취재 기사를 요약, 대변하고 있다는 점에서 정치면과 사회면을, (더불어 문화면까지를 곁다리로) 다시 한번 정리하는 셈이고, (곧장 바뀌게 마련인) 잠정적이고 부분적인 '사실'의 요령 좋은 취합인 동시에 최대한으로 간추린 골자라는 의의가 뚜렷하다. 실제로도 논설/칼럼을 읽고 나서야 사건/사태의 진상에 그나마 근접했다는 안도감을 느낄 때가 대부분이다. 그러므로 그 내용은 짜깁기식으로 수치와 결과의 나열에다 임시로 거칠기 짝이 없는 결론을 서두르는 편이다. 따라서 대체로 가타부타, 적부(適否), 선악, 매도, 폄훼, 칭송을 단호하게 강변하는 두괄식/미괄식 논조로 짜져 있다. 굳이 분별한다면 논설은 근접전을 치르는 만큼 옳고 그름을 바로 따지는 일도양단식이고, 칼럼은 외부에서 (신문 기사라는 일차 자료를 근거로 삼아) 원근법적인 시각을 장기로 휘두른다. 당연히 일장일단이 있게 마련인데, 논설이 주장하는 것처럼 당장 '시행'할 수 있는 사안이나 의견이 그렇게 많지 않다. 사안별로 나름의 '역사적/관례적' 처리 수단이 있게 마련이라서 '행정적'으로 그 선례를 돌파하기에는 역불급인 경우가 허다할 것이기 때문에 그렇다. 칼럼의 소임은 사설의 그 성마른 부정/부패/실태/망조의 척결 의지를 눅이면서 근본적인 제도 개혁을 촉구하는 서슬을 드러내는 것일 테지만, 그것은 말처럼 쉬운 게 아니라 오히려 더 힘들고 하대명년인 일이 태반이다.

(가짜 뉴스일 뿐이거나 한쪽의 일방적 편견에 불과하다며) 정부나 청와대는 근본적인 제도 개혁에는 온갖 변명을 둘러대면서 늑장을, 코앞의 비리/비행에는 '꼬리 자르기'로 대응하는 관행을 좇게 마련이지만, 요즘은 그 정도가 너무 심한 듯하다. 특히나 명색 좌파 정부는 국정 전반의 중요도와 그 완급 조절에 대해서는 상시 '무대책 상태'에다 어떤

말썽에도 시간의 추이에 맡기면서 뭉개기를 장기로 삼아 왔으므로 국면타개는커녕 국란을 부채질하는, 우물쭈물하는 세칭 '전략적 모호성'을 능사로 삼아 점점 더 파행에 매몰됨으로써 괴팍스런 국환을 자초했다. 그런 면면은 곳곳에 수북하게 쌓여 있기도 하다. 비근한 실례로 전통적으로 '통일 팔이'를 전가의 보도로 삼는 김씨 조선의 술책에 넘어가서 근본적인 시책 대신에 임시호도책으로 북조선 인민의 거창한 환영 행사 따위를 즐긴 추태, 주권국가임을 언행으로 보여주기는커녕 굴욕 외교로 일관하는 친중 노선(영빈관에서 식사 대접도 못 받고 베이징의 한 시중 밥집에서 아침을 사 먹는 해프닝까지 연출하면서, '높은 산봉우리'에 '작은 나라' 운운하는 자학 사관의 기치까지 내걸었으니 더 말할 것도 없다), 적절한 비유로서 달구지가 소를 끄는 형상의 소득 주도 성장책(모든 지식은 임시방편적임을 모르는, 근시안에 휘둘린 몇몇 관변 학자의 무지막지한 가설에 매몰된 결과였다), (인용문을 마구잡이로 도용했다는 석박사 학위논문 같은) 본격적인 연구서 집필에는 손방임을 자인하고 그 대신에 섣부른 구호성의 토막글 칼럼으로 매명 행위에만 일사불란하게 매달렸던 조모 국립대 교수의 허접한 처신을 감싸느라고 어영부영 국정 파탄의 맨홀에서 허우적거린 처사는 역대 어느 정권에서도 보지 못한 반면교사였음은 명명백백하다. 따라서 신문의 사설, 칼럼이 지향하는 원근법적 정책/시책의 조율에 눈을 아예 질끈 감고 덤볐던 문재인 정권의 과실은 문해력의 절대적/상대적 결핍자였음은 물론이거니와, 사실/진실에 접근하려는 다양한 보도와 그에 따르는 논설/칼럼에도 문맹자로 다가가서 얼렁거리느라고 시종 진둥한둥 헤매다가 맨손바닥이나 털고 있는 형세라고 단언해도 결코 과장은 아닐 것이다.

3. 신문이라는 마약

↓

　코로나19라는 세계적인 공식 명칭이 시사하는 대로 이 지구적 재앙 앞에서 그래도 면목을 일신하며 그 선천적 기능을 최대한으로 발휘하는 공공 기관으로는 역시 신문밖에 없다는 추단을 절감하는 나날이다. 그 소회를 바로 '대면' 시키는 지면은 말할 나위도 없이 광고면의 대대적인 활성화/집중화가 아닐까 싶다. 보다시피 볼썽사납도록 큼지막한 인물 사진을 앞세운 광고 '레이아웃'에는 기가 질리지만, 그 난잡한, 그럴수록 광고 효과가 더 극대화되는 양 흉물스럽기까지 한 전면광고들로 기사면들은 궁지에서 겨우 생사를 건 투쟁에 영일이 없는 꼴이다. 모르긴 해도 코로나19라는 이 희귀한 세계적 전염병으로 말미암아 신문사들은 미증유의 광고 수입으로 절대적인 호황을 누리면서 세칭대로 '표정 관리'에 전념하고 있는 듯하다. 만부득이 대외활동을 금기시해야 하고, 저절로 배달형 소비에 길들고 말았으니 신문 광고가 호황을 누릴 수밖에 없는 희한한 세월을 만난 셈이다.

　어떤 날은 네 지면 전체가 연속적으로 광고로 도배해져 있을 뿐만 아니라 그 전면광고들은 한 면을 세 개나 여섯 개로 쪼개놓은 것으로 벌써 4, 5년 전부터 보아온 것들이다. 신물이 나서 거들떠보기도 싫은 것은 더 말할 것도 없고, 그 광고 문안을 보더라도 해당 상품은 거의 다 노인들을, 그것도 푼돈 쓰기에 헤픈 연금 생활자를 겨냥하고 있는 것들이다. (TV 광고보다는 상대적으로 싸기도 하려니와 대량 소비를 주도할 상품들은 아니라서) 그 광고 효과가 출중하길래 매일 조기를 잡수시라, 이제부터 신발 정도는 아홉 켤레쯤 마련해 놓고 살아야 사는 것 같지 않나, 전립선 비대증을 미리 대비해야 밤 자리가 가뿐하다, 배변을 시원하게 보면 속이 얼마나 편하냐고 너스레를 떨어댄다. 너스레의 본령이 원래 그렇게 몰아붙이듯이 모든 구독자의 품격은 단숨에 엉망진창으로 굴러떨어진다. 그것이 광고의 기능이자 효과라는 데야 곱다시 승복한다는 시늉이라도 지을 수밖에 없다.

세상이 복잡해질수록 상품도 많아지고, 당연하게도 그 역(逆)도 성립하지 않나 싶다. 내가 모르는 상품이 많듯이 꼭 그만큼 세상은 복잡다단해져서 불가사의한 괴물이 되어 있을 것은 뻔하고, 낯설고 달라진 그 세상의 일부마저 이해하지 못하고도 아는 체하며 살아가고 있다는 생각을 유독 신문 광고를 멍청히 볼 때마다 절감한다. 특히나 은행, 대학교, 재벌 그룹의 주력 회사 같은 법인체들은 굳이 광고를 안 해도 사업이 그런대로 잘 굴러갈 터인데, 왜 비싼 광고료를 납세자처럼 꼬박꼬박 신문사에 갖다 바치는지 나로서는 참으로 납득하기 어려운 현상이다. 백내장이나 허리 관절 수술을 맡겨달라고 애원하는 의료 광고는 그래도 웬만큼 이해할 만한 측면이 있다. 사람이란 아프면 당장 생활이 불편할뿐더러 그 고통을 감내하기가 심란하다 못해 짜증이 나고 귀찮아지니까. 먹거리 광고야 언제나 만만하고 이해하기 쉽지만, 오늘날은 안 먹어도 생명 연장에는 하등에 지장이 없는 군것질거리와 영양 보충제가 넘쳐날 지경으로 그 가짓수를 불려놓고 있다. 그것들은 거의 다 인공적으로 맛있게 만들어진 것이고, 대체로 그 상품 고유의 특미에다 단맛을 집중적으로 입힌 것이다. (아직도 커피 중독자 신세에서 놓여나지 못한 내가 재미 삼아 읽어본) '커피의 교역사' 같은 특이 작물의 세계화 역정에 따르면 설탕처럼 단맛만이 어느 지역, 어떤 종족에게나 아무런 저항 없이 침투, 정착해서 일용품이 되었으며, 그로 말미암아 비만이라는 질병과 더불어 각종 성인병과 생활습관병을 활착시킴으로써 세계/인류/국가의 운명과 그 경영을 대대적으로 바꿔놓았다고 증언하고

3. 신문이라는 마약

있는데, 수긍할 수밖에 없는 지구 생활의 전반적 변모가 아니라 변태적 양상이라고 이를 만할 것이다. 이런 괴상망측한 변화를 신문 광고가 부추기다 못해 촉진제로서의 소임을, 대량 생산/소비만이 모든 업종의 종사자를 살리는 길이라는 드센 압력을 매일같이 교사하고 있다.

(누누이 강조해도 지나치지 않을 듯싶은데) 인류가 발명하는 모든 생산품은, 심지어 사람의 육신마저도 그렇듯이, 결국 쓰레기로 버려진다. 기후 변화가 웅변으로 증언하고 있듯이 지구환경은 이제 신상품의 발명, 제작, 유통, 소비에 윤리적 결단을 촉구하고 있지만, 개발한 지식을 써먹어야 하는 사람의 본질적 속성과 정면으로 맞부딪칠 수밖에 없다. 세상과 사람의 본질/현상을 끝까지 의심해야 한다는 대의에 충실하다 보면 그 성실한 노력 자체의 부실을 되돌아볼 여지조차 잊어버리게 된다는 것은 인간의 불가피한 딜레마이다. 이 난제를 풀어가는 가장 손쉬운 생활 습관은 그것이 생명의 근원임에도 누구나 흔전만전 쓰고 있는 물 소비를 최대한으로 줄이는 것이 아닐까 싶다. 물은 어떤 경우에라도 허름하게 쓰이거나 쓰레기로 버려지지 않는 만물의 근원이다. 그런데 모든 광고의 내용물은, 그 상품마다 과소비함으로써 서둘러 쓰레기로 만들어 지구를 어지럽히고 더럽히라고 매일 부추기고 있다. 신문은 그 살벌한 해코지의 매개체로서 오늘도 제 본분을 다하느라고 분골쇄신하는 것처럼 보인다.

↓

신문의 기사, 논설, 칼럼에 쓰인 직설법 문장 중에는 문법적으로도/의미적으로도 불충분하고 시원찮은 것들이 워낙 많은 거야 널리 알려져 있고, 화급을 다투는 제작 형편상 언제라도 양해사항인 것도 사실이다. (미뤄 짐작컨대) 컴퓨터로 기사를 작성하고부터 신문사 편집국 내의 교정부의 기능도 줄어들고 그만큼 허술해져서 오자/오기 따위도 눈 감아 주고, 교열부원은 열외의 자리로 밀려나버린 것 같은 느꺼움을 간접적으로나마 자주 반추하게 된다. (하기야 교정은 아무리 쓸어내도 곧장 쌓이는 먼지와 같다는 말도 있긴 하다.) 그러니 여기서는 그 요령부득의 문장들 실례를 일일이 다 지적할 수는 없다기보다 불필요하므로, 역시 이웃 나라의 옛말 하나를 소개하는 것으로 갈음하면 이렇다. 당나라의 문인이었다는 한유(韓愈)가 자신의 생업 상 절감해서 정리한 말이지 싶은데, 보다시피 정곡을 찌르고 있다.

'사건을 서술하는 사람은 반드시 그 요점을 파악해야 하고, 말을 글로 옮기는 사람은 반드시 그 미묘한 뜻을 낚아야 한다.'(紀事者必提其要, 纂言者 必鉤其玄)

신문 지면을 메꾸는 모든 글은 사건이고, 그것이 장기간 이어지거나 요즘 유행어로 문화적 유전인자로서 전염, 전승, 모방, 활성화 기미가 현저할 때의 그 밈 현상을 빚을 때는 '사태'가 되겠는데, 그 세사(世事)는 사단(事端)과 사정(事情)과 사유(事由)를 곧이곧대로 기록하기로 되어 있으며, 그 글로 지면은 채워진다. 똑같은 사건을 다루는데도 그 전모를 오리무중 상태로 몰아가는 글에는, 그 사건을 적당히 호도하려는 수사 당국의 일 처리 솜씨처럼 흐리마리하거나 엄벙뗑을 부리는 문장들이 의외로 많게 마련인데, 요점 파악에 미흡할뿐더러 글의 문맥이 부실한 경우가 대다수이다. 또한 취재 당시에 들은 말의 핵심을 놓치거나 곡해해서 사건의 본질을 부지중에 피해 버리고 겉만 훑다가 마는 실수를 저지르기도 한다. 따라서 모든 기사는 꼭지별로 상대적/절대적 우열이 분명히 드러나게 되어 있다. (더불어 기자의 자질도 대번에 상대적 평가의 대상으로 떠오른다.) 논설이나 칼럼도 마찬가지다. 꼭 할 말도, 쓸 말도 딱히 없어서 억지로 외국의 사례를, 또는 고전에서 인용문을 예사로 따와서 지면을 간신히 채우는 글의 수준은 지리멸렬한 문맥이라고 할 수밖에 없다.

이 말 했다가 저 말 한다거나, 앞에서 한 말을 뒤에서 또 하는 식의 글은 당사자의 개과자신(改過自新)에 기댈 수밖에 없는 노릇이므로 여기서는 신문 기사체의 '막가파' 식 문장의 한 본보기인 '명사 나열'로 이루어진 글만을 제시하면 다음과 같다.

'일제강점기 전범 기업 상대 손해 배상 청구 집단 소송에 참여한 피해자 접수가 25일 시작됐다.'

'민주정치 발전 기여 책무 및 정치 활동 관련 국민 신뢰를 저버린 것이며, 정치인의 기본자세를 망각해 비난 가능성이 매우 크다.'

어질더분하기 짝이 없어서 정신을 못 차리게 만드는 괴상망측한 문장이다. 재판 판결문을 떠올리게 하는 위의 기사문을 읽고 그 뜻을 즉각 파악하는 독자는 과연 문해력이 뛰어나다고 자부해도 좋을 수재형이 아닐까 싶다. (내 개인적 추측을 털어놓으면) 위와 같은 명사 나열형 문장의 조립자는 분열성 사고를 의심할 만하고, 이것저것 아는 게 많으나 그것들끼리의 개념이 뒤죽박죽 얽혀들어 가서 정신이 항시적으로 사납기 짝이 없는 위인일 확률이 높다. 그도 그럴 것이 추상명사를 주저리주저리 늘어놓고 있음에도 불구하고 스스로 그 불충실(不充實)을 의식하며 더 보태고 싶어 하는 증세를 드러내고 있으니까. 하기야 자신의 그 지리멸렬성 사고를 감추는데 서투른, 일종의 노출증이 정상적인 상태를 벗어나 있기도 하다.

신문의 위력이 얼마나 심대한지는 그 기사문체의 파급효과에서 확연히 드러난다. 위의 명사 나열형 문장은 우리의 최근 소설문장에까지 알게 모르게 전염되어 정상적인 문체 감각에 대대적인 공작을, 그것도 파괴적인 파상 공세를 연중 멈추지 않고 있다. 엄밀히 따지면 '명문장' 도 보기 나름일 뿐이고, 오문/비문이 거의 없으면서 문맥이 잘 통하고 의미가 분명한 '달문' 정도만 있을 뿐인데, 모든 본보기가 그렇듯이 훌륭한/나쁜 문장은 전염력이 강하고 부지불식간에 그 '짝퉁' 이 기하급수적으로 새끼를 쳐간다. 다음의 예문은 그 실례인데, 취향/기분/문해력에 따라 호오가 갈리기는 할 터이나, 기호끼리의 호응인 통사=문법도 껄끄럽기 짝이 없고, 기의끼리의 맥락인 의미=이해도 헷갈리기 딱 좋은 문장이 아닐까 싶다. (보다시피 문장을 끝까지 베끼지 않은 것은 작가의 이름을 보호하기 위해서가 아니라 굳이 그럴 필요가 없어서임이 저절로 드러나 있다.)

'본국 휴가 기억 중/ 나의 강원도 적응 훈련부대 동기생 하나는/공수 특전단 위탁교육 계획 참가자 명단 형식/우리 소대의 임무는 미군의 육군 항공 정찰대 활주로 외곽 경비였다.'

'휴가 기억' 은 무슨 말인가. '강원도 적응 훈련부대' 라니, 군대에서 지역마다 달라지는 '적응' 훈련도 시키는가, 그런 훈련의 내용이 어떤 것일까. '활주로 외곽 경비' 는 조망대에 탐조등 같은 것을 설치해놓고 밤낮으로 경계 근무를 서는 것이지 싶은데, '외곽' 은 어느 지점까지를 한정하는지 알 수 없다. 군대 용어든, 더불어 신문 기사체나 어느 특정 분야의 전문 용어든 무심히, 어떤 자각 없이 써버릇해버리면 함의도, 의미도 휘발되어버린다는 사실을 위의 예문은 솔직담백하게 토로하고 있다. (하기야 제멋에 놀아나느라고 이런저런 비유를 잔뜩 끌어와서 '묘사 만발' 의 소설문장도 많지만, 취향이란 잣대로 과연 어디까지 두둔/비난할지는 독자 개개인의 입맛에 맡길 수밖에 없다. 솔직하게 털어

3. 신문이라는 마약

놓으면 나 자신도 신문 기사체를 부지불식간에 답습하고 있지 않을까 하고 노심초사한 지도 오래전부터인데, 이 노이로제가 점점 더 읽기에 껄끄러운 문장을 억지로 '조립'하는 경지로까지 치닫는 듯해서 난감할 뿐이다.)

↓

기억력, 어휘력, 이해력이 몰라볼 정도로 줄어간다기보다 흐리멍덩해져 가는 느낌이 여실해지고, 이런 기현상에 울가망하며 견딜 수밖에 없는 언짢은 나날을 그럭저럭 개기고 있는 판이다. 그래서 그럴 텐데 요즘은 신문 기사 중 어느 한 꼭지를 다 읽고 난 후, 내가 이 기사를 온전히 이해했는지 자문해보는 버릇이 생겼다. (중독은 이처럼 무서운 것이다. 방금 그처럼 허둥지둥 섭취해놓고 그 효력을 의심하고 있으니까.) 어떤 기사는 다시 훑어보고 나서, 별말도 없잖아, 다행히 모르는 단어도, 신조어도, 외국어도 없었네, 요령은 좀 부족한 것 같고, 좀 더 세게 박았으면(비판했으면) 좋았을 걸, 그런다고 누가 시비야 걸라고, 상관이든 이해당사자가 찝쩍거려본들 가부야 가리기 나름일 텐데, 요즘은 옳고 그른 것도 딱 부러지게 분별하지 않고 대세에, 또 투표에 따른 다수결로 정해버리는 망조가 설치는 판인데 같은 씨부렁거림이 자꾸 늘어날 뿐이다.

그러나 신문 기사 쪽보다 내 문해력의 불충분 정도가 훨씬 더 심각하다. '인공지능' 시대가 눈부시게 광속도로 닥치는 게 아니라 이미 우리 일상을 좌우하고 있다는 데도, 나는 아직 그 실체가 무엇인지, 요즘 세태어로는 그 '개념'도 제대로 이해하지 못하고 있다. 뿐만이 아니다. '메타 버스'가 화면 위에서 펼쳐지는 3차원의 가상세계라는 뜻풀이 정도만 알까, 그 실제가 어떤 것인지는 까막눈이다. '메타 폴리스' 운운하면 당장 어지러워진다. 그쪽 기사를 읽어봐야 쇠귀에 경 읽기나 마찬가지다. (그 허황한/흉물스러운 세상이 그렇게 재미있다니, 도무지 이해할 수가 없는 것이다.) 그런 종류의 기사에 반드시 따라붙는 'VR/AR 현실' 같은 어휘는 앞엣것이 '가상'이고 뒤엣것이 '증강'인 것은 일부러 외워서 알고 있으나, 그 실물이 어떤 것인지 떠올릴 수 없어서 답답할 뿐이다. 그냥 막연한 짐작으로 내가 가장 싫어하는 과학공상영화 속의 그 황당한 내용을(도대체 '하늘'의 실체는 무엇인가, 아무것도 없는 3차원적/4차원적 공간일 뿐이잖는가), 또는 보기에 끔찍한 괴물이 화면 전체를 뒤덮으며 나타나서 지구 문명을 온통 박살 내는 블록버스터 영화의 컨텐츠 같은 서사물이 미구에 가상/증강 현실로 펼쳐질 모양인데, 그 어이없을 세상을, 그 징그럽고 괴상망측한 경우를 미리 지어내서 즐기자는 호들갑이 무슨 악취미일까 하고 물러나 앉아버린다.

무엇이든 모르면 관심이 멀어지고, 점점 그쪽과는 소원해질 수밖에 없다. 경제면, 체육면과 마찬가지로 과학면도 점차 기사 제목만 읽고 다 봤다고, 알 만하다고 넘겨버리니 신문을 반도 채 못 읽고도 다 아는 체하는 버릇이 생겼다. 급기야는 눈이 피로하다는 핑계를 앞세우면서도 매번 '개판'이라고 욕하기 바쁜 정치면도 소홀히 훑고, 사회면, 문화면을 비롯하여 세계면까지 경중경중 읽기 일쑤이다. 어떤 기사는 엉터리 문장이 거슬려서, 문맥의 의미가 아리송해서 끝까지 읽지도 않고 다른 꼭지로 건너뛰곤 한다. 이러니 점점 중독 증후군으로서 기능 장애가 덮쳐와 무식해지는 셈이고, 어느 분야든 피상적으로 알고 있다는 자각에 휩싸일 때는 기분이 아주 떨떠름해지다 못해 불쾌해진다. 내 스스로 사기꾼 같아서 참담해지고, 이러다가 우울증에 걸리지 않을까 싶어지기도 한다. 특히나 세계면은 샅샅이 훑다시피 숙독하는데도 어딘가, 무엇인가 부족하고 미흡해서 짐짐하다 못해 떨떠름해지는 때가 숱하다. 이를테면 무식한 사업가에다 떠버리에 불과한 미국의 전 대통령 트럼프의 여러 저속한 정치적 수사, 저질의 망동 등을 좀 더 매섭게 매도하든가, '미국을 위대하게' 같은 선동적인 구호의 시대착오성을 비판하지 않는 명색 '객관적' 보도에는 정색으로 실큼해진다. 그의 모든 정치적 언행이 같잖고 징글징글해서 곧장 외면해버리게 되는 빌미를 신문이 제공하는 것 같아서 엉뚱한 데다 욕지기를 퍼붓는 것이다.

어차피 외신을, 전통과 권위가 살아 있는 몇몇 현지 신문을 그대로 베껴 쓸 수밖에 없겠으나, 세계면은 현재보다 두세 배쯤 증면해야 옳지 싶은데, 내 혼자의 투정일 터이다. 가령 중국의 패권주의/팽창주의가 불러온 홍콩/대만에 대한 조폭 수준의 압박, 영토 확장/보존에 대한 집착으로 말미암은 신장/티베트 자치구의 인권 탄압 같은 현황은 가장 요긴하고 다급한 세계상이 아닐 수 없다. 세계시민으로서 우리는 마땅히 그 실상을 알아야 할 뿐더러 주권국가로서 나름의 명분을 고취해야 옳지 않을까 싶다. (이런 대목에서 '민족/반일/주체' 같은 맹목적 국수주의를 팔고 사는 세력들의 이율배반적 침묵을 어떤 잣대로 이해해야 하는지, 당시에도 없었던 '죽창' 같은 선동적/만화적인 언어를 발명한 두뇌에 대응할 말이 내 머리로는 도무지 안 떠올라 심사가 일순간에 고약해지는 것이다.) 미얀마의 최근 군부 쿠데타도, 크림반도를 공갈과 무력으로 무혈 접수한 러시아의 영토 확장책도, 벨로루시의 독재 체제와 재야의 반체제 성향 등도 집중적으로 보도하면서 우리의 시민 의식을 장단기적으로 함양, 일정한 수준까지 끌어올릴 임무가 신문의 사명임은 재론의 여지가 없다. (얼토당토않는 '토착왜구'와 '죽창가'로 배타적 징고이즘의 광기를 불러들여 젊은 사람들의 세계관조차 '쪽발이'로 만드는 정부에게 무슨 이념의 '교육/지도'를 맡긴들 그 성과가 오죽하겠는가.)

좀 극단적으로 말하면 신문은 세상을, 우리나라의 현황을, 이웃의 살림살이를, (그 어휘 자체가 대충 지적하고 있듯이) 문화, 인문학/역사/과학, 문학/예술 전반의 현주소를 수박 겉핥기로나마 짐작할 수 있도록 도와주는 매개체이다. 어차피 모든 지식/정보는, 개개인의 사유/지성은 임시방편의 그것으로 일시적/피상적이고, 우리의 일신을 사방에서 옥죄는 지금의 온갖 법적/제도적 장치가 돌팔이 의사의 만병통치약 같은 미봉책에 불과한 것처럼 그럴 수밖에 없다. 그렇긴 해도 한편으로 신문이야말로 나 자신의 뱀뱀이와 서민의 민낯과 기분까지 비춰주는 거울이라고 해도 빈말일 리는 만무하다. 요즘 말로는 가성비가 신문만큼 뛰어난 상품이 달리 있을 수 없는 것이다. (마약의 국가별 유통가격은 어떻게 다를까, 현재 진정한 '주사파'는 몇 명쯤이며, 그들의 활약상이 어디서 펼쳐지고 있는지를 신문이 알려주어야 하잖나.)

그러나 한편으로 신문은 어느 날이라도 미흡하고, 무언가가 훌렁 빠져 있다는 느낌을 생생히 반추하게 만듦으로써 반거들충이 독자를 각성시킨다.

↓

이게 세상의 실상이고 축도라고? 세상의 모습이나 진경도, 인간의 얼굴이나 심사도, 달라지고 있는 생활환경이나 지구환경의 일면도 없는데 무슨 신소리야. 시방 내가 육안/심안으로 보고 있는 세상이 이렇지는 않다고, 그 일부도 제대로 그리지 못하고 있어. 재개발/재건축을 입에 발린 소리로 지껄이지 말고 '현장'을 찾아가서 직접 보고 쓴 '살아있는' 보도를 하라고, 1천 세대가 한적하니 잘 사는 아파트 단지 바로 뒤에는 지금 우리의 국민소득 수준에는 도저히 하루도 못살 정도로 남루한/쾨쾨한/납작한 재래식 주거지역이 엄존하고 있다고, 그 지역을 어떤 식으로든 개선하려고 당국이 나서면 어느새 '부녀회' 같은 세력이 모든 이권을 선점, '재개발 사업'의 추진을 방해하느라고 극성을 떨어대는데 어쩌라고, 그 시비를 우두커니 지켜 서서 들어보면 페미니즘이 얼마나 배부른 소리인가 하고 절감하는데도 신문은 찍소리도 못하고, 소설은 한때의 그 위대한 양식처럼 '임 향한' 어쩌구 하는 음풍농월의 헛다리만 짚고 나서고, 이러고도 말이 먹혀들고 있다면 사기라는 소리지. 현장도 모르는 시사 평론가들이 상습적으로 그렇듯이 따따부따 말이야 요란하게 둘러대겠지. 역사나 문학/인문학이 신문의 미흡/미달/미진/미상을 보완해야 한다는 변명도 반지빠른 구실일 뿐이야. 레이아웃이 깔끔하고 과장법을 자제한 문안이 맞춤하니 들어앉은 자그마한 광고들을 본지 속의 구석구석으로 몰아넣고, 지금보다 두 배나 세 배쯤 증면해서 모든 꼭지의 기사를 더 알차고 길게 꾸려야 한다고. 우리나라의 국세와 국격상 그 정도의 출혈은 약과잖아. 이 말이 틀렸다면 화면/모니터 속의 그 어질더분하고 황당한 '가상세계'에 벌써 중독된 가납사니일 거야. 불평/불만을 구체화시키라고? 말을 하기로 들면 끝이 없지. 정부의 수준은 민도를 일정하게 반영한 모델이라더니 신문이야말로 집단 정서의 반이라도 가름해주었으면 좋겠어. 이를테면 국가의 정체와 정치 체제 전반을 훨씬 리얼하게 파헤치고 비판하는 소위 심층분석 기사로 지면이 터져나갈 것 같으면 오죽 좋을까. 진정한 국수주의와 우국적 집단심성의 앙양, 그 참척의 길라잡이로는 그래도 신문이 제일 만만할 텐데. 길을 놔두고 뫼를 찾는가, 기왕의 좋은 제도를 개량/개선하기는커녕 옛날의 풍문 같은 가짜 소식을 화면에다 마구 퍼 나르는 '사설

언로' 만 거미줄을 치고 있으니. 세상은 너무 변했고, 이 막돼먹은 변화를 어떤 '글' 로든 적바림해두어야 하건만. 그 초보적 기록물이 지금 세상에서는 신문뿐이지 싶거늘. 신문이라는 마약의 중독 증후군을 낱낱이 기사화해보라고, 자기반성에 게을러빠진 주제 꼴하고선.

마약 중독자의 신들린 중얼거림이 일순간 뚝 멈춰서 새벽 기운에 싸늘한 정적이 한 꺼풀 내려 덮인다.

↓

추기 1_엉터리 문장/문맥으로 얽어놓은 기사들을 제도적으로 걸러내고 '손질' 하는 교열 업무의 활성화가 우리 신문들의 가장 다급한 소임일 것이다. 어떤 '개선' 이라도 인공지능에게 맡기는 불상사를 미연에 방지하는 특단의 조치도 신문이 다른 분야보다 먼저 보여줘야 하니까.

추기 2_외부 필자의 기고문 중에는 의외로 이쪽저쪽 '세력' 의 눈치를 보는 '육성' 없는 글이 많다. 통념에 시비를 가리고자 덤비는 글, 상식을 멀찍이 떼놓는 화두의 글, '글맛' 이 씹히는 글들을 기고문에서 읽을 수 없는 세태는 (저질의 반지성적 풍토에서) 아주 나쁜 시절을 살아내고 있다는 단적인 시사일 뿐이다. 본의는 미국 · 영국 · 독일 · 프랑스 등 언론/표현의 자유를 상당한 정도로 누리는 국가들의 정체/주체를 선도하는, 그런 쟁쟁한 권위/전통의 정론지들을 '지금껏' 바랄 수 없는 우리의 역사적 '배경' 에는 당당한 세계적/국가적 시각을 휘두르는 외부의 필진이 없거나, 그런 '문체' 의 개발에 태무심한 제도권 교육 전반의 만성적 부실과 지적 풍토의 미달 때문인데, 지금이라도 이 고질의 풍토성을 탁상 의제로 삼아야 한다는 것이다.

4. 지식은 반풍수다

↓

'더 나은 세상'을 만들겠답시고 '촛불 시위'에 부나비처럼 달려들어서 요행히 집권한 문재인 정권 내내 지식인을(차마 '지식인'이란 문자가 쑥스러워서 '글줄깨나 읽은 사람'이거나 '먹물이 든 계층'으로 고쳐 쓰고 싶지만) 곤혹스럽게 몰아붙인 말은 바로 그 '지식'이 무엇인가라는 의문이었다. 틀림없이 무지몽매한 탓밖에 없겠는데, 이 근본적인 물음조차 챙기고, 다부지게 해명해보려는 식자가 한 사람도 나서지 않는 세태 앞에서 '이러고도 옳은 나라라고 할 수 있을까, 아닐 거로'를 속말로 씨부렁거리며, 무기력하기 짝이 없이 세월만 죽여낸 지도 어언 서너 해를 훌쩍 넘겼다.

가령 멀쩡한 원자력 발전소의 가동을 일언지하에 중지시킨 그 근거도 결국은 명령자가 꿋꿋이 소지하고 있던 평소의 교양이거나 지식이었을 것 아닌가. 후쿠시마 원전 사고로 1,368명이 죽었다는 가짜 뉴스도 명색 지식의 탈을 뒤집어쓰고 있겠는데, 도대체 그 출처가 어디에 숨어 있는지 밝힐 수 없는가.

모든 지식에는 근거가 있게 마련이다. 근거가 불확실한 지식은 소문/풍문/낭설에 의존하는 소위 가담항설일 텐데, 그것조차 현실에서는 도저히 있을 수도 없고, 일어날 리도 만무한, 한낱 개인의 머릿속에서만 제멋대로 날뛰다가 제풀에 사그라지곤 하는 그런 망상적인 블록버스터

형 영화의 그 황당한 줄거리에 기대고 있다면 한 나라의 지도자로서는 더 말할 것도 없고, 자칭 서민의 곤란/애로를 돌봐준다는 변호사 직분의 한 개인으로서도 감상적이고 무지몰각한 사분(私憤)의 발로가 아닌가.

뿐만이 아니다. 소득 주도 성장은 그 전문용어부터 이해하기가 참으로 난삽한데, 성장이 고용을 창출하고 더불어 소득을 불려야 소비도 늘어날 텐데, 그 원리를 거꾸로 적용하겠다니. 머리가 너무 기발해서 돌았거나, 이쪽의 녹슨 두뇌를 아예 '너는 머리가 선천적으로 나빠서 탈이다'라며 놀리는 수작이 아닌가. 신문의 날렵한 풀이로는 소득 주도 성장책을 수레가 마소를 끄는 것으로 비유하던데, 그 논조를 빌려오면 시민운동권 학자들이 영일 없이 바쁘게 돌아가는, 그래서 글줄을 놓은 지 오래돼서 다들 입만 잽쌀까 속은 물러터져서 쉰내가 등천하는 정치판에 들러붙기 위한 한 방편으로 설왕설래하다가 운 좋게 덜컥 고위직에 불려가자 제시한 현혹적인 아이디어이지 않았을까. 그러나 마나 주장자들은 그 기발한 가설의 시행과 결과에 따를 여러 득실을 꼼꼼히 저작, 고심의 연찬을 거듭했을까. 듣기로는 주류 경제학에서도 그런 헛소리는 왕따로 따돌리고 있다는데, 아니 상식적으로도 소득이 성장을 불러온다니, 분배할 소득이 어디서 생기는가. 소비할 여유도 상품의 수요와 생산이 맞물려 돌아가야 엄두를 낼 테고, 그것들이 질과 가격에서 다른 생산품보다 나아야 할 것 아닌가. 그 일련의 경제 구조를 통째 까뒤집는 이론이 신학설로 통할 수 있다면, 그쪽은 사이비 종교와 맞먹는 무슨 해괴한 이단과 그 이단자의 기적을 믿고 떠받드는 맹신자들의 집단이란 말인가. 그런 행태야말로 학설이란 신념으로, 지식이란 세뇌용 말질로 세상의 일정한 질서를 하루아침에 뒤죽박죽으로 만들어감으로써 쾌감을 누리는 사디스트의 소행이 아닌가.

성실한 학자라면 일단 제 머리부터 진지하게 부려서, 그 연구의 결과와 시행이 빚어낼 실살을 예측하는 재미로 몸을 도사려야 하지 않나. (대개의 논문 작성에는 연구 성과와 그 효과에 대한 예단을 작성자가 임의로 기술하기로 되어 있다. 자칭 '소득 주도 성장책'을 제시, 확신한 일단의 폴리페서들은 그 과정을 천착했는지, 이 의문도 나만의 고지식한 용심일까.) 하기야 오늘날 대학 강단에 눌어붙어서 교수라는 지위를 제멋대로 농단하는 한편, 연구실 밖의 세상사에는 학회 따위를 만들어 공사로 맹활약을 떨치는 그런 동분서주배가 인기도 누리고, 요즘 유행어로는 '관심종자'에 불과한 눈치꾼 관변학자들은 늘 그렇듯이 자기 머리 혹사는 뒷전이고, 여기저기 불려 다니는 얼굴 팔리기가 주업인 줄이야 누군들 모르랴.

↓

따지기로 들면 끝이 없겠는데, 문재인 정부가 들어서서 부르짖고, 시행한 모든 시책의 밑바닥에는 지식/정보/인식이 온통 뒤죽박죽이라서 무슨 체계는 고사하고 앞뒤 말이 서로 싸우는 경우도 흔해서 헷갈리기 십상이었다. 통틀어 발기 잡자면 그 설익은 세상 이해에의 맹신이 무슨 신흥종교 신자들의 경배열을 방불하게 하고, 그 소비도 마구 내지르는 통성기도처럼 헤프고 종잡을 수 없어서 우두망찰할 지경이었다. 모든 '어설프고 때늦은 깨달음'은 계몽가들의 그 들뜬 열정을 들쑤셔서, 서둘러 떠버리 전도 행각에 나서기를 좨치지만, 그 북새통으로 우리 사회는 그때까지의 정상적인 산업사회가 자생적으로 구축한 다소의 모순, 불평등, 빈부 격차를 단숨에 구제하겠다는 그 신흥종교 집단의 시끄러운 부흥회 소음에 시달리는 꼴이 되고 말았다. 그러니 어떤 사례라도 반면교사로 손색이 없다고 해도 좋을 지경인데, 역사의 재해석에 대한

4. 지식은 반풍수다

나름의 인식과 그 부실한 지식의 노골적인 설파에는 기가 질리다 못해 죽을 맛이다는 비명을 내지를 판이다. 가령 요즘에는 (다들 먹고살 만 해졌으므로) 있을 성싶지도 않은 '친일파'와 만들 수도 없고 용처도 불분명한 '죽창' 같은 말을 지어내더니, 그 무지막지한 팔푼이 상상력과 감수성은 급기야 '페라가모 구두'와는 어울리지도 않는 '생태탕'까지 개발하여 실소를 금할 수 없게 만들었다.

주지하듯이 광복절, 삼일절 같은 국경일에 낭독하는 대통령 치사를 통해 자청해서 논쟁의 대상으로 띄워 올린 건국 시기 논란도 실로 가당찮은 지식 자랑인데, 그 단세포적 역사 인식은, 짐작하건대 학계 주목형이 아니라 매스컴을 통한 화제 유도형 저작물들이 흔히 기치를 더 높이 세우는 그 일단의 가설을 신봉하고, 거기서 딴에는 요령껏 잽싸게 뽑아 쓰는 행태가 아닐까 하는 의구심을 뿌리칠 수 없다.

곧 1919년 3월 1일, 서울 시내 중심가에서 대규모로 벌어지다 종내에는 요원의 불길처럼 번진 삼천리 강토 전체의, 전 민중의 독립 만세 시위가 직접적인 도화선이었던 상해임시정부 수립일까지로(동년 4월 13일이었고, 헌법에도 명시되어 있을 뿐만 아니라 별도의 기념일로 기리고 있다) 소급하여 건국 연한을 30년 늘이겠다는 소신은, 기존의 통념/통설을 뒤집어엎는 것이야말로 글줄을 많이 읽어서 제법 해박하다는, 차제에 판장원 자리를 스스로 독차지하고 말겠다는 촌스러운, 그러나 무식꾼이 용감하다는 속설대로 앞뒤 가리지 않고 일단 저질러놓고 보는 그 신들린 소행을 판박이로 닮아 있는 것 같다.

좀 더 솔직한 표현을 덧대면 고상한 교양인을 자처하고 싶어서 어느 좌석에서라도 '모르는 게 없다'는 식의 그 자기 자랑에 겨워 지내는 지적 허영꾼이 우리 주위에는, 특히나 정객 집단과 식자 계층에는 의외로 많은데, 그런 부류를 텔레비전 화면에서 대면하면 공연히 이쪽이 부끄러워져서 채널을 바꿔야 하는 비편을 겪는다. 요즘 우리 서민의 일상은 여러 채널의 토크 쇼을 통해 그런 '아니면 말고' 식의 패널들 말질을 듣다 마침내 질리고 마는데, 그 정점에 좌파 식자들의 문제 제기식 사고 행태가 군림하고 있는 듯해서 한숨이 저절로 터지는 것이다.

워낙 그 지적 배경이 빤히 들여다보여서 유추에 힘이 실리는 대목인데, 그것은 상해임시정부의 주석 김구에 대한 보상 심리와 그 반대편의 이승만에 대한 일방적 보복 심리라고 단정해도 좋지 않을까 싶다. (이 편리한 이분법적 세상 이해를 유행어로 '편 가르기'라고 하는데, 찬반과 가부로 만사를 결정하는 민주주의의 대표적 요식 행위에 대한 한 점의 의구심도 없는 행태이기도 하다.)

주지하듯이 사방에서 매일같이 조여오는 암살의 위협 속에서 배를 곯아가며 극적인 도주극을 연방 펼쳐야 했던(어느 기록에 따르면 '쉰밥에 썩은 김치로' 끼니를 때우곤 했다고 한다) 백범의 짧지 않은 망명 생활을 돌아보면 목숨을 부지해서 귀국했다는 그 행적만으로도 그는 거룩한 애국지사였다. 내가 아는 한 그이는 진정한 친일파 문인의 거두 춘원에게 『백범일지』의 윤문을 맡긴 만부득이한 처신 말고는 무류(無謬)의 생애를 완수한 불세출의 비범인 그 자체였다. (그래서 '백범'은 의미심장하고, 그이에게만 어울리는 호이다.) 더욱이나 불운하게도 국내에서 (정적 세력의 암묵적인 사주에 치여) 피살당하는 비극적인 삶을 통해 우리 민족의 전통적인 관용구 '피맺힌 한'의 정점에 당신의 육신을 송두리째 바친 명실상부한 영웅이었다. 사진으로 남아 있는 진솔한 외양을 보더라도, 소탈하기 그지없었다는 언행을 되새기지 않더라도 백범의 전신상에는 어떤 결곡한 인품이 자연스레 휘감겨 있다. 말이 나왔으

4. 지식은 반풍수다

니 덧붙이면, 김일성이 남긴 건국 전후의 여러 사진에는 거들먹거리는 위선의 포즈가 넘실거리고, 그 후의 조잡한 동상들에도 그 빨로 부풀려져서 즉각 거슬리는 물신기가 배여 있다. 두 부자의 그 황금색 전신상만큼 불량국가를 자가 선전하는 상징도 달리 없을 텐데, 그 체제 유지용 토템은 그 형상의 표정대로 웃기는 예술품이 아니라 모조품으로서 압권이다. 그거야 어떻든 당돌하기 짝이 없고 시건방지기도 한 북한 정권의 대두에 맞서기 위해서라도 건국을 서두른 국제정치적 감각과 뒤이어 불어닥친 동족상잔의 한국동란을 수습하는 과정에서 보인 우남의 배짱은 오늘날 우리가 무람없이 누리는 남한의 자유민주주의 체제에는 천우신조와 다를 바 없는 단비였다. (그래서 그의 호 우남(雩南)도 자기시(詩)가 우연히 뒷일과 들어맞았다는 그 '시참(詩讖)'을 떠올리게 한다.) 그러나 말년에 이기붕 일가 같은 아첨배들에게 치인 그의 정치력은 파란만장했던 생애에 일대 치욕이었던 것도 엄연한 사실이다. 실은 하와이에서 장기간 와병으로까지 이어진 우남의 장수가 백범의 졸사(猝死)에 따른 장엄한 장례식과 대비됨으로써 그의 숱한 업적들이 흐지부지 파묻힌 측면도 없지 않다. '호주댁'으로 잘못 불러 버릇한 당시의 우리 민도를 되돌아보더라도 그이의 취처와 내핍 위조의 그 원만하고 조촐한 부부생활조차 애국지사로서의 어떤 선견지명을 솔선수범한 것처럼 비친다.

엄밀히 따진다면 그런 대비적 보상/보복 심리를 우리 이남 땅의 식자제위는 북한 정권의 초기 권력 분점에도 그대로 적용해야 자기모순의 역사관에서 놓여날 수 있다는 것이 나의 해묵은 졸견이다. (이남 출신으로 남로당을 창당, 진두지휘했던 박헌영이 죽음에 이르기까지 당한 온갖 수모를 의식적으로 망각하거나 소략하게 다루는 해괴한 이념서들은 주목감이다.) 그러나 누구도 그러지 않음으로써 숱한 '통일론' 자체를(연방제/연합제 같은 통일 논의는 허무맹랑한 말장난에 불과하다) 희화화시키고 있는 실적을 어떻게 변명하겠는가. 그런 맥락의 일부를 가져오더라도 좌파 정권/좌파 식자 '세력'들의 건국 기원 수정론은 단견의, 근시의 유치성을 명백히 시사한다. 이래저래 없는 살림에 안목도 부실해서 보잘것없는 수사는 공허하기 짝이 없고, 그 심한 자기 과부하에 짓눌려 있는 형세 같다는 지적을 장차 어떤 식으로 수습할지 실로 남부끄러워지는 국면이다. 그래서 무지는 억지를 부르고, 그 고집으로 자업자득의 망신에다 온 나라에 지울 수 없는 상흔과 식자 제위에게는 쉬이 가시지 않을 피멍까지 입힌 꼴이다.

내친김에 추단을 이어가면 지난 정권의 수장과 그 주변 인사들의 모든 앎은 지식이라기보다 예의 그 1,368명 같은, 과장과 선동의 글귀로 환칠한 불온 전단 위의 그 허접한 정보에 그치고 있다는 인상을 지울 수 없다. 운동권 출신들이 여기저기서 주워들은 얄팍한 정보를 딴에는 들떠서 즉각 소비하는 행태와 이상히도 너무 닮았다고 단정해도 무리는 없을 것 같다. 이 지적도 선입관에 기댄 확정 편향이라고 한다면 예의 그 편 가르기 사고와 어떻게 다른지 찬찬히 숙고해볼 만한 사안이긴 하다.

↓

역사 공부에서 외우기는 밑줄긋기보다 덜 요긴하지만, 그래도 그렇게나 중요하다니까 요령을 잡아채면, 상해임시정부의 정식 명칭은 '대한민국임시정부'였고, 우리의 국호를 여기서 따온 것도 자못 의미심장하다. 인민민주주의나 공화정 정도를 머릿속에만 어렴풋이 그리고 있었던 당시 일단의 독립운동가들 사고 행태와 그런 국체의 성격이 단호히

　　　　4. 지식은 반풍수다

배제되어 있다는 점에서도 그렇고, 북한의 김씨 정권이 거창하게 창작한, 지금의 국호에 나붙은 네 개의 그 추상명사가('조선민주주의인민공화국'이다) 전적으로 허상/가짜의 어휘라는 점이 상대적으로 여실히 증명되고 있는 오늘의 현실도 시사적이어서 그렇다. 굳이 흠을 잡자면 '대한'이라는 그 뜻이 다소 크다는 것인데, 그것이야말로 나라를 빼앗긴 국민이 한마음 한뜻으로 염원하던 장래의 국체를 당당히 드러내기 위해서였다. (1919년 3.1 독립만세운동 당시의 민중들에게 '왕조 체제'로의 복원 같은 집단심성이 관류하고 있었을지는 의문이다. 그것의 자멸은 기정사실이었고, 공인의 위력을 이미 지니고 있었다고 봐야 할 것이다.) 보다시피 그 명칭에는 미구에 펼쳐질 상상의 국가가 엄연히 존재하므로 누구도 그 실체를 지울 수 없게 되어 있다. 미래의, 미지의, 머릿속의 국가였으니까. 또한 그 정체가 그토록 확실히 뿌리 내려져 있었으므로 어떤 외세도 손끝 하나 댈 수 없고, 실제로도 하느님이 보우하사 우리는 그런 나라를 세웠고, 지금도 건재하며, 객관적인 국력을 참조한다면 북쪽의 명운과 달리 앞날의 창달을 기약, 예견할 수도 있다. 그래서 '대한민국'은 세력으로, 무력으로, 강제로, 문서로 없어질 수 없는 나라이며, 역시 정명(正名) 사상을 온몸으로 익힌 선현들이라 비록 국권, 국토, 국민이 없으나 이름만은 바로 붙이려고 '임시'를, 입법/사법을 통괄하는 '국가'가 아니라 유독 '정부'를 강조한 것이다. 행정력을 떨칠 대상이 없는 통분을 '정부'로 국한하여 자각하고 있었다는 증거를 어떻게 간과할 수 있단 말인가.

그러나 널리 봐오다시피 이름 자랑만으로, 언어로만 연명할 수 있는 일은 거의 없다. 오늘날 북한의 모든 언어 구사와 그 국호가 상징하듯이 허명무실에 그치고 있는 말과 글은 철두철미 가짜고, 사기술이며,

협잡일 뿐이다. 그러므로 '대한민국임시정부'는 남의 국토에서 잠시 작달비를 피하느라고 마련한 우거였다. 나라가 없어져 버렸으므로 국토는 까마득히 떨어져 있었고, 꿈에도 그리운, 방금이라도 부르면 맨발로 달려올 것 같은 낯익은 겨레들은 일의대수 건너에서 종살이로 내일 없는 삶을 이어가고 있을 뿐이었다. 생각할수록 가슴을 쥐어뜯는 주권의 망실이 원통하고, 그것으로 여린 백성들에게 생살여탈권을 마구 휘두르고 있을 못난 칼잡이 후예들을 떠올리면 당장에라도 밥숟가락을 내동댕이치고 싶은 불뚝성에 시달려야 했다.

　이상에서 열거한 역사적 사실들은 당연히 근거가 있는데, 크게 나누면 '정보'와 '지식'에 기초해 있다. 그 본의를 추적하면 앞엣것은 낱개로 뿔뿔이 떠도는, 수습하는 즉시 즉흥적으로 아무 데서나 소비하고 싶어지는 유해한 청량 음료수와 비슷하고, 뒤엣것은 그런 가짜/진짜의 정보까지도 골고루 취합하여 나름대로 일이관지하는 체계를 세운 나머지 적어도 상당한 기간 그 속의 가치와 내용이 형용모순에 빠지지 않는 깨달음의 실체이다. 그 경지를 누리는 지식인/교양인이 민심을 두루 교정하는 역할을 원만히 수행할 때 비로소 자유민주주의 체제가 제대로 굴러간다고 할 수 있을 텐데, 그런 정치적/사회적 분위기를 고무시키기는커녕 훼방으로 일관한 좌파 정권의 치사 내용은 어느 것이라도 반면교사로서의 혁혁한 사례를 곧이곧대로 보여주었다고 해도 과언은 아니다. (창피를 무릅쓰고 그 무잡한 치사 내용과 문장을 인용할 글과 식자들이 장차 얼마나 나올지는 초미의 관심사 중 하나가 아닐 수 없다.)

　첨언하건대 『논어』의 한 대목대로 '배우기만 하고 생각하지 않으면 멍청해진다'고 했는데, 그것을 변주하면 읽고 외우기만 한 것을 써먹을 데나 궁리하다 보면 앞뒤 말이 싸우는 줄도 모르는 바보가 되는 것이다. 그런 사람을 시쳇말로는 '유체 이탈' 어법의 소유자라고 하는 모양인데, 자기 생각을 바꿀 줄 모르는 고집쟁이는 머리가 나빠서 어디서 제 사고가 허방에 빠졌는지도 가리지 못할 뿐이다.

↓

역사는 이해하기 나름일 수 있으며, 기왕의 역사 기술은 수많은 사건/사태의 곁가지를 생략하고 그 골격만을, 그것도 최대한으로 벙벙한, 딴에는 정제한 언어로 기술한 것들이라서 엉성하기 짝이 없을뿐더러 따지기로 들면 곳곳에 허점투성이다.

모든 역사는 본질적으로 그런 과장, 생략, 축소, 왜곡으로 그려진 일종의 추상화에 지나지 않는다. (추상화는 어차피 난해하므로 해석 후 기술하기 나름이며, 따라서 구석구석을 꼼꼼히 들여다봐도 제대로 알 수 없는, 그래서 언제라도 알아볼 수 있는 대상이 불분명하게 그려져 있는 유기체일 뿐이다.) 그것은 시대의 추세에 발맞춰 탈색을 거듭함으로써 빛이 바래게 되어 있는, 비유컨대 볼 때마다 다르고, 보기에 따라 달라지는 생태계의 만물/만상과 유사하다고 해도 빈말은 아니다. 말 그대로 무상(無常)한 것이다. (시대와 환경의 변화에 따라 달리 이해, 해석, 재생산하는 지적 운동이 역사 읽기의 골격임은 재론의 여지가 없다. 모든 역사는 언제라도 당대가 생산한 미완의 소비재일 뿐이다.) 그렇긴 할망정 (다시 강조하건대) 국토도 잃어버리고, 남의 나라로 간신히 피신한 지체에, 문서로만 강탈당한 그 주권마저 왜정이 관장하고 있으며, 만백성이 식민지의 학정에 시달리고 있던 그 당시를 나라 세운 날로 정한다면 역시 (상식적으로도) 어불성설에 자가당착이 아닌가. 그렇거나 말거나 식사만 낭독하면 곧장 나라가 세워지고 건국 연조가 길어진다는 발상도 아망스러운 운동권 세력의 트집 같다면 문외한이 너무 미련스럽다고 할 것인가. 국운도 폐색 일로였고, 그전의 수백 년 동안 국력과 국세를 모조리 허랑방탕하게 탕진해온 나머지 국새를 제물에 빼앗겨버린, 아니 스스로 고스란히 갖다 바친 허물을 낙서 지우듯이 슬그머니 지우려 드는 심사는 철부지의 객기와 너무나 유사하지 않은가.

자갈밭을 밭이라고 할 수는 없지만, 그 척박한 땅도 남새밭으로 바꿔놓으려면 상당한 공력이 따라야 하는 것은 세상의 이치다. 역사도 지식이나 언어와 마찬가지로 근본도 없는 한 자락 땅뙈기에 썼다가 갈아엎어도 괜찮은 호작질일 수는 없는 것이다. 다른 비유를 둘러댈 수도 있다. 의붓아비가 아비일 리는 만무하지만, 그와 삭인 세월이 연년세세 후유증으로 남아 떠도는데도 그 착잡한 기억을 일거에 지워버리자는 말은 언어도단이다. 피처럼 대대로 내려오는 우리 민중 의식의 고황(膏肓)을 글로서, 구호로서, 강변의 연설로서 고치려 한들 고쳐지지도 않는다. 그렇게나 중하다는 이념을 살리려고 그 슬하에 주렁주렁 딸린 온갖 기억, 감정, 정서, 심리, 심성 일체를 의붓자식처럼 하루아침에 쫓아버린들 거덜 난 집이 어느 순간 고대광실로 멀쩡히 나설 리 만무하다. 그것을 하마나 꿈에라도 그렸다면 지각 망나니거나 어쩌다가 연때를 맞았답시고 우쭐거리는 잔풀내기의 과욕이 아니고 무엇인가.

하물며 기록의 산물인 역사를, 그 서술을 뜯어고치겠다는 생각은 가당치 않은 게 아니라 혁명으로 하루아침에 모든 체제를 지우고 파묻어버리겠다는 공상과 얼추 비슷하다. 현재의 우리 민도, 민심, 소득 수준, 사회 전반의 통신 체계 등을 고려한다면 '기왕의 권위와 방식을 단번에 뒤집어엎는' 혁명은 어느 분야에서도 거의 불가능하다. (신상품의 광고 문안대로 개선/개량도 광의의 혁명이라면 쓸데없는 과장으로서 언어의 회롱일 뿐이다. 그런 의미에서도 '촛불 혁명'은 당시나 지금이나 민심

4. 지식은 반풍수다

과는 겉도는, 자화자찬식의 선동적인 헛소리에 지나지 않는다. '혁명'이라는 구호는 전적으로 잘못 쓰인, 부실한 과장법일 뿐이다.) 그것이 가능하다고 생각하는 당사자들의 의식은 환상의 놀이터에서 줄기차게 뛰어다니는 배회증 환자의 그것과 유사하지 않을까 싶은데, 목적도 없이 어치렁거리는 그 변질적 정신병을 뜯어고치자면 의사가 나서야 하지 인문학이 감당할 소관은 아니라는 게 나의 졸견이다.

그러니 교과서에 깎작거려서 일부의 역사관을 뜯어고치겠다는 잔머리 굴리기로 될 일도 아니다. 이웃 두 나라에서 그런 어리석은 역사 공정인가를 벌이고 있지만, 그 짓거리는 우중(愚衆)의 양산으로 국격을 떨어뜨리는 데 한몫할까 별무소용일 것임은 미구에 드러나게 되어 있다고 장담할 수도 있다. 다들 잘 알고 있듯이 한쪽은 그 역사적 문맥 때문에라도 '천황제'를 그나마 유지하려니 부분적으로는 경직 일변도의 우익적 애국열과 그 장구한 정통성을 보듬을 필요도 있어서, 다른 한쪽은 사회주의 체제 아래서의 장기 집권을 억지로 도모하려니 그런 바람막이용 역사 교정책이 불가피할 수밖에 없다. 그것을 감 잡지 못하고 남의 제사상을 빌려오려고 억지를 부리는 것은 오지랖 넓은 행태와 다르지 않다.

↓

그거야 어쨌든 어떤 미망(迷妄)이라도 스스로 깨칠 수밖에 없는데, 역시 심부에 들어앉아 있는 고정관념을 파내기는 간단한 작업이 아니다. 먹물이 들었다고 잘난 체하려는 경거망동을 자제하기가 어렵듯이 그것은 그렇다. 잠시 너스레로 알거냥하기는 쉬워도 시치미 떼기가 어려운 것은 (인간의 근본적인 약점인 동시에) 지식의 속성이 떠들어야 하고, 가능한 한 널리 퍼뜨려서 자기완성을 추구하는 본분 때문이라면 과히

틀린 말은 아닐 것이다. (글과 말의 근본적인 속성은 자신이 '먼저' 안다고 떠벌리는 언어의 과시벽이다.) 마찬가지로 당장 실천할 수 없는 사정은 역사와 제도의 곡절을 살피면서 현재의 형편도 돌라봐야 하는 지식의 소임이 무겁고, 그 결과가 반문명적 행패로 비화할까 봐 두려워서이지 인간의 능력이 모자라서가 아니다.

그런 역사의 재조작, 재구성보다는 차라리 물질의 풍요를 널리 퍼뜨리고, 문호 개방을 통한 다종다양한 문화의 활착이 국격의 촌티 탈피를 직간접적으로 도와줄 게 틀림없다. 역사 교과서를 전체적/부분적으로 수정하려는 의욕은 결국 역사의식의 교정을 겨냥할 테고, 그 귀결점은 쇼비니즘이나 징고이즘의 육성일 것이다. 얍삽하게 당장의 모면책으로, 구름처럼 변화무상한 '세력'을 모아 인기를 누리려고 설치는 그런 수작이 치사한 잔꾀인 줄이야 누가 모를까만, 후세들의 진정한 대의의 시각을 걱정한다면 차제에 떳떳한 세계시민 만들기에 전심전력하는 게 첩경임은 두말할 것도 없다. 지금 '친일파'를 발겨내서 무엇을 따지려는지(명성을 지우고 그 위에 오명을 덮어씌워야 분이 풀린다는 말인지 어떤지), 이 의문부터 걸고넘어지는 부류를 불령선인으로 몰아간다면 아직도 우리 체제는 식민지와 다르지 않다는 말인가. (최근의 사례 중 하나로 패권주의의 희생물로서 국토와 국민의 목숨을 철저히 유린당하고 있는 우크라이나 사태는 '약자 편들기'라는 인간의 타고난 본성의 표현만으로도 충분하며, 더 이상의 번다한 수사는 정상배들의 번지레하고 허접한 말잔치와 다를 바 없다. 어떤 사태에도 이쪽저쪽의 눈치 살피기부터 앞세우면서 말을 어렵게 하려 들고, 아는 체하며 풀어가려는, 말미에는 꼭 남 탓으로 돌리려는 궤변가들에게는 예의 그 『논어』의 대구, 생각만 하고 공부를 하지 않으면 위태롭다는 그 말밖에 들려줄

4. 지식은 반풍수다

것이 없다. 위태로우면 무서워지고, 결국에는 무너지게 되어 있다는 것이다.)

↓

　역사를 단견으로 읽으면 자가당착에 빠진다는 곧은 말은 자연스럽게도 거시적으로, 큰 눈으로 봐야 한다는 지언(至言)에 이른다. '이념'은 어떤 것이든 그 전후 문맥을 잡아채서 이리저리 뜯어보아야 이해하기도 쉽고, 이치에도 맞을뿐더러 우리의 근본도 새삼스럽게 증명할 수 있는 망외의 보람을 얻게 되는 것이다. 그 실례도 들기로 하면 끝이 없겠으나, 일컬어 '소중화(小中華)' 의식도 그중 하나다.

　주지하는 바대로 근세조선 내내 한문을 숭상하는 지배계층의 이념으로 군림해온 '소중화' 의식이 사대주의의 골갱이였음은 명명백백하다. 그 투안적(偸安的) 통치 이념이라기보다 양반 계층의 나른한 야심이자 게으른 집단심리를 이제는 우리의 전반적 국력을 보더라도 (자랑 사관이든 자학 사관이든) 어떤 잣대로라도 해명, 단죄한 후, 홀홀 떨쳐버려야 할 시대적 각성이 워낙 충분하건만, 못난 아비 같은 근세조선 5백 년을 등짐으로 짊어지고 살아야 하는 숙명 때문에 정부와 학계도 태무심한 듯하고, 우리의 고리 삭은 집단심성이야 더 말할 것도 없으며, 식자들의 자의식에서도 어떤 자각이, 뜯어고치려는 노력이 비치지 않는다. (단언컨대 이 '소중화' 의식은 워낙 뿌리 깊어서 우리의 심성 전반에 유전인자로 박혀 있으며, 그 더께는 우리의 모든 의식, 문장, 정서에 질게 깔려 있어서 정상적 시선/시각의 작동이 여의롭지 않음을 눈여겨볼 필요가 있다. 대조적으로 일본인의 사고 행태가 전반적으로 어떤 '왜곡'에서 우리보다 자유로운 것은 망국, 식민지 경험 같은 역사적/국체적 내상이 없기 때문이다. 하기야 그들에게도 태평양전쟁에서의 패전으로 인한 피멍이야 엷게 배어있겠으나, 국가의 명운을 건 일대 총력전이었다는 자부심이 그런 정신적 외상 정도는 가뜬하게 추스르도록 다그쳤다.)

비근한 사례로는 주권국가의 대통령이라는 양반이 중국 현지에서 밥한 그릇도 제대로 얻어먹지 못한 주제임에도 '높은 산봉오리' 운운하고, 제 조국을 이방인처럼 '작은 나라'라고 읊어대는 그 비루한 칭송도 실은 뿌리 깊은 소중화 의식의 내면화가 그대로 터져 나온 것이다. (이왕 벌인춤을 이어간다면) 그런 탄복과 탄성도 한때 우리 식자층의 일부에서 크게 유행했던 중공 붐, 곧 모택동주의의 신격화 풍조가 소중화 의식까지 알게 모르게 보듬어 안은 흔적이다. (또는 그 역이라고 해야 맞을지 모른다.) 그 근거로는 『논어』처럼 확실한 전거(典據)도 있다. 곧 70년대 중반 이후부터 일기 시작한 민주화 운동의 열기에 기름 역할을 한 각종의 여러 이념서 중에서(공산주의에 대한 알레르기 반응으로서의 당시 '금서' 목록 20여 종은 그 인기가 무색하게 그 내용의 실적은 김일성 칭송 서적만큼이나 부실하고 허황한 것이었다) 리영희의 두찬(杜撰)하기 이를 데 없는 일련의 저작물이 그것이다. (이제는 그 세부를 다 잊어버렸지만, 나도 그 붐에 떠밀려 아무래도 자기 자랑이 너무 심하다 싶은 그의 저작물 두 권을 한때 후딱 독파한 바 있는데, 어떤 책에선가 자신의 고향이 세계 굴지의 금 매장지라고 호언장담해서, 노동자들의 외화벌이까지 강제로 수탈하는 북한 당국이 그 지하자원을 도대체 어떻게 처리했을까 하는 당시의 풀리지 않던 의문을 지금도 간직하고 있다.)

물론 남보다 먼저 영자지 신문을 열심히 읽었다는 리영희의 혜성 같은 등장에도 크고 작은 근거가 있는데, 아웃사이더다운 그의 글은 그만의 독보적인 착상이기는커녕 당시의 시의적 특혜를 그가 잽싸게 이용하여, 민완 기자 출신답게 남의 것을 베껴놓은 것으로써, 내용이든 문장이든 순발력이 좋아서 선동적인 호소체였다. 추단에 힘이 실리는 대목인데, 크게는 화제 만들기와 자기 변호/선전에 늘 예민했던 문인 겸 철학자 사르트르를 비롯한 좌파 지식인들의 소련/중공 옹호론과 그 영향력을 의식, 직수입하는데 적극적이었던 일본의 몇몇 언론 매체와 좌파 식자들의 벌떼 같은 매스 미디어 장악력을 주목, 흡수할 수 있었을 것이다. 그런 광기 어린 지적 열풍은 수정주의, 반당/해당분자, 반사회주의자의 척결을 위해 떠벌린 괴뢰 소조 홍위병의 난동이었던, 예의 그 뜨르르한 중국의 문화대혁명에 대한 조건반사이지만, 어느 쪽이든 마오이즘에의 향수 같은 것에 세례를 받아 터뜨린 기득권 무너뜨리기/흠집내기/징치하기를 위한 일대 시위였다. 마오의 출신이야말로 망조에 휩싸여 있었던 청조(淸朝)의 바로 그 기득권에 대한 저항으로 승리한데다, 자칭 그 원리주의는 늘 최후의 승자를 자부하는 관성 때문에 반 이상 이겨놓은 혁명 노선에서 꾸준히 난장판을 획책하는 것이었다. 이제는 그 난동이 권부의 권력 투쟁을 호도, 희석하는 한낱 정략적 사주로 빚어진 광란에 지나지 않았고, 그 생지옥을 겪느라고 수백만 명의 아사자가 하방(下放) 지역 곳곳에서 속출했다는 증언까지 드러나 있다. (아사자 숫자는, 중국의 모든 통계가 그렇듯이 믿을 만한 게 하나도 없지만, 천만 명 단위에 이르렀다는 정보도 있을 정도이다. 물론 그 아사자 행렬은 다른 요인들의 중첩과도 연동했다는 것이 정론이다.)

그런 대혁명극에 대한 국외적 칭송 열기는 대체로 이국 취미와 상동한다고 해도 좋을 텐데, 그 광풍이 한동안 지구촌 곳곳을 들쑤셔 놓은 것은 부동의 사실이고, 그 전에 성취한 쿠바 혁명도 마오이즘의 간접적

세례에 힘입었다고 정리해도 무리는 없을 것이다. 지금의 시점에서는 이런 거시적, 세계사적 분별이 허풍스러운 진단으로 비칠 뿐만 아니라 아무런 실감도 따르지 않을 게 틀림없다. 그럴 수밖에 없는 것이 전자 문명의 득세로, 아니 컴퓨터와 휴대전화기의 일상화로 그런 거대서사 자체가 어떤 자극도 주지 않는 일종의 비화나 전설로 다가오고, 수정주의에 대한 도전으로서의 마오이즘이 당시에는 '조물주 찾기' 같은 광풍에 값했을지 몰라도 마르크스-레닌 체재의 구소련 연방이 벼락 맞은 듯 해체당한 후로는 한낱 '환영 좇기'로 비칠 것이기 때문이다. 보다시피 이상/이상주의는 어떤 것이라도, 특히나 잠시 각광을 받는 것일수록 신흥 사이비 종교처럼 그 득세와 소멸이 봄날의 아지랑이 같음을 깨달아 오니 말이다.

↓

그 시대 풍조를 선도한 최초의 조력자는, 곧 마오이즘의 전도서로는 무엇보다 에드가 스노우의 『중국의 붉은 별』을 위시한 일련의 마오 찬가를 들 수 있다. (그의 아내였던 님 웨일스의 『아리랑』은 '코리아'의 혁명가 김산의 중국 내 활약기로서 리영희의 추천문 덕으로 상당한 반향을 불러일으켰으며, 국외에서의 투쟁과 중국 여인과의 극적인 사랑 같은 일화도 베스트셀러로 떠오르게 한 요인이었을 것이다. 물론 두 책 다 예의 그 금서 목록에 들어 있었다.) 집권 전까지의 그 마오 행적 예찬에는 독자의 가슴을 후벼파는 세목이 제법 풍부한데, 예의 취재 실록기 『중국의 붉은 별』은 그때까지 베일에 가려져 있던 계급 없는 홍군의 희생적 구국열과 마오이즘의 태동 배경에 대한 극진한 찬가여서 단숨에 세계사의 한 장막을 가르고 나온 불온 문서에 값하는 것이었다. 이제는 그 저작물들의 위세도, 그 내용도 흐리마리하지만, 마오가 처음으

4. 지식은 반풍수다

로 얻은 직업이 베이징대학의 사서였다는 것, 사서였으면서도 소관 업무를 내팽개치고 독서광으로 온종일 늘어붙어서 메모하기에 골몰했다는 것, 국민당 군대에 쫓길 때는 생콩 한 줌으로 끼니를 때우면서 혈로를 뚫었다는 것, 1만 2천5백 킬로미터의 대장정을 마쳤을 때는 출발 당시 8만 명의 홍군이 8천 명으로 줄어 있었다는 것, 수많은 산하를 넘고 건너면서도 마오는 틈만 나면 책을 잡고, 밤마다 집필에 몰두했다는 것 등의 부풀린 일화는 젊은 독자들, 특히 운동권 대학생들의 시선을 한동안씩 멍하니 풀어놓기에 충분한 것이었다. 그런 담백한 정보에도 즉각 흥분해서 곧장 마오 어록을 들고 팔뚝으로 하늘 치기를 하도록 몰아가는 열정이 이념의 마력이라고 할 수 있을지 모른다. 신들린 듯 빠져들게 하는 그 지적 열기에, 그 실천에 몸을 던져야 인간다워지고, 프롤레타리아에 대한 최소한의 예의일 수 있다는 의식이 유독 팽배했던 시절이 1960년대였고, 마오는 그 정점에서 문화대혁명이라는 시대착오적인, 그러나 원리주의만이 이긴다는 신념으로 자신의 '실천론'을 들고나와 세계사를 까뒤집어놓은 것이었다. (피상적인 결과론이긴 하지만, 중국 통일에서 거둔 마오의 승리는 그의 끈질긴 면학열, 용인술, 전략/전술 덕분이기도 하겠으나, 장제스가 끝까지 떼치지 못한 부패한 인맥을 상정할 때, 마오는 처족과 자식에게도 시종 휘둘린 장제스에게 보란 듯이 부인조차 몇 번이나 일거에 내쳐 버리는 과단성을 발휘했는데, 그런 성정 자체가 벌써 집권을 보장하고 있었다고 단언할 수도 있을 것이다. 하기야 결과론은 승자의 미화를 문서화함으로써 역사를 부분적으로/상대적으로 철저히 왜곡하지만.)

거두절미하면 누구라도 그 시대적 열병에는 남 먼저 몸살을 앓아야 인간의 탈을 쓴 사해동포주의자가 된다. 그 용트림의 꼬리에 리영희는 무임승차한 것이고, 그의 일련의 중국 소개서와 반미 사상이 운동권의 필독서로 떠받들어지는 시의적 시혜를 누렸다고 보면 우리의 자생적 좌파/주사파의 순도를 대체로 짐작할 수 있을지 모른다. 하기야 기왕의 모든 기득권을 말살시킨 마오이즘의 득세에는 장제스의 집요한 추적을 느긋하게 따돌린 특유의 '실천론'을 무시할 수 없을 테지만, 외세를 의식해야 하는 우리 처지로서는 있는 듯 없는 듯한 기득권 자체가, 더불어 예의 그 '소중화 의식' 같은 정신적 외상이 버거운 등짐이었을 수는 있다. 그래서 마오이즘도 오로지 한 시대의 유행 사상으로서 마른 입에 단물처럼 흡입하는 식의 그 자족감만으로도 충분했고, 그런 지적 열기는 타성태로서의 그 소중화 의식과 크게 다르지 않다는 분별을 끌어오도록 좨친다.

↓

이런 거대서사 식 갈래짓기가 하등에 불필요한 정리벽이라고 타박할지 모르겠으나, 그런 백안시에는 운동권의 안면 몰수형 이쪽/저쪽 가르기, 어떤 발상이라도 그 근본을 천착하지 않는 무식과 위선의 횡행과 그 답습에 어떤 반성도, 심지어는 자각마저도 생리적으로 거부하는 심장이 도사리고 있을 테고, 그런 폐쇄적 심성이 이념 고수와 반체제운동의 원동력이었을 것이다. 그런 심정적/심리적 경사의 현저한 반영이 문재인 정권의 등장으로 직업을 갖게 된 소위 586세대의 조잡한 세태관이고(세계관이 아니며, 그들에게 나름의 '세계관'이 과연 있기나 한지, 그것의 정체가 무엇인지 종잡을 수 없다), 그 정점에서 토해내는 이상한 발언과 실천 의욕들의 중심 화자가 문재인과 자칭 좌파 지식인들이었음은 우리가 지난 5년 동안 보고 듣고 겪은 그대로다.

너더분한 말을 간추리면 역사는 물론이고 역사 읽기도 그런 시행착오

4. 지식은 반풍수다

의 연속이다. 맞으면서, 싸우면서 커가는 어린애들과 달리 역사는 시대의 물살에 부대끼면서 온갖 기형의 실체를 드러내다가 마침내 어른 명색의 실그러진, 볼수록 실물과는 멀어지고 마는 흉상을 닮아간다. 보기에 따라서 그 형상은 한때의 그 실물과 근사한 것 같아도, 그 반시대적 창조물의 탄생 경과는 정확히 그렇다. 그 정도의 실물다움도 어떤 근거에 기대고 있는 여러 부실한 기록물의 취합 덕분임은 더 말할 것도 없다. 상당한 정도로 미흡해서 반쯤도 믿기지 않던 한때의 그 저작물을 아직도 죽은 아비의 서글픈 넋처럼 신봉한다면 자신의 지적 수준을 여전히 어떤 미망에다, 그 어질더분한 암중모색에다 비끄러매고 있다는 의심을 살 만하며, 엉성한 자학을 솔직하게 고백하는 행태와 다를 바 없다. 의외로 그 정도의 답보 상태를, 한때의 그 방만한 열기를 늙어 갈수록 기리는 독서인들이 적지 않다. 지적 정체 상태를 즐긴다고 한다면 어폐가 심할 터이나, 그들은 미개지로 나아갈 엄두도 내지 않고, 한때의 그 싱거운 지적 암투와 다시 싸워서 자신의 성숙을 시험해보려고도 하지 않는다. 그 타성의 연장선상에 예의 '소중화' 의식 같은 편향 감각이 있다면 우리의 풍토성 전반을 들보아야 한다는, 그런 기량이 꼭 필요하다는 간접적인 권고일 수 있다.

지적 열정과 그 집단적 열기가 청춘과 한 시절의 특권이자 분기점인 거야 뻔한 소리지만, 지식 자체야말로 급변하는 시대의 물결에 부화뇌동하다가 그 원형질을 감쪽같이 탈바꿈시키는 귀신과 흡사하다고 해도 과언은 아니다. 강조하건대 지식만큼 믿지 못할 실체도 달리 없을 테고, 쉬지 않고 자신의 전신을 세상에 내맡김으로써 변신을 거듭하는, 그럼으로써 방금까지 자신의 아비였던 그것을 부정, 비판해야만 명색이 살아나는 도구로서, 사람과 세계를 반듯하게 읽는 줄자야말로 지식이다.

다들 아는 대로 천동설도 지동설이 나서기 전까지는 쩌렁쩌렁한 지식으로 천하를 호령했다. 문학/예술에서의 리얼리즘/모더니즘의 성쇠를 돌아보더라도, 이 글의 작은 화두였던 (마오이즘 같은) 어떤 이념의 쇠태(衰態) 앞에 숙연하지 않은 민중들은 마르크스가 예언한 대로 희비극적인 역사를 재생산, 되풀이 경험하는 봉변을 치를 수밖에 없다는 방정맞은 말만을 복창할 수 있을 뿐이다.

종교의 태동이나 전도에서 보듯이 자신이 알고 있는 지식을 퍼뜨리고 싶은 욕구는 인간의 본성이라고 할 수 있겠는데, 그 지식이 원리로까지 승화하는 데는 수많은 정보와 상식과 세태와 민심의 조합, 이합, 숙성의 경과를 지켜볼 수밖에 없다. 원리와 진리는(그런 것이 과연 있기나 하다면) 당대만이 누릴 수 있는 지식의 성숙 과정이면서, 그것의 최종적 형식과 형상을 영원히 모색, 조성해 가는 경과에 지나지 않으며, 그 미지의 완성본을 인류는 마냥 기다리고 있는 처지일 뿐이다. 지식의 반 이상이 한때의 부실한 깨침, 곧 미흡한 인식에 지나지 않거나 임의로운, 의심쩍은 판단에 지나지 않음을 의식해야 비로소 인간일 수 있다. 그런 의심이 성숙을 재촉하는 관건인데, 그 본분을 잊어버림으로써 (누구나 자주 겪듯이) 맹신의 노예로 전락하는 것이다. 맹신은 겸손을 내치고 자만을 불러들여서 성숙을 재촉하는 그 본령의 자리에 당장 실현을 채근하는 원망이라는 허수아비를 앉힌다. 허수아비는 그 빈 논밭을 멀뚱히 지키긴 해도, 그 소출은 작인들의 먹성으로, 거름으로 녹아나서 언제라도 빈손이다. 그 허울뿐인 허상 좇기에 써먹는 온갖 생각/사념의 소용이 작고, 그 진지성이 의외로 허술하다는 실태에 눈을 질끈 감고 있는 우리의 현실 감각을, 나아가서 지식인 일반의 직무유기를 책할 수

4. 지식은 반풍수다

있을 뿐이다.

↓

역사는 자잘한 사실들의 집합이고, 모든 사실은 미진하고 부실한 앎의 총체일 수 있다. 그것을 용도에 맞추느라고 조각보 맞추듯이 엮어갈 테지만, 그 조각이 그렇듯이 그 보자기도 진실의 반에 지나지 않으므로 역사는, 나아가서 어떤 기록물도 그 유기체의 반만 가짜를 면하고 있다. 따라서 우리가 흔히 쓰는 '불편한 진실'이라는 말은 가당치도 않고 '불편한/미심쩍은 사실'이거나 '대대수가 타성적으로 인정해버리고 마는 임시의 사실인 가설'이라고 불러야 옳을지 모른다. 어차피 지식이 반풍수인데, 그 반풍수의 총합에는 고도의 사유가 따라붙어도 현상을, 세상을 제대로 설명할 수 없다. 반풍수 집안 망친다는 말대로 그 엉터리 지식을 써먹으려다가 주위는 물론이고 지역을, 나라를 낭패로 만들고, 이웃들에게 피멍을 입히는 경우를 얼마나 자주 목격하는가. 알거냥 하는 무리에게 속아서도 안 되지만, 좀 안다고 무단 발설만은 삼가야 하거늘. 그래서 의문과 겸손이 각고의 연찬을 재촉한다고 했거늘. 믿음은 의심을 낳아야 정상이고, 맹신은 흔히 선악의 분별조차 무시하는 사례를 자주 보면서도 깨우침을 얻지 못하는 무리가 우리 사회에는 너무 많아서 허탈해진다.

어차피 모든 지식은 피육지견(皮肉之見)에 불과하고, 그래서 어떤 식자라도 피상지사(皮相之士)에 지나지 않는다는 말을 당돌하게 내뱉던, 한문을 가르치면서 사는 게 민망할 뿐이라던 한때의 동료가 떠오른다. 자주 겪게 되지만 서로가 명색 독서인을 자처할수록 마주하기가 스스러워지는 것은 사실이다.

↓

추기 1_ 백범이 손수 집필했다는, 그 전반부를 상해 시절에 이미 탈고 해두었다는 『백범일지』의 초고가 실재한다는 기록이 남아 있다. 또한 유족의 증언에 따르면 그 원고의 완성을 인편에 전해 듣자 춘원이 윤문을 자청했으며, 주위의 간곡한 권유로 백범도 마지못해 춘원에게 그 원고를 맡겼다고 한다. 국한문 혼용체였다는 초고의 맞춤법도 바로잡고 가필/첨삭했을 윤문의 정도는 예의 그 원고와 현재 시중에 나도는 스테디셀러로서의 단행본 『백범일지』를 대조해보면 대번에 드러날 텐데, 아직도 춘원의 대필설/윤문설만 나돌까, 여러 의문은 끈질기게 해소되지 않고 있다. 덧붙이건대 '일지(逸志)'는 '훌륭하고 뛰어난 지조(志操)'거나 '세속을 벗어난 뜻'이라고 사전이 풀이해놓고 있다. 초고에서부터 백범 자신이 골라 쓴 어휘라면 자부가 지나쳐서 겸양의 미덕을 숨기지 않은 셈인데, 그것마저 상해 임정 요원들의 권유를 받아들였다면 그의 기왕의 인품에 도움이 되지는 않을 듯하다. 하기야 백범도 정치인으로서의 자부와 권위에 대해서 숙고를 거듭했을 터이다. 한편으로 춘원이나 책의 편집자가 고심 끝에 선택한 제목이라면 경의와 보비위와 찬사가 고루 어우러져서, 상업적으로는 성공한 '표제의 걸작'임에 틀림없다. 춘원은 당시에 다른 작가들과는 격을 달리하는 유일무이한 베스트셀러 작가였고, 무엇으로 보나 문단의 제일인자였다. 책명으로는 가장 무난한 '자전, 자서전'을 피한 사정이 무엇인지를 가려내는 서지학적 연찬, 정리, 확정, 추인의 결실이 아쉬운 대목이다.

추기 2_ 독서 중독가를 자처하는 한편 공석에서 저술가임을 자임한 바 있는 문재인 전 대통령이 본격적인 독후감이나 한 저작물의 충실/미흡을 다룬 나름의 서평을 지면에 발표한 적은 없다고 최근의 신문 기사들이 밝히고 있는데, 독서인으로서의 자기과시에는 반드시 따르게 마련

4. 지식은 반풍수다

인 여러 저서에 대한 비판 의식의 여부와 그 실속이 어떤 것이었는지를 알아야 그의 지식의 총량과 그 허실을 알 수 있을 테고, 앞으로 누가 반드시 밝혀야 하지 않을까 싶다. 그래야 그 지적 과신이 불러일으킨 국가적 폐해의 일장일단도 점검해볼 수 있을 테니까. 더불어 지식의 용도도 다각적으로 고찰해보는 계기를 얻게 될 것이므로. 역시 이래저래 믿기지 않는 대목이 너무 많은 것은 분명한 사실이다. 한두 마디의 독후감이, 짧은 서평 따위가 발설자나 필자의 매명에 득이 되기는 할 테지만, 유명인의 그런 감상이 한 저작물의 진위를 가리는 데는 하등의 가치도 없음은 익히 봐오는 대로다.

추기 3_의문은 연이어진다. 왜 좌파 정치인들과 (좌파연하는) 지식인들은 우파 쪽보다 상대적으로 심하게 자기 지식을 자랑, 옹호하는 데 기를 쓰고, 그 믿음을 고수하려고 귀중한 생애를 장기간/단기간 허비하며, (그 결과야 좌우가 공히 예상할 수 있지만) 기왕의 세상의 일부라도 뒤집어놓음으로써 상당한 혼란을 자초하는 그 사디스틱한 언행에 집착할까. (우파들은 하나같이 미련해서 책과는 아예 담을 쌓고 있어서 그럴까. 그럴 리야 만무할 텐데, 이상하지 않나.) 모든 기득권에 대한 응징, 투쟁이라는 대의가 자신의 그 알량한 지식의 순수성, 나아가서 절대성까지 믿어 의심치 않아서 그런다면 뇌를 반만 활용하는 자업자득도 감수하겠다는 것일까. 담판한(擔板漢)이 한쪽 세상만 봐야 하는 정황은 개인의 불행이므로 그 시각을 먼저 스스로 교정할 필요가 있다. 그 너머의 여러 조건을 들먹이는 것은, 예컨대 (진부해서 늘 실큼해지는 언사들인) 자유 민주주의, 자본주의, 영혼, 인권, 절대다수의 노동 해방, 상부구조의 허위의식 같은 고상한 허언의 남발로 기염을 토하는 버릇들은 상습적인 주제 이탈에다 벅찬 거대 담론에 자족하는 소아병적 작태일 수 있다. 도대체 만인의 행복을 도맡겠다는 일인의 능력은 초인이 거나 신의 영역을 넘보는 허튼수작이 아닌가. 따라서 좌파의 후천적/체 질적 속성이자 장기는 자기 지식 자랑, 화제 바꾸기와 부풀리기이고, 세상의 구태의연한 질서와 민중의 투안(偸安) 심리와 전통의 완만(緩慢) 같 은, 심해의 조류를 닮았다는 역사의 그 장기적 '흐름'을 무시함으로써 과대망상증의 노예가 되어 있는 듯하다. 우파의 어리뜩하고 어정뜬 언 행과는 분명히 대조적인 이 가설을 일반론으로 승격시키는 글쓰기 작 업이 책 읽기보다야 훨씬 어려울 터이나, 그 주무를 좌파가 감당하려면 예의 그 시각 교정부터 이루어져야 하지 않을까 싶다. 책 읽기와 저술 행위에서 좌파가 앞장서는 것은 자기 자랑에 늘 몸이 달아 있어서, 또 앞뒤와 좌우를 살피는 숙고의 사슬을 애초부터 걷어찬 나머지 단선적 시각에 겨워 지내므로 그 정신노동이 한결 수월해서, 그 선명한 명분에 멋대로 도취해서 고양감을 누릴 수 있기 때문인 듯하다.

어쨌거나 좌파의 지식 자랑과 그 열정은 우파의 좀 빙충맞은 처세보 다는 한결 앞서고 있는 것 같다. 누구나 겪듯이 지식 자체는 즉석에서 떠들어야 성이 차는, 일종의 과대망상증 항진제와 유사해서 모든 글은 (그의 말과 더불어) 저자 자신의 과시벽의 소산물임은 더 말할 나위도 없다. 다만 그 진위와 선악과 우열을 독자와 청자가 분별해야 하건만, 대중은 그 환각제에 취해서 한동안씩 홀려 지내느라고 늘 생각할 겨를 도 없는 늦깎이로 자족하는 듯하다.

같은 맥락에서 우리의 좌파들이 진솔한 '어록'을 남기지 못하는 배경 에는 그들의 공부 부족증보다는 예의 '닫힌 시각'이 문장/문체의 숙달 에 제동을 걸고 있기 때문일 것이다. 물론 우리의 풍토성/전통성 자체 에 결함이 적지 않다는 나의 소견 탓이긴 할 테지만.

4. 지식은 반풍수다

무지는 억지를 부르고, 억지는 무지막지한 인간의 주권이라는 말이 있다. 딱히 의미심장한 말 같지도 않음은 누구나 그 억지스러운 행태를 늘 봐오기 때문이다. 그러나 두루 살펴보면 그 고집으로 일관하는 언행에는 생각거리가 없어서, 달리 생각할 소재가 막연해서 마냥 제 말과 생각만을 끈질기게 되풀이하는, 어떤 실천을 스스로 제거한 행태임이 훤히 비쳐서 가소로움을 살 뿐이다.

5. 직권 남용과 남녀유별

↓

'적폐 청산'과 함께 '직권 남용'은 문재인 정권이 남발/남용한 정치적, 시의적(時宜的) 용어인데, 어째 사용할수록 흑색선전 같다는 생각을 지울 수 없다. (주지하듯이 '흑색선전'은 특정 상대방을 반드시 의식하면서 사실무근의 가짜 정보를 조작하여 중상모략을 기도, 교란을 획책하는 정치적 술책이다.) 자초지종 자신의 정치력 전반을 적극적으로 왜곡, 선전/선동하는 데 있어서 뛰어난 언변을 아무렇게나 과시하는 어느 정치인의 구호대로 '국가에 돈이 없는 게 아니라 도둑놈이 많다'는 실정이야말로 국가가 운영하는 제반 기율이 적폐투성이라는 강변이고, 세금을 명색 합법적으로 사용함으로써 권력을 행사하는 모든 주체와 각종 부서/공공단체 들이 적폐의 소굴임을 시사하고 있다.

이제 다들 배가 부르고 할 말을 못하고 사는 처지들은 아니라서 그 적폐 '들'을 모르는 사람은 한국인이 아니다 라고 장담할 수 있게 되었다. 그것을 알고, 매일 겪으면서도 꾸역꾸역 살아가는 의젓하고 꿋꿋한, 그러나 한심스럽고 측은한 정경을 돌아보면 우리 민족은 역시 인내심에 관한 한 타의 추종을 불허하는 특이한 종족이 아닐까 하는 느낌이 떨어지지 않는다. (내친김에 꼭 덧붙이고 싶은 사안은, 북한 인민이 김씨 왕조에서 70여 년간, 그러니까 다들 삼대에 걸치도록 시름없이 '고난의 행군'을 이어가고 있는 정황을 '인내심' 말고 다른 정치적 수사로 풀이

한다면 사실 왜곡일 뿐이라는 고정관념이 내 의식에 오래전부터 달라붙어 있어서이다. 하기야 시조의 탄생 연도를 기원으로 삼아 '주체 연호'까지 만들어 올해로 꼭 110년을 채우고 있는 지상 낙원에서야 인내심도 수령 동지의 뜨거운 시혜일 테지만.)

여기서는 그 징글징글한 적폐들의 사례에 대한 시비 따위는 지겨워서라도 피하고, 어째 그 갈래일 것도 같은 '직권 남용'의 면면에 대해 한마디쯤 풀어놓고 싶다. 이미 그 판결의 조각마다에 흠집을 남겨놓고 있어서 예전의 그 짱짱한 권위가 많이 허물어진 대법원 판례에서도 '직권 남용'은 엄히 다스려야 한다는 직언(直言)을 천명한 바 있고, 듣기로는 법치국가이므로 그 선례를 함부로 무시할 수는 없게 되어 있다고 하므로 장차 차기 정부도 지난 정권의 그 숱할 전비를 스스로 놓아둔 그 덫에 치이도록 몰아붙이지 않을 수 없게 되었다. 세상만사는 새옹득실이라더니 이래저래 글감이 무진장 늘어나게 되어서 여간 다행스럽지 않다. 그러나저러나 권력 행사로서의 (더불어 공금 유용으로서의) 거창한 불법적 직권 남용의 사례들은 신문에서 매일 대서특필하고 있으니 여기서는 내가 이즈막 겪은 그 정경을 소개하는 것이 조그맣게라도 실속이 있지 않을까 싶은데, 물론 생각하기 나름이긴 하다.

↓

하루는 집사람과 함께 나는 꽤 큼지막하나 가벼운 소포 꾸러미를 도롱태에 싣고 인근의 우체국을 향해 느긋이 걸어갔다. 10년째 호주 멜버른에서 사는 딸네에게 부칠 짐이었다. 우체국은 내가 사는 1천3백여 세대의 아파트 단지 모서리에 (4차선 도로가 교차하는 그 요지를 개발 구역으로 지정하면서 국가가 선점해둔 것인지, 인터넷이 이런 의문도 해결해줄까 하는 내 궁금증은 나날이 비등하고 있다) 단층으로 지어놓은 블록집이다. 그래도 서울 근교라서 그런가 싶게 사방 4킬로미터 안에는 우체국이 그것밖에 없는지 웬만한 정보 매체에는, 이를테면 전철 역사 안의 안내판과 국도의 이정표 등에 꼭 표기되어 있고, 당연히 언제라도 들고 나는 사람으로 꽤 붐비는 편이다. 그날도 9시 반경이었는데, 벌써 번호표를 빼서 한참이나 기다려야 했다. 입구에는 틀림없이 나랏돈으로 고용 지수나 부풀린다는 그 노인용 임시 일자리로 작은 책상과 걸상을 놓아둔 그곳에서 서성이던 중늙은이가 방역 지침을 지키라고 손짓한 후, 인도 쪽 창가에 붙은 작성대로 다가간 우리에게 도착지/발송지 주소 등을 적으라며 안내했다. 이미 두어 차례 경험이 있어서 집사람은 비치해둔 양식을 집어내고, 잡기장을 꺼내 보며 영어로 호주 쪽과 우리 집 주소를 적었다.

이윽고 우리 순번이 닥쳐 창구로 다가가서 소포를 저울 위에 올려놓았다. 건성으로 묻기는 했으나, 배편으로 부칠 것을 여사무원은 알고 있었다. 대개 다 그러는 터인데, 항공편 운임이 워낙 비싸기도 하려니와 3개월쯤이 걸려도 괜찮은 짐이기 때문이었다.

사단은 그때부터 시작되었다. 요즘 사무실 업무라는 것이 컴퓨터 앞에 앉아서 그 화면에 떠오르는 지시를 자판으로 두드려 맞추는 것이 고작이라 고객은 그 내막을 모르게 되어 있다. 한참을 꾸물거리다가, 그동안 옆좌석의 총각인 듯한 남자 동료에게 무언가를 두어 차례나 묻고 나서, 담당 여직원은 우리 내외에게 내용물이 무엇이냐고 물었다. 어린 이용 옷가지 몇 종류에 마른미역, 과자 따위라고 대답했다. 나는 전혀 모르는 사실이고, 대체로 그렇듯이 그런 준비물은 집사람이 외손자용으로 한 달쯤에 걸쳐 장만해온 것이었다. 또 한참이나 컴퓨터만 주시하더니 과자가 스낵류냐고 물었다. 그렇다고, 전부 다 마른 과자고, 시중에서 쉽게 살 수 있는 국산으로 서너 달 동안에 상할 것은 없다고 했다. 스넥은 간식거리이지 싶은데, 그 말이 해당란에 잘 떠오르지 않았나 하고 나는 나름대로 겉짐작을 엮어가며, 그 멍청한 컴퓨터와 기혼녀인지 혼기를 놓쳤는지 아리송한 그 여사무원의 미숙한 사무 능력에 은근히 부아를 돋우었다. 짐의 크기에 비해 내용물 품명이 부족한지 그 밖에도 무엇이 더 있냐고 물었다. 집사람은 그게 다라고, 스넥, 옷가지, 미역, 호주에서는 구하기 어려운 마른 과자류 등이라고 똑같은 말을 반복했다. 집사람은 전번에는 이러지 않았다고, 그렇지 않냐고, 내게 기억을 환기시켰고, 나는 그런 것 같다고, 그러지 않았다고 확답했다. 옆자리의 예의 그 남자 사무원이, 세관에서 내용물을 투시하므로 다 기입해야 한다면서 우리의 불평을 눅였다. 내가 잘못 보지 않았다면, 그 여사무원은 컴퓨터의 작동이 뜻대로 안 돼서 짜증을 내고 있었다. 그런 심경 변화야 가타부타할 일이 아니고, 공무원으로서의 직무상 스스로 눅이든지 말든지 알아서 해결해야 할 것이었다. 그쯤에서 집사람은 시간을 꼭 지켜야 하는 다른 약속으로 내게 뒷일을 부탁하면서, 우송료를 치르라며 신용카드를 맡기고 홀가분하니 사라졌다.

그러고도 한참이나 컴퓨터와 눈씨름을 벌이더니, 그동안에도 옆자리의 그 남자 사무원이 제 업무를 전폐하고 일어서서는 허리를 숙이고 이래저래 하라고 동료 여사무원에게 조언을 아끼지 않았다. 그럭저럭 이제야 컴퓨터가 말귀를 알아들었다는 표정이더니 이번에는, 스넥 숫자가 얼마냐고 내게 물었다. 불쑥 열 개쯤일 거라고, 옷가지가 그것을 둘러싸고 있을 테니 더 될지도 모르겠다고 불퉁하니 말했다. 또 한동안 잠잠하더니, 이 주소지를 어디서 작성했냐고 물었다. 나는 등 뒤쪽을 가리키며, 저기서 아까 저 아저씨가 시키는 대로 작성했다고 손짓까지 섞어 대답했다. 여사무원은 즉각, 이상하다고, 뒷장이 없어서, 카피가 안 된다고 투정하더니, 또 옆자리의 동료에게 도움을 청했다. 그는 빠릿빠릿하고 친절할뿐더러 만능이었다. 그 사본을 우리가 가지고 있어야 한다는 설명도 그가 덧붙였다. 얼핏 아까 작성한 그 주소지를 다시 작성해야 하지 싶어 자잘한 일에도 불뚝성을 잘 내는 내 얼굴에 열이 치받쳤다.

역시 옆자리의 그 남자 동료는 민완에다 업무 처리 능력이 뛰어났다. 사태를 파악했다는 듯이 누가 잘못 쓴 용지 겉장을 찢고 그대로 꽂아둔 모양이라고, 내게 시켜도 되는데 지가 손수 창구를 잽싸게 돌아와서 그 수북한 비치 용지 다발 중 한 장을 뽑아와서 간단하게 카피를 한 장 만들었다.

운송료는 5만 원이 채 안 되었다. 나는 영수증과 신용카드를 잘 갈무리했다. 남자 사무원이 내게 다 됐으니 돌아가시라고 손짓했다. 일하는 그 여사무원의 소행을 보건대 도저히 미심쩍어서 그 주소지를 소포에 붙이는 것을 봐야겠다 싶어, 나는 여전히 창구에 붙어서 있었다. 그 주소지 부착 업무도, 그 남자 사무원이 투명 스카치테이프를 여러 번이나 끊어서 소포 등짝에 밀착시키는 그 노동마저 지 일처럼 손수 감당했다. 일순간 저 멀쩡한 여사무원은 말 잘 듣는 남자 비서 한 사람을 제멋대로 부리나 싶었고, 저러고도 일하는 여성으로서의 주체성 운운할 수 있으려나 하는 트집을 떠올렸다. 공연히 시간을 허비한 셈이라 내 심통이 아주 사나워졌다. 어쩔 수 없이 나는 도롱태를 끌고 집으로 터벅터벅 돌아왔다.

귀갓길 내내 나는 대인관계에서 무언가 껄끄러우면, 내가 무얼 잘못했지, 하고 자문하는 내 버릇대로 이런저런 궁리를 엮어갔다. 솔직히 털어놓으면 나는 성질이 좀 그래서 자식들에게도 무슨 일이든 시키는 법이 없고, 어떤 충고도 자제하며 그들의 동태를 찬찬히 살피기나 할 뿐 이렇다 할 간섭을 디밀지 않는다. 사람은 장애가 없는 이상 스스로 자신과 세상을 알아가야지, 남이 가르쳐서 되지 않는다고 생각해서이다. 말하자면 누구나 갖추고 실천해야 할 '자율성'이야말로 인권의 근본이라는 소신에 어떤 군말도 덧대기 싫어서이다. 그 때문일 텐데 관공서나 학교의 행정부서 같은 데서 볼일을 볼 때도 담당자의 언행을 (소설가로서 언젠가는 써먹겠다는 주의로) 뚜렷뚜렷 살피는 데 주력하고, 가급적이면 쓸데없는 말을 줄임으로써 그들을 다소 불편하게 만드는 편이다. 그나저나 전후 대목을 따져봐도 우체국에서 우리 내외의 소행에 딱히 허물이랄 것도 없지 않았나 싶었다. 그러니 당연하게도 원성은 남에게, 그것도 사무 처리의 비능률성에, 요컨대 한때의 인문학적 유행어였던 '근대의 미달'과 '제도의 피로'에 대해 쏟아졌다.

우선 우체국 출입구를 지키는 그 임시직 중늙은이의 소임을 명확하게 정해두지 않은 것은 우리 행정의 불찰이자 곰살갑지 않은, 어리벙벙하기 짝이 없는 대민 봉사 자세였다. 소포 위에 붙이는 그 주소지 작성 요령을 '견본'으로 만들어 작성대 위에 부착해놓고, 간단한 영어도 못 쓰는 '특별한' 고객의 불편을 대신해주어야 하며, 내용물을 그렇게나 상세히 밝혀야 한다면 그것도 미리 일러 주어야 할 테고, 스넥의 종류로는 비스켓, 젤리, 캔디, 크런치 등이 있을 테니 각 항목의 괄호 안에는 양파링, 새우깡, 오징어 땅콩 따위도 명기해두면 그뿐이었다. 옷가지로는 바지, 스웨터, 남방셔츠, 장갑 등을 명시해놓고, 그 작성은 고객이 손수 감당해야 하는 일이라고 일러주며, 안내 업무를 맡는 임시직이 그 서류 작성에 미숙한 고객의 불편을 적극적으로 도와야 했다. 그 직분을 다하라고 세금을 허비하고 있는 셈이며, 고용률을 높이고 있는 것 아닌가.

또한 사무 처리 능력이 엉망으로 미달 상태인 그 여사무원은 하루빨리 제 소관 업무를 능숙히 수행하기 위해서 퇴근 후에라도 '컴퓨터 과외'를 이수해야 했다. 그처럼 눈치도 없이 고객의 짜증을 덧들이고, 뻔뻔스럽게 고맙다는 내색도 없이 옆 동료를 부리는 그 작태는 정말 꼴불견을 건너뛰어 '적폐'의 작은 사례가 아니고 무엇인가.

어떤 작폐(作弊) 앞에서라도 나의 쪼잔한 원성은 쉬 물러서지 않았다. 근성이 이러니 더러 반골 소리도 듣고, 왕따 신세로 몰리며 살아왔는데, 막상 그렇게 돌리며 살아 보니 그런대로 인내심이 저절로 샘솟았다.

그러나저러나 그 임시직과 창구 담당 직원 다섯 명의 업무를 명시해 둔 내규 책자도 분명히 있을 텐데, 그것을 숙지한 후 관리, 감독에 만전을 기해야 하는 책임자가 제3열에서 역시 컴퓨터나 들여다보고 있는 그 소행머리는 고객에 대한 횡포이자 직무 방기가 아니고 무엇인가. 그런 업무 지시조차 부하 직원들이 갑질이라고 팔뚝을 끄떡거린다면 사무직에서 기존의 일정한 위계질서를 아예 없애버리고 나서, 사사건건 맞짱 뜨며 일하고 월급도 공평히 받자는 수작이 아닌가. 무정부적 그런 행태에 대한 일정한 경배는 철딱서니없는 구시대 얼치기들의 시비 만능 풍조와 유사하지 않나.

어쨌든 갑질 횡포에 대한 범시민적 원성에 졸려서 자신의 직권을 방기하는 작태야말로 직권 남용/오용이지 별건가. 근무 연조가 꽤 길어 보이던 그 여사무원이 오히려 업무에 미숙하여 남자 동료의 도움을 받고 있던 그 사례도 양성평등과 페미니즘의 불화로 보아야 할까.

나는 젊었을 때 '도중 분실'을 두어 차례 겪고 나서 (지금도 얼핏얼핏) 한때의 그 우편물 증발 염려증을 떠올리곤 하는데, 투시 카메라가 그렇게나 꼼꼼히 소포 속을 점검한다면, 결국 내용물을 상세히 밝히라는 그 강제적 요구는 이쪽의 거짓말 정도를 시험하고 있다는 소리가 아닌가. 이런 대목에서 감시 사회 운운하는 것은 하등에 쓸데없는 호들갑이지만, 마약이나 폭발물 따위를 검색한답시고 그런 요식 행위를 시행하고 있다면 얼마나 어수룩한 편법 방지책인가. 범법/탈법/편법/위법 행위를 발본색원하겠다고 온갖 법적제재와 장치를 개발할 게 아니라 훨씬 큰 포충망을, 이를테면 우편물 배달차 속에 투시 카메라를 달아놓고 폭발물 발각 즉시 발송인과 수령인을 추적, 소탕하는 식으로 말이다. 그런 유인책을 암암리에 강구, 설치하는 것이 경비, 인원을 대폭 줄이고, 구지레한 사회적 차단막을 사전에 개선해줄 것 아닌가. 세관의 업무를 우체국에 맡길 수는 없다고? 매사에 법을 그렇게나 못 만들어서 안달하더니, 또 법도 법 같잖은 것을 만들려고 명색 '입법 제도'까지 설치해놓고 이제사 우체국과 세관의 밥그릇 싸움을 가로맡을 수 없다면 국회의 직권 유용이 아닌가.

신문 보도에 따르면 어느 자동차 공장의 조립 라인에서 핸드폰을 손에 들고 작업하는 근로자에게 책임자가, 그러면 안 된다고 했더니 기본권 운운하며 집단 성토를 당했다고, 또 한 소규모 작업장에서는 똑같은 권면으로, 그러다가 산업재해로 몸을 다칠 수 있다고 했더니 그 이튿날 당장 결근, 그만두겠다는 일방적인 통보를 내놓았다고 했다. 놀면서/핸드폰을 만지작거리면서 일하겠다는 이런 세태에서 직권 남용에 대한 법규를 아무리 상세히 규정해놓은들, 더불어 재판으로 엄중히 다스려 본들 무슨 소용이 있을까. 역시 더 큰 그물로서의 인권/노동권 같은 사회 규범을 정밀히 강화, 명문화해놓지 않는 한 직권 남용 같은 허접한 강제 규범은 본말전도의 표본임은 물론이고, 쓸데없이 판사와 유관 업종만 귀찮게 닦달하는 짓거리가 아닌가.

　당연하게도 나의 피해망상과 불평, 불만은 문재인 정권의 직권 남용으로 비화하고 말았다. '직권'은 그 직책을 맡은 당사자가 마땅히 치러야 할 사무고, 더 쉽게 말하면 그 사람만이 해야 할 일이다. 굳이 따진다면 직권 남용과 직권 방기는 서로 반대말이지만 실은 같은 말이기도 하다. 제가 할 일을 안 하거나, 남이 해야 할 일을 제가 가로채서 하겠답시고 설치는 행태니까. 당연히 대통령이 꼭 해야 할 일도 공식적으로든, 비공식적으로든 문서로 밝혀져 있을 터이다. 그럼에도 불구하고 왕조시대의 용어인 만기친람 운운하며 문 대통령은 중뿔나게 나서서 설치는 통에 집권 내내 말썽을 자초한 형국임은 봐온 바와 같다. (그 실례는 신문에 연일 보도되고 있으니 여기서 그 자작지얼을 다시 언급함으로써 망신살을 덮어씌울 필요까지는 없을 듯하다. 하기야 신문의 지탄쯤이야 일쑤 까막눈 행세로 버티는 데 이골이 나 있어서, 그런 작위적 행태마저 그의 인격과 인성의 총체적 함량 지수를 솔직히 드러내고 있기도 하다.) 물론 자신이 할 일을 몰랐을 리는 만무하다고 봐야겠으나, 그의 여러 행태를 미뤄볼 때 대통령으로서 꼭 할 일은 방치하고 마땅히 아랫사람이 그 직권으로 도맡아야 할 업무를 이래라저래라 간섭한 정황이 오롯이 떠올라 있다. 명백히 직권 남용인데, 밑에 사람이 할 일을 스스로 함으로써 자기 고유의 직권도 감당하지 못한 데다 본인의 그 직권 방기를 모르는 소행의 한 단면이 아닐 수 없다. 더 쉽게 말하면 과장이 할 일을 부장이, 회장이 가로맡고 나서는 것이 직권 남용/직권 방기인데, 그런 회사가 정상적으로 굴러간다면 그게 오히려 이상할 것이다.

　물론 대통령이라는 직위가 무소불위에 무소부지(無所不至)이므로, 게다가 선거 기간 중 옳게 알지도 못하는 분야의 다급한 국사를 얼렁뚱땅

식으로 남발한 공약을 실천하느라고, 아랫것들의 직무 방기를 독려하느라고 온갖 소임을 다 집적거리는 그 행태야말로 말 그대로 직권 남용인 것을 모르는 수작인데, 엄밀히 따진다면 법적인 책임을 묻기 전에 인품이 저지른 직업 윤리적 결함 내지는 국무조정상의 하자로 처리해야 할 사안일 것이다. 그러나 대통령이라는 최고위직에 대한 우리의 관행은 '그래도'을 앞세우며 '잘 봐주자'는 쪽으로 기울어지므로 그 인품 전반의 불량성/미달성을 따지지 않는 흐리터분한 인정주의에 매몰되어 있기도 하다. (그 반대로 대통령의 인품에 대한 칭송은 '용비어천가' 식이어서 차마 듣기가 민망할 지경의 아첨 일색이다. 어느 쪽이든 문장의 엄격성/정직성이 워낙 미달한 증거로 돋보이는 대목이고, 앞으로 나아질 기미도 거의 없는 듯한데, 나만의 기우이길 바랄 뿐이다.) 요컨대 직권 남용과 직권 방기를 법적으로 물어봐야 당사자만 재수 없어서 잠시 곤경을 치를 뿐 제도적으로 개선, 시정할 여건은 요원하며, 결국 정치 교육 등을 통해 민도의 개량에 매진함으로써 '옳은 사람 뽑기'에 난제를 떠넘겨야 할 판이다. 결국은 '모자라는' 위정자를 뽑은 민도/민의/민심, 곧 집단심성이 덮어씌운 업보를 국민이, 나라가 혹독하게 치르고 있는 것이다.

↓

역시 이즈막에 나는 인근의 은행에 볼일이 있어서 일찌거니 나섰다. 직장에 매인 막내딸이 통장을 내게 맡기며 정기예금의 기한을 연장해 달라는 심부름을 시켜서였다. 개장을 기다리는 인파와 함께 처단아놓은 셔터 앞에서 한동안 바장였던 경험 때문에 나는 열 시쯤에 맞춰서 은행에 들어섰다. 벌써 은행의 객장은 제법 붐볐다. 나잇살도 있으므로 꽁무니에 붙어서서 출입구 통제인의(그 중씰한 남자도 틀림없이 임시직이지 싶었다) 지시대로 대기표를 받아쥐고 하염없이 기다렸다.

세상을 굴러가게 만드는 모든 제도는 기다리라고, 그 무소불위의 강제권으로 사람을 끊임없이 괴롭히고, 결국에는 무력화시킴으로써 우리의 심성을 뭉크의 '비명' 상태로 몰아간다. (나는 '비명'의 표현주의적 기법을, 특히나 그 단조로우나 불안스럽기도 한 선들의 중첩을 이해, 옹호하지만, 내 취향 때문에 좀 더 적극적으로 신랄한 배경이 점층적으로 떠올라서 감상자의 눈높이에다 바싹 들이댔더라면 하는 불만도 지니고 있다. 현대미술은 어차피 어떤 장르라도 취향에 따라 편견과 호오의 감정을 드러낼 수밖에 없다.) 나는 바지 주머니 속의 디지털시계 부착 만보기를 연신 꺼내 보며 초조해지는 내 마음을 쓰다듬었다.

이 지리멸렬한 사회에서 제 명대로 살아가려면 오로지 인내심에 기대야 해, 믿을 것은 인내심 밖에 없어, 그렇잖아. 이때껏 그것 하나로 버텨 왔잖아, 참아야지, 별수도 없으니까, 이런 곤혹쯤이야 북한 인민을 생각하며 감지덕지해야지, 오감하다 마다.

컴퓨터가 모든 업무를 도맡고부터 창구마다 한 건당 일 처리 시간이 서너 배로 늘어났을 것이란 내 추측에는 물론 이렇다 할 근거가 없지만, 그렇다는 것은 창구 담당 직원들의 업무 능력 미달과도 무관하지 않을 게다는 나의 눈대중에 상당한 믿음이 실려있어서이다. 두말할 나위도 없이 그 업무의 주종은 서류 꾸미기에 따르는 숱한 요식 행위이다. 인감도장을 창구 속으로 디밀고 나면 고객은 숱한 사인을 작은 모니터에 그려야 하는 식이 그것이다.

창구 앞에 앉은 한 사람당 15분 이상씩, 심지어는 30분 동안 붙들고 있어야 하는 능률이 컴퓨터 시대의 어쩔 수 없는 시스템이라니. (창구 위의 모니터에는 대기자 숫자 18명, 1인당 소요시간이 26분씩으로 적혀 있기도 하다.) 필기도구를 사용하던 예전보다 업무시간이 더 길어지고, 업무량도 더 많아지고 있는데도 아무런 개선책을 내놓지 않고 있다는 것이야말로 직무 방기든가, 컴퓨터 회사와 짜고 영업부 직원을 더 늘이겠다는 수작이 아닌가. 정말 진절머리 나는 제도의 피로다. 내가 손에 쥐고 있는 번호표는 1023번이었다. 세 자리 숫자도 두 종류나 있었는데, 그것들은 대출 같은 다른 업무들이고, 그쪽 창구들도 대기자들이 많았다. 살펴보니 그 다른 업무들이 각각 세 개씩, 모두 아홉 창구가 고객을 맞이하고 있는 셈인데, 업무 준비가 미처 안 되었는지, 아니면 담당자가 휴가 중인지 두 창고의 단말기는 먹통이고, 한 창구는 개장 휴무로 자리가 비어 있었다. 아무리 오전에만 붐빈다고 해도 지점 수를 줄이는 일방 인건비를 절감함으로써 고객을 최대한으로 불편하게 해놓고도 연간 수천억 원의 수익을 내는 은행 경영은 금융업이란 제도가 만든 공공연한 특혜가 아니고 무엇인가. 도대체 그 많은 수익금은 다 어디로 굴러갔을까. 주주의 배당금으로? 행원의 월급 인상과 복지 비용의 증액으로? 그 수익금은 결국 고객이 맡긴 돈으로 돈놀이를 한 숫자에 불과하고, 이쪽 장부에서 저쪽 장부로 옮겨 적어 주는 전사(轉寫) 업무에 불과한데, 그 대행업으로 돈을 벌다니, 갈취란 이런 사례에 써먹어야 하지 않을까. 그러면서도 객장 문을 오후 3시 30분이면 닫아버리니, 은행원의 업무 효율을 위해서 고객의 귀한 시간을 제멋대로 조종하는 꼴인데, 이쯤 되면 서비스업이 아니라 대민(對民) 횡포업종이 아닌가, 늘 스무남은 명씩 대기시키고, 3, 40분씩 기다리게 하는 것이 은행의 특권인가. 은행 장면이 나오는 미국 영화도 안 보고 사는가. 미국 은행원들의 친절을 보고도 아무런 느낌이 없다면 거의 천치가 아닌가. 세계에서 10위권 경제 대국이란 나라가 은행 업무를 이처럼 낙후시켜 놓고, 고객들을 거지 취급하다니, 빌어먹을. 금융감독원은 뒷짐만 지고 있나, 이런 직무의 태만, 지지부진도 단속 않고. 직권 방기잖아, 이게 개판이지, 별거야.

엄밀히 따지고 보면 오늘의 모든 제도는 임시 미봉책에 지나지 않고, 과학과 기술의 발전이 다른 시스템을 개발할 때까지만 유효하니 한시적 사기 행각이라고 해도 지나친 말은 아니다. 모든 지식이 그때그때의 둘러맞추기식 변명으로, 당대의 최선의 해석이라는 계몽적, 선동적 호소력에 힘입어 설치듯이. 그 북새통에 어리숙한 대중만 우왕좌왕, 설왕설래하며 시달리고, 이래저래 과외 비용만 늘어나는 이런 수선스러움을 마냥 배겨내라니.

지내놓고 보면 그 지루한 시간 동안 무슨 생각을 하고 있었는지 까맣게 잊어버리고 말지만, 그때 나는 비등점을 향해 치솟는 뱃성을 진득이 짓누르며, 괴물 같은 '현대의 제도적 피로'의 실상을 내 나름의 문장으로 옮기느라고 기를 쓰고 있었을 것이다.

드디어 창구 위에 매달린 단말기에 내 번호가 떠올랐다. 불려서, 마지못해 끌려가는 자세로 나는 창구 앞으로 다가갔고, 얼추 한 시간이나 기다린 뒤끝이었다. 소요 시간을 대충 알고 있었으므로 나는 의자에 걸터앉았다. 곧장 용건을 말하면서, 통장과 주민등록증 두 개와 인감도장 하나를 창구 너머로 밀어 넣었다. 여사무원은 대뜸 가족관계증명서를 떼 오셔야 한다고 쌀쌀맞게 일갈했다. 이런 때일수록 음성을 낮추고, 나잇살에 어울리게, 먹물티가 자연스럽게 드러나도록 찬찬히 말을 가려가며 설명해야 한다는 것을 이론적으로는 잘 알고 있지만, 내 성미는 어느 자리에서나 그러지 못한다. 그래서 6개월 전에 저쪽 창구에서는 그냥 해주었는데 왜 그러냐고 대들다시피 말했다. 그러고 보니 담당자가 바뀐 것 같았다. 얼굴이 낯설었다. 나는 두 주민등록증의 뒤쪽에 쓰여 있는 주소를 확인해도 될 일이 아닌가, 돈을 찾지도 않고 계약을 연장하는 일이잖나, 이 뻔한 일을, 의심할 일이 따로 있지, 고객을 이렇게 성가시게 하면서 무슨 장사를 하겠다는 것이냐, 아무리 규정이 그렇다고 하지만, 전번에는 그러지 않았는데 그새 제도가 바뀌었나 하고 따졌다기보다 눈씨로, 딱딱한 얼굴로 말했다. 내 말투에서 무슨 감을 잡았는지, 전번에는 직원이 잘못 알고 그런 모양이라고, 이번은 그냥 해주기로 한다면서, 크게 선심을 쓴다는 자세로, 시무룩하니 컴퓨터를 작동시켰다. 사인하라고 해서 두 번인가 연거푸 내 이름을 그렸다. 일단 계약 해지 후, 숫자로만 출금한 그 돈을 다시 입금, 정기예금으로 재계약하는 절차를 밟는 과정 중 하나였다. 뒤이어 비밀번호를 눌러라는 지시가 떨어졌다. 그제서야 집을 나서면서부터 은행에 당도하기까지 뭔가 찝찝하던 느낌이 불쑥 떠올랐다. 딸애의 비밀번호가 내 수첩에는 명기되어 있지만, 나는 그것을 외우지 못했다. 내가 쓰는 일반 전화번호만 간신히 외우고 있을까, 집사람의 휴대폰 전화번호와 그 밖의 전화번호를 비롯하여 어떤 일련번호도 수첩을 열어보며 대응하는 내 생활 방식은 숫자 외우기에 철저히 무능해서 겪는 불편일 뿐이다.

달아오르는 얼굴을 의식할 것도 없이 전화를 좀 쓸 수 없냐고 하자, 핸드폰이 없는 게 아니라 안 가지고 온 줄로 아는지 내 등 뒤의 입구를 턱짓하며, 출입구 통제인이 서성이는 쪽에 의자도 없이 높다란 책상만 놓아둔 그 위의 일반전화를 가리켰다. 나는 허둥지둥 그쪽으로 다가가서 얼핏 떠올린 휴대폰 전화 번호대로 집사람을 찾았으나 불통이었다. 가만히 생각해보니 내가 받을 전화기가 없는 이상 딸애의 비밀번호를 이 자리에서 알아내기는 어렵지 싶었다. 내 불찰에다, 내 생활의 모든 근거와 가족의 전화번호/생년월일 같은 근본까지 적어둔 그 두툼한 수

첩을 지니고 나서지 못한 준비성 부족 때문이었다. 나는 즉각 제출한 통장과 도장과 주민등록증을 되돌려받고 부리나케 집으로 향했다.

왜 핸드폰을 장만하지 않냐, 숱한 메모도 가능하고, 저장 장치도 있어서 외울 필요도 없고, 기차표 예매, 상품 구매도 가능하며, 실시간으로 뉴스도 시청할 수 있다는 그 만능의 소지품을 지참하지 않고 사는 것은 장애인을 자처하는 일종의 자해 행위거나, 치졸한 별종 행세든가, 촌티나는 수작일 수도 있다는 것 정도야 모를 리 없다. 그러나 가당찮은 변명을 둘러대자면 우선 그런 기계에 내 단조로운 일상 자체가 얽매인다는 것이 싫고, 더 근본적으로는 보름에 전화를 한 번 사용할까 말까 한 내 칩거형 처지로는 핸드폰이 거추장스러운, 하로동선(夏爐冬扇)이나 마찬가지다. 젊었을 때도 꼭 걸어야 할 일인지를 따져 버릇한 좀 이상한 성미를 되돌아보더라도 전화 걸기에 유독 뻣뻣한 내 비사교적 천성을 누구라도 나무란다면 월권일 성싶고, 그게 무슨 기벽이냐고 대든다면 적당히 속물로 살아야 편하다는 현대의 '원리'를 가르치려는 설교에 지나지 않는다. 다들 공연히 어렵게, 짜증스레, 고생하며 살기로 작정한 양반 같다고 손가락질하든 말든, 의외로 나는 불편한 줄도 모르고, 약속 시간에 늦는 법도 없이 내 깜냥대로, 매일같이 거뜬하게, 제법 바쁘게 살아가는데 이골이 나 있다.

은행에서 아파트 단지 안의 내 집까지 거리는 대략 7백 미터 남짓이라서(손목시계가 거추장스러워서 늘 만보기를 지참하고 다니므로 산책길의 거리, 시간 등을 평소에도 재 버릇하므로 속짐작이 언제라도 작동하게 되어 있다) 빠른 걸음으로 걸으면 7분쯤 걸린다. 주민센터는 은행 뒤쪽으로 2백 미터쯤 떨어져 있다. 그 거리를 운동 삼아 부지런히 걸었다. 별난 경험을 사서 한다면서도, 예의 그 내 식의 세상 해석을 어떻게 표현할 수 있을까를 궁리하면서.

주민센터에서도 20대 청년의(그도 고용률 올리기에 적극적으로 동참하고 있는 임시직임이 분명했다) 친절한 안내에 따라 자동 서류 인출기 앞에 서서 지문을 인식시켰더니, 이번에는 난데없이 검지의 그 무늬가 나오지 않는다고, 몇 번이나 되풀이해보았어도 마찬가지라 어쩔 수 없다면서 번호표를 빼서 기다렸다가 창구에서 발급받으라는 지시를 붙좇아야 했다. 다행히 민원 창구도 분야별로 여러 개이고, 대기자가 한 사람뿐이어서 나는 잠시 후 담당자 앞에 설 수 있었다. 주민등록증을 제시했고, 용무를 알리니 이내 복사기에서 가족관계증명서 한 장이 빠져나왔다. 발급 비용이 무려 1천 원이었다. (미처 알아볼 틈이 없었으나 자동 인출기에서는 돈을 안 받는지 어떤지 한참 후에야 궁금했다.)

이제는 헐레벌떡 뛰어야 할 판이었다. 점심시간이 가까워지고 있으므로 담당자가 자리를 비우면 또 기다려야 한다는 추단에 쪼들려서였다. 나의 강박증은 매사에 그런 식인데, 시간에 얽매여야 내 일에 몰두할 수 있다기보다 가능한 한 남과의 거래, 소통을 줄일 수 있고, 사람은 모름지기 자기 자리를 꼿꼿이 지키며 살아야 편해진다는, 이 세상의 모든 비극은 방 밖으로 나가면서부터 빚어진다는 누구의 금언대로 살아 보려는다는 나름의 생활 수칙 때문이었다.

모르긴 해도 은행원들은 돌아가면서 점심을 먹기로 되어 있는 듯 벌써 두어 자리는 '식사 후 돌아오겠습니다'라는 말을 예의 그 머리 위 모니터에 띄워놓고 있었다. 어찌 된 판인지 내 번호는 그대로 모니터에 떠올라 있어서 이상했다. 그동안 내 뒤의 대기자들이 볼일을 못 보았다면 내 불찰이 남에게 폐를 끼친 셈이었다. 그런데 유심히 창구 너머를 살피니 아까 나를 담당하던 그 여직원은 복사기 앞에서 한동안 서류를 빼내는 작업으로 멀뚱히 서 있는 것이었다. 내 쪽을 힐끔거리기도 했는데, 하던 일을 마저 하려는지 고집스럽게 복사기 옆을 지키고 있었다. 이윽고 복사가 끝났는지 그 여사무원은 좌측에 붙은 통로를 빠져나갔다. 아마도 화장실에 볼일이 있는 눈치였다. 가만히 추측, 추단을 이어가 보니, 내게는 서류를 갖고 오는 대로 처리해주겠다고 이르고, 다음 순번의 번호를 단말기에 띄워 자신의 고유 업무를 계속해야 하지 않았을까. 그래야 하고, 그렇게 하고 있다면 내가 하등에 미안해 할 것도 없었다. 그런 생각으로 또 불뚝성이 괴어들었으나 인내로 버티며 그 여사무원이 자리에 앉기가 무섭게 다가갔다. 구비서류와 통장 따위를 디밀자 막상 가족관계증명서에는 일별만 주고 그 뻔한 소관 업무를 보기 시작했다. 어려운 일도 아니고, 요식 행위인데 이토록 사람을 골탕 먹인다는 생각뿐이라 나는 싸늘한 묵언과 빳빳한 안면을 유지했다. 실제로 할 말도 없었고, 사인하라고, 비밀번호를 입력시키라는 지시만 따르면 그뿐이었다.

↓

나의 귀갓길은 의외로 무겁고 진지했다.

우체국에서와 마찬가지로 기혼인지 미혼인지 알 수 없는 저 미지의 여사무원들은 어떻게 그 좋은 직장의 업무를 그처럼 억지로, 그것도 하기 싫은 티를 줄줄 흘리며, 마지못해서 한다는 시늉을 안면에 바르고 임하는가. 딱히 티를 잡자는 것도 아닌데, 그들은 업무 능력에서도, 고객을 대하는 자세에서도 평균점 이하였고, 봉급도 알토란 같을 그 직장들이 누구에 의해서 꾸려지는지도 모른다는 행태 아닌가. 그들에게 월급을 주는 사람이 장관이나 은행장이 아니라 납세자이자 매번 수수료를 내는 이용객이고, 돈을 맡기고 빌리는 고객인 줄을 알면서도 그들

스스로가 갑질을 휘두르고 있으니 이게 도대체 무슨 뻔뻔스러운 횡포인가. 둘 다 밀알진 얼굴에 화장도 하고 있었으니 '자기 외모 불만증'을 달고 지내는 것 같지는 않던데, 어쩌자고 자기 직업에 그토록 엄범부렁하단 말인가. 그러고도 직업여성의 지위 향상을 꿈꾸고 있다면 자가당착이 아닌가. 모름지기 자기 일에 전심전력하는 사람이 남녀노소를 막론하고 고와 보이고, 저절로 갸륵해지는 법이거늘. 비록 내가 나잇살이나 먹었고, 언행에 글줄이 배어 있는 줄은 눈치로 알아보고 소포의 발송지/도착지 양식을 다시 빼 오라는 지시를 내리지는 않았고, 가족관계증명서를 발급해 와야 처리해준다는 고자세를 명시적으로 드러내지는 않았다 하더라도 그들의 어투에는 갑질이, 어떤 권력 행사로서의 자세가 분명히 얼른거렸다. 그 눈치를 못 읽는다면 내 직분을 들먹이기 전에 눈치코치도 없이 사는 날탕이라고 꼬집어도 곱다시 승복하겠다.

그나저나 요즘은 '촛불 시위'로(강조하건대 '촛불 혁명'이 아니다) 세상을 온통 뒤죽박죽으로 바꿔놓더니 그 직무 미달자와 업무 기피자의 근무 태도를 관리, 감독하는 직속 상관도 없어졌단 말인가. 그야말로 계급도, 직위도 없는 평등한 일터가 되었다면 태평성대인데, 나만 그 혜택을 못 누리는가, 억울하다. 드디어 그렇게 원하던 만민 평등 세상이 되었다면 일을 더 즐겁게 해야 하고, 더 능률적이라서 이용객들이 훨씬 편하고 안심해야 하지 않나. 어쩌다 일진이 사나워서 연거푸 두 번 다 여자 사무원에게 걸려서 낭패와 수모를 겪은 거야 그렇다 하더라도, 저런 시위가 진정한 양성평등을 골자로 하는 페미니즘의 한 단면이란 말인가. 양성평등은 말 그대로 우선 업무에서 공평해야 하고, 능력도 그래야 하지 않나. 그런 공평한 업무와 그 수행 능력에 대한 공정한 평가에 따라 승진을 노려야 될 것 아닌가. 여성이라고 봐줘야 한다고?

그러면 벌써 양성평등은 파기하자는 말인데.

↓

차제에 양성평등이라면 다음과 같은 일화를 소개하는 것도 좀 유효하지 않을까 싶지만, 역시나 꼰대 근성의 갑질이라면 어쩔 수 없는 일이다. 죽으라고 말을 안 듣는 학생들에게 교육이란 결국 빈말 치레의 시간 낭비에 그치고 만다는 체험을 톡톡히 치른 바 있기 때문이다.

한때 제법 똘똘한 제자의 강청을 뿌리칠 수 없어서 결혼식에서 주례사를 읽은 적이 있었다. 며칠 동안 주제어를 찾고 가다듬느라고 끙끙거린 후, 15장 분량의 원고를 작성하여 하객 앞에서 낭독하게 된 것이었다.

그 골자는 대체로 다음과 같았다.

두 사람 다 잘 알다시피 사람에게는 저마다 인격이 있다. 일컬어 자율권이다. 요즘 다들 쓰는 말을 골라 쓰면 인권인데, 이때껏 양가 부모님과 제도권 교육 현장의 선생님들로부터 충분히 학습했을 테니 여기서 개인의 자율권에 대해서 더 되풀이할 필요는 없고, 다른 권리를 각자가 누리도록 권하고 싶다. 들어봤을 텐데, 여권과 남권이 그것이고, 이제부터는 남편권과 부인권을 각자가 누리며 살아야 한다. 부권(夫權)은 가정을 지키는 것이고, 나머지 부권(婦權)은 가정을 꾸려가는 것이다. 성별에 따라, 그러니 엄연한 신체적 변별이 가리키는 대로 각자의 할 일을 열심히 하고 상대방의 고유한 업무에 일절 간섭하지 마라. 밖에서 누구와 무슨 일이 있었는지를 알려고 하지도 말고, 안에서 생활비를 어떻게 썼는지도 따지지 마라. 양쪽의 그것은 월권이기도 하려니와 자기 일을 잠시라도 방기하고 있다는 시위나 마찬가지다. 가정을 지키려면 무엇부터 해야 하는지는, 가정을 원만히 꾸려가자면 역시 무슨 일부터 잡아야 하는지는 예로부터 정해져 있다. 그것에 매진하고, 자투리 시간이 생기면 평생토록 각자가 즐기면서 푹 빠질만한 사적인 일을 하나씩 가져라. 그 일을 취미로 여겨서 하다가 말다가 할 게 아니라 제2의 생업이자 낙이라고 생각하며 종내에는 프로라는 소리를 듣도록 미쳐봐라. 그러면 두 사람의 각별한 부권도 서로 존중하게 되는 셈이고, 그런대로 헛살았다는 말은 하지 않게 될 것이다. 돈 모아서 집 사고, 자식 둘을 키우며 살아내는 인생살이야 다들 하는 일이니 그런 무위도식은 얼마나 심심하겠나.

이윽고 나의 주례사가 끝나고 사진 찍기가 시작되자 웬 하객이 내게 다가오더니 악수를 청하며 난생처음 아주 요긴한 주례사를 들었다고, 꼭 필요한 말을 들려주었다고 덕담을 건넸다. (사족을 덧대면 그날 혼인한 한 쌍은 쌍둥이를 낳고 다복하게 잘 살아감으로써 각자의 직권 남용/직권 방기만은 피하고 있다는 전문이다.)

↓

강조하건대 '적폐 청산'은, 나아가서 '직권 남용'은 개개인의 노동권에 대한 존중 이전에 그 업무의 명확한 규정과 더불어 근로자가 스스로 제 일에 매진하는 직장/작업 '환경'의 조성으로 소기의 목적을 웬만큼 달성할 수 있을 테지만, 증뿔난 상관/부하들이 '갑질'이라는 직권의 오용/악용/사용(私用)에서 비롯되므로 그것부터 경계, 감시하는 장치가 필요함은 재론의 여지가 없지 않을까 싶다.

이러구러 '직권 남용'이 설치는 바람에 위와 아래도 없어지고, 대신에 (계급도 사라졌을 뿐더러) 갑과 을만 날뛰게 된 '개판'의 시절을 살게 되었다. 그 통에 잃어버린 것은 만사에 영이 바로 서야 하는 국가의 기강이 거지꼴로 남루하게 흐트러진 것이고, 놓친 것은 그나마 어설프기 짝이 없던 그 국격이다. 문재인 정부가 의도적으로 이런 어수선한 정세

/세태까지 노렸다면 소원성취를 한 셈이니 어용학자들이 소박한 용비어천가라도 지어 갖다 바칠 일이다. 아첨을 아첨으로 알아듣지도 못하게 만드는 그 권력에 얼마나 도취, 세뇌되었는지를 분별해보는 일은 장차 서민들의 낙 중 하나일 것 같기는 하다.

↓

추기 1 _ 주제어 두 개가 서로 상충해서 건강부회 같다고 할 수도 있겠는데, 본의는 '창구 업무' 곧 관공서든 사기업이든 대고객 사무 담당자가 여사무원이어야 하고, 그들이 남자 직원들보다 상대적으로 더 친절하다는 고정관념이야말로 페미니즘의 진정한 실천 운동을 가로막고 있다는 진정서이다. 물론 '친절'과 '무능'은 다른 잣대로 다뤄야 할 업무 능력들이긴 하다. 어떻든 창구 업무의 원활한 운영은 고유 업종들의 사활이 걸린 요체인데, 그것을 관리, 감독하는 직속상관의 지적, 권면, 훈시조차 '갑질'로 따지는 당면 현실에 적응하는 제2의 매뉴얼 개발이 작금의 최대 화두인 것은 분명하다. 대개의 노사 분규도 임금 인상과 더불어 '노동 환경' 전반의 관행에 대한 불합리와 그에 따르는 울분의 토로일 테니까. 아무튼 아직도 여사무원과 여자 일반이 약자라서 보호해야 하거나 도움을 당연히 받아야 할 대상으로 여기는 잠재의식적 '성향'이 직장이나 사회적 기풍으로 남아 있는 한 페미니즘 운동은 번번이 소탐대실의 낭패와 맞닥뜨릴 게 뻔하다.

추기 2 _ '직권 남용'의 본말은 자신의 직무를 핑계 삼아 강제적으로 부당한 업무를 시키거나(대통령이 쪼잔하게 아직도 그 사람 안 잘랐느냐라든지, 그 친구 평생소원이 선출직인데 식의 음성적 압력이 그것이다), 주로 부하의 일을 방해하는 강압적 행태를 이르는 모양인데, 공직에만 적용할 것이 아니라 여러 민간 기업체의 대고객 봉사에서도 당연히 적용해야 할 것이다. '직권 남용'은 결국 자신의 고유한 업무를 잠시 '방기'하는 통에 그만큼 직무태만에 임함으로써 부차적인 여러 업무상 '낭비'를 스스로 조장한 혐의가 엄연하고, 그 낭비의 여파가 자못 큰 것은 주위를 눈여겨 살펴보면 대번에 알 수 있다. 각자의 자율적 삶/동선/금전/처신/사고 행태 등도 그렇지만, 사회적, 국가적 제반 기율의 '낭비'도 파렴치한 속풍임은 더 말할 것도 없다. '낭비'가 '허영/자기 자랑'과 함께 모든 인간의 떼칠 수 없는 버릇이기야 하지만.

6. '마당 깊은 집'의 주변 풍경

↓

'마당 깊은 집'의 지적도를 그리자면, 대구 시내의 중심부를 관통하는 중앙통의 중앙파출소에서 염매시장을 왼쪽에 끼고 길게 이어지던 약전골목에 들어서야 한다. 1950년대에도 반듯한 아스팔트 포장도로였던(한여름에는 아스팔트가 녹아서 고무신이 쩍쩍 달라붙곤 했다) 약전골목의 끝자락에는 붉은 벽돌 건물의 병영이 있었다. (엄숙한 단순성과 음침한 정적미를 잔뜩 움켜쥐고 있던 이 붉은 벽돌 건물은 왜정시대의 전형적인 구조물 중 하나인데, 그 견고성만큼은 단연 돋보이는 양식이었다. 병원이나 학교/병영 같은 건축물이 공공적인 예술 장르라는 당시의 안목을 시사하고 있다.) 꽤 널찍한 연병장도 갖추고 있던 그곳이 6.25동란 직후에는 헌병 훈련부대로서(이내 타자수 여군 양성소로 바뀌었다) 새카만 겨울 새벽에도 소대 병력 세 조쯤이 줄지어 구보 훈련을 하며 목청껏 부르던 군가 합창이 일대의 지축을 울리곤 했다.

약전골목의 또 다른 이채로는 역시 일제강점기 때 지은 붉은 벽돌 건물에 높다랗게 치솟은 첨탑 위 십자가가 까마득히 멀었던 제일교회로서 언제라도 고즈넉한 분위기로 주위의 나지막한 민가를 굽어보고 있었다. 성탄절이 다가오면 사탕 같은 선물을 받으러 예배당 안으로 기어들어 가곤 했는데, 어린 눈에도 이상근 목사의 믿음직한 자태와 인자한 음성을 듣고 있으면 저절로 숙연해졌다. 그이는 미국에서 신학박사 학위를 받고 돌아왔으며, 교회 뒤쪽에 붙어 있던 사택에는 오통 미제 물건뿐이라는 소문이 파다했다. (나중에 그이의 3남이 같은 고등학교 동기생이라서 그 소문의 진위를 물어봤더니 자기 집에는 영어책만 있을까, 미제 물건은 하나도 없다고, 너도 그런 헛소문을 믿었느냐고 싱글거리며 되레 물었다. 그 동기생은 나중에 서울 종로구의 한 교회 담임목사로 봉사했던 이성희 박사다). 거기서 지척의 거리에 '월촌약국'('달 마을'이라는 이런 한자 이름이 당시의 풍정을 웬만큼 대변하고 있다)이 신작로에 바짝 붙어 있었고, 약 이름을 먹글씨 한자로 적어놓은 서랍장 식 누런 약장(藥欌) 뒤쪽으로 살림집이 딸려 있었다. 어쩌다 약국 점포와 기역자로 붙은 대문이 열려 있을 때면, 반들거리는 시멘트를 빈틈없이 재새해놓은 마당과 그 한가운데 물음표 같은 펌프가 붙박여서 식수를 자아올리는 광경이 보이곤 했다.

월촌약국 옆으로 뚫린 좁다란 길목이 장관동(壯觀洞)으로 들어가는 고샅이었고, 얼추 7, 80미터 걸어가면 삼광(三光) 산부인과가 돌 박힌 흙담을 니은자로 기다랗게 둘러막아 삼거리를 근엄하게 치장했다. 검은 기와를 가지런히 얹은 그 흙담은 새카만 지붕만 우뚝 드러낼 뿐 그 안의 집채들을 너끈히 보호할 만큼 높았다. 삼광 산부인과의 정문에서 진찰실 출입구까지는 등나무 넝쿨이 그늘을 드리우고, 그 옆 공터에는 왜정 때 파놓은 방공호가 늘 축축한 기운을 내뿜으며 그 시커먼 아가리를 험상궂게 벌리고 있었다. 그 공터에서 얼쩡거리다 보면 더러 활짝 열어놓은 중문 안쪽에 널찍한 마당, 행랑채, 안채가 엄전스레 들어앉은 전형적인 시골 양반집이 다사로운 햇볕 속에 선경처럼 붙박여 있었다.

이상하게도 내 기억의 갈피에는 삼광 산부인과를 들락이던 임산부나 환자가 전무하다. 예나 이제나 병원이 파리를 날리고 있을 리 만무하건만, 풍뎅이처럼 뛰어다니느라고 그쪽으로는 한눈팔 짬도 없었던 듯하다. 다만 예의 그 삼거리 담벼락에 붙어서서 자기 성기를 꺼내놓고 주물럭거리던 미친 사내 하나가 추운 겨울에 한동안 출몰하더니 이내 사라졌는데, 동네 사람들은 처자식을 잃은 불쌍한 이북내기인갑다고 수군거렸다.

삼광 산부인과 앞에서 좁장한 골목길이 새총처럼 갈라지는데, 한쪽은 옥천병원으로 이어진다. 외과가 전문이었던 옥천병원도 예의 그 붉은 벽돌의 단층 건물로서 담벼락도 '아까랭까(赤煉瓦)'였는데, 유독 쓰레기 수거시설은 뽀얀 시멘트로 다부지게 만들어 담에다 껌처럼 붙여 놓았고, 그 속에는 크고 작은 마이신 약병이 늘 넘쳐나고 있었으며, 진한 소독약 냄새가 풍겨왔다. 다른 쪽 골목은 아주 길고 꾸불꾸불하니 종로로 나아가게 되는데, 곳곳에 기다란 판자때기를 어른 키만큼이나 높다랗게 이어붙인 담장도 당시에는 드물지 않았다. 종로에 나서서 왼쪽의 신작로를 따라 내려가면 개봉관이었던 만경관이 나오고, 오른쪽에는 중국 요릿집으로서는 대형에다 진짜 중국인이 운영하던 군방각(群芳閣)이, 그 맞은편에는 중국인 소학교가 있었다. 흔히 화교(華僑)학교라고 부르던 그 건너편에는 2층 붉은 벽돌집인 성누가병원이 길가에 바투 자리 잡고 있었으나, 이내 헐려버렸는지 그 뒤의 기억이 희미하다.

장관동이 끝나면서 맞닿는 그 사거리에서 위로 곧게 쭉 뻗은 신작로를 3백 미터쯤 걸어가면 중앙통에 이르고, 아래쪽에는 나중에 사립 상서여중고의 교사로 승격했으나, 우리집 일가가 대구에서의 피난민 생활에 한창 터를 잡아가던 당시에는 경북고등학교가 임시교사로 사용하던 2층 목조건물이 있었다. 그 회색 목조건물의 아랫도리에는 자그락거리는 뽀얀 자갈을 깔아둔 골프장이 있었는데, 맥고모자를 쓴 중년 신사들이 조를 짜서 아기자기한 장애물을 설치해놓은 골프 코스를 따라가며 소말소말 얽은 작은 공을 철제 막대기로 톡톡 쳐대고, 연이어 나무 판때기에 매달린 연필을 번갈아 집어서 점수를 매기곤 했다. (그 골프 채는 미제가 아니었을까 싶은데, 골프장 주인집에 미국인 선교사들도 들락이고, 고아원을 운영하며 고아들을 미국에 입양시키고 있다는 풍 문이 들리곤 했기 때문이다. 그 골프장은 13홀까지 있었던 게 틀림없 고, 후방의 전쟁 경기 덕분으로 봄여름 한철에는 성업 중이었다).

종로통에서는 제일 목이 좋던 그 사거리 초입에는 길가로 벽장 식 붙 박이 화덕을 내걸어놓고 도톰한 갈색 호떡과 풍선처럼 부풀어 오른 진 갈색의 둥그런 공갈빵을 연중 내내 구워내던 부엌만한 중국집이 있었 다. 내가 고등학교 2학년 때도 그 집에서 친구들과 두툼하니 구워낸 동 그란 호떡을 사 먹은 기억이 남아 있는데, 4인용 탁자가 세 개뿐일 정도 로 비좁은 공간인데도, 바로 곁에서 밀가루 반죽을 치대던 중국인 중늙 은이는 늘 털실로 짠 따뱅이를 대머리 위에 얹고서 손등으로 땀을 훔치 곤 했다.

↓

'마당 깊은 집'은 월촌약국에서 한 집 건너에 허름한 나무짝 대문을 달고 있던 집이었다. 월촌약국의 옆집은 자유당 소속의 국회의원이었 다가 어느 해 선거에서 차점자로 아슬아슬하게 떨어지자 한밤중에 온 집안이 울음바다로 돌변해버리는 장관을 펼치기도 했었는데, 내 기억 으로는 그 국회의원의 함자가 이우출이었던 것 같지만, 아슴아슴하다. 길가와 바투 붙어 있던 그 찌그럭거리는 나무짝 대문을 걸터넘고 들어 서면 우리 일가가 세 들어 살던 두 칸짜리 셋방과 본채까지는 거의 50 미터쯤이나 걸어 들어가야 해서 모친이 '마당 깊은 집'이라고 불러 버릇했다. 장관동 일대에서 여기저기 옮겨 다닌 셋집이, 1960년에 남산동으로 이사 가기 전까지 예닐곱 집이나 되었으니 한 해가 멀다 하고 '자식을 넷이나 데리고 사는 과수댁'은 예제 없이 옮겨 다녀야 했다. 그중에서도 화교학교 건너편의 골목 안에 있던 영관급 육군 장교의 집, 약전골목의 한복판에 자리 잡은 덕제(德劑)한의원의 행랑채에서 전세살이를 하던 집, 더불어 '마당 깊은 집'은 제법 이색적인 주인집 일가의 면면 때문에라도 특기해둘 만하다.

늘 운전병이 딸린 군용 지프차로 출퇴근하던 예의 그 육군 중령은 배가 장독처럼 불룩한 뚱보로서 그의 부인도 덩달아 몸매가 부했으나, 어지럼증이 심하다며 우물가에서 염소의 멱을 딴 그 생피를 흰 사기그릇째 벌컥거리는 여장부였다. 나중에 듣기로는 그 비만이 화근이었던지 남편은 진급도 못하고 일찍 죽었다고, 뒤이어 부인의 옷차림이 난해졌다고, 아들자식은 사업을 한다면서 그 좋은 디귿자 집을 팔았다가 이내 날려 먹었다고 했다. 덕제한의원의 주인은 지씨 성을 가진 양반으로 훤칠한 키에 미남이었고, 사교춤을 잘 추는 사람이라 밤마다 외출하곤 했는데, 이복형제들과는 외양이 아주 다른 첩실 소생의 아들자식 하나를 한약방의 구석방에 묵히며 밥상도 따로 차려주곤 했다. 참으로 기이하게도 그 선선하던 지씨는 약전골목의 애물로 내돌려지던 거북이 한 마리를 사들여 한약재로 쓴다면서 눕을 해서 잡았는데, 얼추 교자상만큼이나 큼직한 그 거북등짝을 마당에다 내걸어두어 한동안 파리떼로 온 집안을 새카맣게 포장해버리는 촌극을 빚어냈다. 듣기로는 거북은 영물이라서 잡아들여서는 안 되고, 잘 모셨다가 바다에 풀어줘야 한다는데, 그 후 지씨 집 자식들이 '잘 안 풀리고' 그중 하나는 정신장애도 겪는다는 말을 나는 모친으로부터 듣고 한참이나 고개를 주억거렸다. 지씨의 본부인은 경주댁으로 단순호치란 말 그대로 인물이 정말 고왔다. 대개의 우리 얼굴은 남녀를 막론하고 입술이 특히나 못생겼고, 색깔이야 나중 일이고 그 두께와 길이, 인중과 입꼬리의 모양새가 방정하지 않은데, 경주댁은 그 점에서 단연 뛰어난 미인이었다. 그 경주댁은 나의 모친과 친동기처럼 살갑게 지내던 사이였다.

나의 친형 김원일 씨가 작가로서 솔직히 술회한 대로 장편소설 『마당 깊은 집』의 등장인물들은 반 이상이 창작품이거나 그 당시 듣고 경험한 여러 일화와 사연들을 적절히 변형하여 한군데다 불러들인 것이지만, 그 주인집 식구들의 실상은 아직도 내 기억에 생생히 남아 있다. 우선 집주인 곧 가장은 나비넥타이를 매고 아침 일찍 출근하면 밤늦게서야 돌아오던 환갑 연치의 깎은선비형 신사로서 어느 방직회사에서 전무로 재직 중인 기술직 경영인이었다. (아마도 그이의 성씨가 조가였던 듯한데, 그 이름이 조상연이 아니었던가 싶지만 미심쩍다). 워낙 과묵한 양반이었고, 일본의 어느 대학에서 섬유 직조를 전공했다는 말을 들은 듯한데, 사실일 것이다. 머리에 포마드 기름을 발라 단정히 빗고 신사복을 입고 나서면 그 하얀 얼굴만으로도 벌써 여느 장삼이사와는 품위가 달랐다. 그의 장남도 해맑은 얼굴의 귀공자로 무슨 까닭인지 취직을 하지 않고 집에서 조수 겸 친구 하나와 광목에 갖가지 사방연속무늬를 찍어내는 날염 실험을 하느라고 마당 한 귀퉁이에 드럼통을 설치해놓고 장작불을 지피곤 했다. (그 날염의 색깔이 왠지 청색뿐이었던 것도 기억에 남아 있다). 아마도 그 단조로운 연속무늬의 광목천을 대량 생산하기 위해, 또 그 판로를 알아보느라고 그러는지 어디론가 출타하면 며칠씩이나 얼굴을 비치지 않았다. 그의 아내는 뒤통수 바로 밑의 등줄기에 혹이 불쑥 튀어나온 꼽추였다. 그런 선천성 장애에도 불구하고 아주

부지런할뿐더러 엽렵하고, 뽀얀 얼굴에 이목구비가 선명한 미인으로 싹싹했다. 시어머니는 큰방에 차려지는 두리기 밥상이나 다독거릴까, 대가족 살림을 맏며느리 꼽추에게 내맡기고 안방의 보료에서 꼼짝도 하지 않았다. 맏며느리는 잠시도 가만히 있지 않고 온종일 살림 건사로 동동걸음을 쳐댔다. 그러면서도 마당 한가운데다 얼추 농구장만한 정원을 꾸며서 맨드라미, 채송화, 해바라기, 봉선화, 분꽃 같은 화초를 빼곡히 심어두고 있었는데, 그녀의 손톱에는 늘 옥도정기 색깔의 봉숭아 꽃물이 들어 있었다. 주인집 대청 앞에는 반반한 축대와 섬돌 세 개가 안채를 반듯하게 돋보이도록 깔려 있었고, 그 테두리와 정원 사이에는 장작을 패는 통나무 받침대와 지저깨비와 장작개비가 늘 부풋하니 널려 있었다. 그 장작더미를 땔나무로 패서 부엌으로 나르고, 나머지는 대청과 쪽마루 밑에다 켜켜이 포개놓는 장골이 꼽추 며느리의 시동생들로서 영길이, 영구, 영준이였다. 위의 두 형제는 연년생으로 그때 어느 사립 고등학교에 다니고 있었고, 막내는 나보다 한 살쯤 많았지 싶은데, 두 형보다는 몸이 약골이었다. 세 형제의 학업을 돌봐주는 입주 가정교사가 어느 날부터 위채의 제일 오른쪽 가두리 방을 독차지하고, 밥상도 아침저녁으로 그 방에서 독상으로 받으면서, 세 형제를 번갈아 불러들여 공부를 시켰다. 그 가정교사는 외양도 아주 반듯한데다 풀 먹인 하얀 와이셔츠를 입고 외출할 때는 그 빳빳한 옷걸이가 사뿐사뿐 걸어가는 것 같았다. 경북대 의대생이었던 그는 밤늦도록 두툼한 의학 서적을 펼쳐놓고 연필을 토닥이는가 하면, 더러는 종이 상자 속의 누르스름한 사람 뼈를 꺼내 들고 어느 부위를 외우곤 했다.

위채와 기역자로 연이어 있던 행랑채의 제일 구석방 두 칸에서 우리 일가 다섯 식구가, 모친을 비롯하여 누나와 형과 나와 세 살 밑의 동생이 말 그대로 피난민답게 오글오글 끼여서 살았다. 역시 붉은 벽돌로 높직하게 쌓아 올린 옆집 담벼락 밑에서 그 의지간을 부엌으로 삼아 숯 포대와 자질구레한 세간을 널어놓은 궁티 나는 살림이었다. 형이 진영에서 초등학교를 졸업하고 중학교 진학을 위해 대구로 올라왔을 때는 옥천병원 골목길에 있던 '욕쟁이 할매집'에서 기거하고 있었는데, 식구가 늘어나서 만부득이 '마당 깊은 집'으로 옮겨 앉은 것이다. 그러니까 1956년부터 햇수로 두 해 남짓 그 집에서 살았던 듯하고, 누님은 고등학교를 졸업하고 엄마의 바느질 품팔이 일을 도우면서 『여원』 같은 과월호 잡지를 헌책방에서 사서 밤새 숙독하곤 했다.

그 '마당 깊은 집'에서 나는 당시 공전의 베스트셀러였던 김종래의 장편 만화책 『엄마 찾아 삼만리』를 탐독하는 묘한 운명과 조우했다. (박기당의 블록버스터 만화 『불가사리』도 그때 읽었다.) 주인집의 예의 그 삼 형제가 대본집에서 빌려온 상하 권의 두꺼운 양장본 만화를 새치기로 얻어본 것인데, 주인공 금순이가 천신만고를 무릅쓰고 엄마를 찾아 헤매는 정경들이 눈물겨웠을 뿐만 아니라 특하나 마지막 문장이, '오늘도 추풍령 고개에는 가랑잎이 하나둘 떨어지고' 운운해서 짠해지던 감동을 오롯이 새길 수 있었다. 책 읽기를 평생토록 나의 유일한 도락거리로 삼은 배경에는 이처럼 '마당 깊은 집'을 빼놓을 수 없으니 사람의 팔자에 작용하는 '환경'은 유전인자보다 더 막강하지 않나 싶다. 생활 공간이야말로 감성/감각을 개발, 섬세화시키는 가장 직접적인 동력원일 것이다.

↓

소설 장르로서의 자연주의나 사실주의 같은 기법도 결국 묘사와 표현의 근거 추적이라는 점에서 일맥상통하는데, 그 배경으로서 생활환경의 조작과 주요 인물의 유전적/후천적 성징을 어떻게 여실히 그려내는 가에 매달릴 수밖에 없게 되어 있다. 인물의 특징을, 나아가서 그만의 유일무이한 개성을 어떤 식으로 부각시키느냐가 소설 한 편의 성공 여부를 판가름한다고 흔히 말하지만, 그 바탕에 깔린 출신 성분, 양친과 가족의 성향, 생업, 주거 환경, 활동 반경 등에 따라붙는 변별점 등이 더 중요롭다는 것은 소설작법에서의 제1 원칙이나 다를 바 없다. 따라서 '환경'은 유전 이상으로 소설의 얼굴과 머리와 몸통을 완전히 장악하고 있는 활력소에 값한다고 해야 옳을 것이다. 그런 의미에서도 장면예술이자 시간예술인 영화는 능소능대한 주인공의 화려한 연기, 곧 그 캐릭터가 옥내외 세트보다 먼저 관객의 시선에 압도적으로 육박해오는데 반해 언어예술인 소설은 '환경 우위론'을 펼칠 수밖에 없다. 그래서 영화는 본질적으로 통속극을 지향하며, 모든 통속소설은 주인공이 주변 환경/인물을 압도하고, 무찌르며, 군림하는 활극에 그치고 만다.

보다시피 『마당 깊은 집』은 아주 특이한 '환경'을 선험적으로 조성, 여러 인물을 그 불비한 환경과 싸우는 캐릭터로 조작함으로써 리얼리즘 소설의 한 면모를 재구성해내고 있다. 작금의 지구 환경에서 벌어지고 있는 숱한 재난을 보더라도 인간은, 더불어 과학도 '환경'에 패배할 수밖에 없는 비극을 곱다시 감당하게 되어 있는데, 그에 반하는 '서사 얽기'야 한낱 허튼수작이 아니고 무엇이겠는가. 우주공간과 외계에서의 싸움을 조작하는 과학공상소설도 같은 맥락에서 읽을 수 있다. 부분적으로는 미래를 예언할 수도 있지만, 우선 재미에 이바지하는 그 흥행성의 근거는 '환경'과의 진지한 싸움을 기피, 지구로의 귀환 같은 가짜 승리('해피 엔드'의 다른 말이다)에 투항, 만족하는 데 있다.

참으로 이상하게도 약전골목, 장관동, '마당 깊은 집', 덕제한의원,

뚱보 장교, 예의 그 '욕쟁이 할매'의 수양딸로서 우리 일가에게 인정스러웠던 '옥향'이라는 기생 등등을 떠올리면 나의 기억의 저장고는 얄궂은 상념을, 지금도 여전히 생생하게 다가와서 펼쳐지는 여러 장면을 마구 자아올리는 화수분 같기만 하다. 모진 가난과 애비 없는 자식으로서의 설움 같은 숙명적인 '환경'이 한편으로 조숙을 강제하면서 잊히지 않는 기억을 평생 간직하도록 죄어치는 마력을 꾸준히 발휘하고 있는 게 아닌가 싶다.

↓

추기 1 '마당 깊은 집'에서 나의 최초의 독서 경험담을, 비록 만화책 독파에 그치긴 했어도 그 정경을 털어놓았으니, 이제는 나의 최초의 영화 감상담과 그 비화를 공개해야 하지 않을까 싶다. 이미 밝혀져 있는 대로 '마당 깊은 집'에서의 우리 가족 다섯 식구의 호구지책은 전적으로 나의 모친의 삯바느질 품팔이에 의지하고 있었다. 그냥저냥 끼니나 안 거르고 사는 형편이라서 영화관 출입은 언감생심인데, 하루는 모친이 교동시장 입구의 외화 전용 영화관 자유극장으로 나를 데리고 갔다. '특별 관람권' 같은 문자가 적힌 인쇄물이었을 무료입장권은 당시 모친에게 단골로 한복을 맞춰 입던 일본인 여자가 꼭 가서 보라고 건네준 것이었다. 그 일본인 여자는 얼굴이 유달리 뽀얗고, 우리말은 어색했어도 대단히 인정스러운데다 한복을 즐겨 입는 데서도 알 수 있듯이 교양미에 정숙미도 두루 갖춘, 나의 모친과 거의 동년배인 여성이었다. 그의 남편도 대구에서는 잘 알려진 사업가였고, 소문대로라면 그이의 시숙, 곧 남편의 친형이 자유극장의 사장이었던 듯하다. 그녀의 두 아들 자식도 눈썹이 새카맣고 인물들이 아주 반듯했는데, 이공주라는 특이한 이름의 맏아들은 나중에 미국으로 조기 유학 가서 유명한 피아니스

트로 금의환향했다. 그 밑의 아들은 이공천으로 나보다는 서너 해쯤 선배인데, 역시 고등학교 졸업 후 유학길에 오르지 않았나 싶다.

　나로서는 참으로 이상한 경험이었다. 그럴 수밖에 없는 것이 가정 형편도 워낙 쩨이는데다, 바느질 일거리가 밀려서 눈코 뜰 새도 없던 모친이 영화관에서 한눈팔기를 하다니. 가당찮은 일이었다. 나중에서야 그 영화 관람권의 출처도, 우리 식구 누구에게도 '누구를 위하여 종은 울리나'를 나와 함께 봤다는 말을 털어놓지 않은 사연을 대충 짐작했다. 과수댁으로서 낮에 영화관 출입이 적잖이 켕기는 데다 나의 평소 과묵과 눈치 빠른 성정을 잘 알아서 호위병으로 데리고 가기에는 안성맞춤이었을 테니까. 아무튼 키가 큰 미남 배우 게리 쿠퍼와 청초한 처녀 역의 잉그리드 버그만이 야전용 침낭 속에서 서로 코를 맞비빈다던가, 마지막에는 헤어질 수 없다고 발버둥치는 잉그리드 버그만을 말에 태워 사선을 뚫는 장면 등이 내 뇌리에서 며칠 내내 얼쩡거렸다. 잉그리드 버그만은 연기로나 인물로나 가장 뛰어나고 그만큼 특이한 명배우겠는데, 그런 초일류 배우를 첫 영화 감상으로 알았으니, 그 후 본 다른 영화들은 어느 것이라도 내게 형편없는 졸작일 수밖에 없었다. 단체 관람으로 본 '유관순' 같은 영화가 그때 벌써 너무 시시했다. 내가 (그 당시의 말대로라면) 방화나 국제적으로도 성가를 한창 떠올리고 있는 요즘의 한국 영화를 생리적으로 거부, 감상 자체를 기피하는 것은 바로 최초의 외화 감상이 덮어씌운 '낙인' 때문이 아니었나 하는 생각을 평생 지울 수 없다. (물론 외화도 유명 감독의 작품만 골라서 보는데, 우리 영화의 미달, 미숙에 대해서는 나름의 감상은 갖고 있다, 일방적인 편견이 지나치다고 하든 말든. 영화 감상에는 각자가 나름의 취향이란 것을 고수하는 터이니까. 한마디만 보태면 우리 영화는, 연기부터 대사, 복장, 장신구, 촬영기법, 실내외 배경까지 엉성한 '과장'이 지못 우심하다. 그 '과장'을 직시하려면 내가 고개를 빠뜨리고 면구스러워지는데 어쩌란 말인가.)

추기 2_2천년대 들어와서였다. 여름방학 중에도 꼬박꼬박 출근하여 학기 중 벼르고 있던 소설을 쓰려고 하던 참인데, 인문관의 출입을 통제한다고 했다. 천장을 뜯어내는 공사를 벌이니 어쩔 수 없다는 것이었다. 연구실이 아니면 글을 못 쓰는 데다, 사전을 늘 뒤적거리는 버릇 때문에라도 이번 여름방학은 망했다고, 건짜증이 나서 미칠 판이었다. 그렇다고 달리 시간을 때울 만한 다른 일거리가 있지도 않았다. 무슨 여기나 소일거리도 없이 사시장철 무재미, 무재주로 사는, 놀 줄도 모르는 나의 반편이 삶은 참으로 딱한 노릇이었다. 학교 내의 중앙도서관에 가서 밀쳐둔 책이나 읽으면서 빈둥거리자니 그 짓도 사전을 뒤적거릴 수 없는 '공간'이라서 마땅찮았다.

문득 수삼 년째 벼르기만 하던 숙제 거리가 떠올랐다. 그 일은 일본 현대 영화의 신경지를 개척했다고 알려져 있고, 소시민의 애환을, 더불어 일본의 전통적인 정서와 심성을 거의 정점에까지 끌어올렸다는 정평을 듣는 오즈 야스지로(小津安二郎)의 '맥추(麥秋)' '동경 이야기' 등을 차제에 감상해보자는 해묵은 숙제였다.

바로 다음날 만사를 전폐하고 중앙도서관 1층의 한쪽 구석에 있던 시청각 자료실에 갔더니 오즈 감독의 중요 작품은 거의 다 갖고 있다고 했으나, 한때 대여점에서 빌려주던 비디오처럼 그 화면이 흐릿하다면서 그래도 보겠느냐고 했다. 내친 김이라 예의 '동경 이야기'부터 대출해서, 그 작동법을 몰라서 직원의 도움을 받아 가며 한쪽 구석에 마련된 1인 감상석에서, 그러니 낡은 구형의 데스크탑 컴퓨터 화면이 온통 흐릿하기 짝이 없는 채로나마, 흔히 말하는 대로 '비가 줄줄 흐르는' 장면들을 감상하기 시작했다. 일본어가 들리다 말다 하고, 화면도 보이다 말다 하는데도 흐릿한 한글 자막이 요긴해서 줄거리를 따라가기는 수월했다. 몇 편 연거푸 보고 나니 오즈의 영상미가 워낙 느긋하달까, 찬찬하기 이를 데 없고, 그의 서사가 꼭 필요한 장면만의 연쇄로 풀어지므로 자막을 굳이 보지 않아도 감상에는 지장이 없게 되어 있었다. 이틀 동안 오즈의 작품들을 대여섯 편쯤 감상했는데, 나중에는 그의 일본 예찬이 일종의 매너리즘에 빠진 게 아닌가 하는 감상을 똑똑히 새기면서도 우리 영화에서 보는 그 엉터리 같은 과장을 철저히 불식하고 있는 것만으로도 당대의 영화 문법에 수일한 성과를 보탰다는 과대평가에 동의할 만했다. 그 감상의 세목은 다른 기회에 제대로 써야 할 일이지만, 오즈의 작품에 거의 다 나오는 여주인공 하라 세츠코(原節子)의 매력은 우리의 여배우들과는 전혀 다른, 일본 여성의 전통적인 배려, 인정미, 인내, 겸손, 우수, 애상미 같은 것을 (상투어가 아깝지 않게) '내면 연기'로 드러내는데 탁월했다.

정년퇴직 후 난생처음으로 컴퓨터를 장만하고 유튜버로 다시 오즈 감독의 대표작 서너 편을 틈틈이 감상했다. 훨씬 선명한 화면인데도 10여 년 전의 그 시청각실에서의 감흥이 살아나지 않았다. 단정한 시선으로 풀어가는 오즈의 '작가주의' 조차도 좀 답답한 연출법이 아닐까 하는 감상이 여실했으나, 그 확실한 '작의'가 일본의 국격/국풍이라고 이를 만한 찬찬한 정서를, 예술에의 어떤 진지성을 전하는 데 손색이 없었다. 특히나 감독의 연기 지도를 가뿐하게/그윽하게 소화, 구현해내는 하라 세츠코의 그 원숙미에서 나는 예전의 그 무료 영화 관람권을 전해준 장관동의 한 일본 여자를 시종 떠올리고 있었다. 인기가 절정이었던 40대

초반에, 오즈 감독이 죽자 곧장 은퇴하여 가마쿠라(鎌倉)에서 평생 독신으로 조촐히 '은거(隱居)'의 삶을 누렸다는데, 그런 처신조차도 단정한 절제미, 과감한 생략미를 구현해낸 그 일련의 영화적 품격과 개성을 그대로 실천한 것이었다. 화면에서의 그 기품을 연장하느라고 일본 고유의 그 '와비', 곧 소박하고 차분하니 유한(幽閑)한 정취를 즐기면서 아흔다섯 살까지 생의 어떤 완성을 지향해간 것 같은데, 우리 영화계의 속성과는 단연 대조적인 이채가 아닐 수 없다.

지금도 예의 그 장관동의 귀화한 일본 여자의 후반생이 어떤 모습이었을지 자못 궁금하다. 휴전 후의 그 각박한 생활 중에도 한복을 철철이 맞춰 입고, 이웃에게 인정을 베풀기도 했으니. 일본 남자들에 대한 내 선입관은 대체로 그 꿍꿍이속을 알 수 없는, 좀 투미한 첩보원 같다는 식으로 나쁘게 각인되어 있는 데 반해, 일본 여자들은 여성스럽다기보다 말 그대로 '인간미의 순도'가 수채화의 색상처럼 여실하다는 쪽이다.

7. 사전과 암기력

↓

다들 그렇지 않나 싶은데 나도 이사할 때마다 버릴 책부터 골라내고, 그다음으로 옷가지, 신발, 가방 따위를 과감하게 정리하려고 벼른다. 워낙 자주 거처를 옮겨 다녀서 이제 버릴 책은 쉽게 가려진다. 다시 찾지 않을 소설책과 시집 들을 먼저 가려내고, 앞으로 참고할 만한 '정보'가 거의 없을 것 같은 잡서들도 미련 없이 버린다.

벌써 어영부영 10년 저쪽의 일이 되고 말았지만, 대구에서 다시 상경할 때는 연구실에 빼곡히 쌓여 있던 책들을 버리려고 한창 분류하고 있는데 한 제자가 들렀다가, 아깝다고, 중고서적상에게 넘기라고 해서 복도에 내놓은 책들을 다시 낮 동안의 내 피신처 속으로 옮기느라고 진땀을 뻘뻘 흘렸다. 권당 7백 원꼴도 채 안 됐던 그 헌책 값으로 이사 비용을 충당하고 나니 괜히 섭섭하고, 내 소행이 진정으로 언짢았다. 버린 책 중에는 틀림없이 다시 찾고, 어느 갈피를 뒤적이면 거기에 반드시 언젠가 써먹을 대목으로서 밑줄이 그어져 있을 텐데, 그걸 내팽개치다니. 아쉽기도 하고 서운하기 짝이 없었다.

이번에는 서울의 한 위성도시로 잠자코 물러나 앉는 통에, 또 이제는 나잇살도 있어서 좀 더 과감하게 버릴 책을 죄다 골라낼 수 있었다. 잠실 쪽의 대형 중고서점에다 팔려고 해도, 대구에서는 그러지 않았는데, 연필로 밑줄을 그은 흔적이 앞쪽에 10여 쪽만 있어도 사지 않는다고 해서 그 무거운 책 보따리를 한 손에 들고, 등산 배낭에 잔뜩 쑤셔 박은 책짐을 짊어지고 지하철 계단을 오르내리면서 짜증을 연신 일구었다.

그러나 당분간 더 지니고 있을 책을 골라내는 작업도 수월하지는 않다. 우선 미술 관련 책자와 화집, 사진집, 역사 쪽의 도판이 실린 책들, 나무/식물 서적, 지리부도 등을, 이제는 그것 중 어느 것은 편집이 못마땅해서, 더 볼 게 없어서 버려야 할 것들인데도 차마 내칠 수 없어서 한동안씩 망설이게 마련이다. 익히 아는 그림을 다시 찬찬히 들여다보다가 미처 못 보았던 구석을 유심히 톺아보면서 투미한 내 눈씨를 나무라기보다 화가의 웅숭깊은 구도 감각에 탄복하는 재미도 수월찮거니와, 그 책을 내 손에 거머쥐었던 당시의 들뜬 심사야 오래전에 잊어버렸으나 당장 빼내서 빤히 쳐다보며 챙길 수 있는 어떤 정보/느낌을 놓치거나 미뤘다가는 후회와 자책으로 몇 시간을 허비하는 게 싫어서이다. 누구나 그렇듯이 버릴 수 없는 책은 다시 구해보기도 힘들고, 국립/지역 도서관 같은 데를 찾아가서 열람하기도 여간 힘들지 않다. 나잇살이 말하는 대로 만사가 귀찮아지는 판에 책과 그 속의 자질구레한 '정보' 따위는 당장에든 미구에든 그렇게 요긴한 것도 아니다. 몰라도 그럭저럭 살아지는 것들 중에는 특정 분야의 '지식/정보'와 '남'의 사정이 기중 큰 몫을 차지하지 않을까 싶은데, 그 생각을 자주 떠올리는 것도 확실히 늙어가는 증세인 듯하다.

그러나 뭐니 뭐니 해도 버릴 수 없는 책으로는 사전류가 단연 으뜸이다. 다른 책들에 비해 사전류가 비싸기도 하나, 하루도 빠짐없이 손때를 묻히는 빈도수만 보더라도 그 책값이야 오히려 싸다고 해야 할 것이다. 물론 사전류도 여러 가지고, 인명/용어 사전(事典)의 중요성이야 이루다 말할 수 없겠으나, '한한(漢韓)대자전' 같은 책은 오래전에 인쇄 상태도 흐릿해져버려서 그 수명이 다한 것이지만 도저히 선뜻 버릴 수 없다. 형광펜으로 밑줄이 잔뜩 쳐진 영한사전들은 '이걸 왜 샀나, 푼수가 낭비까지나' 할 정도로 그 종류가 많고, 그것들마다 이미 소용이 끝난 것이라, 그 너덜너덜한 종이쪽도 보기 싫어 얼른 쓰레기로 버려야 하지만, '날을 따로 잡지, 문득 밀쳐둔 숙제 하듯이 후딱 내버려야 속이 시원해지잖아' 하고 뒷걸음질을 치다가도 '에이, 아직도 무슨 미련이 남아서' 하고 즉각 분리수거장으로 총총걸음을 놓는다. 어쨌거나 여기서 다룰 사전은 주로 우리말 모음집이고, 그것들의 미흡에 대한 내 나름의 투정이다. 어떤 투정이나 다 그렇듯이 특정의 표제어 앞에서 나는, 좀 부족한데, 겨우 이 뜻뿐이야, 우리말을 푸대접하고 있잖아, 망할 것 하고 시룽거리기를 멈추지 않는다.

과장이 아니라 내 일상이란 오래전부터 온종일 사전이나 뒤적거리며 보내는 나날일뿐더러 적당한 말을 골라잡느라고 우리말 사전은 물론이고, 다른 어학 사전들도 들춰보느라고 늘 허둥거린다. 실로 사전만 뒤적이며, 아무런 보람도, 성과도 없이 흘려보낸 세월이 어언 수십 년째라는 생각을 뒤적이면 어이없어지고 헛살았다 싶어 풀이 죽는다. 하기야 다른 문인들도 대체로 그렇기야 할 테지만, 어쭙잖게 '남'의 사정까지 돌아볼 처지는 아니라서 내 사정만 들여다보기로 한다면, 홍명희의 『임꺽정』을 읽고 나서(재독할 때는 신문 영인본이 아니라 좀 조잡한 것이긴 해도 첫 단행본 판이었다), 그 전후 염상섭의 일련의 소설들을 의무적으로 숙독하면서 우리말 실력이 태부족임을 뼈저리게 체감하고 나서부터 '사전 뒤적거리기' 버릇에 곱다시 길들어졌다고 해야 옳을 것이다. 우리 현대소설의 초창기 문인 중 그 '방대한' 업적에 비해 (대중적으로나 문학적으로) 다소 홀하게 대접받는 두 작가의 작품을 읽어가면서 조금이라도 미심쩍거나 그 말뜻이 아리송한 단어들은 일일이 사전을 찾으며 숙지하자고 다짐한 터라 막상 소설 읽는 재미를 다 놓친 거야 그렇다치더라도 그 지지부진에, 이내 그 뜻풀이를 까먹는 내 총기에 화딱지를 내곤 했던 시절을 되돌아보면 참으로 허무하고 무참해지는 한편 한때의 그 집착이 새삼 그리워진다.

도대체 왜 그랬을까. 술술 읽고 말아야 할 것을, 그래야 절대 독서량을 불릴 수 있고, 우리말이니 말뜻이야 전후 문맥상 웬만큼 감을 잡을 수 있었을 텐데. 차라리 다른 작품을 읽으며 벽초와 횡보의 세상에서 과감히 뛰쳐나와야, 그 홀가분한 반발이 세상사/인간사를 더 많이 꿰차게 만들어 그나마 시원찮은 소설이라도 끄적이게 했을 것을, 얼마나 미련투성이 짓거리였던가. 당최 고집 때문에 요 모양 요 꼴인 줄 뻔히 알면서도.

나는 천성적인 짝눈이다. 한쪽 시력은 정상에 가까운데도 다른 쪽은 워낙 약해서 두뇌의 반 이상이 정상적으로 작동하지 않는다는, 그래서 태생적으로 머리가 나쁘다고, 이를테면 수리적이거나 자연과학적인 머리 굴림이 젬병이라는 (비의학적인) 자각에 휘둘려, 고등학교 때부터 그 고정관념/열등의식에 주눅이 든 채로 엉성궂게 살아온 터라 성격마저 배배 틀린 고집쟁이에다 무슨 일이든 부정적으로 생각하는 트레바리나 다를 바 없다. 한때의 지칭어였던 '불평불만분자'든가 '불령지도 (不逞之徒)'라고 해야 제격이겠는데, 아무래도 이 뻐딱한 성정만큼은 후천적/환경적 영향 탓이라고 씨부렁거리며, '이 기질로야 장차 밥이라도 제때 먹을 수 있으면 정말 다행일걸' 하고 어영부영 살아온 것이다. 고집불통이면 폐가망신이라는 옛말도 알면서 사전만 뒤적거리며 무슨 소득을 탐하다니, 그 자차분한 짓거리를 생업이라고 붙들고 살았으니 오죽 어리석은 작태인가. 그야말로 소탐대실의 장본인이고, 매사에 잔챙이 성질로 살아온 지난날의 여러 면면을 조망하다 보면, 참으로 한심한 팔자다. 그 근원은 자잘한 사전 글자들에 귀신이 들려서, 말 그대로 편집증이 심하다고 봐야지 하며 탄식을 내지르고 만다.

   되돌아보니 나의 총기＝암기력도 평균치 이하임을 일찌감치, 또 절실히 깨달았다. 중학교 1학년 때였지 싶은데, '나 보기가 역겨워' 같은 특이한 시어가 첫 연과 마지막 연에 연이어지는 김소월의 '진달래꽃'을 즉석에서 외우고 나서, 며칠이 지난 후 잠이 안 오는 밤에 문득 그 둘째 연과 셋째 연이 아슴아슴해지고 말아 답답하고 안타까운 게 아니라 내 머리가 아무래도 좀 이상하다고 여겼다. (한국 현대시의 한 유표한 지점까지 다가갔던 미당은 팔순 무렵에도 젊은 시절에 외웠다면서 보들레르의 시 한 편을 원어로 암송해서, 평생 시 한 편을 외우지 못하는 나의 총기를 자학하게 죄어친 적이 있었다. 이런저런 일로 미당 선생을 여러 번 뵙는 기회가 있었는데, 그때마다 그이 특유의 시적 달변과 산문적 과장어법에 현혹되곤 했다. 그 과시적 '포즈'와 그이의 시어 낱낱은 너무 닮았는가 하면 아주 다르기도 했다. 덧붙이면 시인들은 대체로 그 기질상 운문의 그 짧은 '가락'을 잘 외우는 머리를 타고나는 듯하다. 내가 알고 지내는 지방의 한 터줏대감 시인은 그때그때 즉흥적으로 따다 쓸 수 있는 시 구절은 부지기수이고, 우리 현대시 중 명편 150수쯤은 전편을 외울 수 있다고 장담하며, 암송해 보이기도 했다. 그 뛰어난 암기력이 내게는 난해하기 짝이 없는데, 소설가 중에도 그런 총기를 지닌 양반이 과연 있는지 알 수 없다. 뇌의 구조가 서로 아주 다른 것 같다. 더불어 대중가요 가사를 노래방 기기처럼 100곡 이상씩 외우는 양반들의 그 탁월한 총기가 내게는 늘 경외의 대상이다.)

7. 사전과 암기력

글자 수도 작은 열두 줄짜리 시 한 편을 못 외우다니. 나로서는 심각했다. 곰곰이 따져보니 쓸데없는 생각을 자꾸 들춰내느라고 이내 요긴한 대목을 잊어버리는, 후에 알고 보니 집중력이 모자라고, 그래서 산란성(散亂性) 사고를 즐기고 있는 증세임을 깨달았다. 자신의 성격이 그런 줄 알고 나면 이내 어쩔 수 없다는 식의 체념을 불러들이고, 적극적인 극복책을 찾기는커녕 나름의 적응으로, 대체로 그럭저럭 견디며 살아진다. 총기가 없으면 없는 대로, 책을, 사전을 다시 찾아보면 된다는 식의 거짓 핑계를, 일종의 구차스러운 타협책을 강구해버리니 그 밑에 들이는 시간 허비를 비롯하여 온갖 다른 '비용'은 단연 비경제적/신체 학대적 지출이나 다를 바 없는 것이다.

그래서 마흔 중반에는 벌써 영어 단어, 한자의 뜻풀이도 사전을 덮자마자 이내 잊어버리고 말아서 난감, 자괴(自愧)를 일삼기도 했고, 특정 어휘를 뚫어지게 쳐다보며 외우기에 기를 쓰기도 했으나 허사였다. 형광펜으로 단어 위에 밑줄을 그어가며, 색깔이 달라질 때마다 찾아본 횟수를 저절로 알 수 있도록 했고, 그것도 모자라 표제어 앞에다 알록달록한 체크 표를 붙려가기도 하는 식의, 나름대로 암기력 태부족 증세의 확인 절차도 고안해서 실천하는 버릇까지 길들였으니, 사전만 온종일 붙들고 씨름하는 고행을 감수하게 된 것이다. (이런 못난 버릇은 사전을, 그 표제어들을 밑줄 긋기의 도구로만 사용하는 이상한 집착을, 그 알록달록한 색깔이 인디언 페퍼의 면면을 장식하는데 묘한 희열을 불러일으키는 일종의 도발적 '승화'에 이르는 듯하다. 그러니 나의 사전 사용법은 어떤 어휘를 외우고 익히려는 목적과는 달리 방금 찾은 단어에다 밑줄을 긋자마자 잊어버리느라고 허둥거리는 꼴이라서 흡사 머리도 나쁘고 딴에는 열심히 공부한다고 해도 성적도 나아지지 않는 지진

아들이 아무 데나 밑줄 긋기만 해대는 그 멍청한 꼬락서니를 그대로 답습하고 있는 셈이다.) 반드시 형광펜을 오른손에 들고 이런저런 사전을 뒤적일 때마다, 참으로 한심한 총기다, 이러고서도 글밥을 빌어먹겠다니 같은 속말을, 옛말을 따오면 비 맞은 중 담 모퉁이 돌아가는 소리를 중덜거리는 팔자라니.

↓

소설 쓰기에서 가장 중요하게 여기는, 한 문장 속에 같은 말을 되풀이하지 않겠다는 내 식의 별난 문투랄까(동어반복이 심하면 안 읽히고 내용도 재미없어서 이내 내팽개치고 말게 된다는 나름의 소신으로), 그 철칙을 지키자니 참고어와 유사어를 즉석에서 찾게 되고, 또 관련 사전을 뒤적이지 않을 수 없게 되고 만다. 자연히 한자어를 비롯한 다른 언어까지 해당 사전의 표제어를 찾아보고 나서야 무언가 깨친 듯한 강박관념의 포로가 되고 마는 것이다. 참으로 더딤하고 비생산적인 책 읽기에, 비경제적인 어휘 수집벽으로서의 글쓰기라서 일반 독자들은 점점 읽기가 껄끄러워지는 문장의 '조립'에 한사코 매달리는 꼴이다. 심지어는 다른 말, 낯선 말을 일부러라도 찾아서 쓰고 싶어, 일상적으로 널리 쓰이는 평범한 단어는 꺼려져서 피하다 보니 쉬워야 할 문장이 덩달아 난삽해지고, 내가 다시 읽어봐도 우리글인데도 외국어를 해석하며 읽는 기분에 휩싸이곤 한다. 소설 문장을 따지며, 짐작하며 읽어가도록 쓰다니, 망발로 무슨 개수작이란 말인가. (방금도 '개수작'과 '망발'을 사전에서 찾아보니 이미 여러 번씩 찾아보았다고 다른 색깔의 밑줄이 그어져 있다.)

한창 객기가 왕성한 젊은 시절이었으므로 '이것이 개성적인 문체로서 사유를 재촉한다' 같은 자족적인 치기에 겨워 기고만장을 부렸으니

7. 사전과 암기력

참으로 어리석은 작태였다. 남들처럼 많은 독자를 거느리고, 그들의 평범한 심상과 보조를 맞춰서 그 소위 '가슴에 사무치는 감동'을 나누기는커녕 '안 읽어도 좋다, 글이 줄줄 읽힌다고 다 좋은 문학이라면 이상하잖나, 사전에 표제어로 올라 있는 말을 다 써먹을 수야 없겠지만, 이런 낯선 말도(사장어와 사어는 그 뜻이 전혀 다른 말이다) 적절히 써먹을 수 있다는 것을 알아야지, 문인의 도리가 별거야, 어휘를 수하에 많이 거느리고 있어서 그것들을 제멋대로 부리는 말 장군이 되어야지, 그 특권을 못 누린다면 자격 미달자가 되고 말걸' 같은 허세를 뽐내는 판이었다. 쓸데없는 현학이었음은 말할 나위도 없으려니와, 불특정 다수이자 '무지몽매한 9할에 유식한 1할인' 대중을 상대해야 하는 소설의 본령과는 점점 멀어지는 어처구니없는 자가당착이었다.

소설이 작가의 유식보다는 무식을 일정하게 드러내는 언어 제도가 아닐까 하는 생각을 공글리기 시작하면서부터, 그러니 쉰 줄에 접어들어서야 '이제는 신작 쓰기가 겁나네, 진작에 몇 번씩이나 했던 말만 줄줄이 흘러나오니 이 노릇을 무슨 재주로 배겨내' 하고 머리를 싸매고 늘어지는 시간이 점점 길어졌다. 다행히도 월급의 막강한 완력에 꼼짝없이 묶여 있던 시절이라 이왕 소설도 못 쓸 바에야 사전 찾기에나 더 힘껏 매달리면서 차제에 별도의 공책을 만들어 사용 빈도가 낮은 단어, 상투적인 문구, 문득 떠오른 구절/경구/단상 등을 적바림하는 버릇 들이기에 나름대로 전심전력하기 시작했다. 기고 전에 작의, 쓸 말, 일화, 주요 인물의 말씨, 시공간/환경/배경의 변화, 늠름하고 의젓한 '낙우송' 같은 세목 따위를 아무렇게나 떠오르는 대로 일단 메모해놓는 창작 노트보다 이 어휘/문구의 수집 공책이, '비망록' 잡기장이라고 해야 적당할 이 필기첩이 기고 후 바로 닥치는 원고지 메꾸기에서의 그 속도를 불리는 효용도에서는 훨씬 짭짤한 성능을 과시했으나, 권수가 불어나자 사전을 찾듯이 이제는 이 지저분한 잡기장들을, 아마도 1권에 있었지 하는 흐릿한 기억을 밑천 삼아 한사코 그 말의 행방을 추적하느라고 공책들의 낱장만 펄럭펄럭 넘기느라고 반나절을 고스란히 허비하는 수도 비일비재하게 되고 말았다.

최근에는 젊은 한 시절 밤을 도와가며 무엇엔가 쫓기듯이 휘갈겨 쓴 졸작들을 틈나는 대로 뜯어고치는 작업에 임하다 보니, 그것도 (자판을 손가락으로 익히느라고) 컴퓨터로 작성하려니 잘못 알고 쓴 말도 숱하고, 단어를 잔뜩 부려놓는 데만 신들려 문법을 일부러 헝클어놓은 소위 '되다 만' 문장도 너무 많아서 창피하기 짝이 없었다. 따져보니 근본적인 원인은 일상어를, 소설이 가장 만만하게 부려 먹어야 하는 세태어를 피한 것이 이처럼 엉터리 문장을 배태, 출산시켰구나 하는 깨달음이 이르렀다. 그런데 이상하게도 '이러니 더 사전을 철저히 이용할 수밖에 없잖아' 하는 심정을, 아니 딴에는 배포를 가지게 되는 내 나름의 케케묵은 속사정을 어떻게 설명할 수 있을까.

억지스럽게도 요즘은 예전보다 더 사전을 자주, 그것도 이희승의 『국어대사전』과 국립국어연구원의 세 권짜리 『표준국어대사전』을 번갈아 뒤적이고 있는 판이다. (그동안 열심히 사용한 여러 종류의 국어사전들은 죄다 일장보다 일단이 더 많은데 치여서, 사용할수록 허술하고 성의 없는 그 편집 체제와 제작 형태에 넌더리가 나서 차례차례 '최종적으로' 버렸다. 『국어대사전』의 제본 상태는 늘 낙후를 면치 못해서 10년쯤 쓰면 표지부터 낱장까지 곳곳을 스카치 테이프로 칭칭 동여맨 채로 폐기 처분해야 하는데, 대구에서 상경하며 산 것이 세 권째라 다시 또 사야 할지 어떨지 한창 자제 중이다. 『표준국어대사전』의 용지와 제본은 제법 튼실하나, 그 뜻풀이부터 모두 것이 '날림치'의 표본에 값하고 있다.)

건망증도 그렇게 심하지 않건만 이제는 엄권첩망(掩卷輒忘)이란 말을 거의 분 단위로 실감하는 터라, 예의 그 어휘/문투 모음 잡기장에다 그 뜻풀이까지 꼬박꼬박 적어버릇하기에 이르렀다. 단순한 베끼기가 아니라 내 나름대로 말뜻을 다시 새기는 것인데, 이를테면 이런 식이다.

5, 신들거리다: 연이어 시건드러지게/시건방지게/시틋하게 행동하다. 사고 행위에도 쓸 수 있을 듯.

6, 신둥거리다: 토라져서 제멋대로 빈정거리다. 남/사물/사건 등을 깔보는 언행이 유별나다.

(앞의 아라비아 숫자는 어느 하루 내 잡기장에 적힌 단어의 숫자이며) 그 뒤의 두 말과 그 뜻풀이는 사전의 그것을 토대로, 나 자신의 이해 범위 안에서 과감히 뜻풀이를 바꿈으로써 그 원뜻의 적절성/정확성을 더 새긴 것이다.

웬만큼 내 본의가 드러난 셈인데, 우리말 사전은 어느 것이라도 뜻풀이가 한참이나 미흡하다는 것이 내 생각이다. 그 미달을 보완하느라고 『표준국어대사전』은 다른 사전들보다 용례를 많이 들고 있으나 불필요한 예문도 많아서 한정된 지면을 낭비하고 있다. 어차피 사전 이용자와 문인들이 저마다 그 말맛을, 흔히 주변 의미로서의 그 뉘앙스라는(언어학에서의 이차적 의미/함의/공시와는 다르다) 그것을 개발 내지는 발명해야 '국어'의 풍요성이 짙어질 것임은 두말할 나위도 없다. '말의 창작과 생산/소비에 능소능대한' 언중도 그 본보기를 받들어야 할 것이며, 말이 다채롭고 정확하게 쓰여야 공동체의 영위도 여의로울 테고, 국격/인격이 성숙해질 것은 자명하다. (모든 사명감이 그렇듯이 말의 사용/활용도 필경 확장성을 띤다기보다 어떤 목표를 걸터듬는 지향성으로 떠오르게 마련이다.)

모든 우리말사전의 또 다른 미비점은 지방 사투리의 과감한 수용, 등재에 소홀한 게 아니라 아예 태무심하다는 것이다. 그 방증은 숱하다. 경상도 지방에서 흔히 쓰는 '걸망스럽다' 라는 사투리는 어느 한 어린이/소년의 언행이 나이에 비해 숙성한 자태를 지적하는 일상어인데, 어느 사전도 따돌려놓고 있다. 여느 사전에 다 표제어로 올라 있는 '걸쌈스럽다' '걸쌍스럽다' 와 '걸망스럽다' 는 전적으로 그 뜻이 다른 말이다. (우리말의 어휫수를 불리기는커녕 꼬불치고 있으니 이 무슨 심술인지 알 수 없다. 말값의 정확성 운운하는 국어학적 견해를 이해할 수는 있으나, 어원의 추적에 게으른 실적을 드러내고 있을 뿐이다. 상대적이긴 할망정 말의 숫자 불리기에서 북한의 어문정책은 다분히 포용적이고 발견/발명적이기도 함을 『표준어국어대사전』은 예시해두고 있다) 실례를 들자면 끝이 없지만, '김치국밥' 이라고 해야 마땅할 겨울 한철 음식을 경상도의 일부 지방에서는 '갱시기' 라며 그 특유의 걸쭉한 맛을 섬기고 있기도 하다. ('갱죽' 과는 전혀 다른 음식으로 굵다란 통멸치를 반드시 집어넣어야 하는 뻑뻑한 '갱시기' 의 조리법은 유별나다.) 또한 제주도에서는 삼나무를 '숙데낭' 이라고 한다는데, '낭' 이 나무의 제주도 방언임은 널리 알려져 있다 하더라도 '숙데' 의 어원을 찬찬히 규명하다 보면 일본 산야의 특산물이라는 '스기＝삼' 의 원산지까지 뒤바뀔 수 있게 된다.

↓

이미 반 이상 드러났지만, 나의 편집병은, 아니 그 증상은 상당한 정도로 지나친 게 아니라 비정상적이며, 나 자신도 그것을 모르지는 않는다. 역시 사전에 기대서 '편집병'의 증세를 풀이해보면, 영어명 paranoia 또는 monomania가 가리키고 있듯이 한 가지 일에만 지나치게 골몰하기이다. 그 몰두는 결국 믿을 것은 사전뿐이다는 맹신에 기대고 있지만, 그 눈먼 믿음은 어느 순간 이 말이, 이 뜻풀이가 맞단 말인가 하는 의심을 불러들인다. 그 근거가 무엇일까 라는 물음은 의외로 사전 '기피'로 치닫기도 하지만, 이내 그 위력에 굴복하는 타성에 빠지는 것으로 '일시적인' 끝장/타협에 이르고 만다. 적어도 사전 '부정'에까지 닿지 않았다는 심정적 수긍이 작은 위안거리일 수 있는 것이다.

말할 나위도 없지만, 그러나 아무리 강조해도 지나칠 수 없는 것이 말과 그 뜻은 시대의 변화에 발맞춰 눈부시게 변신을 거듭한다는 사실이다. 언어의 유동성('유동성'이라는 이 정의는 케케묵은 것이다)보다는 돌변성이라고 해야 맞을 정도로 그 변신술은 뛰어나다. 최근의 실례를 들어보면 이렇다.

내가 요즘 주목하는 말은, 전 정권의 모든 적폐를 무찔러버리겠다고 들어선 문재인 정권의 숱한 실정(失政) '과잉'의 현실을 일정하게 반영하듯이 '양아치'와 '건달'이다. 앞엣것의 뜻풀이를 예의 한 사전은 '넝마주이'를 홀하게 일컫는 속어라고 하고, 다른 사전은 '거지'를 속되게 이르는 말이라고 설명하고 있다. 정의가 완전히 다르다. (어느 쪽이 맞는지에 대한 분별은 역시 어원 추적, 탐사에 기댈 수밖에 없겠는데, 그 어렵고 까다로운 일을 감당할 양반이 미구에 불쑥 나오리라고 믿는다. 언어 자체는 무정물이므로 제 족보를 자발적으로 찾아가는 능력까지 갖추고 있지는 않다.) 알다시피 넝마는 낡고 닳고 떨어져서 더는 못쓰

게 된 상품으로서 요즘에는 그 대다수가 재활용품으로 분리수거의 대상이다. (인간이 만든 모든 생산품은, 궁극적으로는 사람의 목숨도 그렇듯이, 조만간 쓰레기로 버려진다. 팔고 사는 거래와 상관없이 상품의 다른 이름이 쓰레기임은 매일 산더미처럼 쌓이는 아파트 단지의 분리수거장을 잠시만 쳐다보면 알 수 있다. 예술 일반은 이 원리에 부분적으로 반기를 듦으로써 제각각의 자존심을 참칭하나, 대체로 그것의 태반은 가짜이다. 예술은 어차피 1천 가지 중에 하나만 남고 나머지는 쓰레기로 버려지게 되어 있다. 남은 것이 귀하긴 해도 그것이라고 해서 그 정당성이 인정되는 것은 아니다.) 그러므로 넝마주이＝양아치는 예전과 달리 공해 예방의 최전선에서 활약하는 당당한 직업이다. 과문의 소치겠으나, 이제 넝마주이라는 직업은 가만히 있으면 파리나 달려들까 겁난다면서 부지런스레 사는 노인네들이 용돈벌이로 도맡는 생업의 차원을 진작에 벗어던진 것 같다. 그에 비해 '거지'는, 아파트 살림의 일반화로 요즘은 거의 사라진 한때의 사회 현상으로서의 한낱 천직이었는데, 남에게 빌어서, 그것도 주로 식은밥을 얻어먹거나 잔돈푼을 거저 달라고 빌어 사는, 무직의 낙을 자발적으로 누리는 게으른 사람이다. 넝마주이와는 노동의 강도나 돈벌이의 정도로도 비교급이 아닌 비렁뱅이가 거지인 셈이다.

그러나 매일 보고 겪는 대로 우리 사회에는 아직도 거지와 양아치가 모든 계급/계층/직업에서 흔한 게 아니라 넘쳐나고 있다. (헌금을 반강제적으로 호소/강요하는 숱한 자선단체/종교단체를 비롯하여 친정부/반정부 성향의 임의 단체들의 행태와 그 강령의 골자는 '거지'의 그 구걸 행위와 정확히 상동한다.) 남의 구절/문단을 제멋대로 끌어와서 사용하는 석사/박사 참칭자들의 제반 소행이야말로 양아치 심보가 아니고 무엇이겠는가. 재활용이라는 점에서 같을지 몰라도 양아치는 남이 버린 것을, 누구나 다시 써도 좋다는 허락 아래, 그것도 일정한 지역 안에서 곱게 재사용하는 데 그치고 있으니 한쪽의 그 뻔뻔스러운 떼쟁이 양심과도 전적으로 다를 뿐더러 무리를 짓지 않고 독자적인 노동으로 바쁘게 살아가는 다른 한쪽의 직업윤리와는 천양지차가 아닌가.

'건달'의 뜻풀이는 두 사전이 거의 비슷한데, 일정한 거처나 직업도 없이 풍을 치고 돌아다니는 빈털터리다. 비슷한 말로는 놈팡이, 날탕이 있다. 게을러빠져서 놀고먹으며, 난봉이나 부리고, 아무 관계도 없는 남의 일에 간섭하기를 좋아하고, 덩달아 시비를 걸며 잘 덤비는 인간말짜이다. 현대어로는 깡패로 갈음할 수 있고, 돈 단위가 커짐으로써 '조폭'이라는 신조어의 원형적 인물인데, 실제로도 '조직폭력'이라는 험악한 말을 피하다 보니 '건달'을 상용하는 세태가 자리를 잡고 있다. 우리의 정치인을 호칭하는 용어로 유독 '양아치'와 '건달'이 애용되고 있는 것을 보더라도 떼를 지어 설치고 힘없는 서민을 괴롭히는 양상에서 조폭과 정치인들은 판박이다. 인생무상이 아니라 언어무상을 실감하는 나날이 아닐 수 없다.

↓

그러나 마나 사전은 그 모든 변화무쌍을 수용할 수 없는 한계를, 제한된 지면 때문이 아니라 그 속도를 따라갈 수 없는 숙명적 한계를 스스로 드러내고 있다. (인터넷으로 공지하는 어휘의 개념 정의와 그 쓰임새도 역불급임은 웬만큼 알려져 있기도 하다.) 그러니 나의 근거 많은 의심과 그 중증은 전적으로 사전이 내게 곱다시 덤터기 씌운 멍에일 수밖에 없다.

문인은 모름지기 사전을 신주처럼 모시고, 매일 그것에 경배하며 일상을 꾸려가야겠지만, 그것의 권위에 과감히 도전하여 그 뜻풀이의 임시변통적 수작을, 그 미봉적 해설을 부정함으로써 자신의 위상을 앙각시켜야 하는 별난 존재임에 틀림없다. 작가야말로 모든 제도를, 현실을, 가족 같은 구속을, 능력/범위/한계 같은 인위적 잣대를 인정하는 한편 언제라도 면전에서 당장 부정함으로써 어떤 지향점을 찾아가는 망망대해의 버려진 항해사일 테니까. 말이야 그렇다는 소리일 뿐 실천은 전혀 다른 인과에 의해 조종되고 있다는 것을 미처 알기도 어려운 일상이 유독 작가의 슬하에 우뚝 버티고 있으니 참으로 이래저래 안팎곱사등이 신세가 아닐 수 없다.

나는 오늘도 서너 종류의 사전을 뒤적거리고, 그 뜻풀이를 유심히 들여다보면서, 침침해지는 시력을 홉뜨면서 누군가를 향해 '함부로 해설하고 있잖아, 관광 안내인처럼, 하루를 살고 말겠다는 수작이야 뭐야' 하고 투덜거린다. 그렇긴 해도 사전을, 그 뜻풀이를 가만히 들여다보고 있으면 잡념이 아예 얼씬도 하지 않아서 좋다. 아니, 그냥 홀가분하니 사전을 뒤적거리는 것이 아주 만만하다. 음악을 들을 때나 명화 도판을 들여다볼 때의 그 시끄러운 간섭, 잔소리, 망념, 허황한 공상 따위를 저만치 물리치는 마력을 발휘하고 있는 사전의 체취에 오로지 감사할 따름이다.

더욱이나 사전의 그 여백 아껴쓰기 기술, 좀 더 알뜰살뜰히 씀으로써 빈틈없는 공간 감각으로써의 편집 능력을 표제어 뒤에다 부호로 조금씩 엿보여주는 레이아웃이 왠지 내 마음을 편하게 한다. 대개의 책이 그런 것처럼, 특히나 소설류의 대화체에 드러나는 대로 그 하얀 여백이 낭비 같다는 나의 편견은 해묵은 것이다. 어딘가 허술하고, 그 듬성듬성한 공간이 덜 짜여진 구조물 같아서이다.

그러나저러나 사전(事典)을 비롯하여 용어사전, 인명사전, 예해(例解)사전까지 포함하여 모든 사전은 인류가 만든 가장 요긴한, 사용하기에 따라서 인간과 그 삶을, 세상의 진상을, 문명의 진행과 그 축적을 해명하려면 꼭 참고해야만 하는 도구이다. 바로 언제라도 참고할 수 있다는 이 편리성이 우리 인간의 총기와 그 발달을 일정하게 제약하고 있음도 분명하다. 노래방에 가면 전자 기기에서 모든 가요의 가사가 다 풀어져 나오므로 굳이 그것을 외우지 않아도 되는 것처럼.

사전이 약도 주고 병도 준다고 하면 간단할지 모르나, 자주 뒤적거리며 그 미흡한 뜻풀이를 보완, 확장해가야 하는 소임은 일차적으로 문인에게 떨어져 있다고 할 수 있겠는데, 과연 새 작품마다 그동안 자신이 한 번도 안 쓴 어휘를 하나라도 옳게 사용한 흔적을 남기는 것도 최소한의 윤리적 직업의식이지 않을까 싶긴 하다. 그래서 나는 새 사전을 살 때마다 이번에는 울긋불긋한 형광펜을 더 많이, 더 자주 그어서 어떤 단어라도 써먹을 궁리를 더듬어 보지만, 도대체 총기가 미약해서, 사전만 믿고 있으니 아무런 진전도 없고, 이래저래 사전에다 온갖 투정을 일삼고 지낸다. 너 없이도 살 수 있어야 하건만, 이 악연의 사슬을 언제 끊나 하는 불평을 투덜거리면서.

그러나 한편으로 한번 보고 들은 것을 잊지 않는 인공두뇌가 개발되고 있는 모양인데, 시나브로 깜빡거리는 총기의 소실을 밀막느라고 세계 각지의 산 이름이나 미국 대통령의 이름을 차례대로 외우기도 하고, 예전의 선비들은 주역의 64괘를 암송했다고 하는데, 내 머리로서는 감히 엄두도 못 낼 경지라서 탄식만 늘어날 뿐이다.

↓

추기 1_ 이희승 편저의 『국어대사전』과 국립국어연구원의 『표준국어대사전』중 어느 부분의 상대적 우열은 웬만한 사용자들에게는 잘 알려져 있다. 이를테면 인명의 설명에서 학력 따위를 일관성 없이 넣었다 뺐다 하는 후자의 무잡은 전자의 소략한 기술보다 훨씬 '정보량'에서 미흡한데, 뚜렷한 하자라고 단죄할 만하다. 인물의 생애 요약과 그 설명에서도 후발주자인 『표준국어대사전』은 전자의 이희승식 명쾌함이 보이지 않는다. 전자의 막강한 영향력을 의식하면서 극구 피하려다 보니 그 간결성이 무성의로, 소루(疏漏)로 드러나버린 꼴이다. (엄밀히 대조해보지 않아서 장담할 수는 없으나, 이희승 사전은 일본의 유수한 사전들을 참조한 흔적이 여실하다는, 믿을만한 증언도 있기는 하다. 참조의 적극적 활용은, 사전 편찬의 경우에는, 저작권 침해로까지 볼 여지도 없을 듯하다.)

추기 2_또 다른 미흡의 실례로는, '개기다'란 표제어는 '개개다'로 찾아가라고 되어 있는데, 그 말뜻을 『표준국어대사전』은 '표면이 닳아 해어지고 벗겨지다'거나 '성가시게 달라붙어 손해를 끼치다' 등으로 풀이하고 있는데, 요즘의 언중은 '뻗대다/뭉그적거리다/버티다/어기대다/반항하다' 등으로 확충해서 쓰고 있다. '개기다'의 사용 빈도수가 높을 뿐만 아니라 '개개다'와는 그 어감도 달라서 다른 독립어로 굳어진 것이다. 마땅히 표제어로서의 자리도 누려야 함은 물론이다.

따지기로 들면 끝이 없겠으나, 보통명사의 애매한 뜻풀이도 부지기수이다. 이를테면 '슴베'와 '고달'과 '괴통'은 비슷한 말인데, 그 설명도 어슷비슷하거나 알쏭달쏭하다. 어느 것이라도 칼, 호미, 괭이, 낫, 창, 송곳, 쇠스랑 같은('화살촉'은 그 모양새가 달라서 다소 예외가 아닐까 싶다) 도구의 손잡이(흔히 '자루'라고 일컫는다) 속에 들어박히는 부분이다. 좀 수월하게 박히려면 그 끝이 뾰족하고 다소 길게 만들어져 있게 마련이다. 그런데 두 사전 다 자루 속에 '들어간 부분', 또는 '들어박히는', '박힌' 부분으로 풀이해놓고 있다. 요컨대 그것은 감추어진 쇠붙이다. 무생물도 얼마든지 피동형으로 쓸 수 있지만, 적잖이 헷갈리게 해놓고 있지 않나. '괴통'은 '자루를 박는 부분'이라는데, '슴베'나 '고달'과는 달리 쇠붙이가 박힌 자루 전체를 뜻하는 단어인 듯하다. 세 단어가 어떻게 다른지는 대장장이에게 물어봐야겠으나, 그 차이점을 듣고 나서 글로 요령 좋게 풀어써야 하는 임무는 사전 편찬자의 깔끔한 글솜씨에 기댈 수밖에 없다. 그 노고를 감당하려면 여러 전문가의 집요한 말의 '소반다듬이'가 필요함은 두말할 나위도 없다.

추기 3_ 최근의 신문 보도에 따르면 (국비 70억 원인가를 들여서) 『표준국어대사전』이 대대적인 개편 작업을 감수한다니까 차제에 북한의 『조선말대사전』을 과감하게 수용/활용하여 그 장점을 받들어야 할 것이다. (『조선말대사전』의 표제어 중 우리가 잘 쓰지 않는 말을 거의 다 수습하여 우리말의 가짓수를 불려놓은 것은 『표준국어대사전』의 업적이겠으나, 그대로 베꼈다는 뒷말이 거슬려서 그랬는지 전자의 정곡을 찌르는 뜻풀이를 피하다 보니 앞의 그 애매한/부실한 해설로 일관하는 허점도 적지 않다. 사전의 해설=뜻풀이 능력에서 적절한 '차용'은 불가피한 서술 능력일 것이다.)

추기 4_ 원래 무식한 비전문가들이 볼만장만하지 않고 중뿔나게 간섭과 주문을 많이 들이미는 것은 모든 분야에서 익히 봐오고 있는 터이지만, 여기서도 그 사례를 따른다면, 『표준국어대사전』에는 전문어의 수용에서도 협량하다. 역시 졸속의 흔적이겠는데, 차제에 '심급/심역'이라든지 '욕동' 같은 정신분석학 용어는 과감하게 표제어로 등재해서 그 용어들의 제2차적 어의의 활성화를 도와야 할 것이다. 우리말로는 '정신적 외상'으로 옮겨져서 거의 굳어진 '트라우마'는 등재되어 있으나, '고유한/유일무이한 정조로서의 일정한 성취' 정도로 풀이할 수 있는 '아우라'는 (문학에) 문외한들도 쉬 알아듣는 일상어인데도 '우리말사전' 들은 한사코 외면하고 있다.

추기 5_ 문인/작가는 눈대중과 육감으로, 최종적으로는 통찰을 통해 사유와 생활의 지혜를, 결국에는 신상품으로서의 새 말을 생산, 유포하는 고유한 직분에 취해 살아가는 영물에 불과하지만, 모니터(화면)에 새김으로써 우리말 사랑/자랑에 이바지하는 작금의 국립국어연구원의 소임을 지양, '종이 사전'의 간행으로 표제어 낱낱의 중심의미/주변의 미의 '확장성'을 토의, 제고하는 역할도 도맡아야 할 것이다. '개혁/시정'이란 대체로 '복고'의 진정성에 대한 접근에서부터 그 의의를 찾아야 할 테니까.

추기 6_ '유사어 사전' 같은 별종의 국어사전 간행도 국립국어연구원이 당연히 수습해야 할 몫이긴 한데, 우리 정부에는 그런저런 언어 '포용' 정책이 있기나 한지(북한 정권의 장구한 연명에는 숱한 정치적/사회적 함수의 거론이 불가피할 테지만, 적어도 그 유일 체제의 존속과 신앙 무용론의 정착에 기여한, 그 내실이 제법 그럴싸한 한글의 보존책은 특기할 만하다), 우리말조차 아무렇게나 끌어다 쓰는 '양아치' 집단이 각계각층을 선점해서 설치는 이 북새판 속에서 그나마 '수준'을 저울질할 만한 '어휘＝언어＝문장＝문맥＝사유'가 과연 태동할 수나 있을지 나는 알 수 없다. 함부로 써대는 '혁명'도, '적폐'도, 월권행위로서의 '직권 남용'도 하루아침에 이루어지지 않는다는 사실을 언중이 먼저, 어서 알아야 하건만.

추기 7_ 속보성을 누려야 하는 신문기사문은 다소 예외겠으나, 소설에서 사전 없이도 술술 읽히는 쉬운 문장/문체는 작가 스스로는 물론이고 독자들의 지적 수준까지도 '동화'나 '잡담' 정도에 비끄러매려는 수작이나 다름없으므로 일단 그 엉터리 직업의식의 천박성을 저울질할 수 있다. 당연히 동어반복이 심한 잡문형의 소설류도 마찬가지다. 물론 나만의 강박증적 잣대이지만. 어휘 하나라도 배우고 익힐 게 없는 그런 잔소리 같은 읽을거리에 귀한 시간과 천금 같은 돈을 허비하다니, (우스개가 아니라) 비정상적인 행태인 듯하다.

8. 어느 문필노동자의 지질한 과거

↓

평생토록 '무언가'에 쫓기는 나의 고질적인 성정과 그 연장으로서의 고달픈 인생살이/세상살이 전체는 아무래도 태어날 때부터 이미 정해져 있었지 않았나 하는 생각을 이순(耳順)쯤부터 더듬기 시작했으니 참으로 행망쩍은 얼치기가 아닐 수 없다. 지금 이 시각에도 나를 등 뒤에서 달달 들볶는 그것은 '일', '시간', '소망/원망', '유감' '자격지심' 등에 따라붙는 온갖 자질구레한 불평/불만/불안/불신 같은 것으로, 내 눈에는 그것들이 거슬리고 못마땅해서 아주 죽을 맛이다. 한시도 그 정서적 강박증에서 놓여날 수 없다.

좋은 세월을 진작에 다 속절없이 허비해버리고 이 늘그막에서야 나 자신의 추레한 인생행로를 씁쓸하니 곱새기며, 내 식으로 살고 말겠다고 버틴 고집과 그 성마른 성깔에 지친 삶의 일부나마 깨단하고 있으니 다행으로 여겨야 할지 어떨지, 여전히 판단이 잘 안 선다. 아무려나 이 정도로 머리도 나쁘고, 될 대로 되라 조의 늦깎이 기질로 일관한, 하루살이처럼 어떤 목표도 없이 연일 허둥지둥 '생존' 그 자체라기보다 납작하고 남루한 '일상/일과'의 영위에만 급급한 인생살이/세상살이를 꾸려온 셈인데, 결코 엄살도 과장도 아니다.

세칭 '빨갱이'로서 처자식을 버리고 단신 월북해버린, 무책임하기 짝이 없는 지아비에 대한 원한을 마음속에 서리서리 품은 채, 매일같이 이까지 갈며 쌍욕을 퍼부어대던 생과부 밑에서 성장했으니 나의 정신 상태가 정상이라면 그게 오히려 더 이상할 것이다. 모친의 삯바느질 품 팔이로 겨우 끼니나 이어가는 가정형편이 덤터기 씌운 강퍅한 기질도 타고난 신경질적인 약골이 도화선이었음을 안 것도 고등학교에 들어가 서였다.

삐쩍 마른 키에 생래의 사팔뜨기에다 시력도 짝짝이였다. (칠판 글씨 나 먼데 사물이 한쪽 눈에만 흐릿하게 비치는 이 신체적 결함 때문에 머리의 일부가 제대로 작동하지 못한다는 열등감을 어린 나이에도 느 끼고 있었으나, 그런 사정도 감출 줄 아는 눈치꾸러기였으므로 나름의 감수성은 생득적으로 지니고 있었던 듯하다. 가난과 굶주림 같은 혹독 한 신체적/정서적 자극 기제는 차마 '안경을 사 달라'는 말을 못 꺼내 는 눈치놀음을 불러들여서 소년기에 벌써 삐딱한 '반골' 기질이 저절로 들러붙은 게 아닐까 싶다.) 짐작컨대 영양부족 탓이었지 싶은 야뇨증도 아주 심해서 초등학교 5학년 때까지 요때기를 흥건하게 적셔놓곤 했다. 심성도 점점 수상쩍기 이를 데 없었다. 늘 시무룩한 표정으로 뚱한 채, 꼭 할 말도 속으로 삭이면서 싸늘한 냉돌 같은 집안 형편부터 넘겨짚고 깜냥껏 저울질함으로써 체념을 익히는 애늙은이로 자랐다. 헌책 교과 서를 그나마 반도 제대로 못 갖춘 채, 다들 어깨에 둘러메던 가죽 책가 방에서 꺼내놓는 그 연두색의 지리부도를 살 수 없어서 옆짝의 책을 곁 눈질로 훔쳐보는 한편, 내 초라한 헝겊 책 보따리를 멀뚱히 힐끔거리곤 했다. 헌 옷을 어디서 얻어 올 주변머리도 없었든지 허리통이 잘록한 누나의 새카만 교복을 한동안 입고 다니는 통에 또래들이 놀리곤 했고, 언젠가는 바지 주름을 세운답시고 손가락 줄을 몇 번 밀어대자 낡은 천 이 길게 찢어져서 왠지 울음은 터지지 않고 눈물이 방울방울 떨어졌다.

그런 창피들이 날마다 내 눈앞에서 얼쩡거리는 판이라 속으로만 어물거리는 얼뜨기였다. (그러나 공상은 화려하게 가꿔 버릇해서 어린 나이에도 잠이 오지 않아 천장의 사방연속무늬를 헤아리며, 사람이 죽으면, 그 죽음의 행렬이 끝없이 이어지고 난 후 이 세상의 마지막은 어떻게 될까 하는 생각으로 전전반측하는 나날에 지치지 않았다.) 공부를 잘하지도 못했고, 생리적으로 승벽(勝癖)도 없어서 시험 준비를 시새워 한 적도 없다. 더군다나 운동 신경도 무디기 짝이 없어서 달리기나 맨손체조를 해도 나무토막이 움직이는 꼴로 어설프고, 철봉에 매달리면 축 처지고 말아 턱걸이조차 못하는가 하면, 평생토록 축구공을 한 번도 못 차 봤으니 더 말을 이어가기도 민망할 지경이다. (호모 파베르란 말이 무색하게) 손재주도 없어서 못질조차 할 줄 모르는 반면에, 멀뚱거리기나 장기로 삼는 게으름뱅이라서 사교성도 젬병이다. 언제라도 혼자서 꾸물거리느라고, 그래도 심심하거나 지루한 줄은 모르는 천성이라서 동호인과 어울리며 악기를 다루거나, 떼지어 수석 찾기나 자전거 타기로 풍광을 즐기는 취미 생활을 누릴 줄도 모른다. 이쯤 되면 거의 반사회적 인간에 여러 신체적 기능이 삐꺽거리는 비정상인이라고 해야 옳을 것이다.

그러나 한편으로 소설가는 우선 '이상 성격'을 타고나거나 흔히 쓰는 '감수성'을 스스로 개발해야 한다는 것쯤은 등단 전에도 감으로 알아채고 있었던 듯하다. 중년부터는 세파에 시달릴 대로 시달려 속물의 때가 덕지덕지 껴묻었다는 것을 자각, 조만간 '문인'의 자격을 내팽개쳐야 하는 불상사를 미리 그리는 버릇까지 길들였다. 어쨌든 그 좌불안석을 매일 겪으면서 책상 앞에 눌어붙어 지내는 고행을 감수하다가 오늘에 이른 것이다.

바로 이런 쭈그러진 출신과 그 덤터기로서의 숱한 심신 장애를 일찌감치 '뼈저리게' 자각하고 오로지 책 읽기에 나름대로 빠져든 것은 나의 팔자라고밖에, 달리 둘러댈 말을 찾을 수 없다. 그 덕분에 오래전부터 나는 온종일 제물에 꿍대는, 이른바 안방 샌님으로 살아도 답답하거나 심심한 줄 모르니 천성과 운명이 묘하게 조화를 빚어내고 있는 꼴인데, 요즘에는 이나마도 오감하니 참고 견디며 살아야지, 별 뾰족한 수도 없잖나, 분복이란 게 있으니 하고, 세상과는 철저히 돌아앉아 있는 처지다.

다행히도 책 읽기와 한 짝을 이루는 글쓰기를, 그것도 양으로나 질로나 늘 성에 차지 않아 끌탕으로 영일이 없는 글짓기에 마냥 매달릴 수 있으니 실로 천행이 아닐 수 없다. 하기야 책 읽기를 유일한 낙으로 삼고 사는 사람이 나뿐이겠으며, 그중에서도 글쓰기를 평생의 고유한 생업으로 누리는 양반이야 오죽 많겠는가. 개중에는 '출중한 문장가'도 없지 않으련만, 팔자의 호응을 얻지 못해서 '지레 지상에 파묻힌 선달'로 자족하는 사례도 부지기수이기는 할 터이다. (가끔씩 전화 통화로 서로의 안부를 주고받는 한 친구의 전언에 따르면, 자신의 '사적 담론'을 컴퓨터에 기록한 원고를 A4용지로 1천 장쯤 비장, 지금도 그 작업을 계속하는 지인이 있다고 한다. 그 글의 장르가 어떤 것인지, 니체의 '짜라투스트라' 같은 신들린 중얼거림이 아닐지, 내게는 그것이 초미의 관심사다. 그 필자는 사후에야 그 기록물의 출판을 겨냥하고 있다니까 나로서는 더 좀이 쑤실 수밖에 없다.) 그런 '대기만성형 작가/시인'이 내 분별/상상력 안에서는 제법 많아서 이래저래 자위로 삼으며, 짬을 내서 그들의 생을 산문이나 소설 형식을 빌려서 조작, 조명해볼까 어쩔까 하고 있다. 아직도 나쁜 머리로 이처럼 늦부지런을 떨어댄다기보다 깜냥에 '일단 기고부터 해놓고 봐, 죽이 되든 밥이 되다 말든' 하는 예의 그 보대낌을 즐기는 터이니 철이 덜 들었거나 이제 겨우 철들 채비를 갖추는 모양이다.

↓

간신히, 그러나 요행히도 운이 따라줘서 명색 작가가 되고 나자, 뒤이어 변변찮은 내 소설이 여러 책자에 속속 활자로 박히자, 예의 그 '타고난' 열등감은 기다렸다는 듯이 나에게 마구 삿대질을 퍼붓기 시작했다. 이를테면, 자, 보라고, 형편없는 게 보이지, 이러고서도 그 잘난 이야기를 곧잘 지어낼 참이야, 제발 쓸데없는 허영 나부랭이는 지금 당장 접어버리고 다른 업을 찾아봐, 먹고살 만한 일이야 골라잡기 나름이잖아, 죽기 아니면 살긴데 체면을 따져서 뭐 할려고 하는 닦달질에 나날이 죽을 맛이었다. (다들 겪어봤듯이 생업이나 전업도 '어떤 계기나 임자가 뒤에서 밀어주는' 팔자가 결정하지, 본인의 실력/능력/재주/처신 등은 이렇다 할 힘을 못 쓴다.) 그렇다고 오만상을 지으며 울가망하기로 허송세월하자니, 그래도 무슨 미련이 남았든지 억울했다. 내 주제에 역시 만만한 일은 남의 책을 열심히 읽고 깨치는 작업이었다. 공부 못하는 학생이 아무 데나 밑줄 긋기부터 익히듯이 그런 무모한 몰두도 이력이 붙으니 재미도 나고, 나름의 분별이 따라와서 소위 안목이 어른거리고 넓어지는 것쯤은 알아챌 수 있었다.

다들 잘 알다시피 '안목'도 천차만별이고, 그 종류는 작가의 면면만큼이나 다종다양하다고 해야 할 것이다. 누구라도 안목이 열리면 필경 기왕의 소설을 보는 눈이 달라진다. 가령 그 갈래를 거칠게 구별하면 이렇다.

누구 앞에나 사진처럼 선명하게 펼쳐진 '사람살이/세상살이'를(전자

는 인위적/자의적이고, 후자는 작위적/타의적이다. 개인과 다수라는 이
두 개의 축은 필경 어디선가 마주쳐서 갈등을, 긴장을, 불화를 빚어낸
다. 사람이 만든 세상은 개인에게 언제라도 싸워야 하는 적수이기도 하
다) 그대로 재현하려는 사실(事實) 의존적 사실(寫實)주의 소설이 만만할
수도 있고, 특정인의 주관적 정서 반응을 주변 환경보다 한 발자국 앞
세우며 기왕의 전통/의식에 대드는 현대주의 소설이 딴에는 참신해 보
일 수 있다. 그래도 그런 소설들의 진부성/상투성은 어떤 대상을 그대
로 옮겨야 하는 그 뻔한 '구체성'에서 나온 것이므로 어딘가 싱겁고, 비
슷비슷한 것들이 많아서 곧장 지루해진다. 그래서 '가상현실'이나 '대
체역사'나 '신분/신체 변신담' 등을 가져와서 '공중누각형 허구'를 조
작하는데, '부실한 사실'(실상/실재의 피상화거나 현실의 부분화/왜곡
화에 불과하다)과 '엉성한 진실'(맹신/기록의 허구화거나 불신의 전통
화에 그친다)을 뒤죽박죽 섞어서 얽어내는 그런 조잡한 상상력 만발의
장르는 유행에 민감하게 마련이므로 곧장 퇴색한 옷을 제 기분대로 입
고 나다니는 꼴불견에 이른다.

  단편이든 중편이든, 더불어 장편까지 써서 책으로 묶을 정도에 이르
면 다들 초초히 뒤쫓기는 그 장르 감각을 온몸에 뒤발하고, 만부득이
그 일념만으로 제가끔의 고유한 분위기를 조작하느라고 용맹정진한다.
(모든 작품에 지배적/압도적으로 어룽거리는 이 '분위기'는 특정 인물
의 성격보다 그 배후에 깔린 작위적/임의적인 '시공간'과 그것에 대한
제멋대로의 설명/묘사/표현이다.) 출중하게 머리도 좋고, 각고의 노력
으로 자신의 특이한 작품세계, 그 유일무이한 '아우라'를 중년에 또는
노년에 바꾸거나 색다르게 변주할 수 있는, 일컬어 초능력을 구사하는
문인도 없지 않겠으나, 희귀한 것은 보는 바와 같다. (성정이 그렇듯이

작가 의식, 작품세계를 바꾸기는 거의 불가능하다.) 사물/풍경을 그대로 베껴내는 스케치 실력도 비범했다는 괴테 같은 문호는 관심사도, 전공 분야도 다양해서 온갖 장르에 능통했으나, 편견/편애가 심한 내가 숙독한 바에 따르면 도스토옙스키나 토마스 만도 초기작의 그 가락을 말년까지 끌고 가느라고 다른 비경에는 거의 눈을 감고 있었지 않았나 싶다. 물론 그들의 그 '변주' 실적은 다양하기 이를 데 없고, 출중한 작품량이 증거하고 있기도 하다.

아무래도 내게 가장 많은 영향을 끼친 한국 작가는 횡보(橫步) 염상섭이다. 그의 독보적인 당대 조감력/투시력은 어느 작가보다 뛰어나고, 세태에 부화뇌동하기는커녕 사실평가에 엄정했음은 물론이거니와 가치평가에서도 그 둔중한 시선을 잠시도 흐트러뜨리는 법이 없었다. 그 냉엄한 현실관은 기자로서 시종일관 생업에 종사하며 얻은 득의의 세계관이라고 재단할 수 있지만(그이는 두주불사하는 술버릇대로 집필에도 드물게 부지런함으로써 작품량에서 단연 압도적인데, 이것 하나만으로도 '근대의 자의식'을 몸소 실천한 불세출의 문호였다. '자의식'은 자신의 정체성에 대한 숙지와 아울러 투안을 거부한다), 누구라도 그런 앞뒤 조감으로서의 역사의식, 좌우 분별로서의 시대정신을 한목에 거느리기는 쉽지 않다. (내일의 명운을 점칠 수 없었던 그의 당대에는 특히나 그랬다.) 뿐만 아니라 염상섭 특유의 치렁치렁한 만연체 문장에서도 세속계 전반을 신중히 읽고 그중의 특별한 역사적 사건들을 천연스럽게 해석, 서술하는 기량으로나, 전후 곡절을 꼼꼼히 따지는 분석력에서나 배울 게 하나둘이 아니었다. 진정한 고현학(考現學)의 여러 면모를 소상히 구현해내는 그의 개성적인 문맥은 당대나 지금이나 그 유례를 찾기 어렵다는 내 생각은 아직도 요지부동인데, 좀 때늦은, 그래서 시대착오적인 역성들기인 것도 사실이다. 나의 이런 분별은 비록 현실/사실(事實)주의와 현대주의(＝모더니즘)에 대한 일정한 경사와 편견에 기대고 있긴 해도 우리의 현대소설, 그중에서도 초창기의 작가별 가치평가에는 상당한 잣대로 기능할 게 틀림없다.

↓

자청은커녕 언감생심 의도하지도 않았건만, 아무리 곱상하니 쉽게 써도 내 글이 인기 작가의 대열에 끼여들기에는 여러 점에서 역부족이다는 판단이 섰으므로 아예 돈벌이와는 거리가 한참이나 동떨어진 '재미없는' 소설만 연이어 그려내는 팔자로 곧장 굴러떨어졌다. 어느새 40대 중반에 접어들자 내 소설은 잘 봐줘야 고질처럼 도저히 나아지지 않는 따분한 세태소설에 지나지 않았고, 그 형식도 에세이 소설이나 시론(時論) 소설이라고 불러야 합당하지 않을까 싶었다. (딴에는 가장 단순한 기능으로, 곧 비근한 눈앞의 현장과 사실만을 살리는 '형식'으로, 그 소신에라도 매달리자는 구실을 앞세우고.) 게다가 정치적/사회적 동향, 나아가서 당시의 민의 내지는 민심을, 요즘 세태어로는 집단심성을 기어코 욱여넣으려는 작의가 다소 생경하게 또 그만큼 두드러지게 그려져야 성에 차는 '시끄러운 배음/성가신 소음'이 내 소설의 얼룩덜룩한 트라우마이자 낯선 아우라였다.

따지고 보면 그런 불요불급한 잡음조차 '흙수저' 출신이라는 자각과 그 피명의 과부하에 짓이겨진 만성적 긴장 탓으로 돌릴 수밖에 없었으니 참으로 딱하고 민망하기 짝이 없는 노릇이었다. 그처럼 빽빽하고 무거운 분위기의 소설을, 시시콜콜 따지는 지루한 문장을 어느 독자가 즐겨 찾겠는가. 알다시피 지난 8, 90년대는 그 성취 의욕이 워낙 드셌던 민주화/산업화를 동시에 추구하느라고 '심각한 사고(思考)와 그 지리멸렬한 해명'은 금물로 여기는 들뜬 풍조가 지배적이었다. 이래저래 내 일신/기질과 시절이 불화을 빚어내고 있으니 방관자처럼 딱 한 걸음 뒤로 물러서서 우물쭈물 뭔가를 기다리는 것이 고작이었다. 그런 어정쩡한 자세가 전업 작가에게는 당치도 않고 치명적일 수 있겠으나, 어떤 세상을 남다르게 빚어내려는 작심이, 세태의 추이를 나름껏 조명해보려는 처신이 꿈틀거리고 있었던 것 같지만, 당시에는 내 앞가림이 다급해서 그런 생각 일체를 사치스럽게 여겼던 듯하다.

그래도 정신적으로나 물질적으로나 힘겹고 서글픈 그 고비를 그냥저냥 배겨낼 수 있었던 것은 모친에게서 물려받은 인내심과 '나쁜 머리'의 둔한 작동 때문이었지 않을까 싶은데, 마침가락이란 말대로 세상의 그 다급한 동정과 나의 느러터진 처신이 상부상조한 면면도 없지는 않았을 것이다. 참으로 수상쩍은 기질인데, 그처럼 궁핍한 청소년기를 보냈음에도 불구하고 나는 돈에 대한 갈급도 없고, 그때나 지금이나 돈을 모르니 돈이 없어도 그럭저럭 살아지더라는 믿음에 길들여져 있다. 어린 시절부터 워낙 내핍생활에 단련이 되어 있어서, 교과서나 참고서가 없어도 그냥저냥 중간치는 하겠더라는 생체험에 무작정 의탁하고 있어서 세상을 만만히 보는 심성이 저절로 무르녹아 있는 듯하다.

문인 중에는, 내가 목격한 바대로, 의외로 돈 씀씀이에 인색한 사람이 많다. 돈벌레에 버금갈 위인들이라 밥은커녕 커피 한 잔 사는데도 뒤에서 늘 어물거리는 꼬락서니를 자주 봤는데, 그 꾀죄죄한 버릇이 천성인지, 아니면 어떤 트라우마에 기인한 집착인지 본인의 구지레한 변명이라도 엿듣지 않고서는 실로 이해할 수 없는 광경 중 하나다. 하기야 돈 씀씀이는 당시의 주머니 사정과 무관하게 당사자의 후천적 기질로 발휘하는 일종의 소탈한 떠세이긴 하다. (인플레가 기성을 떨던 그 세상

을 어떡하든지 실팍하게 살아가려고 그토록 버둥거리면서도 막상 세상
살이에 등한한, 지금도 그 보조대로 살아가는 나의 농땡이 기질을, 하
등에 요긴치 않은 생각거리들을 주물럭거리고 있는 일상을 어떻게 해
석, 설명해야 할지 막연해서 이렇게 쓸데없는 사설을 풀어놓고 있는 셈
이다.)

　한편으로 직장생활이 내 '삐딱한' 성질과 매사에 고집스러운 기질에
는 도저히 맞지 않는다는 자각을 30대 후반에 이르러서야 비로소 깨단
했다. ('이 일은 반드시 이래야 하고, 이렇게 처리해야 한다'고 고집을
피우는 성깔들은 상관과 싸우는 게 아니라 직장생활 자체와 사사건건
티격태격하게 마련이다.) 다른 생업을 찾기에는 나의 무재주가 곳곳에
서 제동을 걸었고, 이미 마음도 콩밭에 가 있어서 '원고 팔기'가 생계를
꾸려가는 유일한 수단이 되었다. (1970년대 초반까지도 연좌제의 업보
는 꽤 삼엄했다. 처음으로 취직의 관문을 통과하려고 필기시험 후 면접
장에 나아갔더니, 아니나 다를까, 기다렸다는 듯이, 그때까지 호적에 두
눈을 뻔히 뜨고 살아있는 부친의 행적을 꼬치꼬치 물어대서 벌겋게 달
아오른 얼굴로 횡설수설하고 난 후로는 '두 번 다시 이런 곤욕과는 맞닥
뜨리지 않고 살아보자' 식의 다짐도 챙긴 바 있었다.)

　모든 생업이 다 그렇듯이 내게도 나름의 원칙은 있었다. 어떤 원고 청
탁도 즉각 '주문배수'로 받아들이고, 마감 시간을 어김없이 지킨다는
철칙이 그것이다. 자랑도 아니지만, 나는 이때껏 어떤 청탁 원고라도
바쁘다는 핑계로 거절한 바도 없고, 대체로 마감 시간을 스스로 앞당기
는 버릇을 길들여 왔다. (흔히들 이 대목에서 '원고료'의 많고 적음으
로 심정적 갈등을 빚지 않았나 하는 질문을 내놓지만, 나는 개의치 않
았다. 하기야 여태껏 흡족한 원고료를 한 번도 제대로 받아 본 적이 없

긴 하지만, 푼돈일망정 어떤 청탁도 감지덕지 수수, 원고지 메우기 자체를 즐겼다.) 따라서 온갖 장르의 글을 다 써보았다고 감히 장담할 수 있다. 그 사례를 시시콜콜한 것까지 다 들춰내자면 며칠이라도 모자랄 것이다.

가령 추풍령 부근에서 포도 농사로 일가를 이룬 한 독농가를 2박 3일 동안 취재해서 르포르타주를 쓰기도 했다. (이 기록문학/보고문학이 근래에 우리 출판계에도 제법 활성화되고 있는 듯한데, 식도락, 음악/연극/영화/그림 감상기를 비롯한 세계 관광 여행기가 주류를 이루고 있는 듯하다. 필자 자신의 일방적인 느낌/생각/사고를 직정적으로 토해버림으로써 '깊이의 부재'를 자가 선전하고 있는 셈인데, 이 장르의 본령은 기왕의 모든 '남'의 증언과 선행자료에 새로운 '반론/채굴'의 덧붙이기이다.) 전국 각지의 이색 직종을 발굴하는 그런 현장 탐방기를 어느 잡지의 요청에 따라 1년 이상 연재하기도 했는데, 개중에는 경주의 유명한 '황남빵'이 어떻게 탄생, 여전히 왕성한 판매고를 이어 오고 있는지, 그 빵집 주인의 근면, 성실, 정직이 새벽 기도를 빠뜨리지 않는 신심에서 우러나온 것이라, 이기 꼴란 팥빵인데, 만들기도 간단하고 아주 쉽심더, 누구라도 만들어 팔믄 되니더 하는 경지에 이르러 있음을 밝히기도 했다. 취재를 끝내고 상경 길에 동행한 사진작가 강운구 형의 신형 포니 승용차가 잘 굴러가다가 갑자기 꼼짝도 안 하는 통에 함박눈이 퍼붓는 경부고속도로 위에서 밤새 황남빵을 물리도록 먹으며 허기를 달래기도 했다.

그뿐만도 아니다. 콩트, 수필 같은 잡문 쓰기는 기본이고, 책 소개, 서평 연재, 역사적 위인들의 아동용 전기, 재벌 그룹의 창업주 일대기 집필, 자서전 대필, 사보(社報)에 잡문 쓰기(1980년대는 경기도 호황이었고, 올림픽을 앞둔 시류에 편승해서 대기업들이 자사의 홍보용 사보를 월간으로 발행하는 일대 붐이 일었다. 그 창간을 위해 편집 체제를 잡아주는 임시직도, 어느 대형 유통업체에서 3개월 동안 맡은 적이 있다), 중앙지/지방지의 시사 칼럼, 사사(社史) 편찬(한때 사사 집필은 돈벌이가 꽤 괜찮았다. 2천 장을 6개월에 탈고해서 넘긴다는 식의 도급제로, 편집회사가 발주처인 기업체에 올린 견적서의 원고료를 그대로 집필자에게 건네주는 관행이 있었다. 회사측에서 잡동사니일망정 자료만 넉넉히 제공해주면 원고지 불리기 작업은 그렇게 힘들지 않았다. 물론 그 서술 기조는 '살아남았다'에 대한 변명과, '회사가 오늘의 재력을 일군 계기는 무엇보다도 사장/회장의 선견지명 덕분이었다' 식의 자부 일색이어야 하지만), 신문소설로서의 역사소설 집필, 영어 소설 번역, 동화, 논문, 문학평론, 기행문 등등, (대화와 장면 설명이 골자를 이루는 희곡과 시나리오를 별개로 친다면) 산문의 모든 장르를 다 쓰며 생계를 이어왔다고 해도 빈말은 아니다.

개중에는 어느 재벌급 회사에서 상근 촉탁으로 근무하며 창업주의 생애를 온갖 자료의 섭렵과 증언의 채록 끝에 3천5백여 장 분량의 1차 원고를 작성, 활판 인쇄물로 만들어 후손들 앞앞에 돌린 후, 그 독후감을 취합하여 2천5백여 장의 2차 원고로 수정, 탈고하기도 했다. (무려 3년이나 걸린 대작업이었다. 그 원고의 서술 기조를 점검하기 위해 어느 중견 작가에게 교열을 맡겼다는 후문을 그 저작물의 발간 후에 들었다. 물론 그 두툼한 양장본 책자에는 어디에도 필자 이름이나 저자명이 없다.) 전기를 쓴다는 소문이 퍼졌든지, 작고한 한 광산업자이자 만년에는 국회의원까지 지낸 한 정객의 일생을 정리해달라는 청탁을 받고 집에서 수십 권의 자료철, 광업 관련 책자를 쌓아놓고 '사업가의 다양한 면모'를 전기식으로, 문외한이긴 해도 기왕의 그 역사적인 '기록'들을 온전히 믿고 어떤 인물의 전신상을 그려내는 작업에 매달리기도 했다. (월급도 꼬박꼬박 받는 주제이면서도 과외로 이중의 글쓰기를 할 수 있었던 것은 돈벌이보다 원고 쓰기 자체가 재미나서, 단점은 들먹이지 않고 업적/공적 따위를 소박하게, 다소곳이 드러내야 하는 전기라는 형식도 차제에 익혀두자는 심사로, 더불어 특이한 직업과 생애를 알아두면 언젠가 소설에 써먹을 수 있을 것이라는 일종의 '저축성 내공 쌓기'에 신바람이 나서였다. 돈벌이란 흔히 그렇게 부대끼며 자가발전적 자족에 빠질 수 있는 여기 같은 것이었다.)

어떤 원고 청탁이라도 제 발로 굴러왔다 하면 원고료의 고하는 따지지 않고, 더불어 규정 매수를 채우기까지 투덜거리기는 할망정 전심전력으로 '납품 일자'를 지키려고 혼자서 기를 쓰며 '가내수공업'에 매달린 것인데, 그 당시에는 원고지에 사인펜/플러스펜/유성펜/볼펜을 번갈아 가며 골라잡고 써서 20장 단위로 호치키스로 묶어 누런 봉투에, 원고지가 많으면 보따리에 싸서 들고 다녔다. 손수 레이아웃한 4백 자 원고지가 책장 밑에 수북이 쟁여 있으면 은근히 뿌듯해지곤 했다. 그 원고지가 이제는 무용지물이 되어 3천 장쯤 남아 있으나 차마 버릴 수도 없다. 컴퓨터로 하얀 화면에다 문장을 찍어 버릇한 경력이 워낙 일천해서.)

↓

원고 심사도 아주 요긴한 밥벌이 수단이었다. 1980년대 들머리부터 어느 신문사에서 내게 중편소설의 예심을 맡겼는데(내가 중편소설로 등단해서 때 이르게 그런 청탁을 맡긴 모양이었다), 한때는 두 신문의 신춘문예 본심 심사를 동시에 감당하기도 했다. 그때마다 내가 심사평을 써야 했으므로 별도의 공책에 작품별 내용과 몇 마디의 독후감을 꼼꼼히 적어두었고, 제목과 작가 이름 옆에는 점수로 '상중하'를 반드시 매겼다. (내 또래 어떤 시인은 자기 부인이 이번에 거기다 투고했는데, 본심에 안 올랐다고, 제대로 읽었느냐고 항의하길래, 이름과 제목을 일러달라고 했더니 그 명단이 내 독후감 필기장에는 없어서 안도의 한숨을 쉬었다기보다 좀 웃긴다 싶기도 하고, 부부가 함께 문필업에 종사하면 그 일상의 초조감, 긴장감 따위가 얼마나 오래 버틸 수 있을까 같은 '소설적 상상'에 빠지기도 했다.)

남의 원고를 읽고 품평해주는 돈벌이도 이력이 붙기 시작했다. 요즘에는 완연히 시들해진 듯하지만, 한때는 명색 예술대학의 문예창작학과가 제법 인기가 있었다. 신설학과와 기존의 전통을 그냥저냥 이어가는 문창과가 경쟁하던 판이었다. 나는 두 학교에서 두 시간 연강짜리 '소설창작 실기' 과목을 맡아서, 학생들의 습작을 밑줄 그어가며 읽고, 수업 중에는 그 잘잘못을 나름대로 '명쾌히' 말로 들려주고, A4 원고지를 돌려줄 때는 뒷면에다 시정할 사항을 문장으로 간추려서 적어놓는 시간강사 노릇에도 서너 해나 종사했다. 들이는 품에 비해 강사료는 박했다. 꼼꼼히 읽어준다는 소문이 났는지 소설반/시반으로 나누어서 저녁 6시부터 한 시간 반쯤 직장인을 상대로 습작을 품평해주는 야간 강좌도 거의 2년쯤 맡은 적도 있었다. 그런 습작들은 대체로 엉터리 문장들로 엮어가는 이바구의 나열로서, 나는 오문/비문을 지적, 정정하느라고 고함을 내지를 수밖에 없었다. 어쩌다가 이야기가 제법 그럴듯하게 굴러가는 꽤 잘 쓴 작품을 맞닥뜨리면 배경, 곧 소설 속의 공간을 이렇게 저렇게 바꿔보라고 이르곤 했다. 소설은 주인공 살리기도 중요하지만, 궁극적으로는 '환경=시공간'을 가지고 놀아야 하고, 그 기술력부터 개발, 발전시켜야 하는데, 작품마다 적당한 미장센을 배치하고 그에 따라붙는 소도구들을 골라잡아서 다룰 줄 알아야 한다는 식이다. 이를 테면 맨드라미가 애처롭게 피어 있던 적산가옥, 그 집 담벼락에 바투 붙어서 넘어질 듯이 서 있던 나무 전봇대, 책상 위의 고장 난 자명종 시계, 늘 뻘쭉이 열려 있는 원장실의 모서리에 세워놓은 물음표 지팡이 등을 지어낼 줄 알아야 소설 쓰는 재미를 맛보고, 작품의 실감을 조탁할 수 있다고 강조했다. 그런 지도를 받아 문단의 말석에 오른 작가도 꽤 되지만, 나는 그들의 '과거'에 대해서는 철저히 함구하는 편이다. 그들도 그것을 숨기고 있을 것 같으니까.

↓

이러구러 글 품팔이에도 지치기 시작하던 참에 무단히 중병이 덮쳐왔다. 나중에 알고 보니 십이지장염이 궤양 증세까지 불러온 것인데, 잡문 쓰기를 뼈 빠지게 해봐야 들인 공력에 비해 품값도 영 시원찮고, 발표하는 소설마다 다들 한 음색으로 '재미없다, 어렵다' 하고 따돌리는 통에 기진맥진하던 중, 이러다가 한창 중년에 원고지를 걷어치우면 뭘해 먹고 사나 하는, 그 팔자타령에 안달하다 득병한 것이었다. 신경증은 어떤 병에나 가외로 따라붙는 고질이지만, 의사와 약의 도움을 받아가면서 자연 치유를 기다릴 줄 아는 환자의 느긋한 인내심과 끈질긴 지구력이, 더불어 죽기 살기로 덤비는 완강한 의지가 완치에 이르는 첩경이다. 흔히 '마음을 잘 다스리라' 하는데, 초조감/불안감으로 신음하는 심상(心傷)의 지병 자체를 환자가 알아서 '없애라' '물리쳐라' 어쩌라는 말은 어불성설이다. 거의 1년 반이나 신고 끝에 다소 속이 편안해지자 그동안 끊었던 담배가 어느 날 몹시 피우고 싶어졌다. 나는 그 욕구를 이제부터 글을 쓰라는 신호로 받아들였다. (돈셈에는 워낙 둔하고 관심도 없어서 잡기장에 적고 나서는 곧장 잊어버리는 터라 미심쩍지만, 당시 한 갑에 220원인가 하던 은하수 담배를 두 갑 사놓고 책상 앞에 앉아서 두 대를 연거푸 맛있게 피웠던 기억이 아직 남아 있다.) 역시 낫고 나서야 추리해 보니 그 질질 끌던 지병은 기껏 밥이나 먹고 살기에 급급한 글 품팔이에 실망한 나머지 얻어걸린, 어떤 글이든 붙잡고 있어야 덜 초조하던 심인성 기질병이었다.

↓

　작가들은 누구라도, 책을 펴낼 때마다 이번 작품만은 다면 몇만 부라도 팔려서, 이름이 뜨는 소설가로서의 버젓한 부티는 나중 일이고, 출판사 사장이 자신의 출현에 벌떡 일어서며 환하게 웃는 광경을 미리 그리곤 한다. (숱한 출판사 사장을 겪어본 내 눈대중에 따르면, 그들은 하나같이 베스트 셀러를 위한 '기도'에 온몸이 달아 있는 구리귀신들인데, 양서 운운은 전적으로 빈말이고 오로지 팔리는 글과 그 필자만 우대하는 속성을 머리꼭지에서 발끝까지 거느리고 있다. 상투적 표현대로 '버선발로 섬돌까지 달려 나와 손을 맞았다'는 그 장면을 멋지게 연기하는 출판사 사장을 나는 여러 명이나 보았고, 거명할 수도 있다.) 그 미련 많은 꿈도 돈복 같은 팔자를 타고나야 이루어질 수 있다는 것을 아는 데는 적어도 10년 이상이 걸리고, 책을 10여 종은 펴내 봐야 비로소 어렴풋이 깨달아진다. 나는 머리가 모자라서 그것을 늦게야 알게 되자마자, 어느 순간 팔다리에서 힘이 쑥 빠지더니 나른한 증세가 덮쳐오고, 특히나 밤에 속이 쓰리고 북적거려서 안절부절못하는, 지독한 실망감/탈진감/허탈감으로 살기 싫은 증이 머리맡에서 떨어지지 않았다. 무슨 일에서든 기대감이 클수록 낙백(落魄)도 따르기 마련이지만, 글쓰기로 떼돈을 벌 수 있다는 황당한 꿈보다는 한 시절의 미궁을 탐색하며, 그 일부라도 포착한 좋은 소설을 씀으로써 (독자의 호응이야 따라오든 말든) 스스로 만족하면 그뿐이다는 배포가, 책상 앞에서 엉덩이 씨름을 마냥 밀어붙일 수 있는 이 낙 이상을 바란다는 것은 꼴사나운 짓거리 아닌가 하는 장인 기절의 확보가 심신 건강을 보장해주겠는데, 물론 이론만 그렇다는 소리다. (물론 중병 끝에 얻은 나만의 소득이라서 남들은 귀 밖으로 흘려듣거나 말거나 개의치 않는다.)

두어 해나 신병으로 기신기신 고생한 울분을 보상해보겠답시고 부지런히 소설만을 쓰기로 작정했다. 뜻이 있어야 길이 뚫린다더니 한 지방 신문에서 아무런 간섭도 하지 않을 테니 역사소설을, 그것도 고종이나 대원군 같은 역사적 실명이 나오는 시대물을 연재해 달라는 청탁이 날아왔다. 요행수가 떨어진 듯해서 감지덕지 매달렸다. 이번에는 하루에 꼭 10장씩만 쓴다는 각오로 임했고, 나머지 시간은 그 소설에 반드시 써먹을 자료를 뒤적거리는데 몰입했다. 역사 관련 서적을 닥치는 대로 구해서, 이를테면 서점이나 국립/대학도서관을 드나들며 사기도 하고 복사본을 떠와서 밑줄을 그어가며 통독했다. 그 독후감의 축적은 나의 변변찮은 국가관/세태관으로 모나게 굳어져 있지만, 우리의 최근세사가 한마디로 엉망이라는 사실을, 그것을 감싸고도는 자랑/자학 사관에 통분을 금치 못했으므로 앞으로는 고발소설에 몰두하기로, 선비/식자매도 소설을 쓰기로 작정하며 몸이 달기도 했다. 숙독 중에도 필시 그런저런 감심(感心)을 촘촘히 챙겼겠으나, 그 지적 끌탕이야말로 정신적 충일감으로 이어지고, 소설에 살보다 뼈를 생성시키는 효소가 아닌가 싶었다. (어디다 쓸 자료를 수집하느라고 여러 책자를 구하는 대로 뒤적거려 본 식자들은 잘 알 테지만, 숱하게 밑줄을 그어댄 글줄 중에서도 막상 요긴하게 써먹을 대목은 한 자밤이 될까 말까다. 게다가 나의 부실한 총기는 밑줄을 긋는데 주력하는 셈이고, 써먹겠답시고 잡기장에 옮겨놓고는 곧장 잊어버리니 아무리 열심히 이런저런 책을 섭렵해봐야 그 방면에서 소성이라도 건지기에는 백년하청이다. 당연하게도 대개의 벼락치기 공부가 그렇듯이 그때 읽은 역사책들의 내용은 깡그리 잊어먹어서 아는 게 백지상태이긴 해도 어떤 역사적 사실이, 가령 갑신정변에서의 김옥균의 동선은 어느 자료가 그나마 소상하다는 정도만 어렴풋이 떠올릴 수 있을 뿐이다. 모든 자료는 엉성하기 짝이 없고, 다른 자료가 앞의 자료를 다소 보완해주지만, 그 총합마저도 결국에는 또 다른 허상을 보태는 데 그친다고 보면 웬만큼 맞을지 모른다. 그래서 역사는, 그 기술은 늘 미흡하고, 새로운 서사의 창작과 생산을 자체적으로 독려한다. 물론 그 '진상'의 순도는 자료의 부실 여부를 판단하는 분별에 기댈 수밖에 없다.)

꼬박 4년에 걸쳐 매일 연재한 그 신문소설을 대폭 줄여서 6권의 단행본으로 묶어냈다. '이번에는' 하고 잔뜩 벼른 기대가 또 여지없이 무너졌다. 줄거리도 제법 다채롭고, 시모노세키(下關), 오오무다(大牟田), 구레(吳) 같은 일본의 시골 바다 구석구석을 찾아다니며 발굴한 새로운 역사적 사실이 꽤 풍부한데도, 또 몇몇 중앙지에서 '대문짝만한' 기사로 다뤄주었음에도 내 대하소설은 유독 '안 움직인다'고 했다. 이상했다. 가슴이 서늘해지는 복수극을 몰라보다니. 머리를 굴려보니 반성할 대목도 있는 것 같았다. "전하, 성은이 망극하오나 통촉하소서." "이리 오너라." "시방 그 소문이 사실이오?" "날씨가 그새 많이 누그러졌네." "글쎄올시다, 위에서는 그렇게 생각하지 않는 모양인 것 같습니다." 같은 쓸데없는 대화로 책장의 여백을 훤히 비워두면서 열 권짜리로 펴내야 했거늘, 선례가 여러 개나 널려 있는 그 '남의 것 베끼기'를 일부러 무시한 게 결정적인 실수가 아닐까 싶었다. 그즈음 '민비시해사건'을 무슨 굉장한 비사랍시고 다룬 어떤 장편소설은 연일 신문광고를 '때리고' 있는 데다 '명성황후'라는 뮤지컬까지 성황리에 공연 중이어서 그 영향도 없지 않을 성싶었다. 내 소설의 주인공은 민비의 친정집 청지기 출신에다 이름이 덜 알려진 아웃사이드였으므로 이래저래 독자의 이목을 끌기에는 역부족이었다. 소설의 주인공이든 책 제목이든 우선 허명이라도 드날리고 볼 일이었다. 누구라도 상전을 먼저 알아보려고 나대지 하인에게 통성명하자고 청하겠는가. 실로 실망이 커서 죽을 맛이었다. 분풀이로 그 주인공의 상전을, 곧 운미 민영익의 생애를 언젠가는 꼭 그려야겠다고 작심한 것은 내게 아주 자연스러운 귀추였다. 정년퇴직하자마자 달려들어 꼬박 2년에 걸쳐 예전의 그 자료들을 다시 섭렵해서, 덕분에 쓸 내용과 말발을 골라잡는 데는 품이 줄어서 전작 집필 자체는 한결 수월했고, 3천8백여 장의 원고를 책으로 묶어낸 작품이 역시 소리도 소문도 없이 파묻혀버린 『운미 회상록』이다. (덧붙이건대 '회고록'은 공적 활동을 앞세우는 양식이고, '회상록'은 비망록 같은 개인적 성찰을 쓸어 담는 형식이라고 분별하고, 소설이 근본적으로 그렇듯이 '전기'도 당대의 역사를 다뤄야 하는 만큼 재구성, 재생산하는 서사임을, 그래서 기왕의 민영익의 여러 초상화와는 전혀 다른 전신상을 나름대로 부조한 것이다.)

↓

누구도 세상사를 감히 예단할 수 없듯이 사람살이도 한 치 앞조차 짐작할 수 없다. 또 무슨 소설을 끼적거려 밥을 먹을까로 신명 없는 나날을 뭉개고 있던 20세기의 막바지에, 밀레니엄 운운하며 소란스럽던 1998년의 가을 어느 날 문득, 1년에 한두 번 만나며 지내는 문단의 후배

하나가 전화로, '선생님, 취직부터 하십시오.'를 앞세우면서, 안성맞춤의 공고가 떴다고, 지방의 신설학과니까 적격이라고, 당장 응모해보라고 권했다. 나이도 쉰 줄에 접어들어 있어서 자격 미달자였으나, 말 그대로 불감청이언정 고소원이었다. 대구는 안태 고향만 아닐 뿐 나의 성장지이기도 해서 만만했고, 자식들 밑에도 뭉칫돈 학비를 쏟아부어야할 때여서 비쌔고 조빼고 할 처지도 아니었다. 다행히도 임용이 결정되었고, 단신 부임하여 분에 넘치는 독수공방에 자취생활로 하루 세끼를 손수 챙겨 먹어야 하는 곡경과 맞닥뜨렸다.

내 분수에는 과분하기 이를 데 없는 대학 접장이라는 직장은 그렇게 저절로 호박처럼 굴러왔다. 직장/직업이란 그렇게 불쑥 들이닥치는 운수고 팔자고 분복이었다. 당분간 소설 쓰기로 호구를 때워야 하는 그 '무거운 짐 진 자' 신세에서 놓여난 것만 해도 홀가분해서 한동안 걸음을 뗄 때마다 날아갈 것 같았다. 그러나 머리 굵은 학생들을 가르치는 노릇도 만만한 게 아닐뿐더러 똑같은 말을 되풀이해야 하는 신세에 이내 싫증이 나서 심드렁해졌다. 이제는 나잇살도 있어서 직종과 티격태격하며 뒤로 물러설 자리도 없었다. 그렇거나 말거나 환경도 처지도 달라졌으니 새로운 각오도 세우고, 어김없이 그대로 실천하면 처량한 채로나마 호젓한 일상에 다소 생기를 일굴 수 있을 것 같았다.

온종일, 새벽부터 해거름까지, 꼬박 12시간은 연구실에서 눌어붙어 지내기로 작심했다. 동료 교수들과의 사적인 교류도 아예 삼가기로 한 것은 나의 비사교적인 기질과도 상통하는 것이라 어울렸다. 강의 준비는 하루 전에 마쳐두기로 하고, 나머지 시간은 그동안 밀쳐둔 읽을거리를 하루에 일정한 분량씩 통독하고, 일일이 메모도 해두기로 다짐했다. 학기 중에는 어떤 소설책도 거들떠보지 않는 대신에 방학 동안 한 편씩의 신작을 쓰기로 했다.

그렇게 시곗바늘처럼 또박또박 살아가는 꼴에 시샘이 났는지, 첫 여름방학 중의 어느 날 자정 넘어, 잠실 부근의 올림픽대로에서 교통사고를 당해 1년 이상 시난고난한 적도 있고, 인문관 건물을 대대적으로 뜯어고친다고 연구실 출입을 통제하는 통에 만부득이 도서관 내의 열람실에서 뭉그적거리며 허송세월하기도 했으나, 방학 동안 매진하면 4, 5백 장의 중편 한 편은 너끈히 만들 수 있었다. 마음이 내켜서 작심이 빳빳한 채로 서야 하고, 머리로, 공책 속의 단상으로 새겨진 모티브가 짙푸르게 우러나야 하고, 신변의 자잘한 걱정거리를 저만치 떼놓아야 하지만, 소설은 쓰려고 덤벼서 온몸을 뒤치락거리며 진액을 쥐어짜면 써지게 되어 있다. 그동안 읽은 온갖 책자 속의 어휘, 구절, 내용, 일화 등이 두서없이 출몰하여, 저희끼리 적당히 작당한 만용을 부리는가 하면 저절로 뒤섞여서 그런대로 기묘한 화학작용을 불러일으키는 것이다. 그 거사는 곳곳에 어설프고, 구색이 덜 갖춰져서 형용이 추레하기 짝이 없는 채로나마 딴에는 나름의 특이한 이야기를, 분위기를, 성격을, 갈등과 가짜 화해를 얽어 놓은 채 버젓이 형용을 드러내게 되어 있다.

작가가 군이 만물박사까지 될 필요는 없을지 모르나, 자기 자신의 특별한 체험들은 비록 보잘것없는 뭉치로나마 묶어놓고 있으므로 남의 인생, 제3자의 경험을 최대한으로 추체험한 후 그것들과 자신의 그 체험담을 '비빔밥'으로 뒤섞을 수밖에 없다. 인물평전이나 전기류에는 기상천외한, 소설 속에 그려진 '덜 짜인' 일화보다 훨씬 실감 나는 막간극이 풍부하게 실려 있다. 그것을 간추리고 부풀려 가며 '해석'하는 재미가 추체험의 본질이다. 그러므로 소설 속의 모든 '설명'과 '내용'의 조합은 사실상 작가 자신이 읽고 여투어 둔 것(추체험)에다 그때까지 몸소 겪고 눈여겨본 사물/사건(직접 체험—기억의 왜곡/확장/변조)을 제멋대로 뒤섞어놓은 잡동사니에 불과하다.

이제서야 솔직한 변명을 둘러대자면 추체험 8할에 직접 체험 2할의 조합이 내 소설의 기본 골격이다. 그 추체험도 남의 문장/문맥을 그대로 따다 쓸 수는 없고 적당한 '해설/해석'이 불가피하므로 상당한 정도로 '변형'이 되어 있다. 창작의 실체는 바로 이것이다. 예술상의 모든 창작 작품은 이런 변조 과정을 거쳐 탄생한 것이므로 일정한 '영향'이라기보다 부지불식간의 '감염'을 곱다시 감수해야 하는 돌연변이라고 해야 걸맞을 것이다. (예민한 독자나 다독을 취미로 삼는 독서가라면 모든 '창작품'에서 풍기는 누구의 '영향'은 물론이거니와 어느 대목에서의 '감염'까지도 촘촘하게/아슴푸레하게 감지할 수 있다. 독서의 묘미는 그런 '영향'과 '감염'이 비치지 않아서 싫증이 날 때, 안 되겠다, 시간 낭비야, 이렇게 맹탕이라니, 참으로 무식하다, 어째 명작들도 안 읽고 덤비네 하고 물러서버리는, 누구도 간섭할 수 없는 그 자기 방기의 과시에 달려 있다. 건공잡이는 '남'의 사정을 눈여겨 보지 않는 얼치기인데, 소설가로서는 부적격자이다.)

↓

나의 졸작들의 이야기나 구색/형상이 제법 그럴듯하게 다가온다면, 허황한 상상력의 발동을 적극적으로 몰아내면서 예의 추체험의 그 역동성과 실감을 어떤 식으로라도 '모양내서' 실어나르려고 애를 썼기 때문이지 나의 작가적 창조력과는 전적으로 무관하다고 해도 빈말은 아니다. 통속소설/대중소설은 추체험이든 직접 체험이든 어느 한쪽이 소루하거나 엄범부렁하고, 둘 다가 터무니없을 정도로 허황할 뿐이다. 이런 소신에 최대한으로 순종하는 것이 소설가의 직업의식이자 고유한 자의식이 아닐까 싶지만, 같잖은 자기도취로 비친다면 어쩔 수 없는 일이다.

그 나름의 자의식이 작품 속에서 어떻게 내적 성숙을 도모하여, 나이테 같은 딴딴한 육질을 이루고 있느냐는 것은 또 다른 문제이지만, 요즘도 나는 잡다한 읽을거리를 여기저기 늘어놓고 찔끔찔끔 숙독한다. 남의 자의식(정체성), 그들의 기이한 사생활(신체 조건/버릇/취향/취미 활동/고정관념/생업/직업/경력/지식)과 제각각의 불운/행운 등에 무심할 수도 없으려니와, 그것이 내 천직의 밑천이기 때문이다. 물론 개중에는 (편견이 심한 내 안목상) '되다 만' 글이 태반이고, 도저히 더 읽을 수 없는 사이비 글은 도중하차도 마다하지 않는다. 특히나 소설류에 그런 부실한 글줄이 많은 현상은 웹이니 뭐니 하는 토막소설이 설치는 영향 탓도 있는 듯한데, 나로서는 (시대착오적이 아니라) 나름의 반시류적/반세태적/반통속적 트레바리로서의 시각만큼은 지니고 싶으니 서로가 버성길 수밖에 없긴 하다. 이처럼 꼼꼼한 서사의 축조를 바라는 소망, 술술 읽히는 문장을 건너뛰어 사색을 촉구하는 문맥, 실생활의 테두리를 지키려는 집착 등을 기대하는 나만의 초조한 관심은 이내 씁쓸한 체념을 불러온다. 따라서 체념은 대단히 편리한 세태 적응법 중 하나로서 온당한 처신이면서 동시에 측은한 패배 의식이기도 하다.

↓

정년퇴직 후에는 매번 장르를 달리해서 한 권씩의 책을 묶어 내보기로 작심했다. 사소설, 여행기, 소설 작법, 회상록, 논평식 소설, 산문 서사식 비평 같은 형식에 차례로 매달리면서 어떤 '변형/탈바꿈'이라도 보태려는 심상의 암투와 한껏 싸웠다. 그 심중의 고뇌는, 비록 실패를 담보하고 있는 것이지만, 도전 의식으로 달뜨게 하는 마력에 값한다고 할 만했다.

종심(從心)의 나이에 이르자, 아무래도 소설 형식으로 기발한 이야기를 지어내기보다는 세태의 향방을 조준, 거시적으로 조감하는 시평, 문학 전반의 맹점을 적시하는 미시적/총체적 평론, 우리의 따분한 신변잡기형 '수필' 형식보다는 사색의 흔적이 행간에 배어 있는 '에세이' 등의 산문 장르에 관심이 많아서 그쪽으로 특별한 형식을, 이를테면 소설(실화/소문의 허실)에다 소품문(감상담/평판의 진위)을 합쳐놓은 읽을거리를 만들어 볼까 하는 궁리로 머릿속이 딴에는 분주한 편이다. 하기야 연예인 여러 명이 둘러앉아 나누는 텔레비전 화면 속의 잡담처럼 뻔한 말을 수다스럽게 마구 흩뿌리는 듯한 잡문들이 모든 매체에서 버젓이 횡행하고 있다. 또한 잡담/우스개를 글로 풀어놓은 정체불명의 토막글들이 귀중한 지면/책장을 '인기리'에 점령하고 있는 이런 글판이 소설/산문/시 같은 정통적인 장르의 위축과 퇴장까지를 조장, 방조, 강요하고 있는 듯하다. 수다와 사담으로 넘쳐나는 작금의 이 기이한 '글짓기' 현상을 주목, 비판의 기치를 높여야 하는데도, 우리의 무분별한 장르의식도 문제거니와 (세태를 파악하는 지적 탐구력의 부족으로) 시대적 추이와 풍속의 변모를 거시적으로 곱새기는 대응력에서 함량 미달인 듯하다. (우리의 문학 평단, 문학평론을 매도하는데 서슴지 않는 나의 생리는 오래된 심정적 반응이지만, 그 밑바닥에는 '문제의식'의 결여 내지는 싸울 상대조차 찾지 못하는 '헛다리 짚기'로서의 '역사적/문학사적' 안목 부재와 그 공부 부족이 여느 글에라도 훤히 비치고 있어서이다.)

벌써 서너 해 전부터지만, 글감을 찾는 여가에, 글발이 붙지 않을 때, 기왕에 책으로 묶어놓은 내 소설들을 전면 개작하는 작업을 마냥 미뤄

두고 있어서야 되겠나 하는 생각에 졸려 왔다. 문학은, (시는 다소 예외로 인정할 소지가 없지 않지만) 특히나 소설과 평론 같은 산문은 문장/문맥의 착실한 조성만이 실감의 여부를 관장한다는 생각은 데뷔 당시부터 끈질기게 참척했으므로 엉터리 '문투' 를 언젠가는 바로잡아놓겠다는 생각에 쫓기고 있었기 때문이다. 학문적으로나/문학적으로나 한글 언어권의 상대적 부실은 전적으로 문장력, 나아가서 문체의 구체성 미달 때문임은 의심할 여지가 없다. 문투 자체가 실팍하지 않다면 텍스트 전반의 곡해는 나중 일이고, 우선 그 입론/소견의 실체조차 멍하거나 엉뚱하거나 새빠졌다고 해야 옳지 않을까 싶다. 우리의 모든 문장은 대체로 너무 메떨어져서, 그만큼 생각을 재촉, 강박하는 장악력이 부족하다는 게 나의 해묵은 푸념이다. 읽히는 맛을 지레 떨쳐내고 있는 이런 문투는 '집단심성의 더껑이가 오염 상태' 라서, '남' 의 눈치부터 재는 그 사대주의적 발상이 필자의 민춤한 소견과 산망스러운 언어 감각과 야합한 흔적이 아닌가 싶다. 하기야 나의 이런 관찰과 졸견도 그런 글들의 잘망스러운 작의와는 오십보백보라는데 동의하지만, 우리 문장들이 전반적으로 진득한 지적 풍미를 자아내지 못하고 있는 것은 사실이다.

그런저런 묵상에 골몰하다가 지지난해부터 용기백배하여 나의 초기작을 일별했더니 엉터리 어휘, 엉성한 구문, 강조랍시고 덧대는 중언부언, 앞뒤의 이음매가 껄끄러운 문맥들이 자욱해서 기가 질렸다. 아무렇게나 즉흥적으로 써먹는 직유는 과장이 심하거나 상투적이어서 사실 증언의 맥을 끊어놓고 있었다. (직유를 남용하고 있는 버릇에서 '누구' 의 영향이라기보다 그들로부터의 감염된 그 비린내를 즉각 맡을 수 있었다. 당연하게도 내 얼굴은 즉각 실그러졌다.) 심지어는 문단 짜기에도. 서툴러서 문자 그대로 너덜너덜한 '누더기' 그 자체였다. 모든 문장이 가납사니의 헛소리거나 겉똑똑이의 빈말 잔치였다. 글이란 (말과 달리) 근본적으로 사실/진실을 실어나르는 도구에 불과한 것인데, 실없이 희언을 일삼고 있다니. 이래저래 참담해져서 얼굴이 시뻘겋게 달아올랐다.

막상 난생처음으로 컴퓨터에다 매작품의 첫 줄부터 개고를 맡기다 보니 한두 문장의 잘잘못을 바로잡거나 첨삭만으로는 역시 되다 만 작품이 될 게 뻔했다. 그런 개고의 차원을 넘어 아예 개작하다시피 뜯어고쳐야 간신히 '말이 통하는' 텍스트로 재탄생할 것 같았다. 어느 서구의 시인은, 개고, 개작이야말로 자신의 지적 성숙을 돌아보는 작업이라며 회심의 미소를 지었다는데, 나는 내 치부에 몸서리를 치는 형편이니 참으로 얄궂고, 이 낭패감을 앞으로 어떻게 배겨낼 수 있을지 실로 난감천만이다. 그 작업 때문에 신작 집필의 지연이 만부득이해질까 봐 지레걱정을 일삼고 있는 나날이다. 그렇긴 해도 문인은 끊임없이 자신의 허물과 '과거'를 속속들이 파먹는, 그 칙살맞은 참척 자체를 본업으로 누리는 별종에 불과하다. 만년에까지 왕년의 제 지적 미숙을 되돌아보며 후회할 수 있는 생업이 그렇게 흔치는 않을 것이다. 그 보람을 챙길 수 있는 것만으로도 작가는 매일 월계관을 손수 머리 위에 얹고 으스대도 좋지 않을까 싶다. 물론 나야 '흙수저' 출신이어서 월계관 같은 허례허식을 철두철미 거부하며 살아온 굴퉁이에 지나지 않지만.

↓

추기 1_종로5가에 본사를 두고 있던 예의 그 재벌급 회사에서 교토제국대학 경제학부 졸업생으로서 우리나라 최초의 경영인이자 실업가였던 (작고한) 창업자의 전기 대필인으로서 매일 통근버스로 출퇴근하던 한때, 어느 날 오후 느지막이 회사 앞의 한 다방에서 나를 기다리고 있다면서 전화로 누가, 보면 알 만할 것이라고 일러 왔다. 그즈음 나는 밤낮으로 예의 그 두 종류 전기를 쓰고 있었으므로 줄담배를 태우느라고, 그 통에 오른쪽 아래 어금니가 아파서 죽을 맛이었다. 그 지독하던 치통은 밤늦도록 원고지를 메우는 과로보다는 폭연이 원인인 줄 절감하면서도 담배를 끊기는커녕 줄이지도 못했다. 이틀에 한 번꼴로 오후 두 시쯤 회사 앞의 치과에 들러 잇몸 치료를 받고 있었는데, 점심에는 꼭 순두부 백반에 소주를 반 병쯤씩 마시는 치과의사는 그 혈색 좋은 얼굴로, 이빨은 빼라고 있는 게 아닙니다, 명심하세요 라고 나의 성화를 달래곤 했다.

어쨌든 다방으로 달려갔더니 스님 한 분이 그 훤하고 넓적한 안면으로 자리에 앉으라고 손짓하며, 고생이 많다고, 회사 일은 잘 풀려 가느냐고 물었다. 뜨악해 있는데, (누군지 밝히지도 않고) '인편'에 나의 근무처와 작업 내용을 들었다면서, 스님 자신도 언젠가는 자기의 일대기를 정리해두어야 하지 싶으니 여러 가지로 도움말을 차제에 듣고 싶다고 했다. 당장이라도 그 일을 벌일 기세로 원고료 따위야 뭇 중생의 십시일반도 따를 테고, 그런 시주에 괘념치 않아도 넉넉하게 산다고, 그 푸짐한 안면처럼 푸근한 말을 내놓았다. 치통은 그런대로 숙지막했으나, 내가 스님의 전기까지 써야 하나 싶어 어이없기도 하고, 한편으로 호기심도 일어서, 차차 하자고, 그런 일이라면 길게 보고 두서를 갖춰야 하지 않겠냐고, 심드렁히 응했더니, 종종 신문에 그이의 포교 활동이 크게 알려지기도 하는 유명짜한 그 스님은 시종 좋은 얼굴로, 자주 보자고, 파란만장한 자신의 지난 생을 듣다 보면 소설이 여러 권 나올 것이라고 했다. 대화에 해학을 묻힐 줄도 모르고, 평소에 잘 웃지도 않는 내 정색 일변도의 천성이 그때 그 생면부지의 스님을 어떻게 대했는지 지금은 짐작도 못할 노릇이지만, 내 생업이 이런 성가까지 누리는가 하고, 참으로 이상하고 착잡해지던 한 시절이었다.

나중에 생각을 이어가다 보니 그 스님은 포교의 일환으로, 또 작가 한 사람을 지인으로 둬서 체신에 나쁠 거야 있겠나 하는 호사 취미와 무사분주를 생업으로 살아가는 허허실실의 양반이 아닐까 싶었다. 그때 오른쪽 아래 어금니에 덮어씌운 회색의 산플라는 아직도 한쪽에 큼지막한 구멍을 거느린 채 건재한 것을 보면 그 모주꾼 치과의사도 명의였던 게 분명하고, 그 스님도 단순한 행각승은 아니었던 것 같다. 사람은 역시 회색이든 하얀색이든 유니폼을 입고 자신의 생업에 종사해야 성정도 너그러워지고 생활에도 여유가 생기는 게 아닌가 하는 일종의 '돈오'를 깨친 것도 그즈음이었다.

이윽고 3년 만에 상근 촉탁 직책으로 전기 쓰기를 마치고, 그 투안(偸安)의 포실한 월급쟁이 시절을 끝냈다. 단편소설을 비롯한 어떤 원고 청탁이라도 다 받아내던 그때가 하루빨리 내 별도의 '작업실'을 마련하려고, 짜증스런 끌탕과 작은 성취에 놀아날 그 1인 천국에서 죽이 되든 밥이 되든 매일 12시간씩 뭉갤 심사로 그처럼 혀가 빠지게 일했던 황금기였다. 그 후로는 예의 그 잡일 '알바'로, 원고지 메우기로 전전긍긍하며, 일정한 월수입도 없이, 인세로 살아가는 몇몇 문인의 희한한 팔자를 그림의 떡처럼 부러워하며 막막하기 그지없던 세월을 발밤발밤 줄여 갔다.

9. '소설 쓰시네'의 방해물

↓

'소설 쓰시네'는 한 국회의원의 질의가 미처 끝나기도 전에 전직 법무부 장관 추 모 씨의 입에서 무심코 흘러나온 군소리라고 알려져 있다. 발설자의 지긋한 나이를 참고하더라도 잔밉기 짝이 없을뿐더러 되바라진 말이고, 먹물깨나 든 위인들이 자칭 말귀가 밝답시고 우스개 삼아 자주 씨월거리는 헛소리이기도 하다. (남자들은 대체로 '말이 어째될락 말락 한다'든지 '소설 쓰지 마라'라고 한다.) '되바라지다'라는 사전의 뜻풀이가 시사하듯이 '소설 쓰시네'는 누가 쓰더라도 좀 경망스럽고, 말씨에 진득한 맛이 없어서 급한 성미가 곧장 드러나는가 하면, 알미울 정도로 잘난 척하고 알거냥하는 평소의 소행을 대변하고 있다.

그런데 실은 평소에 소설을 쓰기는커녕 소설이라고는 한 줄도 읽지 않고, 따라서 소설이 무엇인지도 모를 뿐만 아니라, '소설 쓰기'를 생업으로 삼는 작가의 고충을 쥐뿔도 모르는 위인들이 함부로 쓰는 막말임이 그 말뜻 속에 잔뜩 녹아 있어서 자칭 내로라하는 소설가들의 기분은 참으로 껄끄럽다. 남의 생업을 함부로 능멸하는 막말이 아닌가. 직업에 귀천이 없다는 말도 있는데(돈벌이의 좋고 나쁨에 따라 선호도가 엇갈리긴 한다), 이토록 대놓고 돼먹잖은 말을 공개석상에서 시부렁거리는 것도 과연 자기 의사 표현의 자유에 해당할까.

주지하듯이 소설은 그 길이/내용/가치/수준/주제 의식/시대 배경 등에 따라 천차만별이라서 전문가들도 섣불리 말했다가는 큰코다치는 언어예술의 한 형식이다. 음악이나 미술의 여러 갈래가 그렇듯이 그럴 수밖에 없는데도 유독 소설을 만만하게 보고, ('그림 그리시네'라든지 '한 곡 부르시네' 같은 말은 극구 피하면서도) 딴에는 글/책을 많이 읽은 나머지 남들보다 똑똑한 체하려는 거드럭거림이 은연중에 배어 있다. 흰소리를 헤프게 하는 위인들이 대체로 그렇듯이 당사자는 속으로 우쭐거릴지 모르나, 실은 무식을 제대로 실토했을 뿐이잖는가.

따져볼 것도 없이 '소설 쓰시네'에는 아무라도 쓸 수 있는 글이 소설이고, 그렇게 허투루 마투루 휘갈겨 쓴 글이라서 앞뒤 말이 서로 싸우고 있을 뿐만 아니라, 전체적으로 '이야기'가 되다 만, 곳곳에 믿기지 않는 거짓말투성이의 조작행위가 훤히 비친다는 함의를 품고 있다. (거짓말에도 다소의 우열은 있을 수밖에 없는데, 거짓말이 또 다른 거짓말을 연이어 지어내야 한다면 처음 발설한 거짓말의 품질은 조악한 것이다.) 그래서 엉터리 거짓말로 뭉뚱그려진 소설이라는 양식을 통째로 얕잡아보느라고, 하이고, 이 머리도 모자라는 것아, 지금 제정신으로 하는 소린가 하는 눈짓을 사방에 흩뿌리는 것이다. 요컨대 시방 그쪽이 한 말은, 우리가 일상생활을 꾸려내면서 늘 봐오는 여러 사고/사건/사태와는 너무 달라서 터무니없는 가공, 진짜와 거죽만 얼추 비슷한 가짜, 잘못 지어내서 들통이 나버린 거짓말 등등이 그 허풍스러운 말주변을 빌려서 하등에 써먹을 데 없고, 객쩍은 사람살이를 그려놓고 있는데도, 막상 그 허튼소리를 지껄이는 본인은 그것을 모르고 있다는 꾸지람이다.

물론 그처럼 조잡한 수준의 엉터리 소설도 숱하고, 그 대척점에는 이야기의 구색이 그럴듯하고, 실감도 살아 있으며, 사람살이의 진풍경에 생동감이 넘치는, 일컬어 '심금을 울리는' 훌륭한 소설도 있긴 한데, 그 수효는 지극히 적다. 실은 그렇게 좋은 소설을 찾아서 읽을 만한 안목을 가진 독자는 나름의 취향과 편견이 우뚝해서 어떤 역작 소설을 한동안 붙들고 씨름하다가도 이따금, 그럴 리가, 그래서 더 안 만나고, 죽고 나서야 알았다고, 하기야 알 수가 있나, 같은 시틋한 반응을 곱새기는 수도 없지 않다.

이미 드러난 대로 사람의 삶과 세상의 여러 모습이 엉성하게/조밀하게 그려져서 실감이 날 듯 말 듯한 '이야기'를 즐겨 읽음으로써 적어도 '되다 만 소설'이 어떤 것인지를 아는 전문가라야 '소설 쓰시네'라는 말을 할 수 있는 셈이다. 그러니 '소설 쓰시네'는 명작/결작/가작 소설을, 또한 정평이 나 있는 국내외의 여러 작품을 읽지도 않았거나 어쩌다 한때 (대세에 떠밀려) 읽긴 했어도 별다른 재미도, 감동도 느낄 수 없었던 무딘 감성의 독자가, 하바리 소설가의 말재기 기량을 알게 모르게 익혀서 딴에는 말재간을 부린답시고 지껄인 소리인데, 어느 분야에서나 다 그렇듯이 반거들충이는 제풀에 무식한 소양을 까발려놓고도 그 창피조차 몽따버린 것이다. 아무리 자기 과시 시대라지만, 스스로 무식쟁이에다 철면피임을 떠벌이고 사는 이런 세상에서 과연 소설이, 더구나 좋은 소설이 무슨 소용이 있겠으며, 법률 공부를 많이 해서 공동체의 행방과 그 구성원들의 소행의 선악을 분별하는 지위에까지 오른 양반이 스스로 엉터리 소설을 주로 읽었다고 홍보해대는 이런 풍토에서 사람살이와 세상살이를 제대로 재구성한 '알짜 소설'의 탄생을 바라는 소망이야말로 연목구어가 아니고 무엇이겠는가.

우스꽝스럽게도, 아니, 진지한 개그맨처럼 작정하고 자신의 무작스러운 소양을 송두리째 까뒤집는 기량에서 출중한 추 모 씨야 그렇다 하더

9. '소설 쓰시네'의 방해물

라도 우리의 식자들은 대체로 소설이 '가공의 진실' 을 그려내는 사람살이/세상살이의 막간극인 줄은 (외워서) 알고 있는 듯하지만, 1년에 소설책 한 권을 읽지 않고도 교양미가 풍성한 잔풀내기로 살아가는 데 능수능란하다. (이 땅의 이 반지빠른 풍토성은 문맹자가 거의 없어진 지금에도 신기할 정도로 '영속성' 을 구가하고 있다. 대학 강단에서 명색 인문학을 열강하는 선생들이 서슴없이, 소설을 잘 안 봐서 모르지만 하고 자백하는 세태이니 정치가나 고위 관직에 임시로 올라앉아서 하루를 분 단위로 쪼개 쓰는 양반들이야 오죽하겠는가. 하기야 '소설 쓰시네' 에는 이제 소설이 더없이 시대착오적일뿐더러 진작에 한물간 이야기 양식이라고 단정하는, 영화나 애니메이션, 뮤지컬 같은 다른 서사물에 비해 후져빠진 '변두리/비주류 장르' 라는 추단까지 배어 있긴 하다.) 그들의 꼴사나운 처신이 눈앞에서 얼쩡거리는 한 소설을 지어볼 엄두가 까맣게 달아나니, 소설가는 천상 고리타분한 퇴물로서 그냥저냥 목숨이나 부지하는 것만도 오감하게 여겨야 할 팔자인지 어떤지 알 수 없다. 어차피 시대의 변화에 발맞춰 직업에도 귀천이 있고, 그 시세가 저울로 정해지니까.

↓

참으로 난감하고 착잡하다. 내 머릿속에는 온갖 상념이 들락날락거린다. 저마다 배울 만큼 배웠다고 '내 말/의견만이 옳다' 면서 소매를 부르걷고 팔뚝을 끄떡거리는 이런 세월에도 소설이라는 양식이 과연 필요할까? 유독 이 땅만 일부러 콕 집어서 뒤죽박죽의 세상을 만들려고 작정한 것 같은 변덕스러운 집단심성을 낱낱이 목격하면서도 군이 '허구' 를 통해 그럴듯한 작의를 건져내는 게 무슨 의미가 있을까. 결만을 채근하고 있는 듯한 전자 문명의 득세가 코앞에서 설치는데, 누구라도 컴퓨터 앞에서 현란한 동영상의 활극에 홀려 넋을 놓고 지내는 시절인데, 활보 중에도 핸드폰에 정신을 빼앗기다 못해 '문자'까지 날려 보내야 하는 일상의 한 도막을 빼내 '느려터진 남의 이바구'를 읽으라고? 시정의 풍속에 까막눈이거나, 시건머리도 없는 작태가 아닌가.

꼬박 반평생을 소설이 무엇인지, 소설을 어떻게 써야 잘 쓴 것인지, 명작/범작/졸작 소설을 분별하는 기준이 무엇일까 등을 나름대로 숙고해온 나로서는 우선 하고많은 소설의 종류부터 크게 뭉뚱그려야 하지 않을까 싶다. 거적문도 문인가에 따라붙는 의붓아비도 아비인가 라는 속담이 시사하는 대로 소설의 형용만큼은 대충 갖추고 있으나, 어떤 잣대를 들이대더라도 얼토당토않고, 같잖은 '이야기' 양식이 워낙 수두룩하니 말이다.

익히 봐오듯이 현실 속의 인물/사물/사건 등을 그대로 베끼려는 실사(實寫)소설과 만화/동영상처럼 그 내용을 과장스럽게 그리는 동화(動畵)소설로 갈라놓을 수 있다. ('동화'는 모순적인 또는 은유적인 말이다. 그림은 정적인 이차원의 세계인데, 움직임은 삼차원이나 사차원에서 이루어지니까. 동영상이라는 전달 매체가 오늘날 일상의 중심축으로 부상한 시류를 참작하더라도 그렇다.) 한때는 순수소설, 대중소설/통속소설로 나누기도 했으나, 종이에 활자가 꼬박꼬박 박혀 있는 책의 가치가 완연히 시들해지고 그 대신 화면에 문득 떠올랐다가 날벌레처럼 사라지기도 하는 기호 만능의 디지털 문명사회 아래서는 잡것이 섞이지 않았다는 뜻으로의 '순수'란 어휘는 그 실가(實價)가 형편없이 떨어졌다. 그래서 요즘 세상은 실로 모든 게 잡스럽고, 잡스러워야 대접을 받는 시절이다. 사실주의(寫實主義)를 문장으로 실천하려고 한들 그 대상의 실물에 잡티와 허물이 잔뜩 껴묻어 있어서 도무지 그 실상을 발겨내기도 곤란해졌다. 만사와 만물이, 그것을 이해, 해석하는 시각이 아날로그 시대와는 워낙 달라졌으며, 본 대로 느낀 대로 공들여 베껴본들 실상 자체가 이미 헛것으로 사라져버렸으니 (객관적이고 '단면'의 기술에 매달리는) '묘사'와 (주관적이며 '전체'를 가름하는데 주력하는) '표현'의 의의가 각별할 수도 없어서 그렇다.

자발 없는 나의 상념은 번개처럼 회번덕거리는 이 디지털 시대에도 여전히 실사의 필력이 만화나 만필의 그것보다는 진지성에서 앞서고 그 질감도 양호하다는 쪽이다. 아무렇게나 쓰고 그린다고 하지만 말/글이 그렇듯이 '조리'는 불가피한 기율이고, 서사(敍事)란 어휘 자체가 이야기의 '차례'를 좇아간다는 뜻이니 더 이상의 논란은 말꼬리 물고 늘어지거나 다를 바 없다. (하나마나한 부언이지만 '차례'를 세우는 작업은 저마다의 지력/의식이 뺄 말과 집어넣을 말과 덧댈 말을 관장하고, 그 전에 문자들이 나름대로 조율의 권능을 발휘한다. 그것을 모르거나 무시하면 이 말을 저 말을 두서없이 씨부렁거리는 정신병자다. 그런 경우는 의외로 행세하고 남을 부리는 정치인 중에서 빈번하게 목격할 수 있다.)

(소설이 아니라서 '차례'를 무시한 어떤 의식이 마구 날뛰기 시작한다.) 어수룩한 거짓말처럼 얄궂은 이야기 '들'이 엉성하게 짜인 소설은 비단 우리만이 아니라 다른 언어권에서도 많고, 그런 읽을거리를 찾는 독자들을 나무랄 수도 없다. 그런 하치 소설들도 종류가 워낙 다양해서 일일이 다 초 들어 말할 수도 없지만, 그 '내용'의 골격부터 따져보면 작가 자신의 상상력이 정신 이상적인 경지로까지 부풀어 올라서 자신이 발붙이고 사는 '현실'에서 일탈을 일삼는 경우가 대부분이다. 이른바 '환타지=환상 영역'인데, 그 극단적인 실례 중 하나로는 지구 너머

의 외계를 다루는 것으로, 천당/지옥을 비롯하여 '미래세계'까지 내다보는, 너무 황당해서 말이 될까 말까 하는 공상의 활극이다. 그런 것들에는 생활상이라는 화소(話素), 곧 이야기의 최소단위인 자잘한 '사물'(일과 물품, 풀어서 말하면 사람이 먹고살기 위해서 만부득이 치르는 언행 일체인 '일'과 그것의 도구인 각양각색의 물질/물건이다)의 결핍이 현저하거나 그 가짓수가 많지 않아서, 저절로 현장감을 잃어버린 유별난 가공의 세계이다. ('영혼/의식'의 작동이 종횡무진으로 펼쳐지는 무수한 상념/관념/신념 등에는 사물이 거치적거려서 괄호 밖으로 묶이고, 세칭 '관념소설'은 사물/사건이 송두리째 빠져버린 나머지로서의 그 '사고'와 감각 일변도의 편향이 지나쳐서 재미가 없을 뿐이다. 이른바 '구색'이 단조로워서 동어반복이 자심한 것이다.) 흔히 공상 소설이라는 장르에서 맞닥뜨리는 그 세상은 뻔한 상상력의 고만고만한 수준을, 어슷비슷한 내용을 경쟁적으로 보여준다. 영화에서 자주 다루는 그 비현실적인 이야기들이 대체로 기계처럼 삭막할뿐더러 대동소이한 장면/대화의 반복이 심한 것은 그런 물질세계의 제약 때문이고, 그에 따르는 제도/관행의 제거/생략이 엉뚱한 흥미를 부채질하느라고 점점 유치한 '장치'를 덧붙이고 있어서이다. (거짓말이 제2의, 제3의 파생 거짓말을 불려 나가는 이치와 똑같다.)

↓

짐작과 추리의 날개를 펄럭거려보면 상상력이라는 인간의 머리 굴림은 원망/소망의(둘 다 아주 만만한 생각거리들로서 단순한 기대, 소원, 바람인데, 현실적으로는 실현 불가능한 망상일 뿐이다) 되풀이가 심상에 들러붙어서 나름의 환상/기대치를 재촉/반추하고 있는 특이한, 반자동적 기능이다. 그런 정신의 운동을 최대한으로 구현한 실체가 '종교'

임은 그 당당한 실물의 덩치가 말하는 대로 재론의 여지가 없다. 아무리 만물의 영장이라 할지라도 비바람 앞에서조차 나약해지게 마련인 인간이 일쑤 심정적으로 의지하는 기대/기원의 대상은 유일무이한 절대적 존재의 상정, 그 권능의 왕림이다. 그 신적 대상의 능력은 당연히 초인적/현실 초월적인 힘의 무한한 구사일 텐데, 기도를 통해 성취에 이를 수 있다는 생각이 집착을, 결국에는 관성을 불러온다. 그 골똘한 믿음의 세련이 어떤 '완성'을 겨냥할 때 신성한 후광으로서의 '종교'에 이를 수 있는 것이다. 내 앞에 우상을 두지 말라는 종교의 제1 신조는 절대자에 대한 희원을 대변함과 동시에 오로지 그 신성을 믿고 소원을 기도행위로 빌어야만 만사형통/만사여의가 가능하다는 환상을 심어준다. 마음속에 '우상'을 가질 수 있고, 가졌다는 심리적 능력이 벌써 절대자=신의 존재를 불가항력으로 인정했다는 인간의 나약한 심적 작용에 기인하지만, 그런 일련의 체계는 상상력의 끈질긴 작동, 그 추구 역량의 결실이다.

　강조하건대 종교가 인류의 생활세계를 반 이상 장악하고 있는 이 거창한 실경(實景)/실황(實況)이야말로 상상력의 진경을, 공상(空想)의 위대성을 즉물적으로 보여주고 있다. 거꾸로 말하면 우리의 사람살이/세상살이 자체는 상상력이 세대를 이어가며 집요하게 얽어 놓은 거대한 덮개 아래서 조잡한 생필품들을 때맞추어 소비하며 어떤 '영원'을 회구하는 하루살이 같은 실물에 지나지 않는다. 그 정점이라기보다 그것의 구체적 콘텐츠의 정수가 종교다.

　이 지구상에 널리 퍼져 있는 여러 문명/문화의 훌륭한 업적을 인간의 상상력이 불러일으킨 생활 감각의 열매에 불과하다면, 앞서 종교의 태동과 정착에서 보인 그 상상력의 절차탁마에 따른 여러 종교적 관행과 각종의 의식을 '제도'로까지 승화시킨 배경에는 일상=현실=인생의 따분한 속행과 완강한 진전에 지쳐서 개인/집단이 떠들고 나선 반발로서의 끈질긴 '충동=동력'이 있다. 상상력의 근거는 따분하고 지겹기 이를 데 없는 삶으로부터의 일탈, 땅 위에 군림하는 막연한 '하늘'로의 부상과 비상을 꿈꾼 나머지 어떤 '영원성'을 붙좇는 그 초조한 습관에서 찾을 수도 있는 것이다. 어느 날 까마득한, 텅 비어 있는 푸른 '하늘'로부터 날아온 독수리 한 마리는 인간의 상상력을 단숨에 초월적인 경지로 몰아갔었을 수 있고, 그 연장선상에서 종교의 태동을 그려볼 수도 있다.

인간이 저마다 가장 만만하게 부리는 기능인 상상력의 기원과 그 힘의 위대성을 작가적 발상으로 소박하게 풀이하고 있으나, 상습적으로 쓰는 관용어 '굴레 벗은 말'이 가리키는 대로 상상력의 막무가내식 발동은 귀중한 가축의 실물(失物)로 이어질 수 있다. 종교의 위용에 대한 기대가 그렇듯이, 그 과도한 집착의 귀결이 허망으로, 현실 일탈에의 자족으로 끝나버릴 때, 무일푼으로도 (심지어는 물만 마시거나 생식만으로도) 생명 연장에는 하등에 지장이 없다는 과대망상증을 불러들여서 딱한 처지를 자초하는 이야기들은 흔하지만, 실은 그 전에 필연적으로 닥치는 굶주림과 남루한 참상을, 불량한 영양 상태로 말미암아 풍기는 악취와 반죽음 같은 정황을 생략했을 뿐 어불성설이다. 비과학적인 믿음의 실족이라고 재단해버리면 그만일 것 같지만, 과학의 태동과 진전에도 상상력의 힘이 숨어 있긴 해도 그 탐구는 현실의 무시가 아니라 가시적인 현상 전부의 비밀의 근원에 대한 집요한 천착이다.

상상력의 임의성과 유용성이야 얼마든지 인정할 수 있다 하더라도 그 지리멸렬한/과도한 천착은 필경 어휘의 무차별적 징발을 불러옴으로써 언어 자체의 천부적인 역사성＝통시성/동시성＝공시성을 전적으로 유명무실하게 만드는 경지로 나아갈지 모른다. 말과 글의 공소성(空疏性)이 엿보이는데도 언어 예술인 문학의 의의를 찾는다는 것은 은유의 남용 같은 일종의 사기일 수 있다. 예술은 태생적으로 새로운 것을 창조하기 위해 실험하는 특권을 누리지만, 만부득이 낭비와 과잉을 불러들인다. 그 시행착오를 밀막는 장치가 너더분하기 짝이 없는 사고/사유를 간종그리는 언어의 능력일 것이다. 그런 일련의 추구가 화면 장르인 영화에서는, 재미를 속속 배가시키는 그 현란한 장면들만으로도 얼마든지 유효하겠으나, 그 오락성의 가치가 일시적/제한적일 수밖에 없는 사정은 익히 봐오는 바 그대로다. 인간의 정신세계가 그렇듯이 소설의 전신상이 전적으로 상상력의 활력에 기대고 있는 것은 사실이나, 그 활약이 '현실'과 동떨어질 때, 남는 것은 무익한 허상에의 속절없는 구애로 줄달음칠 수 있다. 설혹 무주공산을 헤매는 유령과 이성적 대화를 나눈다고 한들 그 공허를 해독하는 말/글에서 무슨 실속/실상을 챙길 수 있겠는가.

↓

적어도 '땅'을 밟고 벌어지는 사물(현실의 물적 근거)/사건(사적이고 개인적 일거리와 사고)/사태(공적이며 사회적인 이변과 그런 현상의 장기화) 밖으로까지 이야기를 확충할 수 있는 장르는 소설의 깜냥이 감당할 몫이 아닐지 모른다. 일종의 무해한, 그러나 이렇다 할 의미도 없이 재미만 만끽하고 마는 그런 '이야기 뭉치'들의 가치를 저울질하는 유일한 잣대로는 '취향'을 들이댈 수 있을 듯하다. 누구나 성가시다는 투로 말하듯이 '취향' 앞에 어떤 다른 기준이나 비교 우위 같은 관점을 끌어와 봐야 서로 말도 통하지 않을뿐더러 남의 감성과 안목이야 일종의 천부적 기득권인데 왈가왈부하지 말라는 핀잔이나 내놓을 게 뻔하다. 허황하든 말든 재미만 있으면 된다는, 잠시라도 여가가 생기면 취향에 따라 '재미만 즐겨라'라고 사주하는 세상인데 어쩌겠는가.

그렇다 하더라도 '소설 쓰시네'라는 말을 남발하는 일부의 '관종'들은 대체로 '고삐 풀린 상상력'이 대활약을 떨치는 그런 반(反)소설적/비언어적 읽을거리에 제정신을, 일시적일망정 이성을 내맡겨버린, 작정하고 자기 머리 작동의 정지상태를 즐기는 무리일 게 틀림없다. 대체로 종교, 환상, 외계, 미래 등을 다룬 상상력 만발의 소설들은 그 몰아적 경지도 그렇거니와 몰세계적/비현실적 관념이(흔히 간과하지만, 몰아는 나/남을 함께 무시해버림으로써 반사회적/비인간적 연명에 허둥거리는 이상성격자의 습벽 중 하나다), 더욱이나 천상에서나 가능할 그 유아독존이 비상식적인데도 야릇한 '흥미 개발'로 자신들의 시공간 감각을 무풍지대로 몰아가는 '취향'이 다분하다고 가릴 수 있다.

(딴에는 이성적인 연상의 궤도를 밟으려는 안간힘 때문에) 한참씩 빙빙 돌아가며 비사치는 이런 설명보다는 실례가 소설의 진상을 밝히는 데 유효하겠으나, 막상 알아본들 '소설 쓰시네'라는 사람의 분별에는 거추장스러운 지팡이 구실도 못하게 뻔하다. 언뜻 떠오르는 대로 스필버그의 '쉰들러 리스트' 같은 실사영화와 디즈니의 '미키 마우스' 같은 애니메이션은 이야기도, 발상도, 활약상도 전혀 다른 표현 양식이다. (후자는 동물을 이솝 우화처럼 '말하는' 인격으로 변장한 것에 불과한데도 그 '과장성'을 상상력의 일대 승리라고 환호하는 판이다. 우화도 풍자문학으로서 예술의 한 양식이긴 하나, 그 쓸모의 가치를 따질 때 '취향'은 불가피한 잣대일 것이다.) 말할 나위도 없이 상상력의 가동 범위와 그 수준에서 두 양식은 확실히 다르다. 한쪽은 땅을 밟고 다니

나, 다른 쪽은 땅 위를 날아다니거나 인간의 일반적인 능력을 방자하게 뛰어넘는 대활극을 펼친다. 따라서 후자를 '중설(中說)'이라고 지칭하고, 지구 밖의 외계와 그 속의 종작없는 방황과 동정을 그리는 '공중 부양'의 서사를 '대설(大說)'로 불러 버릇해야 마땅하지 않을까 싶다.

보다시피 이제는 이런 분별의 잣대가 불가피한 것이, 짐승보다 못한 좀비들이 터무니없이 설쳐대는 반문명적 활약이, 일당백의 무술을 자랑하는 액션물이, 제멋대로 '허공'을 쓸데없이 돌아다니는 무용지물의 활극 같은 파생 장르들이 (소설보다 더 막강한) 서사물의 주류를 석권하고 있어서이다. '소설 쓰시네'의 발설자들도 이 중설/대설을 주로 염두에 두고 있는 모양이나, 보는 바대로 그것은 이미 '실상'을 훌쩍 벗으나 인본주의의 동작으로서가 아니라 유령의 형상으로 떠도는, 다른 세상에서의 무실(無實)한 동선에 불과하므로 소설이 아니다. 반(半)소설 또는 비소설이거나 유령극/의인극(擬人劇)으로, 당연히 반(反)실사극이나 예의 그 동화(動畵)로, 좀 더 과감하게 중설/대설로 분별해야 한다.

↓

(답답하기 짝이 없게도 실사극/일인극의 창작으로 겨우 연명해 온 나의 상념은 그 단련의 연조 때문에라도 지칠 리는 만무하다.) 자고 일어났더니 벌레가 되어 있더라는 '변신극'의 모태를 '손오공'에서 찾는다면 무리가 많겠으나, 갈래짓기가 일차적으로 맞닥뜨리는 기준은 무엇보다도 어떤 '인물'인가 이고, 그다음이 작품 내적 배경으로서의 '조작 환경'과 '남'으로서의 주요 인물들, 그들의 관념=생각=사유, 더불어 하늘, 자연, 주거 양식 같은 임의로울 수 없는 세상 전반이다. '환경'이 거세되어 있거나 부분적으로 생략 또는 축소, 조정되어 있는 특이한 '세상'의 창조로 어떤 의의를 찾는다는 것은 환상에의 과도한 집착이

몰아온 무익한 도착극(倒錯劇)일 수 있다. (견강부회할 것 없이 소설 한 편의 배경/환경은 어떤 조작을 거치더라도 사람이, 주요 인물 군상이 더불어 일상생활을 영위할만한 조건이 갖추어지게 되어 있다. 벌레가, 의식을 그나마 작동시키는 반인간이 인간적 환경에서 서식한다는 것은 논리적으로는 억지스럽지만, 기상천외한 상상력의 '재미'라니까 말이 된다는 쌍방의 비대칭적 거래이자 일방적 약속이다.) 사람이므로 도착극도 부분적으로 용납할 수 있다는 발상은 남녀 성별의 태생적 기능을 뒤바꾸는, 그 해프닝의 망조가 덮어쓰울 온갖 폐해도 '재미'로 치환해버리면 그만이라는 망발과 다르지 않다. ('어처구니없는 정황'도 예술의 기득권인 '실험'이란 미명으로 옹호하는 양상은 현대미술의 시각적/공간적 미감의 확충에 따른 것일 텐데, 영화/동영상의 파격적 상상력이 전염된 그런 '괴기 취향'이 언어 예술에서도 얼마나 유효한지는 실로 의문투성이다. 다들 인정하다시피 언어는, 더불어 문학예술은 전통과 권위와 형식을 의심, 부정하는 회의를 자체적으로 누리며, 동시에 그 이항 대립을 근간으로 생명력을 이어간다.)

동서고금의 이야기 양식에서 '변신극'은 어슷비슷한 모양새로 많을게 뻔한데, 사람의 형상으로 살아가는 따분한 숙명에 대한 지루함, 그 권태의 극복책으로서 '변신'을 꿈꾸는 인간의 상상력은 역시 어디서나 어느 시대나 대동소이할 것이라는 추단을 불러온다. (이 고만고만한 상상력의 기량이 가없이 펼쳐진다 한들 결국 인간의 통념 또는 공통감각에 호소하는 수준에서 그칠 수밖에 없을 테고, 그 제약은 역설적이게도 상상력의 협애성을 반증하고 있다.) 노아의 방주, 모세의 십계명, 동정녀 마리아의 수태고지, 오병이어(五餠二魚) 같은 성경식 신화의 창조, 그에 따르는 숱한 기독교적 전설의 창작, 공회당의 설립과 예배 형식과 찬송가의 신비적 양식 일체는 상상력의 집요한 추구가 사람살이/세상살이에서 얼마나 살가운 정신적 지팡이 구실을 다하고 있는지를 웅변으로 가르치고 있다. (그 발생 연조가 가리키는 대로 불교 쪽의 그런 상상력과 그 제도화의 국면은 더 무궁무진, 신출귀몰한 경지임은 알려진 바 그대로이다. 마찬가지로 그리스/로마 신화의 개연성은 그 단순한 임무의 실천력 덕분일 것이다. 아무려나 그런 신화들의 여러 배경에 '자연적 환경'조차 빠져 있는 공통성은 특기해둘 만하다.) '하늘의 밀명을 받고 그것을 지상에 전하려고 내려온 사자(使者)'가 중세의 종교화에서부터 연약한 여성/어린이로 창작, 정착한 배경에도 기록자/화가의 은밀한 상상력의 작동을 감지하지 않을 수 없다. 하기야 '천사'는 신의 간곡한 뜻을 지상에 퍼뜨리고, 인간의 절실한 소원을 하늘에 전하는, 말귀가 밝고 말을 곧이곧대로 전하는 직분이므로 고된 육체적 노동을 면제받은 천직이긴 해도, 그럴수록 꼭 아름답기 짝이 없는 성녀여야 했을까 하는 의문 앞에서는 인간의 상상력의 한계와 그 최대치까지를 유추하도록 몰아붙이고 있다. (단순하게도 천사의 '날개'가 모종의 구실을 톡톡히 하면서 화가의 진부한 상상력을 유추하게 만든다. 물론 르네상스 이전의 신 중심적 세계관의 반영이지만.) 그렇다고 해서 '천사'를 창조한 상상력의 위력을, 그럴듯하기 이를 데 없는 그 활약과 그에 따르는 숱한 전설과 그 '파생 장르'는 물론이려니와 그 당당한 역사적 위상을 나지리 볼 수도 없는 현황 자체가 '종교'의 지엄한 엄숙주의를, 인류와의 불가피한 공생 관계를 되돌아보도록 재촉, 강권한다. ('상상력'운운하자면 대뜸 종교의 위상을 먼저 떠올리고, 인간의 정신세계를 거의 다 장악하고 있는 그 막강한 '권력'에 대한 사유에서부터 시작해야 할 것이라는 강박증이 모더니즘 같은 문예사조를, 예술을 위한 예술 같은 이

넘에의 경사를 무조건 한데로 내몰고 있는 듯하다. 문학예술은 어차피 남의 것을, 선행의 작품을 후무리는 것이지만, '시대정신＝당대성' 의 진정과 그 허실 여부에 따라 그 변주 능력의 우열과 진위가 갈라진다.)

소설에 대한 이런 상념은 '변신극' 의 아류로 '괴기극' 까지 불러온다. 인간의 몸이 벌레로 탈바꿈한 마당에 괴물 형상이야, 그 흉측한 몰골로 의 성형이야 하등에 이상한 발상일 수도 없는 평범한 상상력의 확대 내지는 변신술에 불과할 테니까. 의외로 이 장르의 끝자락에는 거의 전지 전능에 가까운 주인공의 기상천외한 승리와 성공담이 있다. (쉽게 말해서 신의 대리인인 천사의 역할을 '괴물화' 시킨 것이다.) 사람의 본질은 그대로 두고 그 외형만을 비틀어서 기계형 괴물로 만든 솜씨가 보통 인간보다 서너 배쯤 출중한 능력을 지닌 기인이나 초인을 조립, 발명해내기는 여반장일 게 틀림없다. 그래서 통속극의 주인공들이 거의 다 선남 선녀일 수밖에 없지만, 그들이 언제라도 주변 환경을 압도하고, 말썽 많은 연애를 선점했다는 것도 '남' 보다 우월하다는 시사이며, 그 선천적 성취는 결국 '괴물' 의 수월성을 반증하고도 남는다. 실은 그런 조작이야말로 진부한 상투성을 재구성한 것에 지나지 않으므로 상상력의 고유한 '일반성' 을 대변하고 있다고 해도 과언이 아니다. '괴물들' 의 이 특이한 우월은 그 거죽이 아무리 달라도 결국 개두환면(改頭換面)에 지나지 않으며, 그것은 모든 통속극의 공통함수다. '상투 수단' 은 우리 인간의 모든 일상을 철저히 지배할 뿐만 아니라 문학/예술에서의 상상력 발휘에서도 일용하는 양식과 다를 바 없다. 하기야 상상력이 만들어낸 어떤 유형의 인간과 그 유사종도 부질없는 '지적 유희' 의 배설물에 지나지 않는다는 자각을 아로새길 때, 그 고삐를 늦추지 않는 경지가 진정한 소설의 태동을 독려하고 있다. (우리가 흔히 간과하는 한문자 '투

=套 의 기원은 큰데 길기까지 하다는 과장이며, 그 조합은 불필요한 췌언이거나 어불성설이라는 언어 유희=말장난이다.)

↓

　앞서 잠시 얼굴만 빠끔 디밀어놓고 사라진 예의 그 환상과 환상소설을 다시 불러오면 아무래도 우리 일상에서 흔히 듣는 '헛것', '귀신'과의 접신이 가장 만만한 사례에 해당할 것이다. 예컨대 그 과도한 심리 묘사/사유 만발로 독자가 많지 않은 헨리 제임스의 『나사의 회전』 같은 작품도 그 헛것이 자주 출몰했다는 정황을 상세히 기술한, 비정상적인 정신력의(이런 상태를 우리는 예로부터 '혼잔하다'고 명명해왔다) 소유자가 생생히 보았다는 그 목격 현장에 대한 증언이다.

　실은 우리의 주변에도 그런 체험담은 아주 흔하다. 조쌀하게 늙은 한 노파는 마을버스의 출입문 뒤쪽 좌석에 꼿꼿이 앉아 있던 한 영감이 연전에 중풍으로 허둥지둥 저승 귀신이 되고 만 당신의 지아비였다고, 농협의 융자금 상환으로 골머리를 썩이고 있었기 때문에 차마 말을 붙이지도 못했다는 단언을 아주 '맑은 정신'으로 읊조리고 있다. 지하 주차장에서 친정의 양친이 서로 삿대질 끝에 부축하며 승강구 앞에서 우두커니 서 있는 모습을 한참이나 쳐다보았다는 40대 가정주부의 정색한 일화에도 신빙성이 없지 않다. (감히 나의 어릴 때 목격담도 덧붙이면) 군용 지프차 한 대가 겨우 들락거리는 좁장한 골목길 건넛집의 멀쩡한 아낙네는 밤마다 처마와 기둥에 귀신이 매달려 있다고, 더러 그 헛것과 말도 나눈다는 소문을 퍼뜨려서 그 반듯한 기와집이 폐가라고 손가락질받게 만든 장본인이었다. 여기서 빙의망상까지 다루는 것은 '환상소설'의 경계를 가볍게 일탈하는 것일지 몰라도 어느 쪽이라도 심신의 허약이, 그중에서도 두뇌의 작동이 원활하지 않은 경과로서의 그 '의식의 파행'이 일상으로 침투, 부분적으로 해괴한 반현실 감각을 드러낸 것이지 싶으나, 그 착각을 정신병으로 몰아갈 과학적 근거가 어느 정도로 착실한지는 실로 의문스럽다. 『나사의 회전』의 주인공이 그렇듯이 그런 빙의 현상을 유독 '가사노동 해방'을 구가하는 여성들이 자주 겪는다는 부분적 특이성을 고려한다면 환상소설의 실체는 부르주아 사회의 너무나 섬세한, 그래서 만부득이한 잉여물일 소지도 없지 않아 보인다. 감히 속단컨대 자본주의 사회는 모든 제도의, 상품의, 사유의 과잉, 과소비로 말미암아 위선, 착종, 피로, 가탁(假託)을 양산하는, 그 일련의 회로가 '현대병'을 불가피하게 만드는 체제인 듯하다.

　소설은 자연과학의 실적을 곧이곧대로 따를 필요도 없고, (모든 앎이 그렇듯이) 그 '일시적인' 지식 체계의 선전을 위한 도구/자료로 사용되어서도 안 되겠지만, '귀신'이 현실 위에서 군림하는 현장을 '환상'이란 미명으로 조작하는 행태도 재미고, '남'이 함부로 간섭할 수 없는 취향에 속하는 것이라면서 '화신망상'을 퍼뜨리는 발상은 작가의 소명감과 소설의 기득권을 지나치게 유용/남용하는 처사에 해당할지 모른다. 그 안하무인의 횡포를 회피하는 것이 소설의 위상을 살리는 한 방법일 리는 만무하겠으나, 그 무소불위를, 사람은 내남없이 한때는 그렇게 살짝 돌고 미치고 그러잖아 하고 마냥 내버려 두는 것이 과연 사람살이의 도리인지를 소설가는 물론이고 정신병 전문의도 한 번쯤 숙고해봐야 할 것이다. (작가의 일차적 임무는 '정신적 무정부 상태'와의 거리두기이며, 그 점은 도덕적/윤리적 작가정신을 들먹일 것도 없이 어휘의 취사력 때문에 매번 서슴거려야 하는 신경질적인 작업 자체가 대변하고 있다. 덧붙이면 '종교'야말로 모든 관념/이념의 중심축인데도, 그에 대한 비상한 관심, 회의, 부정/긍정의 정신적 궤적을 그리는 소설 장르가

회귀하고, 심지어는 '종교소설'을 도외시하는 우리의 작단은 스스로 상
상력의 실족을 선언하고 있는 셈이다. 엉뚱한 '공상 만발'에는 부화뇌
동을 삼가지 않으면서.)

↓

(일반론을 펼치면) 모든 소설에는 작가 자신의 자화상이 겹겹으로,
뒤틀린 채로 그려질 수밖에 없다. 만만하기도 하려니와 착상 때부터 우
선 '나'부터 다루라고 오지랖에서 칭얼대고 있는 어리보기이자 억지꾼
의 떼쓰기 앞에서는 어쩔 수 없기도 하다. 그러나 그처럼 별스럽지도
않고 재미도 없는 '자서전'을 한사코 써대는 소설가도 직업인으로서는
정신적으로 그 무엇에 들린, 일종의 강박증세가 농후하다고 할 수밖에,
다른 말을 찾을 수 없다.

작품 편수가 늘어날수록 그 자화상 그리기는 당연히 동어반복을 일삼
는다. (자화상이든 자서전이든 그것은 '자의식'의 가감 없는 수기다.
반 고흐가 그린 자화상을 물끄러미 바라보고 있으면 저절로 '심안'에
고이는 그의 자의식의 긴장 상태를 거의 '직접' 체험할 수 있다.) 물론
그때마다 '가감승제'의 산술 실력을 적절히 발휘하여 자신이 직간접으
로 겪은 '남'의 성격, 일화, 운/불운, 생애 같은 사정을 부수적으로 거
느리기 위해 온갖 기교/세목을, 예컨대 가족관계/혈연, 학연, 혼인/인
연/악연, 지연 같은 것을 덧붙인다. 이른바 꾸미개 장식물을 늘어뜨려
그 속의 실물이 얼른거리도록, 다소간의 이색적인 분위기를 살리는 것
이다. 더러 그 덧붙이기가 주인공도 살리고, 작품에 생기도 불어넣어
일거양득의 역할을 감당하는 수가 허다하고, 작가 본인도 자신의 그런
맨드리에 자족하는 경지가 소설 쓰기의 낙일지 모른다. (알다시피 그
곁가지가 '사소설'이며, 국내외를 막론하고 1인칭 소설을 전매특허로

사용하는 독보적인 작가도 숱하다. 이 사소설 장르에는 대체로 '남의 것' 덧붙이기가 단조롭고 그만큼 허술해서 작품의 구색에 입체감이 떨어지는 수가 흔하다. 사소설의 양감이 단선적이고 납작하게 비치는데도 불구하고 의외로 소박, 평명한 색채가 두드러져서 비근한 풍경화를 방불케 하는 성취는 일쑤 간과, 홀대의 수모를 겪는다.)

이 자전적 소설은 작가 자신의, 또는 그 분신의 정신적 '성장'을 그리기 마련인데, 대체로 그 주조음은 자기 자랑으로, 또는 자기 비하로 일관함으로써 가독성을 높인다. 장점이자 약점이기도 한 이 서술 기조를 어떤 식으로 불편부당하게 유지하느냐가 이 장르의 난점이다. 그러나 쓰다 보면 이내 소설 속 화자의 조만한 주관/개성만을 이실직고하겠다는 소박한 욕심도 과분해서 쩔쩔매게 된다. 주관을 살리자니 허접한 건달처럼 설치는 꼴이고, 개성을 돋보이게 하자니 어느 특정 분야에서 우뚝한 속물근성으로 덥적거리는 주책바가지가 되고 마는 것이다. 나중에는 이것도 저것도 아닌 맹물이 내로라하는 주인공으로 으스대서 그 꼴불견에 허탈해지고 마는 경우도 비일비재하다.

사실상 인간의, 어느 특정인의 성장/성숙은 나이에 비례하여 세상의 이치와 사람의 도리를 깨쳤다는 징표이자 속성이고, 그것이 '지적 고양'으로 불릴 정도로 유별나다면 이미 소설적이지도 않고, 소설가의 반열보다는 한층 높은 자리에서 군림해야 마땅한 지체일 수밖에 없다. 그처럼 남다르다면 그 주인공은 여느 통속물의 그 기고만장한 '승리자'와 대등한 인격자든가 대틀로 떠올라야 하지 않겠는가. 모든 죽음이 기가 막히고 억장이 무너지는 비극인 것은 사실이지만, 그것은 슬픔의 최대치로서, 한 많고 허무한 생애의 최종적인 축도에 지나지 않는 것처럼 어느 특정한 주인공이 정신적으로 '뛰어나다'는 것은 과장법으로서 양해할 사안이긴 할 터이나 실제로는 어불성설이다. (뻔한 사설이지만, 현대소설은 예전의 신화/전설/역사 속의 그 전지전능한 인물을 그리는 장르가 아니며, 그런 초능력의 위인이 오늘날에는 있을 수 없다. '이념'이 우뚝한 이른바 '참여소설'의 주인공들이 흔히 되다 만 소영웅으로 거들먹거리며 나름의 진지한 연대감과 순진한 인간애를 온몸으로 시위하는 전형성은 프로파간다 소설의 도식을 베끼고 있을 뿐이다. 이른바 '전형'의 파탄이거나 토포스인 것이다.)

그만의 지적 경험이 특이했다는 고백은 세칭 '성장소설'의 주요 먹거리이긴 하다. 예컨대 어떤 특별한 명저를 읽고 감동한 정서적 충격, 그 자극의 연장선상에서 생애의 일대 전환을 그리는데, 그 배경에 가족/인척/종교/학교/선생 같은 장식물들이 당시의 지배적 정서의 각인과 색칠에 동원될 수 있다. 그러나 그런 지적 개안조차 화자가 누누이 강조하고 있는 것에 비하면 그렇게 별스럽지 않을 것은 당연한 귀결이지만, 그 시효성만큼은 상당히 위력적일 수 있을지 모른다. 가령 30년이나 40년이 지난 현재 시점에서 그 당대의 풍물을, 그 당시의 지적 풍토를 되돌아보는 감회는 진정한 파토스를 자아올리기에 힘찬 환조(丸彫)일 게 틀림없고, 그런 분위기 자체가 성장소설로서의 제 몫을 온전히 거머쥘 수는 있을 것이다.

자전적 소설, 성장소설의 맹점이자 장점은 무엇보다 현재와 과거의 여의로운 넘나듦일 듯하다. '나/그'가 옛날을, 유년기/성장기를 되돌아본다는 것은 벌써 두 명의 '자아'가 전혀 다른 정체성으로 두 시대를 조감하고 있는 것이므로 그것만으로도 소설의 양감은 꼭 두 배로 부풀려져 있는 셈이다. 따라서 그 현재와 과거는 적어도 판이하게 조성되어야 하고, 그 변별점을 얼마나 설득력 좋게 그려내느냐가 이 장르의 지향점일 것이다. 우리는 흔히 세월이 많이 흘렀어도 달라진 게 없다는 말을 수월하게 내놓지만, 실은 말/글이 그렇듯이 세상은 급변하고 있으며, 그 당대의 현장을 소설만이 생동감 있게 표현할 수 있다. (역사 서술의 피상성은 이 대목에서 두드러진다. '가족사 소설'의 대의는 삼대의, 그러니까 앞뒤 두 세대의 조감에 얼마나 다른 구체성을 심어놓을 수 있느냐, 그 미묘한 차이에 대한 기술력에 따라 그 우열이 달라진다고 볼 수 있다. 물론 그런 차이를 분별하는 눈은 '기록으로서의 역사물'에 기댈 수밖에 없긴 한데, 그 기록의 허실은, 모든 기록물의 실적이 그렇듯이, 불가피하다. 기억은 누구나 겪는 바대로 왜곡/변형에 상당한 몫을 할애하게 되어 있고, 동시에 역사 기술에서처럼 적바림 중에 그보다 많은 부분을 빼버리므로 부실하다. 그래도 우리는 여러 종류의 기록물에서 발췌한 부분적 사실과 그림/사진 같은 실물의 형상으로부터 받은 이미지를 재구성하여 또 다른 '허상'을 보태는 도로에 지치는 법은 없다.)

↓

자기 자랑이라기보다 두드러진 차이로서의 '아비는 종/빨갱이였다'는 자백은 자서전 소설의 중심 서사를 뛰어넘어, 한때는 한국소설의 활력이자 풍요로운 지하자원이었다. 그 고난사가 근사한 사실로서의 문학일 수 있는지 어떤지는 문학사가 정리할 문제이긴 해도 한쪽의 일방적인 매도/두둔이 무엇을 지향하느냐는 자성 앞에서는 주춤거리지 않을 수 없다. 더 적극적으로 둘러대면 조상을, 나아가서 역사 기록의 진위를 직시하는 시각의 조정에서 이 땅의 소설가들이 어느 정도로 자유로울 수 있는가, 또 집어주는 대로 소화할 수밖에 없는 반강제적 풍토성을 먹물들이 제대로 의식하고 있기는 한가라는 질문은 지금도 여전히 중요한 주제어임을 부정할 수는 없을 듯하다. 걸핏하면 그 실물과는 동떨어진, 당연히 오해의 표적물에 불과한 '친일파' 운운하며 엉터리 역사의식을 주입하려는 '세력'의 가시적 압력과 김씨 일가의 군림만을 위해 전심전력하는 한반도 북쪽의 전제군주 체제의 위태로운 연명을 상정할 때, 우리의 '아버지 그리기'는 상부구조의 그 허상 때문에 피치 못할 함정 속으로의 실각을 각오해야 하는, 위험천만한 정열이자 섣부른 집착일 수 있다.

정치 '환경'의 이런 변화무쌍을 촘촘히 실감하지 못하는, 말 그대로 비닐하우스 속에서의 '투안증(偸安症)'이라는 시절병에 젖어서 한때의 풍정/풍경 가락 같은, 또는 '임 향한'을 노래하는 '아비' 소설의 의미는 결국 역사의 더께를 한 꺼풀 걷어내자는 결기일 것이다. 그 반성은 저절로 자서전 소설 일반의 부실, 왜곡, 축소를 교정하거나, 적어도 한쪽 모서리의 정치적 이념을 폐기해야 하는 난관에 봉착한다. (폐기, 축소, 생략은 원형의 불구와 과장을 불러오지만, 그런 캐리커처가 상당히 신랄하다 하더라도 일정한 피상성을 면치 못할 것은 저간의 읽을거리들이 한통속으로 보여준 바 그대로이다.) 한국문학의 이런 특수성은 (상투어로서의) '투철한 역사의식'을, 일제강점기와 분단 체제에 대한 거시적 통찰을 요구하고 있지만, ('프레임' 같은 비닐 보호막을 걷어치우지 않는 한) 언론/표현의 자유와 그 수위를 돌려막기식 수사(修辭)로 조절하는 현하의 치졸한 정치적 풍토성 아래서 그 강단은 이내 데림추의 언행을 닮아가기 십상이다.

우리의 지식인과 소설가들은 하나같이 알게 모르게 사대주의 같은 관견(管見)의 노예들로 길들어져서 위선의 글쓰기에 놀아나는 자신의 부역꾼 자질을 미처 깨닫지 못하는, 한낱 뭇방치기로서 유유자적하고 있음은 (오래전부터) 공지의 사실이다. 어떤 정권이 들어서더라도 정부의 시각/시책에 굴성(屈性)의 성향을 자유자재로 과시하는 (눈치 빠른) 식자 무리의 득세에 끈질기게 반기를 들 수 있는, 그런 자의식을 가진 소설가가 한 줌도 되지 않는 우리 현실은 시사하는 바가 자못 크며, 당연히 그런 소설 작품도 희귀하다는 사실도 우리 소설계의 허약성/불구성을 일정하게 방증하고 있다.

근본적인 주제어는 문학이 앉을 특별석을 비워두지 않는 오늘의 들뜬 일상이며, 진지한 소설이 무엇인지를 돌라볼 여유조차 빼앗고 있는 막강한 타성태이다. 이런 외부 환경의 변화를 무찌르려는 개인의 노력을 더욱 형해화시키는 분위기에 돈을, 모금을, 기부를, 운동을, 모임을 앞세우는 '반인간적/비도덕적 캠페인' 같은 문학 운동과, 문학을 '사업'으로 키우고 있는 생계형 모집책들이 경향 각지에 수두룩하다. 달리 말하면 지리멸렬한 우리의 문학판에 기생하는 문학팔이 및 문학 저질화 부대들이 곳곳에서 덤벙거리며 문학상을 만들고, 얄궂은 잡지들을 발행하면서 등단 장사에 여념이 없는 총체적 난국이 코앞에 펼쳐져 있다.

그리하여 되잖은 글에 자기 이름을 붙여서 문자 그대로 매명에 골몰하는 자기도취적 감상문들이 득세해도 가타부타할 수도 없는 건달의 세상이 되고 만 것이다. 그 세력은 재미를 바치는 통속소설도 순수문학의 탈을 덮어쓰고 행세하도록 뒷배를 봐주는 데 앞장서서 부지런을 떨어대며, 장르 불명의 잡문으로 뒤발한 명색 '에세이' 집을 펴내 문학판을 '문학 하시네'의 소굴로 몰아가고 있기도 하다. 이런 알량한 현실 자체를 톺아보지 않는 어떤 소재나 모티브도 가짜 소설의 위엄을 거느릴 것은 자명한데, 나 혼자만의 기우는 아니라고 믿는다.

↓

자잘한 소도구들을 적당히 배치해둔 정물화나 실내화를 떠올리게 하는 작금의 우리 '통속소설'의 일반적인 경향도 '소설 쓰시네'에 한 몫을 톡톡히 감당하고 있다는 나의 속생각은 착잡한 채로 연이어진다. 굳이 비유하자면 일부러 사람의 주름살을 못 본 체하고, 이념과의 난상토의에 몽따며, 오로지 집안과 사회의 고즈넉한/착잡한 분위기만을 주시함으로써 감상에 젖기를 바라는 앤티미즘 문학이 대접받는, 거기다 잡담/잡념을 적당히 버무리며 '교양'을 드러내는 그 고식적 안돈/안심의 풍경은 한때의 '임 향한' 세시 풍속도 같은 가락을 떠올리게 한다.

그 비판 부재와 현상 고수의 정물화가 실큼해지므로 어쩔 수 없이 '무병자는 현대인이 아니다'는 절규조차 무색하게, 아니, 반쯤 돌아버린 비정상인으로서의 공연한 울화를 억지로 삼키면서 나름의 직정을 토로해야 할 계제인 듯싶다.

작가 자신을 희화화하는 일종의 자학문학은 비록 궁상스럽다는 난점에도 불구하고 세상을 비판하고, 인간을 매도하는 그 기조에는 현대소설의 태생적 본능이 도저하게 흐르고 있다고 해야 할 것이다. 성장소설과 자서전 소설의 대척점에 놓아도 무방한 이 장르의 골격은 주인공의 (반쯤) 실성한 세계관과 열등한 처지를 싸잡아 타박하는 세상과 '남'의 압도적인 힘을 마냥 비웃는, 이를테면 돈키호테와 그 종자의 동정과 맞먹는다. 그래봐야 그들의 저항은 한낱 모깃소리에 불과할 뿐이다. 그러나 원망과 불평과 불만이 근원적으로 거세된 천국에서 소설 같은 '갈등'의 집적물이 요긴하게 쓰일 리는 만무하므로 정신적 장애인이나 마찬가지인 주인공의 입지가 상대적으로 반듯할 수 있고, 그의 뜬금없는 소행과 불충분한 지각 일체가 정상적인 인간들의 물렁한 사고보다는 훨씬 더 현실과 밀착되어 있다는 이점도 나지리 볼 수는 없을 듯하다.

정신이든 몸이든 어느 한 군데가 비정상적이라는 '장치'와 그런 조작은(도스토옙스키의 모든 주인공은 정신적으로 불구 상태를 면치 못하고 있다) 대체로 불운을, 불행을, 불만을 자나 깨나 쓰다듬게 될 테고, 그런 조건이 세상에 대한 또는 세상을 위한 고발로 나아갈 여지를 활짝 열어놓는다. 이 고발정신이 물질적 풍요를 한껏 누리고 사는 요즘 세태에는 이렇다 할 호소력을 떨칠 것 같지는 않지만, 비인기 상품이라도 용도는 쓰기 나름이다. 더욱이나 구지레한 사설/사담이(지저분한 댓글과 얄궂은 자기 홍보가 온종일 설치는 유튜브/페이스북의 일상화, 그것들이 점점 여론 내지는 민심의 지위까지 넘보는 현황은 실로 주목감이다) 창궐하는 표현 환경과, 세상의 구조가 아주 복잡다단해져서 그 미로 같은 현장을 어디서부터 접근해야 '고발'의 명실상부한 실체를 까발릴 수 있을지 종잡을 수도 없을 지경이다. 부지불식간에 괴물로 변해버린 '현대'의 개감스러운 수성(獸性) 앞에서 여느 장삼이사들은 언제라도 이리저리 쫓기고 있으므로 미처 고발할 대상을 지목하기도 어렵다. 그러니 소설 따위의 메스로는 소는커녕 닭도 못 잡을 지경으로 '현대'는 공룡처럼 비대해졌고, 그 횡포도 무지막지해졌다. (소설 대신에 영화가 서사 장르의 주류로 등장한 배경에는 한쪽의 역불급인, 곧 언어 예술의 타고난 자성적 버릇도 한몫 거들고 있다. 진지한 소설은 생리적으로 사실 판단에는 무르춤한 신중을, 가치판단에는 초조한 자제를 일삼게 마련이다. 유독 대도시만을 온통 초토로 바꿔놓는 블록버스터 영화들의 성세는 사실상 지구 환경에 대한 위기의식과는 역행하며, 동상이몽은 비단 영화와 관객 사이에서만 벌어지는 것도 아니다, 전자 문명의 명분과 실질이 그렇듯이.)

사회극/부조리극/노동해방극 같은 장르가 득세하던 한 시절을 문득 떠올려보면 역시 모든 현안은 물질적 토대의 구축을, 나아가서 절대다수의 시민계급이 만끽하는 생활의 윤택을 익식할 수밖에 없다는 도시에 이르게 된다. 그 풍요가 몰아온 법치의 제도적 정비가, 수많은 편법으로 더 엉망이 되고 마는 그 집행이 또 다른 고발문학의 수원지가 되고 있기도 하다. 따라서 문학의 효용가치는, 더불어 소설의 소임은 온갖 제도의 강박과 그 피로로 말미암아 더 반지빨라진 세상에 치이고 사는 사람을, 그 허접한 생존의 의미를 어떻게 수습, 조정할 것인가 같은 모티브를 붙들고 늘어질 수밖에 없다. 그렇긴 해도 소설은 늘 한발 늦게, 그것도 한참이나 우두망찰한 끝에 '후일담' 식으로, 자기 고백 투로, 미네르바의 부엉이가 그렇다는 추사(追思)를 능사로 삼는 지체에 지나지 않는다. 어떤 의식/이념은 아무리 잘 봐주더라도 현실/현상보다는 뒷북치기에 급급한, 그 맛이 시들해진 끝물의 실과일 수밖에 없으니까. 소설의 처지가 정확히 그렇다면 그 소임은 구성진 자학이 아니라 정색한 자성에 가깝지 않을까 싶긴 하다.

↓

　(예전과 달리) 한 인간이 세상을, 심지어는 자기가 속해 있는 최소한의 지역조차 턱없이 모르고도 그냥저냥 살아내고 있다는 자각은 소설의 진정한 지향점을 차제에 짚어보라고 옥죄지만, 가장 비근한 세상사도 이제는 이해하기 어려운 대목이 너무 많다는 곤혹 앞에서 모든 작가는 비틀거리지 않을 수 없다. 이 돌변한 사태를 의식하지 않는 소설이 어떤 질적 가치를 누린다면 저울과 줄자처럼 서로 다른 용도의 '잣대'를 들이댄 것이라고 단죄할 수밖에 없는 형편이다. (주지하듯이 소설은, 주로 제도권 교육의 현장에서 시험문제용으로 과대평가을 받아왔지만, 그 '명작'들의 정체성이 '지금의 문물/풍속'과 겉돌고 있음을 선전하는 데는 유효할 것이다.) 전자 문명의 상시적 공세로 말미암아 세

상의 구색이 수상할 정도로 복잡미묘해지고 말았으며, 그 제도적 측면에 대한 이해와 지식에 전지전능할 수 없는 소설가의 입지가 노약자처럼 쪼그라들었다면 손쉬운 변명이 될 수 있을지 모른다. 그런 문명적 변화를 말과 글로 풀어가기에는 역불급이 아니라 기계 앞에서 소설 읽기와 흡사하다고 해야 맞을 것이다. 설혹 쉬운 언어로 풀어서 해석, 설명해본들 일정한 피상성을 면치 못할 것은 자명하다. (역시 비근한 실례일 텐데, 인간의 심정적 흐름과 그 근원을 어떤 식으로든 해명하려는 정신분석학 같은 심란한 학문적 성과를 '소설적 어휘'로 풀어내려는 노력도, 그 도전적 의의야 비상한 게 사실일 터이나 함량 미달에 그치고 말 것은 너무나 뻔하다.)

이쯤에서야 떠들고 나서는 장르가 통칭 '반소설'이라는, 이제는 그 족적도 희미해진 잡동사니 글뭉치다. 범박하게 말하면 모더니즘/포스트모더니즘의 사생아 격인 이 반소설이라는 내용/형식은 글이라면 아무것이라도 주섬주섬 주워다가 즉각 소비해버리는, 뒤죽박죽을 장기로 삼는다. 사건의 본질과는 언제라도 겉도는 거죽의 소개로 자족하는 신문 기사 따위도 통째로 후무리고, 광고지의 선전 문구도 따오고, 구린 내가 풍기든 말든 공중변소의 낙서까지도 베끼는 그 도둑질을 선의(善意)의 따다 쓰기라고 강변하며, 버려진 그 쓰레기를 활용하지 않는 것도 공해랍시고 떠벌리는 이 장르는 제 뻔뻔한 위상을 치외법권 지역에다 가둠으로써 용도폐기의 길을 줄여갔다고 단언할 수 있다. 끝까지 지켜야 할 문장/문맥의 구색마저 일부러 폐기하는가 하면 아예 말이 되지 않는, 헛소리나 마찬가지인 어휘의 나열만으로도 지면을 채우는 만행을 저질렀으니 제출물에 도태, 자멸의 나락으로 굴러떨어진 것이다.

문학/예술은 흔히 실험이라는 구실 아래 질서에의 도전과 그 멀쩡한 체제를 파괴하려고 낑낑대지만, 그런 골몰은 산만한 정신의 노폐물에다 분칠하는 자가당착을 연출함으로써 감상자를 어리둥절하게 몰아간다. 아마도 기왕의 문학/소설의 성과와 그 가치를 의식, '부정'만이 대안이라고 부르짖는 객기가, 더불어 질시가 그런 파행을 자초했다고 봐도 무리는 없을 것이다.

↓

그러니 어차피 소설은 전후/인과의 설명으로, 그럴듯한 부분적 묘사로, 개인적 사유의 흔적인 표현으로 너무 많은 말을 길게, 그것도 두 번 이상씩 늘어놓으며, 그때마다 동어반복을 일삼는 제 천성을 똑똑히 의식하면서 서두를, 갈등의 곡절을, 결말을 좇아가게 되어 있는 소비재이다. 예술의 형식이 대체로 그렇듯이. 미술의 구도를, 색상을, 화폭 위에 새겨진 옷 주름을 봐도 그렇다. 음악은 더 말할 것도 없다. 그지없이 달콤한 모차르트의 피아노 협주곡 21번을 들을 때마다 그 선율의 되풀이에 얼마나 가슴을 부풀리는가. 그런데 왜 소설만 보속증(保續症)이, 더불어 작화증(作話症)이 심하다고 몰아붙이는가. 그동안 월권 행사가 심해서 그 분풀이라면 좀 억울하지 않은가. 대를 이어가며 따분한 삶만 그리자니 지겨워서 그 파행을 얼렁뚱땅 얽어 맞춰 버릇했으니, 그 온축만으로도 오감하지 않나. 내 것이나 남의 것이나 거의 다 어슷비슷한 걸 굳이 다른 말로 적당히 윤색한다고 그렇게나 설레발을 떨었으니.

마침 적절한 문구가 떠올랐다. 언젠가 써먹을 생각으로 적어두기까지 했다. 재인용이야말로 믿을 게 못되고 조잡한 현학 취미라고 비웃든 말든 맛보기로 내놓으면, '낡은 것은 죽어가는데 새로운 것이 아직 태어나지 않았을 때, 위기는 생겨난다. 그 공백기에 다양한 병적 징후가 나타난다'가 그것이다. 복역 중 옥사한 이탈리아의 혁명가 그람시가 남긴

『옥중수고』에서 따온 구절이라는데, 사양산업의 후줄그레한 생산품 같은 소설의 명운을 웬만큼 점치고 있는 명언에 값하고 있다. 아무리 좋게 봐줘도 소설의 여러 양식 중 반 이상은 구식이고, 여태 신식을 고안, 개발하지도 못한 터수인데 컴퓨터, 핸드폰, 인공지능 같은 새로운 문물의 압도적인 활약과 그 소비에 치여서 신색이 죽을상이지 않은가.

(앞에서 겨우 생명 부지에 안달하는 장르들을 주마간산으로나마 언급했으니 나머지 것들을 대충이나마 훑어보면) 한때 인기 작가들의 호저라고 그토록 칭송해대던 대하소설이라는 양식도 이제는 자멸의 길을 줄여 밟고 있다. 문학 중에서도 소설은 그 본분이 그렇듯이 아주 세속적인 양식이라서 유행에도 민감할 수밖에 없으므로 대하소설은 그 부픗한 덩치만으로도 후지고, 비만 체질이다. 개화기 무렵 문맹률이 높았을 때, 제법 성가를 누렸던 계몽소설은 시대와 운명을 같이하면서 이슬처럼 사라졌다. 같은 맥락으로 농촌소설/농민소설도 직업을 따라 떠돌아다니는 서민/빈민의 누더기 같은 생활세계 때문에 도시소설 속으로 빠르게 흡수되고 말았다. 특정 대상을 염두에 두고 화자의 소회를 무슨 하소연처럼 주절거리는 고백소설과 편지소설도 전자 문명의 약진, 보급에 떠밀려 봄눈 녹듯이 자취를 감추었다. 탐정소설/추리소설/신문소설 등도 '밝아지는' 문명의 대세에 떠밀려 사라졌는데, 일상생활을 속도전에 일임하는 오늘의 삶과, 생명 현상 내지는 실존 양상과도 무관하지 않을 것이다. 억지로 자잘한 사건과 돈, 치정, 버릇, 약물 따위의 소도구들을 이어 맞추고 꿰매는 그 양식들은 오늘과 같은 인스탄트 전성시대에는 늑장이 심하달 수밖에 없다. 환타지 운운하면서 환상소설이 대중소설의 대종으로 군림하게 된 현상도 그 숨 막히는, 피부만 훑고 지나가는 그 속도가 거둔 일대 승리라고 해야 옳을 테니 지식인소설/관

넘소설/상아탑소설 따위도 저절로 폐업계를 낸 형국이다. 영웅소설/무협소설/전쟁소설 등은 한때의 요긴한 불땔감이었던 장작개비처럼 이제는 하등에 쓸모가 없어져버렸다. 텔레비전의 일상화가, 스포츠 중계를 통한 대리만족이, 영화의 박진감 넘치는 화면들이 허풍스러운 주인공들의 그 전인적 활약을 믿을 수 없다고 내몰린 것이다.

그렇긴 해도 막말로서의 '소설 쓰시네'를 이제는 가물가물 멀어지고 있는 위의 여러 소설 양식에다 덮어씌울 수는 없을 것이다. 어색하기 짝이 없었으나, 그들은 공상과 개연성으로 뭉뚱그린 나름의 생활극/생존극/생사극을 지어내면서, 어쩔 수 없이 인간의 그 파리한 명운에 곱다시 승복하면서 살아간 착한 몸부림으로서의 세상살이를 그리느라고 성심성의를 다한 흔적만큼은 남겨놓았으니까.

↓

너스레를 떨었으니 정리를 해야 할 것 같다. 갈래짓기는 어디서나 요긴한 걸 잘 알면서 자꾸 툴툴거리는 것도 억지이다. 새기든 내둘리든 결말은 내놓아야 장차 참조용으로 쓰일 테니까. 그러나저러나 소설이야 이제 한물간 퇴기 같은 신세가 되고 말았으니, 차제에 도저히 안 되겠다는 그 체념의 진상이나 솔직하게 발겨내 보는 것도 나름의 의의는 있을 듯하다. 실은 그렇게 어렵지도 않은 건중그리기이다.

1) 보수 반동적이다 못해 시대착오적이기도 한 북한 체제가 우리의 의식 꼭대기에서 감 놔라, 배 놔라 하고 버티고 있는 한 한글 소설의 골갱이는 반쯤 속이 비어 있다고 봐야 한다. 그래도 명색 주체사상을 휘두르며 나라 꼴을 70년 이상 영위하고 있는 가관 앞에서는 말문이 막히는 것도 사실이다. 인정할 건 인정하고 말을 섞어야지 하고 악지를 부리는 데야, 어쩔 수 없기도 하다. (도대체 대한민국 땅에, 현재 진정으

로 '주체사상'을 신봉하는 운동권 '신자'들이, 조선시대의 그 '군신유의'
처럼 믿어 의심하지 않는 '세력'이 있기나 할까. 있다면 그들은 북한의
지금 현실을 안 보려는 근시안을 가졌거나 위선자일지도 모른다.) 이
억지스런 현상에 천착할수록 머릿골이 아프고, 정신에 금이 그어지는
소리가 들리니 어떻게 옳은 소설이 나오겠나. 통일을 그렇게나 하루빨
리 이루고 싶다는 여러 무리의 생떼거리를, 그 정신상태를 이해하지 못
하겠다는 말도 못 꺼내놓는 풍토에서 무슨 소설 타령인들 제대로 먹히
겠는가. 친미파와 친일파가 애국을 부르짖는 것이 꼴사납다면 반미파
와 반일파의 중뿔난 쇼비니즘은 제 주제도 모르는 아망이지 별건가. 우
리 동네의 골골에 퍼져 있는 이런 이념/사고의 경직 현상에 시비도 걸
지 못하는 소설은 가짜거나 투안(偸安)에 겨워 똥배가 부른, 정신장애자
로 볼 여지도 다분하다. 새삼 강조컨대 소설은 정상적인 사고/사유 형
태에서 우러나온 상식적인 언행과 예외적인 담론의 조합을 전제로 한
다. 그것을 기초로 삼지 않는 소설은 다른 별도의 장르로 분별할 수밖
에 없다. 북한처럼 사유의 자유가 불가능한 체제에서는 보다시피 주제
나 언어나 형식에서 토포스에 값하는 천편일률적인 작품만 생산할 수
있을 뿐이다. 그런 체제를 반 이상 용인하고 있는 우리의 숙명적인 사
고방식으로 옳은 현대소설을 그려낼 수 있을지는 실로 의심스럽다. 이
런 불모 상태를 참고한다면 미지의 '한글소설사'가 대상으로 삼을 작품
명단은 의외로 그렇게 많지 않을 것이다.

2) 우리의 의식, 관습에 두텁게 쟁여 있는 사대주의에 대한 진정한 자
의식을 내장하지 않은 채로도 소설의 골격이 잡힐까. 세태어 '국뽕'(눈
먼, 치졸한 징고이즘) 증상에 물든 정신, 처세로야 체제와 정권의 바람
막이 같은 어용문학과 그 유사종을 낳기에 바쁘지 않을까. 자랑사관은

자학사관보다 어휘의 용량도 모자라고, 동어반복이 대를 이어가며 설치는 특장을 누린다. 누구 말이랄 것도 없이 '비판적 사유의 부재'로는 소설의 사실감, 가치, 성취 등이 살아날 리가 만무하다.

3) 주인공들은 왜 하나같이 젊고, 걸핏하면 여행길에 나설까. (노인/노파 소설이 없거나 드물다니, 결격 사유로서는 대번에 눈에 띄는 장애 아닌가.) 그들의 갈등, 고민, 번뇌가 겉멋으로 그 근본/본질을 외면하고 있는데도 막연히 발길 닿는 대로 낯선 지방/나라를 떠돌아다닌다고 해소될까. 그 호도미봉책에 경비를, 시간을 낭비하는 것도 피로 만연을 녹여야 하는 '현대'의 단면이긴 해도 그 실태는 결국 '정형화된 주제어'라는 토포스에 이르는 데야 어쩌랴. 나이 탓이 아니라 여행 따위에 시간을 낭비할 만한 여유가 없기도 하려니와 그렇게 부지런히 돌아다닌 경험이 아무 소용도, 값어치도 없는 걸 종심(從心)을 코앞에 두고서야 문득 깨달았으니 머리가 나쁘다고 할 수밖에 없다.

4) 중년 여성, 전업주부 등의 고만고만한 풍진세계를 다루지 않을뿐더러 그들을 (까닭도 없이) 푸대접하고 있는 작태도 반페미니즘적 성향이라고 봐야 하지 않을까. 이 땅에서 그들도 과연 인류의 일부이기나 할까. 우리 소설이 좀 무식해서 땅도 비좁은 판에, 오늘의 시골처럼 마을마다 텅텅 비워놓고도 남성 일반의 횡소리만 내지르는 작태를 어떻게 해석해야 할까. 만만하다고 페미니즘을 들고나온들 무슨 소용이 있을까.

5) 연애소설/외설소설/치정소설을 쓰려니, 마음은 아직 청춘이건만 몸이 뻣뻣이 굳은 주제니 감히 될 성이나 부른가. 한창때는 다들 그렇듯이 오입소설도 끼적거려 보았으나, 그때도 키스부터 하고 덤비는 외국영화의 그 관습이 왜 우리에게는 낯설까 하는 의문이 풀리지 않아,

이러니 옳은 것이 나올 리가 있나 하고 선뜻 물러선 적이 있다. 그 트라우마 때문에라도 남녀상열지사는 청춘의 덧없음과 더불어 흐릿한, 긴 가민가한 장르가 되고 만다. 한때 유별난 정력가들이 사랑, 본능, 성애, 육욕 따위의 주제어로 '탐미'를 그렇게나 열심히 캐내던 그 돈벌이 작업도 이제는 동영상의 벌거벗은 시위 앞에서는 백기를 들 수밖에 없게 되었다. 뒷북치기는 세태에 고분고분하는, 예의 그 자극과 변화에 기민하게 반응하는 굴성에서 탁월한 통속문학의 본령인데, 남의 그 고유한 영업권을 넘보는 것도 주접스러운 짓거리일 것이다.

6) 누구라도 기고(起稿) 자체에 뜸을 오래 들이는 거야 예전이나 지금이나 마찬가지겠지만, 그 기간이 훨씬 길어지다가 종내에는 포기하고 마는 직업병도 점점 심해지고 있으니 속수무책이랄 수밖에 없다. 가령 '석가산(石假山), 탐석가(探石家)/조경가(造景家), 수목장(樹木葬), 돌을 석물(石物)이라며 팔아먹는 사기꾼의 죽음, 물형석(物形石)/추상석(抽象石)' 같은 작품 메모를, 그에 따르는 나름의 작의를 눈으로, 제육감으로 어루더듬은 지가 두 해도 지났는데, 아직도 엄두를 못 내는 것은 세도인심이 빠진 그 연하고질의 소재가 부질없는 헛걸음 같아서이다. 누가 뭐라든 한때는 그런 모색 기간을 즐겼건만 이제는 언걸이라도 먹은 듯 일쩝기 짝이 없어졌으니.

7) 오로지 머릿속으로만 여투어야 하는 사회적/정치적/문화적 분위기를 특정 작품의 배경으로, 그 지배적 공기/분위기로 설정, 주인공의 발치에 가라앉혀놓는 작업도 지난하다. 이 특이한 '환경'은 명시적으로 드러나버리면 재미가 없고, 은은히 풍기면서 예의 그 아우라를 조성하는 데 그쳐야 하지만, 그게 뜻대로 엉구어지지 않는다. 물론 한창 신바람이 나서 원고지를 불려갈 때는 문장이 저절로 따라주지만 그게 그렇

게 술술 풀려나올 리가 만무하다. 작품에 밀착해 있는 공간/환경과는 다른 이 '기운'을 조탁하기는 실로 어렵다. 전설, 신화에는 그게 없거나 희소한데, 아마도 상상력의 비대 현상과 무관하지 않은 듯하다.

8) 어려운 말, 전문어, 낯선 단어 들은 가급적이면 안 쓰든가, 덜 쓰려고 하지만, 품위, 격조, 정조 따위를 내팽개친 문장이야 다들 힘차게 구사하고 있는데, 그 어지간한 구색을 되풀이하기 싫은데야 어쩌랴. 그렇다고 해학을, 비아냥을, 거드름을 끼얹자니 체질이 따라주지 않아서 탈이기도 하다. 쉽게 읽히면서도 생각을 촉구하고, 연상을 불러일으키는 문장을 줄줄 쓰기보다 길쌈하듯이 촘촘히 엮어야 하는데, 실로 감당하기에는 벅찬 작업이다.

9) 독자를 의식하지 않는다는 말은 대체로 헛소리지만, 우리의 독서 인구의 절대다수는 우중(愚衆)이라는 선입관을 불식하기는 힘들다. 그 강박증이 문장을, 소재를, 세부를 철저히 계박하는 통에 운신의 폭이 번번이 좁아진다. 흔히 '열린 사고' 운운하는데, 그게 정말로 가능할까. 작품 내적/외적 환경의 부단한 간섭을 의식하지 않는 작품이야 있을 수 없겠지만, (내 경우에는) '자유롭지 않다'는 자각 증세가 너무 심한 듯하고, 그것에 시달리는 형편이 옹색하고 착잡해서 거슬린다. 싫으니 못하고, 내팽개칠 수밖에, 다른 방도는 없다.

10) 우발적 사고나 병/죽음 같은 해프닝을 너무 헤프게 써먹어서는 안 된다는 강박관념도 좀 심한 것 같다. 소설 소재의 요긴한 재목 중 반쯤을 '불가'로 지정해놓고 나머지 반으로, 솜씨도 시원찮은 것이 불리한 조건까지 스스로 감수하고 있으니 승률을 내팽개친 셈이다. 덩달아 일화/삽화의 조작에서도 제약을 자꾸 덧대고 있다. 가령 여성 인물은 반드시 자기 발언에 별나야 한다는 규정 같은 것을 한사코 고수하려 든

다. 그들의 그 대등한 자격이 우리 현실에서 일정하게 유리되어 있다는 자각도 못마땅하다. 그 이색성을 억지스럽게 그리기는커녕 준남성화된 그들을 '초빙'하기가 껄끄럽다. 인류의 반을 소재로 못 써먹고 있으니, (나름대로 별난 소설을 쓰겠다는 이 입지 때문에) 게도 구럭도 다 잃어야 하는 신세인데 어디에 하소연하지도 못하니 얼마나 처량한가.

11) 작품을 발표할 수 있는 환경이 열악한 것도, (명색 잘 쓴다고 조명이 난 젊은 작가 따위를) 호위하느라고 기를 쓰는 작단의 분위기도 마땅찮으니 자연스럽게도 창작 의욕도 쪼그라들 수밖에 없다. 실은 써봐야 무슨 소용인가 하는 자포자기가 소설 쓰기에의 집착을 한사코 물리치고 있으니, 이 몹쓸 부대조건이 제일 가당찮은 장애물인 것은 틀림없지만, 어디다 가처분 소송을 제기할 수도 없다.

소설은 별것도 아니다. 입담만 좋고 글줄을 엮어갈 수 있을 정도의 글재주만 갖추고 있으면 누구라도 지어낼 수 있다. 잘은 모르지만 조횟수를 단숨에 수만 회씩 끌어올리고 있다는 웹소설을 적독(摘讀)하는 얼굴도, 이름마저도 없는 독자들께서야 차마 '소설 쓰시네'라는 헛소리야 지껄이겠나 싶다. 소설이 무엇인지도 모르기야 그들이나 '소설 쓰시네'를 상투어로 부리며 사는 뭇 선남선녀가 매일반일 테지만. 그러나저러나 '개연성'(이것은 사건이나 주의 주장의 그럴듯함에서 우러난다)이 아주 높고 '핍진성'(이것은 장면/시퀀스의 활력을 관장한다)도 좋은 소설을 숙독해감으로써 사람살이와 세상살이를 알 만큼 안다고 자위하는, 그 지족안분에 겨워 지낼 수 있어야 사람의 형용이 덩실해지련만.

↓

추기 1_ 차제에 나의 소설론의 일단을 소략하게, 알기 쉽게 피력한다면, 소설은 근본적으로 당대의 성격/전신상과 그 여러 병증을 꿰뚫는 증언으로서의 '서사성'(이야기다움은 이야기의 구체성＝설명력/사실성＝묘사력/진실성＝표현력을 아우르는 사건/사태/사물/사람의 변화무상이 어떤 인과에 따라 엉구어진 특이한 혼합체다)을 기둥으로 삼아 세워진 장승(또는 토템)일 수 있는데, 거기에다 '서정성/통속성/관념성' 같은 장식을, 작가의 관심벽에 부응해서 '종교성/윤리성/풍속성/세태성/사회성/환상성' 따위의 주제어를 덧대게 마련이다. 그런 것이 대개는 단일한 색깔로 덧붙여지는 즉시 서사＝이야기 자체의 일반성이 몰라보게 희석되면서 낯설어지고, 그 나름의 유일무이한 정조(아우라)를 빚어낸다. 당연하게도 그런 정조의 추진체는 문장/문맥이고, 그 배면 내지 지반에는 작가의 개성적 세계관 일체가 깔려 있다. 가령 '메밀꽃 필 무렵' 같은 작품은 그 서정적 기운의 강세 때문에 이야기의 핍진성이 한껏 어그러져 있다. 거의 20년 만에 처음으로 만나는 동업자 젊은이가 왼손잡이라는 사실을 눈여겨보고 혈육이라고 추단하려면 더 많은 '서사'가 깔려 있어야 소설다워진다. 작품의 형식, 곧 장르 감각을 따지기 전에 '서정성'이라는 그 장식의 압도적 성가에 서사성이 치여버렸다고 할 수 있다. '통속성'은 그 진부한, 일방적인 세상 읽기에서도 드러나는 대로 반정치사회적인 앤티미슴 특유의 그 감상적 분위기 때문에 일상과 삶 전반에 대한 각성의 기회를 자발적으로 제거하고 있다. 그것은 투안(偸安)의 심성을 곧이곧대로 드러낸 것이라서 완물상지(玩物喪志)의 경지일뿐더러 '현대성' 자체와도 부분적으로 겉돌고 있기도 하다. 이 '현대성＝사실성(事實性)'은 오늘날의 글읽기/글쓰기가 현상 전반의 이해, 해석으로 나아간다는 점에서도, 모든 현대인의 생존 자체는 필연적으로, 그러나 반 이상이 사이비로서의 임시방편적인 정치, 경제, 사회학적 압력에 무방비 상태로 노출되어 있을 수밖에 없듯이 그럴 수밖에 없기도 하다. 한편으로 서사성을 다소 희생시키는 한이 있더라도 과감하게 '관념성'을 덧입힌 도스토옙스키나 토마스 만의 작품들에 드리운 그 특이한 정조는 한 '인생'에 과도하게 세뇌되어 있는 현실성과 그 배면의 역사적 문맥을 도해, 해설함으로써 소설의 진경에 다가가고 있기는 하지만, 대체로 우리 인간들은 자신의 지력과는 상관없이, 일종의 타성태로서 그처럼 자기 삶/생애를 따지면서 살아가지는 않으므로 그남의 삶의 일시적 동태가 '골치 아프다' '재미없다'라면서 버림을 받곤 한다.

그런저런 장식을 외면한 서사 장르도 많은데, 이를테면 현실, 개인, 제도, 종교, 문화/문명 등이 당면한 현상으로서의 어떤 '기운'을 미처 못 읽고 있거나 아예 기피하고 있는 '눈요깃거리'들이 그것이다. 물론 그런 사이비 장르에도 나름의 피상적인 '장식성'이 없는 것은 아니다.

추기 2_본문 중의 안토니오 그람시의 인용문은 오래전에 두 권으로 번역된 『옥중수고』에도 나오고, 최근의 번역서 『우리 시대의 병적 징후들』(도널드 서순 지음/유강은 옮김, 뿌리와이파리 발행, 2021년)의 제사(題辭)로도 쓰이고 있다.

10. 한 출판인의 초상

↓

어느덧 두 해 전에 유명을 달리한 한 지인을 지금에서야 추모한다는 것이 어쩌 때늦은 감도 있고, 아직도 그의 체취가 내 눈앞에서 언뜻언뜻 검실거릴 때는 더 묵혀 둬야 옳지 않을까 싶기도 하다. 하지만 그와 나눈 이런저런 일화를 뒤적거려 보면 역시 내친김에 써서 알아볼 만한 사람들에게 도리와 인품에 대해서, 또 누구나 겪는 인간관계에서의 신의와 절도 같은 것을 되새겨보도록 촉구하고 싶다.

그만의 찬찬하기 이를 데 없던 언행과 따스한 가슴을 가졌던 한 출판인 박종만(朴鍾萬) 사장은 나이도 나보다 두 살 많아서 아형뻘이고, 그 순박한 성품도 기릴 만하지만, 출판인으로서도 솔직담백한 처신을 한결같이 드러낸 좀 특별한 양반이었다. 그런저런 인상기는 그와 오랜 기간 우의를 돈독히 나눈 친구들이 작심하고 쓰기로 들면 지면을 촘촘히 빛낼 게 틀림없을 것 같건만, 나의 이 허술한 스케치에는 내게도 생래적으로 그런 기질이 얼마쯤 있어서 그와의 인연을 이어 왔을 것 같은 그 반골 기질을, 더불어 좀 희귀하지 않을까 싶은 그 정직한 천성과 정리벽과 완벽주의를 나름대로 되돌아볼까 하는데, 둔한 필력이 얼마나 여의롭게 따라줄지 모르겠다. 아무리 겪은 대로 거짓말을 안 보태고 쓴다 한들, 또 과장을 자제하며 애써 그려 본들 오히려 그의 인격에 쓸데없는 덧칠이나 하지 않을까 싶어 은근히 걱정스럽기도 하다. 어차피 사람의 실물 묘사에는(여러 종류의 평전이나 전기가 그 본보기로서는 제격이다) 크든 작든 미화/폄훼가 따르기 마련이고, 시각이 단선적일 수밖에 없는 글발 자체가 그 확실한 '화의/작의'를 실어나르는 자화상/초상화 같은 그림보다는 빙충맞아서 활달하지도 못하고 눈치꾸러기 기질이 있어서이다.

↓

우리는 둘 다 만혼에 신혼 초였던 70년대 말부터 80년대 초엽까지 강남구청을 경계로 양쪽의 아파트에서 뚝 떨어져 살았다. 나는 15평짜리 서민 아파트에서 자식을 키우고 사는(당시 시가가 1백50만 원 안팎이었는데 그것도 3년 만에 두 배로 오른 가격이었다) 월급쟁이였고, 그는 25평쯤의 아파트에서 갓 출판업을 시작한 사장이었다. 한참 후에 언젠가 술을 간단히 한잔하고 동네가 같아서 귀가하던 중, 얼김에 그의 손에 이끌려 빈손으로 집구경을 간 적이 있는데, 의외로 단출하고 어떤 집장식도 눈에 띄지 않아서 경상도 사람들은 대체로 이렇게 사는가 하는 느낌을 추스른 기억이 남아 있다. 나도 벽에 그림 따위를 걸어두고 먼지를 앉히는 것을 극도로 싫어하는 편인데, 그는 부산에서 학창 시절을 보냈고, 나는 사병으로서의 군대 생활을 2년쯤 그곳에서 했으므로 그쪽 출신들의 기질을 웬만큼 알고 있었다. 그의 그 아파트가 대로변과 붙어 있길래 창밖에 바투 서서 아래를 내려다보니 납작한 농심 상가 옆의 길바닥이 아찔하게 다가오던 느낌도 받았는데, 내가 5층짜리 아파트의 2층에서 살아서 그런 기분에 휩싸였을 것이다. 그는 그 아파트를 끝까지 붙들고 있다가 재개발할 동안만 잠시 강남의 어딘가로 옮겨 앉았으니, 여느 출판사 사장들처럼 부동산 투자로 치부하는, 남들이 하는 대로 베끼고 따라 하는 소질에는 잼병인, 보기에 따라서는 고집불통에 고지식한 개성의 소유자이기도 했다.

그 당시는 무역 센터가 우람하게 들어서 있는 지금의 번화가 삼성동 일대가 나지막한 슬래브 복층 주택들이 드문드문 널린 허허벌판이었다. 일요일이면 나는 어린 자식을 대동하던지, 아니면 혼자서라도 인근의 봉은사를 자주 찾아갔다. 그 일대에서 산책하기에는 선정릉과 거기 두 곳이 안성맞춤인데, 선정릉은 입구의 출입 통제와 그 요금 징수가 거치적거려서 저절로 발길이 가지 않았다. 여러 군데 개구멍이 뚫려 있으나 그런 출입도 마뜩잖고, 경내의 솔밭을 어슬렁거리자면 주택가의 자투리 공원처럼 호젓하게 안겨 오는 재미가 도통 없다. 우리의 주변 환경에는 그런 장소가 의외로 흔한데, 그 꺼림함은 햇볕과 주위 경관, 이를테면 수목과 오솔길과 화초 따위를 어떻게 배치, 정리하느냐에 달려 있지 않나 싶은데, 둔덕과 평지를 아우르는 우리의 토목건축 기술과 조경학적인 안목은 설계도도 없이 저장고와 살림집을 파고 사는 개미보다 못한 구석이 있는 듯하다.

우리는 봉은사 산책길에서 더러 만났다. 어떨 때는 대로변을 걷고 있으면 그가 등 뒤에서 김형하고 부르며 다가오기도 했다. 집에서 입고 지내는 후줄그레한 바지에 낡은 남방셔츠를 걸치고, 늙은이처럼 그는 뒷짐도 지고 느직하니 인도를 걸어오고 있었다. 봉은사는 그의 집에서는 두 블록이고, 내 집에서는 한 블록 너머의 끝자락에 있으므로 동구 앞길쯤 되는 지척 구간이다. 그 절도 요즘은 부티가 줄줄 흐르게 잘 꾸며놓아서 오랜 사찰의 연혁은 아랑곳없이 현대식의 요란한 법당과 요사채를 거느리고 있지만, 당시는 퇴락한 절터의 흔적을 곳곳에 드리우고 있어서 그 나름의 풍취가 괜찮은 곳이었다. 추사의 진품 글씨가 커다란 현판으로 걸려 있는 게 대로변에서도 보였고, 경내도 어슬렁거리

249   10. 한 출판인의 초상

기에 알맞도록 물도 흐르지 않는 좁장한 개골을 건너라고 닳아빠진 돌다리도 가로질러놓고 있었다. 뒷산 자락은 옮겨 앉은 경기고등학교 교정으로 이어지는데, 오솔길 위에는 바싹 마른 줄기의 나무들이 꽤 울창하고, 그 일대에 짙은 안개가 어른거릴 때는 산골 벽지의 퇴락한 절 풍치가 엿보였다. 새벽녘에 그런 풍치를 느끼려고 나는 새카만 밤에도 내키는 대로 더러 갔지만, 박 사장과 만날 때는 주로 일요일 오전 중으로 한정되어 있었다. 대체로 토요일에 술을 한잔하고 그 남은 주기를 빼느라고 오전 중에 산책에 나서면 그도 그런 일정에 얽매여 있는지, 집을 나설 때 얼핏 오늘도 만나지려나 하면 어김없이 대로에서나, 봉은사의 경내에서나 마주치곤 했다. 그때 무슨 말을 주고받았는지, 기억에 남아 있는 것이 하나도 없다. 30대 중반의 나이들이라 한창 일할 때였고, 일주일 내내 바쁘게 지내서 그랬지 싶은데, 그 당시 자주 만나고 지낸 다른 지인의 경우를 되돌아봐도 젊은 시절의 일화에는 기억을 부풀려서, 그러니까 제 나름의 왜곡, 변주를 거침으로써 서로가 전혀 다른 추억을 되새기는 수가 많은 듯하다. 그러니 그의 말씨가 워낙 거짓, 과장이 한 줌도 없는, 교과서처럼 네모반듯한 어투 그 자체여서 바로 알아듣고 응수하든가, 머리를 주억거리든가, 슬며시 어설픈 웃음을 흘리고 말든가 하는 그런 교환에 그치지 않았을까 싶다. 절 입구에는 송덕비가, 절의 역사에 시주를 많이 한 보살들이 자청해서 세워 놓았을 그 비석들이 줄느런히 키재기를 하고 있었다. (그런저런 풍취를 나는 갓 등단한 신진 작가로서 '해우교(解憂橋)'라는 제하의 단편에 쓸어 담기도 했다.)

다섯 해쯤인가 뒤에 나는 가락동의 한 신축 아파트로 이사 갔다. 점점 변두리로 물러나야 그나마 집칸 살을 늘일 수 있는 우리의 반강제적 살림살이 형편에 떠밀려서였다. 박 사장과의 교우도 뜸해졌다. 집이 멀어져서가 아니라 서로가 살기에 바빠서 만날 짬도 없는 세월이었다. 하기야 애초의 만남도 출판사 사장과 작가로서 시작되었고, 그와 가까운 지인들도 대개는 알음알이로 알고 지내는 터이라 서로가 외우(畏友)쯤으로 여기며 먼발치에서 서로의 동정을 눈여겨보는 정도였다. 그런 교분이야 어떻든 까치 출판사의 책 간행 실적과 발간한 책들의 수준 등은 신문으로도 훤히 꿰찰 수 있고, 서점에 가면 대번에 알 수 있기도 하려니와 그런 근황이야 안 보고도 알 만해서 태무심하니 지냈다고 해야 맞을 것이다. 게다가 그도 사세가 커지는 데다 일에 치여 사는 처지라서, 또 그의 기질상 혼자서 회사 업무를 일일이 다 처리해야 하는 '일인 체제의 독불장군형 지주'여서 나 같은 비인기 작가야 관심권 밖으로 밀려나 있었을 것이다. 나도 나대로 글쓰기로만 생계를 유지하는 고달픈 신세여서 영일 없이 일거리에 짓졸리고 있는 데다 정서적으로도 온종일 무엇엔가 부대끼고 있었다. 더욱이나 그는 한국문학은 어떤 장르라도 철저히 배제하고, 번역서를, 그것도 정평이 나 있는 신간의 외국 소설과, 양서와 학술서 같은 소위 교양서적을 주로 펴내는 사시(社是)를 그의 고집대로 준수하고 있었으므로 적어도 그쪽으로는 우리 사이에 어떤 '거래'가 비집고 들어갈 여지도 없었다.

↓

박 사장이 한국문학 쪽 출판과 '결별'한 사유를 나는 나중에야 그의 실토로 알게 되었다. 출판업을 시작한 초기에는 그 당시 한창 글을 많이 발표하면서 인기 작가로 부상하려는 몇몇 신인급 작가들의 소설집을 연거푸 몇 권 펴내긴 했으나, 이내 그 짓은 할 게 못 된다고 작심했다는 것이었다. 왠고 하니 저자인 작가들이 책을 서점에 깔아놓기가 바쁘게 사흘이 멀다고 출판사로 찾아와서 광고를 쳐달라고 졸라대는 통에 모든 책의 교정도 손수 보는 데다가 다른 회사 일로 바빠 죽을 판인 그의 처지로서는 상대하기도 껄끄럽고, 그들과 시시껄렁한 대화를 나눌 두름성도 없는 데다가 퇴근 후 술자리를 가지기도 귀찮아서, '딱 골치가 아파서 우리하고는 도저히 안 맞겠다 싶어' 쉽게 단안을 내렸다고 했다.

작가들은 누구라도 자기 책을 펴내고 나면 어떡하든지 이름도 팔고, 재판이라도 찍어서 돈을 벌어 보겠다는 꿈을 굴뚝같이 지니고 있다. 모든 예술가가 그렇듯이 '뜨고 싶은' 그 간절한 꿈을 이루려는 공명심에 관한 한 어느 작가라도 다를 바 없으며, 그런 의욕이 시종일관 왕성하고 시운도 따라야 하며, 돈복도 타고 나야 일류 작가의 반열에 오를 수 있는 것이다. 물론 어느 정도의 문학적 감수성도 일찌감치 개발해야 하며, 각고의 노력으로 세상사를 읽는 면학열에서도 출중해야 하지만, 그런 제반 능력은 기본으로 갖춰야 할 소양이고, 우선 세칭 광고 빨이 좋고, 광고 복이 있어야 한다. 광고 빨은 작가 자신의 말솜씨나 외양 같은 부대조건에다, 그의 작품 세계에 대한 기자들의 선입견 많은 호의와 반응이 뭉쳐진 것으로 그 기사가 여러 신문의 문화면을 어느 정도의 크기로, 어떤 식의 호응으로 장식하느냐는 것이다. 그게 서로 맞아떨어져서 연거푸 신문 지면에 특정 작가의 얼굴과 작품 소개가 실려야 이름도 알려지고, 자연히 독자층도 엷든 두껍든 생기고, 평론가들의 관심도 끌게 된다. 작품 수준이 고만고만해서 매스컴의 관심권 밖으로 밀려나면 그것으로 그의 이름은 지상(紙上)에서 영원히 산화하고 만다. 등단 후 그렇게 끝나고 마는 작가가 9할을 넘거나, 아니면 자위적 수단으로서 동인지 형식의 얄궂은 문학지 같은 데다 작품을 발표하다 세월의 부침 속에 조용히 사그라지든지 속절없이 늙어가게 된다.

등단하는 갈림길도 몇 개로 제한되어 있었고, 작가 수도 적었던 7, 80년대에는 특히나 광고 빨 내지는 신문 빨이 작가의 명운을 좌우했다. 그것을 노려서 출판사 사장들은 신문사의 문학 담당 기자들에게 전화로나 다른 연줄을 통해 제발 기사로 다뤄 달라는 앙청을 들이대곤 하는데, 그런 짓조르기도 웬만큼 훌륭한 작품을 묶어냈다고 자부하는 일류 출판사나 할 수 있지, 아무렇게나 '문학을 싸 발라서' 책이랍시고 번드레하니 꾸며내는 나머지 출판사들은 감히 그런 자가선전에 나설 주제가 아님을 스스로 알아서 신문이 양서, 명작 운운해도 오불관언으로 다른 식의 각자도생을 찾는 데 혈안이다. (주지하듯이 출판업은 워낙 전문업종이라 출판사마다 사전이나 참고서, 교재, 생활실용서, 의학서, 미술 화보, 사진집, 역사서 같은 주력 분야가 따로 있고, 문학 분야만 하더라도 천층만층이다. 비근한 실례로 영원한 스테디 셀러 "데미안" "달과 6펜스" 같은 소설책은 역자 약력이나 판권조차 없는 채로, 그러나 바코드만은 뒤표지에 단정히 붙여놓은 짜깁기 식 복제판 '인쇄물'로, 그것도 '주니어 논술용'이라는 요사스런 표제를 내걸고 버젓이 팔리고 있다.) 그런 문학 기사 말고는 신문 광고를 '때려서' 작가의 이름과 얼굴을 띄우는, 쉽게 말하면 돈을 내고 지면을 사서 책을 선전하고 단숨에 많이 팔리게 하는 상술에 출판사가 팔을 걷어붙이고 나서는 수가 있다. 작품의 질적 가치야 독자/평론가들이 나중에 가름하든 말든 일단 작품명과 작가명부터 띄우고 날리게 만드는 이 선전의 효력은 즉각적이고, 그것을 아는 작가들은 체면 불고하고 출판사를 찾아가서 광고를 쳐달라고 떼쓰기를 능사로 삼는데, 그것도 재주고 능력이므로 가타부타할 거리도 아니다. 물론 세상에는 별의별 사람이 다 있듯이 출판사도 다종다양하기 짝이 없어서 그런 자기 홍보에 무능한, 좋게 말해서 무슨 도사처럼 점잖을 빼는 사장이나 작가도 부지기수다. 아예 신문 광고는 광고료가 터무니없이 비싸다며 안 한다는 방침을 정해놓고 뒤로는 문학/출판담당 기자들에게 칙사 대접을 마다하지 않는 점잖은 사시(社是)를 사수하며 온갖 종류의 책을 끈질기게 펴내면서, 그래도 명색 양서만 출판한다는 기치를 고수함으로써 일확천금도 벌고, 숱한 필자/작가들을 호령하는 '멋쟁이' 사장도 없지 않다.

그런데 박 사장은 자신의 안목에 따라 아무리 좋은 작품이라도 팔릴 것과 그렇지 않을 것을 식별해놓고, 그 믿음대로 광고를 절도 있게 하는 편이었다. 가령 세계적인 명저로 소문난 책도 신문 광고를 단 한 번도 하지 않는가 하면, 신문 기사로 화제가 된 저작물은 체면상 꼭 한 차례쯤 좀 따분하나 방정한(과장이 전혀 없는 책 소개만의 문구를 사용하여) 광고를 하고 마는 식이다. 베스트 셀러를 의도적으로 만들겠다는 여느 출판인들의 그 별난 의욕을 억지로, 천연스럽게 자제하는 그의 그런 사업관은 출판업 초기부터 확고히 다져져 있었던 게 아닌가 싶다. 물론 그의 천성이 앞에 나서서 잘난 체하거나 거들먹거리는 행태와는 멀찍이 떨어져서, 사람의 도리를 다소곳이 지키는 데 최선을 다하는 타입이었다.

어쨌든 광고를 쳐 달라고 조르던 몇몇 작가들의 그 꼴불견을 대면하지 않겠다는 박 사장의 고집은 그 후로도 확실히 지켜짐으로써 한국문학과는 영영 결별했으나, 대신에 인문학, 미술, 과학, 의학, 역사 등 다방면의 교양서 출판으로 출판계의 한 모범이 되었으니 하나를 잃고 여러 개를 얻은 드문 사례를 보여준 셈이다. 또한 학술서를 청탁 원고로 출판하면서도 대학 교재를 개발하지 않은 것은 그런 종류의 교과서나 부교재의 내용이 유치할뿐더러 부실하기 짝이 없는 경우가 태반이라서 그의 안목에는 차지 않았을 테고, 기왕의 그 방면 출판사와 경쟁하기가 안심찮기 때문이었을 것이다.

출판계의 그런 동정과는 무관하게 세칭 일류 작가들은 시의성 좋은 주제를 골라잡는 안목에서도(예컨대 노동자의 부랑 의식, 해방공간과 분단 전후의 좌우파 식자 갈등극, 민주화 운동의 후일담 등이다) 뛰어나지만, 소재가 만만해서 손쉽게 접근할 수 있고, 잘 읽히고 이해하기 쉬운 평이한 문체를 좋아한다는 대다수 독자의 기호를 정조준하는 그 기량에서도 출중한 게 사실이다. 그런 문학관은 세상의 통념 및 당대의 지배적 이념/의식과 보조를 맞춰야 살아남는다는 작가 고유의 자세(藉勢)인데, 모든 상투화/타성화/관습화와 싸워야 하는 문학 본연의 원리와는 상충한다. 무소부지(無所不知)에 무소불위(無所不爲)한 매스컴은 대척점에 있는 그 양쪽을 다 골고루 보듬어야 하나, 아무래도 대중과 우호적인 전자 편을 듦으로써 신문의 구실/사명도 세우고, 지면도 인기부터 챙겨야 적자생존의 낙을 누릴 수 있다는 사규에 부응한다. 여느 기자들도 하나같이 지면을 빛내는, 그 '봐준다'는 우쭐한 직업의식을 갖고 있게 마련인데, 요즘 말로는 '갑질'인 그 권능을 '을'인 작가에게 조심스럽게 행사하는데 스스럼은 없다. 그런 팽팽한 신경전을 무난히, 너끈히 치러내는 작가/문인을 시쳇말로 '관종'이라고 한다면 다소의 어폐가 있겠으나, 그런 행세에 능하여 좀 뻔뻔스러운 저자들이 매스컴을 잘 활용하는 사례를 우리는 매일같이 지면에서 만나고 있다. 본질이야 어떻든 거죽을 번드레하게 분식하지 않으면 곧장 자연도태의 허구렁으로 굴러떨어진다는 세상인심에 예민한 '관종'과 매스컴이 합심 협력하고 있는 이 현상은 어제나 오늘이나 여전히 차별선택 식으로 막강하게 굴러가며, 언론계와 기자들이 저지르는 이 차별대우는 시민사회의 진정한 '사실

습득권'을 일정하게 제약, 수위 조절하면서 '허명'의 유포와 정착에 톡톡히 기여하고 있다.

추정하건대 박 사장은 작가와 기자 사이의 그 미묘한 알력에 일일이 신경을 곤두세워야 하는 일이 체질상 성가시다고 여겼던 듯하고, 그런 일보다는 자신만의 고유한 출판업 연명책을 고수, 실천하느라고 머리를 싸매고 덤볐던 게 아니었을까 싶다.

↓

나는 내 소설책이 나오는 대로 박 사장에게 기명한 증정본을 우편물로 보내거나, 출판사 사무실로 찾아가서 전하곤 했다.

아는 사람만 알고 있는 사실이지만, 까치사는 거의 30여 년 동안 최초로 빌려 쓴 건물을 사수한 것만으로도 박 사장의 성격을 얼추 짐작하게 만든다. 서대문 쪽의 (예전) 문화방송 사옥에서 기상대로 올라가는 비스듬한 언덕길을 걸어가면 독립문으로 터지기 직전의 내리막길 오른쪽에 붉은 벽돌 건물을 사무실로 쓰고 있었다. (판권에 적힌 대로 그 동네 이름은 종로구 행촌동이다.) 3호선 전철을 타면 독립문역에서 내려 거꾸로 육교를 올라가 넘어야 한다. 지하층 전부를 책 창고로 빌려 쓴다는 말을 들었던 듯하고, 3층을 영업부와 편집부로, 그 위층의 반을 사장실로 꾸며 쓰고 있었는데, 계단도 구식 건물답게 가팔랐으나, 언제라도 깔끔하게 청소한 흔적이 역력했다. 월세 임대료를 30여 년 동안 한 번도, 단 하루도 연체한 적이 없다는(연휴나 공휴일이 월세 임대료 지불 날짜와 겹치면 사전에 어김없이 현금 봉투를 건물 임대인에게 전했다고 한다) 공언도 박 사장만의 기질을 대변하고 있지 않나 싶다. 사장실에는 이름이 덜 알려진 신예 화가들의 그림이 몇 점 벽에 걸려 있거나 기대져 있고, 싱싱한 관엽식물 화분 몇 개와 돌확이나 보도석(步道石) 같은 골동품이 방주인의 성질을 닮아서 이 자리를 꼭 지키겠다는 듯이 빳빳하게 놓여 있곤 했다. 눈치로 서로의 안부를 훤히 꿰차고 있었으므로 우리는 헛말이라도 근황 따위를 묻지는 않고, 커피나 차를 옆방의 직원에게 시켜 마시며 이런저런 세상사를 주거니 받거니 했다.

언젠가는 예의 그 보도석에 고랑 같은 자잘한 무늬를 파놓은 것이 이채로워서, 귀한 걸 구했다고 넌지시 떠보았더니, 대번에 박 사장의 그 시니컬한 탄식이 쏟아졌다. 우리는 돌판조차 제대로 쪼지 못한다고, 알음알이가 꼭 권해서, 물건도 꽤 마음에 들어서 중국 청나라 초기 것을 적당한 값에 사들였다고 했다. 나는 그만한 돈도 없지만 무슨 물건이든 수집하고 지니는 취미가 없는 데다 내 눈에 차는 물건이 있다 하더라도, 저게 언젠가는 어느 한구석이 보기 싫어질 테고, 그 싫증 때문에 버려야 할 것부터 생각하는 내 성미를 떠올리면서도 그 보도석만큼은 서너 점 구해서 내 작업실의 바닥 장식으로 쓰고 싶다는 생각을 한동안 골똘히 여투었다. (내 고질은, 갖고 싶은 물건이 있으면 그것을 내 것으로 만들었을 때의 여러 정황을 촘촘히 생각하다가 이윽고 지질한 허물을 잡아, 저 포도는 아무래도 내게 좀 실 것 같다며 관심권 밖으로 밀어내버림으로써 딴에는 불필요한 낭비를 줄였다고 자위하는, 보기에 따라서는 인색과 내핍과 절제의 과부하로 따분하고 처량한 일상생활을 자초하고 있다는 것이다.)

그렇게 만날 때마다 박 사장은 그동안 펴낸 까치사 책들을 한 보따리씩 챙겨주곤 했다. 내 관심 범위를 알아서 주로 역사서나 인문학 관련 책과 신간의 외국 번역소설을 생각나는 대로 직원에게 일러서 가져오게 했고, 그런 증정본도 큼지막한 공책 대장에다 일일이 사인한 후에 내게 밀어주는 식이었다.

점심 무렵도 더러 있었지만, 대체로 저녁에 간단히 술자리를 마련하는 것이 그즈음 우리 사이의 관례였는데, 박 사장은 꼭 뭘 하겠냐고, 뭘 먹고 싶냐고 의례적으로 물어왔다. 나는 어떤 음식도 가리지 않지만, 그렇다고 꼭 먹고 싶은 음식도 없어서(성장 기간에 좋은 음식들을 많이 먹어봐야 성인이 되어서도 먹고 싶은 음식이 문득문득 떠오르는 게 아닐까 싶다), 형편대로 배만 적당히 채우면 그만이라고, 자칭 '훈련병입'으로 살아가는 주제라서 아무거라도 좋다면 그가 알아서 자주 이용하는 밥집이나 술집으로 가자고 했다. 한동안 방석에 좌정하는 술집으로 안내하더니만 어느 날부터 걸상에 앉는 집을, 그러니 술값 계산이 상대적으로 좀 비싼 집을 택하면서, 방석은 아주 불결하다고, 방바닥도 걸레 청소를 안 하는 집이 많다고 툴툴거렸다. 그의 화색을 보더라도 언제나 목욕탕에서 소위 '때 빼고 광낸' 것처럼 하얀 얼굴 바탕에 발그레한 볼이 반드레하니 윤기가 흐르는데, 그런 외양은 얼굴을 자주 씻어서가 아니라 청결벽을 생활화하고 있다는 단서이기도 하다. 그 말을 듣고서야 그에게는 깔끔한 환경을, 몸가짐은 물론이고 돈 거래, 인간관계 등도 깨끗해야만 성에 찬다는 그런 사람인 줄 새삼 확인했다. (내 신상이 끼어들 수 있는 자리인지 모르겠으나) 나도 청결벽에는 좀 유난스러운데, 이런 강박증도 모태 신앙처럼 유전인자와 무관하지 않을 것이라는 확신과 함께 자기 주변을 스스로 치우고 다스리기를 생활화하면, 가령 세금 고지서를 받으면 늦어도 이틀 내로 은행에 가서 낸다는 버릇 들이기에 충실하면 여러모로 편하다는 기율이 그것이다.

어떻든 청결벽, 나아가서 정리벽에서도 그와 나는 웬만큼 유유상종이었고, 그는 자그마하나 다부진 외양이긴 해도 입고 나선 와이셔츠나 양복에는 언제나 진솔옷 티가 줄줄 흘렀다. 특히나 겨울에는 장딴지까지

떨어지는 긴 코트를, 요즘에는 다들 안 입는 두툼한 그 검은 외투에 목도리도 두름으로써 어떤 격식을 차린 옷차림이어서 생활 자체를 예전의 양반들처럼 방정하게 꾸려나가고 있다는 자세를 자연스럽게 드러내보였다. 그에 비해 나는 신사복에 넥타이 차림을 1년에 한두 번 할까 말까 할 정도로 옷 자체에 얽매이는 것을 성가시게 여기는데, 천성이 빨래 걱정을 앞세우는 데다가 문필노동자가 무슨 양복 차림으로 거들먹거려, 벌이도 시원찮은 주제가 호사 취미라니, 거죽과 속이 어울리지도 않잖아 같은 얼빵한 개성을 떨쳐버릴 수 없어서이다.

한때는 배가 불러 다른 술은 못 마시겠다며 그는 청주를, 술이 받으면 두 병쯤 마시고, 나는 독주를 피하는 터이라 맥주를 두세 병 마시는데, 안주도 그가 일방적으로 시키면 나는 아까워서라도 말끔히 다 먹는다는 식이었다. 술을 권커니 잣거니 할 사이도 없이, 누가 등 뒤에서 시키기라도 하는 듯 우리는 독설을 쏟아내기 시작했다. 그즈음 신문을 어지럽히는 정상배들의 일화, 난맥상을 제대로 보여주는 시국의 뒷담화, 문화계/출판계의 파행 등이 뒤죽박죽으로 튀어나오게 마련이었다. 그나나나 반골 기질이 다분해서 언제라도 화제는 마르지 않았고, 미친 것들, 돌안 놈들 아이가, 지 정신인지, 썩을 인간들 같은 망발도 젊은 혈기에 마구 내지르곤 했다. 그런 시사적인 화두를 물고 늘어지다 보면 어느 순간 그는 시중의 풍문이라면서 참으로 기이한, 도저히 믿기지 않는 정계/재계 걸물들의 '통정/축첩' 비화도 한 토막씩 들려주곤 했는데, 나는 긴가민가하며 눈을 홉뜨고 귀를 의심했으나, 그 출처를 차마 물을 수 없어서 궁금증만 부풀리다 말곤 했다. 언젠가는 내가 사실인가고, 진짜 믿을 만하냐고 따지듯이 물으면, 허어, 김형만 모를까, 사실이다 마다 라며 놀리듯이 내 얼굴을 빤히 쳐다보며 빙긋이 웃기도 했다.

어쩌다가 신문의 반(反)중립성이 화두에 오르면 우리는 이제 때를 만났다는 듯이 문단의 내로라하는 일급 작가, 평론가들의 앞뒤 구색이 안 맞는 이야기와 엉성한 글발들, 그것을 극찬하는 문화계 전반의 관행을 질타하는데 잠시도 머뭇거리지 않았다. 특히나 박 사장의 한국문학 매도 열기는 좀 지나치다 싶을 정도라서 한참 듣다 보면, 명색 문인을 앞에 앉혀놓고 이러니, 이게 무슨 코미디인가 하고 나는 속으로 쓴웃음을 깨물지 않을 수 없었다. 특히나 몇몇 인기 작가와 모모 평론가들을 거명하며, 문장도 오문, 비문투성이야, 한마디로 엉망도 그런 엉망이 없어, 김형, 그게 말이 돼, 북한을 너무 몰라, 6.25가 그랬다고? 동족한테만 모질어빠진 현대판 사화라니까, 외세 앞에서는 고분고분하니 찍소리도 못하면서. 나는 도통 모르겠어, 글이란 게 우선 알아 묵어야 말이 되잖아, 우리말이 그렇게나 어려운 게 말이 돼, 지도 모르는 소리를 지껄이면 그게 미쳤다는 거지 별거야, 방금 한 말을 또 하고 또 해, 써놓고 읽어보지도 않나 봐, 문장도 못 짜면서 문인이라고 글을 팔아 처먹고 사니 개판 아냐, 너무 창피해, 이런 식으로 내게 무슨 억하심정을 토해 놓으면서 동석자의 진땀을 그 가느다란 눈매로 훔쳐보는 것이었다.

몇 번 겪어보니 박 사장의 한국문학, 그중에서도 (시인은 왜 그러는지 특대로 따돌려놓고) 유독 소설가와 평론가들을 우습게 아는 것이 아니라 아예 그 무능/무식을 타기하는 이유가 도대체 무엇일까, 무슨 열등감의 발로인가, 대체로 맞는 말이지만 굳이 나의 동의를 구하는 게 좀 수상쩍잖아 하는 자문을 나름대로 풀어야 했다. 궁리를 거듭한 후의 내 짐작으로는 우리 문장의 서술력 전반, 작게는 설명력이고 크게는 문단 짜기인데, 그 문맥의 흐름이 외국어에(주로 영어의 번역 문체겠는데) 비해 자연스럽지 못하고, 특히나 평론의 경우는 외국의 난삽한 이론을 우리 문학에 대입하려니 중언부언이 곳곳에 넘쳐나고, 결국 자기 스타일이란 게 한 움큼도 안 비친다는 성토이지 않을까 싶었다. 그 점은 사실이었다. 우리의 명색 평론이란 것이 대체로 최근에 번역되어 나온 문학 이론서들을 주마간산으로 읽고 난 후, 그 독후감을 적바림하는 식이라, 막상 반 이상이 인용문으로 채워지고, 자기 문장과 자기 견해는 없는 게 아니라 그 인용문의 주인에게 조공을 바치는 투라서 독후에는, 이게 무슨 글인가, 남의 글로 원고지를 메우고 고료를 받아 사는 이 조촐한 직업은 거의 사기 행각이 아닌가, 하는 생각을 쉬 거두지 못하는 내 심경을 박 사장은 대변하고 있는 셈이었다.

요컨대 그의 요지를 좀 더 부연하면, 한 세기를 한 문장으로 압축할 수 있는 서술력이, 한 세대를 세 문장으로 요약할 수 있는 현상 파지력이, 한 인물의 성격을 말씨나 대화 두어 마디로 집어낼 수 있는 표현력이 우리 작가들에게는, 아니 우리의 산문 문장/문맥에는 태부족이라는 질타였다. 그러니 민주주의나 모더니즘 같은 전문용어도 대목에 따라서 두 문장이나 긴 수식어로 깔끔하게 정의할 수 있어야 하는데, 그러자면 그 용어의 문맥상 대의와 그 부분에서의 개념을 숙지하고 있어야 하건만, 우리 문장들은 외국의 이론/사례를 마냥 치렁치렁하니 베끼기에만 허둥거리니 자기 스타일을 갖출 여지도 없어지고 마는 것이다. 하기야 지리멸렬한 문장, 골갱이를 집어내지 못하고 변죽만 울리는 우리의 대다수 산문 문체에 대해서는 학질을 떼면서, 읽을 때마다, 나는 이런 어질더분한 문장은 쓰지 말아야지 하고 다짐하지만, 막상 쓰다 보면 하나도 놓치기 싫다는 핑계를 앞세우고 군더더기투성이가 되고 마는 내 만연체의 장광설에 대해 자성할 기회를 까치사의 일급 교정부원이 내게 일깨워주고 있는 셈이었다.

박 사장의 그런 성투벽, 그 근거는 물론 까치사가 발간하는 모든 인문/역사/과학 교양서를 손수 꼼꼼히 교정을 봐서 오케이를 놓아야 하는, 말하자면 어떤 완벽주의를 겨냥하는 버릇으로 길러진 온축(蘊蓄) 그 자체였다. 번역서들을 주로 펴내면서 봉착하는 제일 큰 난관은 우리말이 안 되는 오문/비문 바로잡기지만, 그 밖에도 영어 원서를 꼭 대조한다든가, 대개의 인문 교양서들은 일본어판을 구해서 그쪽 번역도 참조하는, 그 이중 점검의 수고에도 그는 지칠 줄 몰랐다. 『풍속의 역사』 같은 당대의 명저가 대표적인 사례로서 일본어 번역본의 성실성에 대한 실적을 장문의 머리말로 앉혀둘 정도로, 오역 없는 결정판을 추구하려는 그 특이한 성정이 우리 문장/문투에 대한 그의 그런 불평/투정의 근거였다. (특기해둘 것은 교정 따위의 편집 업무 자체에 무식한 게 아니라 아예 나 몰라라 하고, 책을 읽지도 않는 출판사 사장들이 대체로 돈도 많이 벌고, 부동산 투기에도 민활하다는 것이 나의 편견인데, 그런 대범한 사업가적 수완을 머라칼 수는 없을 것이다. 책 내용이야 어떻든 오로지 잘 팔리는 베스트셀러를 노리며 이른바 '돈독이 오른' 그런 사장족들이 제일 원재료 공급자인 필자/저자/역자들을 성심성의껏 대접하려는 심성이나마 남다르다면.)

↓

여러 일화도 많이 들었으나 여기서까지 옮겨놓기에는 고명한 번역자의 성함을 드러내야 해서 움츠러들 수밖에 없지만, 어떤 영어 소설의 번역 원고를 교정하다가 아무래도 전후 대목이 매끄럽게 이어지지 않아서 원서를 대조해보았더니 아리송한 원문을 빼먹고 있더라고, 우리의 번역소설들이 대체로 이 지경이라고 했다. (최근에는 우리의 전문 번역가들도 영어 실력이 일취월장해서 '빼먹는' 문장은 거의 없다고 할지 모르나, 여전히 오역은, 읽히지 않는 산문은 인문학 번역서에 수두룩하다.) 그런 사례는 워낙 비일비재해서 일일이 열거할 거리도 아니지만, 옮기기 어렵거나 도무지 종잡을 수 없는 원문 자체의 현학, 전후 맥락을 이해하기가 난삽한 대목 등이 그의 눈썰미에 걸려들어서야 바루어지므로 그의 교양은, 더불어 그의 우리 문장에 대한 질타는 나이를 먹을수록 걸어질 수밖에 없었다. 환갑을 전후해서는 그도 지쳐서, 다 그런 거지, 너무 열악해, 차차 나아지겠지 하고 자신의 까탈스러운 성질을 쓰다듬고 말긴 했으나, 보다시피 우리 출판계의 양적 비대화가 질적 개선과는 겉돌고 있는 사례가 여전히 부지기수이긴 하다. 물론 까치사의 번역서들이 상대적으로 정역(定譯)에 가깝고, 그 순도도 한 발자국 앞서 있는 게 사실이지만, 원서 자체의 미흡과 더불어 '되다 만' 한글 문장으로 분식한 부실 번역본이 아직도 허다하고, 그것을 신주 모시듯 섬기며 인용해대는 현실 앞에서는 허탈해질 수밖에 없다.

그러나 예외적인 사례가 딱 하나 있긴 하다. 내 관견(管見)으로는 까치사에서 펴낸 책으로서 거의 결정판인 페르낭 브로델의 『물질문명과 자본주의』가 그것이다(두툼한 분량의 6권짜리 대작이다). 나는 프랑스 말을 단 한 단어도 모르지만, 원서의 미문도 뛰어난 듯하고, 그 내용이야 세계적 명저라고 공인받은 것이어서 더 말할 것도 없지만, 우리말 번역문 자체가 워낙 매끄럽고 술술 잘 읽힌다. 유럽 중심의 세계사이긴 해도 역사를 전체사적으로 읽는 시각, 그 박학다식, 주제 의식을 심화시켜가는 서술의 대하(大河) 같은 흐름에는 혀를 내두를 지경이다. 이 명저를 나는 그 미려한 문장의 흐름을 익히려고 밑줄을 그어가며 숙독했는데, 감탄할만한 대목이 곳곳에 즐비하다. 내가 (일면식도 없는) 번역자의 우리말 구사력을 극구 칭찬하며, 그 친구에게 일을 좀 많이 시키라고 부추기면 박 사장은 그렇잖아도 몇 가지 일을 맡겨놓고 있지만, 바쁜 게 탈이라서 언제 번역 원고를 받을지 모른다고, 이제는 그런 지연에도 체념할 줄 아는 너그러운 속내를 비치기도 했다.

이윽고 두어 시간에 걸친 우리의 회식은 홀가분하니 맑은 정신으로 끝나게 마련인데, 밥값은 꼭 박 사장이 치르는 불문율을 단 한 차례도 어긴 적이 없다. 딱 한 번 늘 얻어먹기도 미안해서 내가 앞장서서 계산대로 다가간 적이 있는데, 박 사장은 뒤미처 따라와서, 제발 그러지 마라고, 자기가 이 정도의 밥값은 내야 사장이 회사를 위해서 밤낮으로 일하는 것을 직원들이 알 거 아니냐고, 알아주든 말든, 사장 체면이 있지 않냐고 했다. 그 설명도 묘했다. 나야 까치사의 필자도 아니고, 까치사에 아무런 이바지도 없는데 무슨 소리냐고 툴툴거리자, 명색 출판사 사장이 자기 필자들하고만 밥을 먹어서야 되겠냐고, 이런저런 견문을 얻기 위해서라도 알 만한 사람과는 최소한의 교제가 필요하다고 응수했다. 찬찬한 말로 이르는 그의 그 씀씀이가 한동안 내 머리에서 떠나지 않았다.

말이 나왔으니 꼭 짚고 넘어가야 할 대목인데, 박 사장은 누구와 회식을 하더라도 밥값은 물론이고 서너 사람과의 조촐한 술자리 비용도 반드시 자기가 낸다는 철칙 같은 것을 고수했다. 그것도 생색을 낸다는 티를 한 줌도 비치지 않고, 조용히 계산대 앞으로 가서 단골로서의 덕담 한두 마디를, 어째 장사가 잘되네, 보기 좋아, 자주 와야지 같은 말을 술집 주인에게 건네며 영수증을 받아 갈무리하는 식이었다.

그런데 나는 지금껏 과분하게도 30여 권의 저작물을 펴내면서 꽤 많은 출판사 사장들로부터 밥과 술을 대접받아봤지만, 그 질도 천차만별이다. 사장들의 성격과 인품이 즉석에서 그대로 드러나는 면면인데, 허풍스러워서 가식이 대번에 비치는가 하면 꾀죄죄하기 이를 데 없는 그 빈티에 오만상을 지어야 하는 잔풀내기도 드물지 않다. 가령 커피값도 저자가 내라며 뒷걸음질 치는 자린고비 사장도 있고(돈 쓰기 자체를 생리적으로 혐오하는 이런 인색한의 인생살이는 팔자소관이라고 치부하고 말면 그뿐이지만, 부동산 투자로 떼돈을 야무지게 꾸려놓고 있다는 뒷소문에는 기가 질린다), 필자/역자/저자를 그 실력이나 추후의 이용가치를 따져서 짜장면을 대접할지 일식집에서 생대구탕으로 생색을 낼지를 즉석에서 가름하는 사장도 있다. (이런 분별력을 즉각적으로 과시하는 사장은 머리도 좋아서 전화번호를 수십 개씩 외우고 있으며, 당연하게도 그 민활한 머리가 출판사업에서의 성공을 반 이상 담보하는 경우가 많고, 그의 회사로 출입하는 글쟁이들에게 이 일 저 일을 시키는데도 이골이 나서 소위 '갑질'도 마다하지 않는 수가 허다하다.) 뿐인가, 술을 좋아해서 모주꾼인 문인이 자기 회사에 들렀다 하면 가깝게 지내는 소설가/시인들을 줄줄이 불러 모아 청탁 불문의 술자리를 베풀고 술값도 요란하게 내 버릇하는 통 큰 사업가나 활수한 재력가 타입의 출판사 사장도 없지 않다. 그와 대조적으로 술값은커녕 밥을 살 줄도 모르는 궁상스러운 촌놈 스타일의 사장도 흔한데, 남을 못 믿어서 일가친지 한둘에게 영업과 경리를 맡기며 꾸려가는 그런 유형은 결국 큰돈은 원대로 못 벌 망정 부동산 한두 건을 챙겨두고는 연방 시들시들한 책이나 펴내다가 자비 출판을 노리는 문인/저자들을 물색하느라고 허둥거리는 그 본업에 충실한 졸때기 족속이다. 의외로 글은커녕 자기 출판사에서 펴낸 책의 차례나 후기도 읽지 않고 출판업을 경영하는 얼치기도 숱하고, 그들은 양질의 저자/필자가 출판사를 돋보이게 하는 '갑'인지도 모르고, 스스로 '갑질' 노릇으로 오로지 돈 벌기에만 주력하는

10. 한 출판인의 초상

용심쟁이에 불과하다.

그런저런 실례를 겪은 대로 옮기자면 적잖은 지면을 낭비해야 하지만, 직언을 잘하던 까치사 사장만 하더라도, 문화산업이 무슨 말이고, 매출액으로 따지더라도 이름도 없는 다른 업종의 중소기업체에 백분의 일도 못 따라가는 꼴란 출판업을 하는 기 무슨 유세가, 챙피스러워서, 무슨 사업이든 돈 벌라고 하는 긴데, 출판업이 예외라고, 시건방지게 말 같잖은 소리나 해대고 라고 일갈했다. 뿐인가, 6, 70년대의 전집 전성시대를 잠재우고 단행본 시대를 주도하면서 어떡하든지 베스트셀러를 만들어내려고 그 순발력 좋은 총기로 세상의 판세 읽기에 부심하던 (연전에 작고한) 모 사장은, 직원들 월급이나 제때 주고 밥이나 겨우 먹으면 그런 다행이 없지요라고 눙치면서도 이재에 밝고, 서점 관리 같은 영업 전선에서도 여느 사업가 못잖은 수완을 발휘했으나, 막상 자기 출판사가 펴낸 최근 저작물의 내용과 평점은 신문과 '남'의 입을 통해 파악하는 명민에 관한 한 타의 추종을 불허했다.

↓

자기가 좋아하는 대상에 애증의 감정이 번갈아 들끓고, 호오가 죽 끓듯 변덕을 부리는 것은 인지상정이 아닐까 싶다. 그런 내색을 혼자서 삭이는 것이 그나마 인간적 품위를 지키는 최선의 극기이지 싶은데, 가령 책도 마찬가지다. 그렇게나 아끼던 명저도 어느 순간 부담스럽고, 그 제작 형태에 결정적인 허물이 보일 때는(이를테면 본문의 활자에 삐딱한 인용문 사체나 보기 싫은 굵은 고딕체가 있다든지, 표지 디자인이 마땅찮거나 그 용지가 너덜거린다든지 하는, 까탈을 찾자면 부지기수다) 그때까지 그렇게나 쓰다듬었던 정성과 예찬을 일시에 거두고 내팽개치는 수가 있다. 그래서 나는 이사할 때마다 책 정리로 골머리를 썩이는데, 버릴 책을 결정하는 일이 간단치는 않다. 꼭 필요해서 조만간 찾게 되리라는 단안도 믿기지 않고, 책마다 얽힌 사연도 있어서 지닐 것을 골라내기가 여간 어려운 일이 아니다. 몇 차례 겪은 후로는(나잇살이 지긋해질수록) 머리를 한참 굴리다가 결국에는, 죄다 버려, 언제 읽을 거라고, 읽을 시간도 없으면서, 다시 찾기는 무슨, 미련은 버릴수록 똑똑해져 같은 중얼거림 끝에 과감하게 소장본의 3분의 2쯤을 재활용 쓰레기로 내놓는다. 그런 결단을 누리는 밑바닥에는 완벽주의에 대한 쓸데없는 집착이 작동하고 있어서이다.

완벽주의가 어떤 부문에서도 통할 리가 없다는 것을 번히 알면서도 그것에 다가가려고 버둥거리는 고집불통은 필경 현상의 부실/미비/미흡/미달에 성마른 불평을 토하다가 어떤 완전성/무류성을 희구하면서 현실 기피에 이른다. 극단적인 실례로는 물레방아가 제힘으로 돌아갈 수 없음을 잘 알면서도 마냥 빈둥거리면서 멍청히 서 있다는 투정을 일삼는다. 그래서 완벽주의의 회로는 대체로 이런 도식에 이른다.

트집 잡기→(공상으로만) 개선/개량에 집착→완벽주의의 희구→원망 팽배→불평/불만 상습화→현실 부정→현상 회피→안하무인→세상/인간 기피→칩거/은둔 참칭→게으른 공상과 주제넘은 야심의 만발.

그런데 자칭 완벽주의를 나름대로 지향, 일상생활에서도 그 집념을 추구하는 방정한 위인들의 '이렇게 되어야만 한다'는 원칙은 세상의 일반적인 정서나 상식과는 겉돌거나 별난 이견(異見)일 뿐이어서 일반인의 호응을 얻지 못한다. 실제로도 완벽주의는 형용모순으로서 어떤 경우에라도 구현 자체가 불가능하다. 개개인의 선입관이나 편견은 그들의 교양의 성숙에 따라서 점차 수정이 불가피하듯이 완벽주의도 필경 주위의 여건, 주무자의 작업 태도와 솜씨 등이 천차만별임을 깨닫고 어쩔

10. 한 출판인의 초상

수 없이 물러설 수밖에 없고, 마침내 세속계의 보편적인 질서에 양보, 속물과 약간 다른 정도의 속화로 자족하는 삶을 누리게 된다. 그러니 남과 세상을 이해하지 못한다기보다 그것들에 대한 배려가 상대적으로 부족할 뿐만 아니라 그들의 무능을 용서하지 못하겠다는 태도는 그의 그 임시의 추구벽에 지나지 않으므로 그 고집스러운 생각이 꼭 옳지도 않다. 그런데도 그는 자신의 그 편향된 생각을 고수하는데 전심전력한다. 그는 따돌린다. 세상이 그를 무시, 심지어는 경멸하니 점점 그는 국외자로, 말의 바른 의미에서 반골로서, 비체제주의자로서(체제 비판주의자가 맞는 말이고, 좀 더 정확히는 체제 비관주의자다) 연명할 수밖에 없다. 진정한 문인/예술가의 한 단면이랄 수 있는 그런 기질에는 어떤 타협도, 기회주의/원만주의/세태순응주의도, 출세욕도, 금전욕도 성가실 뿐이어서 귀찮고 같잖기만 하다. 물론 완벽주의가 밥을 먹여주지는 않으므로 그도 더러는 '할 수 없지 뭐, 세상이 그렇다니까, 이렇게 타협하고 어영부영 살라니 어처구니없지만, 목구멍이 포도청이니 어째' 하고 딱 한 걸음만 물러나는 시늉에 겨워 지낸다. 그렇다고 그가 성깔을 눅였다거나, 일시적으로라도 고집을 꺾었다고는 할 수 없다. 여전히 '이래야만 훨씬 반듯해진다고, 옳게 일하고 더 잘 만들자는 의욕도 없는 인간을 밥값도 못한다고 나무라는 것과 인간다운 대우 운운하는 짓거리는 심성과 능력을 한 잣대로 비교하는 엉터리 수작이야' 하는 자신의 생활철학을 고수하는 데 지치지 않는다. 물론 그 고집을 지키지 못할 때 그는 체념에 빠지고, 살기가 싫어지고, 자주 낭패감에 빠져 신음한다.

내게도 그런 기질이 없지 않지만, 박 사장만큼 어떤 완벽주의에 대한 집착이 유난스러웠던 사람을 적어도 출판계에서는 보기 힘들었다고 한다면 나의 과문을 탓하고 슬그머니 물러설 수밖에 없긴 해도 내 단언이 망발은 아니다.

내가 아는 한 그는 누구보다도 전심전력으로 책 만들기를 즐기고, 어떤 완제품을 이번에는 꼭 만들어내고 말겠다고 다짐하다 보니 온갖 종류의 책을 다 펴내 놓고 그때마다 성에 차지 않아서 그 방면의 책에 또 도전하는 회로에 빠졌다고 하면 그의 출판 인생을 웬만큼 요약했다고 할 수 있을 것이다. 앞서의 그런 심적 갈등에 휘둘려서 이제는 까치사에서 발행한 소장본은 물론이고 젊은 시절에 열독한, 오늘의 나를 만들어준 명저들마저 대부분 다 버리고 불과 수백 권만 지니고 있어서, 참고할 자료 부족만으로도 나의 낡은 기억에 기댈 수밖에 없는 처지지만, 까치사에서 발행한 『동의학사전』도 단연 이채로왔다. 내 기억이 아직도 쓸 만하다면 거의 9백여 쪽에 달하는 그 의학사전은 팔리지도 않을 책이고, 도서관용으로 또는 그 방면의 전공자에게 기증용 내지는 추천의뢰용이지 싶어서 우편물로 받고서 나는 즉각, 이건 좀 심하다, 품값도 안 나올 이런 책을 만들어 무슨 낙을 누리자고, 한의학협회 같은 데서 발간비 지원이라도 받았을까, 이 한자 투성이 책을 박 사장이 일일이 다 교정까지 봤을까, 대신에 다른 책이나 펴내지, 공연히 헛고생을 사서 했네, 허 참, 어이없네, 이게 뭐야 도대체, 하고 한동안 멍청해진 경험도 있다.

자신의 생업에 대한 고집으로서 '남이 안 만드는 책을 내가 선도적으로 펴내 보이겠다' 라는 일종의 장인 정신은 박 사장의 그 좀 별난 '임시 완벽주의' 의 부추김을 받았던 게 틀림없을 것이다. 까치사가 개발한 그런 첨단적 책들은 의외로 많은데, 물론 돈이 되는 것도 아니고, 스테디셀러가 될 조짐은커녕 초판도 팔리지 않아 창고만 채움으로써 과외 비용마 까먹는 '불효막심한' 적자(嫡子)들이다. 내가 기억하고 있는 것만으로도 『인상주의의 역사』 같은 미술 관련 책을 비롯하여 사진기 조작법인 『포토 핸드북』과 그 방면의 명저로 정평이 자자한 『세계사진사』와 프리츠커상 수상자들의 작품을 사진 도판으로 보여준 『건축가』도 손해를 보든 말든 박 사장 특유의 생고집과 장인 기질을 구현한 실적일 수 있다. 그 밖에도 열거하자면 숱할 텐데 내 투미한 총기를 쓸데없이 공개할 필요는 없을 듯하므로 이쯤에서 그만의 서적 가치론 같은 것을 주거니 받거니 한 대로 소개하는 것이 차라리 다소나마 저술 행위와 출판의 관계에 대한 초보적인 자세라도 점검할 수 있지 않을까 싶다.

그는 가끔씩 과학을 알아야 한다고, 과학을 알면 이때껏 읽어서 알고 있는 인문학적 세계관이 하루아침에 얼마나 엉터리인 줄 대번에 알게 된다고 강변했다. (그러면서도 과학책에 실리는 도판, 수식(數式), 그래프, 화보 등의 편집에 따르는 품이 문장/활자의 교정에 주력하는 인문학책에 비해 두어 배나 많이 드는 고생담을 토로하지는 않았다.) 내가 과학에는 관심이 없는 줄 알고 놀리듯이 그런 강제적 권장을 디밀면서도 까치사에서 발행한 과학 관련 책을 한 권도 내게 증정하지 않은 것을 보면 그는 나의 '반풍수 지식' 일체를 은근히 나지리 보고 있었는지 모른다. 사실일 것이다. 나는 일찍이 칠판 글씨를 한쪽 시력만으로 읽는 생래의 짝눈에 외사시라 머리를 반만 사용하는, 과학 따위는 몰라도 살아갈 수 있다는 고질의 생떼거리에 집착하는 반편이다. 그 반편이 열등감으로 내가 얼마나 혹독한 내상(內傷)에 시달렸는지는 몰랐겠지만, 내가 과학에 대해서 일자 무식꾼임을 그는 일찌감치 알아보지 않았나 싶다. 어쨌거나 과학이 기껏 인문학의 종노릇이나 하지 않을까 하는 젊을 때의 내 섣부른 생각은, 나이를 먹어갈수록 과학만이 세상을 바꾸는데

혁혁하게 이바지할 뿐 인문학은 세상을, 인간을 바꾸기는커녕 복잡하고 어수선하게 만드는 데 골몰할 뿐이라고 교정하도록 채근하며, 우리의 모든 일시적/한정적 지식, 선입관, 편견, 사고 행태 따위도 결국에는 한낱 철부지 같은 야망이거나 덧없는 말장난에 불과하다는 결과 앞에서는 멍청해질 수밖에 없고, 개개인이 한평생 누리는 지적 교만은 실로 터무니없는 허텅지거리임을 실감하고 있다.

↓

그렇거나 말거나 우리는 앞서의 그 문학/문장 쪽 매도벽을 즐기는 한편으로 역사 쪽에 관해서도 논란거리를 자아올리는 데 지치는 법이 없었다. 그것도 다 털어놓기로 들면 하루해도 모자라지만, 여기서는 한두 개의 일화를 소개하는 데 그치려 한다.

양서 출판사로 웬만큼 자리가 잡히면 자천/타천의 학술서를 펴내겠다는 원고가 밀어닥치게 된다. 까치사도 예외일 수 없어서 그런 원고를 사절하는데 과외의 수고를 들여야 하고, 실제로 박 사장은 학계의 숨은 실력파에 대한 정보도 소상해서 아예 먼저 청탁함으로써 저자의 전공을 살리도록 독려하고, 그런 청탁 원고가 대개 다 그렇듯이 몇 년씩 기다려야 하는데다 받는 즉시 출판하기도 벅찬 판이라고 했다. 쉽게 말해서 팔리든 말든 꼭 출판해야 할 원고 풍년에 일할 인력은(교정부원을 마음대로 뽑아 쓰기도 예의 그 완벽주의가 제동을 걸고 있다) 태부족인 경우이다.

그런데 막상 명성이 자자한 실력자의 원고를 받아서 손수 교정을 보기 시작하면 실망스럽기 이를 데 없다는 실토는(한숨만 연거푸 쉬다가 허탈해진다는 자조도 흘리면서) 우리 학계의 진짜 실력에 대한 공공연한 비밀이었다기보다 박 사장만의 자탄이었다고 해야 맞을 것이다. 집필을 의뢰한 그런 원고의 내용이야 전공자가 참고 내지는 발굴한 1차 문헌에 전적으로 기대며 자료 해석에 주력하는, 말 그대로 '활자로 새겨져 있는' 사실들의 취합이라서 뭐라고 할 수 없으나, 그 서술이 밋밋하고 읽을수록 재미가 없어서 시들하기 짝이 없어진다고 했다. 그 시쁜 기색의 근원은 가독성이 떨어지는 문장 때문임은 말할 나위도 없는데, 피상적이고 평면적인 기술력(記述力)은 정말 따분해서 이내 내팽개치도록 좨친다는 것이었다. 우리의 학술서들이 어느 것이라도 구체적으로 또 입체적으로 사건의 전후 맥락을 엮어가지 못하는 관건은 2차 자료를 능수능란하게 채집, 활용하여 문장/문맥의 흐름에 박진감을 실어 나를 기량이 부족해서이다. 우리 산문들이, 특히나 대학교수들의 문체가 오문/비문이야 없겠으나 평이하기 짝이 없으니 읽는 맛이 술에 물 탄 꼴이 되고 마는 것이다. (펜으로 쓰지 않고 말뚝으로 썼다는 비유는 문장/문맥의 읽히는 맛, 가독성에 관한 한 명언이다.) 실은 그런 기술의 어려움을 해소하는 격언도, 순진한 이론일 뿐이라서 실천에는 오랜 기간의 숙달이 필요할지라도, 없지는 않다. '과장하더라도 분수를 지키고, 수식을 덧대더라도 거짓을 없애라'는 문장 작성법이 그것이다. (예의 그 『물질문명과 자본주의』를 숙독하고, 참조하면 당장 부분적으로라도 스타일을 바꿔보려는 의욕이 솟구칠 텐데, 우리의 산문 필력은 바로 이 초보적인 실력 쌓기에 태무심한 듯하다. 석박사 논문도 그렇지만, 다른 인문학의 학술 논문/저서들도 읽히는 재미를 속속들이, 철두철미하게 솎아내고 갈아엎는 데만 전념한 실적을 유감없이 보여주고 있다. 이런 전반적인 '기운'을 걷어내지 않는 한 학문의 '발전과 세계화'는 헛소리다. 우리의 역사서들은 도무지 읽히지 않아서 지독히 재미없다는 '편견'을 마냥 무시할 수 있는지, 참으로 걱정스럽다.)

이를테면 병자호란의 '실상'을 종전과 달리 밝히는 역저라는데도, 청나라 군사의 숫자가 20만 대군에서 4만여 명에 이르기까지 구구한 예의 기록들만 발굴, 열거하면서 그 진위론만 장황하게 펼칠까, 그 부대조건에 대해서는 함구하고 있다는 것이다. 역사 기술에서 숫자는 믿을 게 못 된다는 말도 있고, 하기야 모든 기록은, 특히나 역사 서술에서는 실록 같은 책자조차 믿지 말라는 금언도 있다. 실은 숫자에 매몰될 게 아니라 혹독한 추위를 뚫고 압록강에서 남한산성까지 질주해온 청군의 일사불란한 용병술을 기술해야 하고, 그에 대응하지 못한 조선 군대 안팎의 전의(戰意)와 청군의 병참(兵站)을 비교, 비판해야 하는 것이 저술의 골갱이일 텐데, 그런 입체적 서술은커녕 기왕의 단선적인 사실의 재조립에 급급하며, 이런 낭비를 막을 제도적 장치도 없는 형편이 우리 학술서들의 한심한 실태라고, '한마디로 무참하고 참담을 금할 수 없어'라고 했다. 그야말로 목적과 본질을 잊어버리고 수단/도구에 얽매이는 어리석음이 한심하다는 그 '언전(言詮)'의 실례를 실토한 것이다.

박 사장은 만주족이야말로(좀 더 정확히는 여진족이지만) 가장 위대한 종족이라고, 지금도 건재하는 몽고족을 예외로 친다면 중국의 한족을 완벽하게 정복한 유일무이한 민족이라고 칭송해 마지않았다. 그때마다 한반도에 웅크리고 앉아서 자나 깨나 영영 사라진 명나라나 그리는 우리 조선족의 어리숙한 기개를 자탄하면서. 물론 그런 그만의 찬탄은 숱한 중국 관련 역서들을 교정, 발간하면서 터득한 연찬의 결과였다. 그러나 다시 한번 촘촘히 들여다보면 역시 시각의 문제로서, 중국인들처럼 멀게, 웅숭깊게 시선을 두리번거릴 여지가 없는 것도 아니다. 비근한 사례로 청대의 6대 황제 건륭제 같은 영매한 걸물은 재위 60년 동안 소의한식(宵衣旰食)을 매일 꼬박꼬박 실천하면서 수많은 처첩을 통해 자식만 1백여 명이나 두었다니, 그쯤 되면 한족이 거대한 용광로에다 만주족을 모조리 쓸어안아서 그 흔적을 말끔히 지워버린, 이렇다 할 말썽도 없이 종족 말살의 대장정을 허물도, 말썽도 없이 완수해버린 셈이기도 하다. 실로 이상한 역사적 문맥은, 주지하듯이 한족은 쉴새 없이 전쟁을 즐기고, 승패 따위에도 괘념치 않으며, 다시 한번 시비를 가리자면, 기다렸다는 듯이 달려들고, 그런 내우외환을 겪을수록 국력과 국토가 불어나는, 그래서 세상의 중심에는 그 국호마따나 중국이 있다고, 그런 자부심을 한시도 내려놓지 않는 특이한 민족이라는 사실이다. (황당무계한 권법과 칼싸움으로 영화의 한 장르를 개발, 승승장구하는 '와호장룡' 류의 무협물은 한족의 내력과 근성을 찬찬히 뜯어보게 한다. 중국의 전매특허인 '인해전술'만큼 뛰어난 전략은 달리 있을 리 만무한데, 그 근원은 먼 장래를 내다보고 참는 지독한 '인내력'의 세습화/유전화일 것이다.)

↓

그런 한담을 나누다 보면 어느새 우리의 토론은 일쑤 '평전'이라는 장르로 건너뛰곤 했다. 평전은 역사와 소설이 만나는 구심점이므로 당대의 시대정신과 한 인물의 굴곡 심한 인생살이/세상살이가 어우러져야 하는 특이한 산문 양식이다. 당사자가 자신의 성격과, 속속 터뜨려지는 각종의 우발적 사건과, 불가사의한 운명의 장난과, 정치적/사회적/문화적 환경과, 당대의 특이한 자연적/인위적 배경/정경과 싸워나가야 하므로 평전은 여느 소설의 그 별난 상상력을 초라하게 만들 지경으로 재미있고 유익하다. 그 역사적 정황을 통해 세상의 변화와 그 추이를 읽을 수 있을뿐더러 그 역동적인 변화무쌍에 부대낄 수밖에 없는 한 인간의 부침과 영욕이 그려져 있어서인데, 어떤 우연 만발의, 따라서 믿기지 않는 픽션의 상상력과 그 조잡한 구성력을 단숨에 뛰어넘을 수 있는 역량을 자체적으로 누리고 있기 때문이다. 소설은 아무리 잘 봐주더라도 어느 한 사람의 한평생 일대기이고(단편/장편으로 시간대의 길이가 다를 수 있으나, 어떤 소설이라도 연대기에 그치고, 일대기는 연대기에서 골라낸 여러 사물과 사건의 인과관계를 소루하게 부연한 서사일 뿐이다), 그것의 구현에 따르는 상상력의 최대치는 천당/지옥으로 갈음할 수 있는 이 세상 밖의 어떤 현실, 요즘 말로는 가상현실의 조작에 이른다. 그 비현실은 허구에 지나지 않으므로 한낱 가탁(假托)에 불과하며, 근원적으로 사실도 아니고, 그런 소우주에 진실이 있을 리 만무하다. 따라서 그 현실/시공간 감각은 오로지 재미 즐기기에 바쳐지는 희생양 같은 수단일 뿐이다. (예의 그 "와호장룡"을 참고할 수 있다.) 따라서 그런 허구를 그리는 데는 각성을 전제로 하는 언어 매체가 부적절하다기보다 미흡하기 짝이 없고, 동영상이나 만화가 더 효과적임은 새삼 말할 나위도 없다.

어떻든 평전은 여느 장르보다 현실직이고, 그 내용에 비사실적인 흔적은 추호도 없어야 하며, 이 착실한 규정의 미덕이야말로 가독성을 배가시키는 동력이자 양식(糧食)이다. 흔히 사실은 소설보다 더 기이하다는 그 '실제 형편'이 여느 사실화/풍속화처럼 생생하게 살아 있는 것이다. 그러므로 그 당대에만 통하는 사실 전반에 과감하게 도전, 시대=역사와 싸우는 한 위인의 생애 중 괄목할 부분만 골라서 집중적으로/차별적으로 조명해야 평전은 비로소 소기의 목적을 달성하게 된다.

그런데 그 구지레한 숫자와 수치의 수집과 열거에 주력하는 『자본론』의 억척스러운 기술에 진력이 나서 그 반발로 마르크스의 여러 평전을 닥치는 대로 읽어보면, 문외한의 눈에도 그 우열이 대번에 비친다. 어떤 것은 너무나 피상적이고, 산업사회로 진입하는 당시 영국의 서민적 삶이 엉성할뿐더러 마르크스가 어디에서 망명 생활을 하고 있는지도 모르는 듯한 기계적 서술에 적이 실망스러워진다. 누구나 알고 있는 자료, 참고서적으로 얽어가고 있으나, 막상 당사자의 빚투성이 삶 자체에 대한 근본적인 고찰에도 무심한 것이다. 비단 마르크스만 그런 것도 아니다. 내가 읽어본 평전으로는 모차르트도, 링컨도, 프로이트도, 드골도 '대차 없이' 마찬가지다. 국내의 이런저런 평전들은 더 고만고만하기 짝이 없는데, 실록 따위를 열심히 참조했다고 하나 '평'도 어리벙벙하고 '전'도 희미한 것이 대다수다. 당대의 풍속 전반에 대한 무분별이, 반상으로 나눠진 당시의 계급사회와 그 속을 부유하는 양민과 그들의 의식에 무감각한 정도가 지나쳐서 어느 위인이라도 장승이 걸어가는 것 같고, 역사도 구름이라도 잡을 듯이 허공을 헤매고 있다는 독후감만 여실해지곤 한다. 제2차 자료의 섭렵으로 기왕의 그 고정된 각진 인물상과 전혀 다른 실물을 조탁해놓아야 하건만, 그야말로 외우기에만 매달리느라고 무자각으로 일관하며, 의심할 줄도 몰라서 얻는 것이 없다는 논어의 한 구절을 그대로 답습하고 있는 것들이다.

우리의 그런 합의 끝에는 그의 탄식이 대충 이런 식으로 늘어지곤 했다.

"한마디로 너무 열악해, 우째 그것도 모르까, 아까 말하다가 만 그 2.26사건의 전모를 밝힌다면서, 웬 놈의 파벌 싸움만 잔뜩 늘어놓고실랑, 아, 그날 아침에 눈이 많이 와서 거사가 곳곳에서 주춤거렸다는 기상 환경도 기술하지 않으니 그 논문의 수준이 오죽하겠어. 보나 마나지, 엉망이야, 납작납작한 소리로 귀한 지면이나 잔뜩 채우고 있는 기지. 하 답답해서 안 그런가고 물어보면 책에 없다 같은 철딱서니 없는 소리나 해대고, 한심해서 더 말할 기운도 쏙 빠져나가버리고 말아. 알

앉다고, 저것들이 알아서 공부를 하든 말든 해야지."

2.26사건이란 독일의 군대 편제를 그대로 베꼈다는 일본의 현대식 군부가 전무후무하게 치른 최초의 쿠데타로서 1936년 2월 26일 새벽에 일단의 청년 장교들이 국가 개조와 군사 정권 수립을 기도하다 실패한 반란이다. 우리 역사와는 무관한, 하등에 쓸데없는 그런 '한눈팔기'을 통해서도 기록의 구체성이 얼마나 중요한지에 대해 그와 나는 의기투합하고 있었고, 시뻐서 죽을 맛이라는 그의 기색에 나도 즉각 호응하지 않을 수 없었다.

"그거야 소설로, 영화로, 실화로, 사진으로도 널리 찍혀 있는 사실인데, 참 무식하네. 글읽기나 글쓰기도 일종의 생활습관병인데, 그 고질을 뜯어고치자면 읽기 쓰기 공부 방법부터 다시 가르쳐야지요. 병폐가너무 깊어서 단숨에 뜯어고치기는 힘들다고 봐야지요. 선생들도 엉터리가 많지만, 학제, 시험 제도, 논문 쓰는 법을 바꿀 수 없으니 필자만나무라는 것도 억지기사 하지요. 엉뚱한 데다 성화를 부려 봐야 별무소용이고요. 우리 학계는 공부를 안 하는 게 아니라 공부하는 방법을 잘못 가르치고 제도를 안 바꾸고, 선생들부터 그 멀쩡한 규정도 안 지키는 데야 하는 수 없지요. 좁은 시선으로 영어, 일어, 한문 원서 강독이나 시키며 방법론의 허실은 도통 가르치려고 하지 않으니."

"강독이나 제대로 하면 밉지나 않지. 할 수 없지, 뭐, 우째 베끼기라도 고대로 잘 베끼 보라고, 그거조차 제대로 못 가르치니 한심 천만이라는 소리지. 느는 건 한숨뿐이야. 기다려야지. 나라 없고 글, 말을 다뺏기고도 살았는데."

평전의 떫은 글맛에 관한 한 그와 나의 냉소적 비관주의는 길 잃은 방랑객처럼 언제라도 심드렁하고 허탈했다.

대개의 출판인은 사업이 본궤도에 오르면 (여윳돈도 꽤 있다는 시위로) 잡지를 펴내서 명색 언론의 대열에 참여하고 싶어 안달을 낸다. 그 욕심은 허영인데, 필자를 선정, 청탁하는 권력을 휘두르며, 더불어 상 이름도 제정하여 해마다 상금을 시상하는 자세를 부리고 싶어서이다. (상금은 유족이나 모재단이 제공하고 잡지 지면만 제공하는 시상 제도도 흔하다. 상금이 있든 없든 수상을 싫어하는 인간은 식자 축에도 들 수 없으니까.) 잡지 하나에 따라붙는 이권은 여러 가지다. 우선 고명해서 신문 지면에서나 볼 수 있는 학자/문인/예술가 등을 편집위원으로 모실 수 있고, 한창 잘 팔리는 작가, 글을 잘 쓴다는 평판이 자자한 문인을 골라잡을 수 있는 특권도 누리게 된다. 광고도 여러 가지를 실을 수 있어서 이래저래 책만 펴내는 출판업보다는 본격적인 사업으로서의 구색을 갖추게 된 듯해서 으쓱댈 만도 하다. 문학지 같은 것을 먼저 내고 단행본 출판을 부수적으로, 여기로 꾸려가는 출판사 겸 잡지사도 흔하다. 내가 아는 한 원고료를 챙겨주지 못해도 딱히 부끄러워하지 않는 문학지가 전국에 무수히 많은 작금의 실황은 우리의 문학판/잡지계가 얼마나 요란한 야바위판을 치르고 있는지를 웅변하고도 남는다.

하등에 이상할 것도 없이 박 사장은 잡지를 창간하겠다는 생념을 추호도 갖고 있지 않았다. (어느 날 한낮에 예의 까치사를 찾아가던 언덕길에서 문득 그 생각을 떠올리고, 역시 그렇지 하고 나는 대단한 발견이라도 한 듯 속으로 쾌재를 불렀다.) 그의 완벽주의를 생각하면 성에 차는 필자를 매번 고르는 분별도 첩첩산중을 헤매는 생고생이나 마찬가지일 테고, 청탁 원고의 수준을 일일이 점검, 교열하는 일은 생각만 해도 끔찍하고, 잡지 고유의 어떤 편집 방침이 정해졌다면 그것을 굳게 지켜야 하는 자신의 원칙주의가 매달, 아니면 계절별로 온갖 스트레스에 치여 알게 모르게 허물어질까 봐 노심초사할 테고, 자기의 그 본성을 알고 있었으므로 잡지 따위는, 심지어는 정기적으로 대행 출판하게 마련인 학회지조차 관심권 밖으로 내몰았을 것이다. 오로지 책을, 그것도 양서에 해당하는 번역서와 학술서만을 펴내기에도 벅차다는 자신의 겸손한 신념에 투철했고, 그렇다는 것은 앞에서 기술한 그의 허영기 없는 성정을 참작한다면 충분히 이해할 수 있는 일면이다.

자신의 성격, 자질, 능력을 잘 숙지하고 그 기량 일체를 조만히 펼쳐 보이는 데 최선을 다한 그만의, 또는 그다운 그 원칙 고수벽은, 아니 그 요지부동의 집착은 까치사 발행의 모든 책의 얼굴에도 그대로 드러나 있다. 그가 늘 하던 말을 따오면 '책 제목이사 이마에다 반듯하게 정체로 박아두면 그뿐 아이가, 디자인이다 머다 해대며 제목 글자를 삐딱한 이 눕히놓고 그기 도대체 머하자는 것고, 얼굴을 요란하게 치장해서 머 할라고'라는 신념을 충실히 따른다기보다 그 원칙조차 지키지 못하면 양서의 가치가 훼손되고 말 것이라는 고집을 천연스럽게 실천한, 자신의 그 서적관/출판 신념을 억척스럽게 실천하려고 평생토록 분투, 생고생을 마다하지 않은 양반이 박 사장이었다면 웬만큼 곧이곧대로 지적한 것이 아닐까 싶다.

책 제목처럼 출판사 상호 '까치'마저 표지의 턱 쪽 정중앙에다 까만 바탕에 흰 글자로 앉히는 원칙도 한결같았다. 늘 참신한 글을 존중해야 하고, 일반인이 알고 있는 그 상투적인 세상과는 전혀 다른 세계상을 그려놓은 책을 골라서 펴내야 하는 출판업의 본분/사명과는 배치되는 그 원칙을 고수하기가 어려운 게 아니라, 그런 실천 의지는 외부의 자극, 출판 환경의 변화에 따라 흔들리기 쉬운데 그는 군건하게 자기 신

10. 한 출판인의 초상

조를 지킨 것이다. 그 밖에도 구태의연해서 좀 지루한 판권도 바꾸지 않고, 목차도 활자 크기만 달리 조정할까 이렇다 할 변화를 주지 않은 것은 지엽(枝葉)에 치우쳐 근본을 잃을지 모른다는, 예의 그 절상생지(節上生枝)를 경계하는 그의 원리원칙주의가 작동했기 때문일 것이다. (하기야 우리 출판물들은 대개 다 판권/목차 따위를 무성의하게 편집, 아무렇게나 앉히고 만다. 책이야말로 일련의 특이한 '질서 감각'을 드러내야 하는 예술품이므로 책들마다에 꼭 적합한 편집 기술을 과시해야 하건만 그렇지 못한데, 그 창의력을 전 지면에 골고루 섬세하게 앉히는 노력에 등한하다.)

급변하는 작금의 출판 환경을 건성으로 참조하더라도 장하고 갸륵하다는 말 밖에 안 나오는 생고집인데, 내가 보기에 까치사의 책 표지 제작이야말로 박 사장의 대사회적 처신을 숨김없이 반영하고 있는 실물 같다. 디자인 비용을 아껴서가 아니라 외주(外注)해서 갖고 온 어느 디자이너의 시안(試案)은 틀림없이 주문자로서 박 사장의 그 완벽주의와는 동떨어진 것일 확률이 높고, 어느 것이라도 책 내용과도 무관할뿐더러 요란한 분식(粉飾)과 기교를 덧댄 유행상품의 포장을 흉내 낸 모조품일 것이므로, 다시 만들어 보자고 서로 말을 나누는 그 협의 과정조차 성가시고, 그 반복은 결국 시간 낭비일 뿐이라는 결론을 도출해냈을 테니 말이다. 그래서 (내가 알기로는) 그의 부인에게 까치사의 책 표지를 전적으로 맡김으로써 그만의 그 일관된 원칙 고수주의를 원활히 지키는 한편으로 어떤 정신적/언어적 낭비도 과감하게 줄이는 길을 택한 것이다. 그럼으로써 독자들은 까치사의 책 표지를 통해 명화와 추상화를 감상할 수 있는 과외의 보너스를 매번 받는 한편, 책 내용과 표지의 연관성을 추리해보는 생각거리를 떠안게 된다.

편견이 자심한 내 시각/취향으로 따진다면 까치사의 본문 활자도 좀 낡았다는 인상을 지울 수 없다. 요즘은 산뜻한 활자체가 여러 종류나 개발되어 있어서 가독성이 한결 나은 것들이 많은 만큼 본문의 스타일 전반의 특별한 결＝나이테에 부응해야 좋지 않을까 싶은데, 박 사장의 원리주의 앞에서는 아무런 설득력이 없을 게 뻔했으므로 나는 그런저런 주제넘은 조언을 지나가는 말투로도 일절 하지 않았다.

↓

대구에서 내가 교편을 잡느라고 13년 동안 자취생활을 감수하는 중에도 박 사장과 나의 정의(情誼)는 한결같이 이어졌다. 잊을 만하면, 거의 한 계절에 꼭 한 번쯤은 그가 느닷없이 전화해서 늘 하던 대로, 까칩니더에 이어, 언제 상경하냐고 묻고, 밥이나 한 끼 합시더 라고 청했다. 나의 일정이나 일상도 고정적으로 정해져 있어서 그와 판박이라고 해도 과언이 아닌데, 내가 그나마 웬만큼 말이 통했으므로 그는 답답한 심사도 눅일 겸 그렇게 찾았던 게 아닌가 싶다. 그런 우리 둘만의 저녁 회식 자리의 화제는 언제라도 무궁무진했다.

가령 국어사전이든 영어사전이든 장인이 평생토록 심혈을 쏟아부은 역작을 못 만들어내는 우리 출판계의 근성 없는 기질을 개탄하고, 이희승 편저의 『국어대사전』과 국립국어연구원에서 펴낸 『표준국어대사전』의 결함에 대해 성토할 때는 쌍욕도 마다하지 않았다. (그는 점잖게 힐난하는 식이고, 나는 소설 속의 대화체를 닮아 시중의 쌍말을 구사하는 식인데, 미친것들, 거의 팔푼이고 얼빠진 놈 아이가, 개자석, 그 낭비가 다 서민들 피땀을 긁어모은 건데, 망할 것들, 그 시류 영합꾼은 한마디로 아첨뱅데 온갖 매스컴을 쥐락펴락하면서 입방정이 그렇게 싸니 명도 길어, 장수할라면 우선 남의 손가락질받을 말부터 배워야지 등이었다.) 빈말이라도 그가 우리말 대사전을, 일본의 실례처럼 적확한 뜻풀이와 적절한 용례를 적시한 사전을 펴내고 싶다는 언질이라도 비치기를 바랐건만, 그는 내 마음을 '십분' 읽고 있으면서도 씩씩거리만 할까 더 말을 보태지 않았다. (그는 '십분'이 일본말이라고, 가급적이면 우리 문어에 써서는 안 된다고, 까치사 책에서는 '충분히' 정도로 고친다고 했다.) 감당하지도 못할 일에는 말품조차 아끼는 그의 성정은 결곡하기 짝이 없어서 참 답답하고, 재미도 없다는 느낌만 차곡차곡 쌓게 하는 것이었다. 그의 표현대로라면 '꼴란 지리부도, 지도책조차' 발간하지 못하는 우리 출판계의 지지리 못난 의식은 한마디로 '돈이 될 만한 것만 남들 따라 붙좇는 부나비' 같은 얼치기의 그것과 다를 바 없었다. 오역투성이에 술술 읽히지도 않는 문장이 버젓이 깔려 있고, 제목과 저자명이 알려질 대로 알려진 것들만 골라서 얽어가는 세계문학전집을 출판사마다 앞다퉈 펴내기 시작해도 그 손쉬운 돈벌이에 그는 오불관언이었다. 두툼한 합지 위에 번들거리는 아트지를 표지로 싸발라 놓은 고가의 아동물, 청소년용 명작 다이제스트, 일본의 연애/성애물 통속소설, 중국/대만의 대하소설 무협지 따위를 기획, 출판하면 땅 짚고 헤엄치기식 돈벌이가 될 텐데, 그는 그런 쪽으로는 한눈을 팔지 않았다.

그런 중에도, 아, 나도 돈이 중한지야 잘 알고, 웬껏 벌고 싶기야 하지라고 털어놓으며 스스로도 어이없다는 듯이 그 가느다란 눈매에서부터 입가로 번지다가 발그레한 얼굴 전체로, 나중에는 기다란 콧잔등에서 어룽거리는 조용한 웃음기를 한참씩 내버려 두곤 했다. 그럴 때는 미련을 가진다고 될 일도 아니라고, 할만치 하다가 접어야지 하며 체념하는 너그러움도 솔직히 비치곤 했다. 자신의 그 원칙 고수주의와 완벽주의를 허물 생각은 하지 않고 돈을 벌겠다니, 그 반상업적이자 비사업가적 기질을 누구보다 잘 아는 나는 어이없어서 한동안씩 그를 물끄러미 쳐다보았다.

한편으로 내용도 보잘것없고, 그 제목조차 제대로 알려지지 않은 어떤 번역소설이(두 권인지 세 권짜리인지 분명찮은데, 꼭 한번 읽어보라는 권유에 못 이겨 경중경중 읽다가 하도 재미가 없어서 내팽개쳤고, 프랑스 소설이었지 싶은데 이제는 제목도, 작가명도 기억나지 않는다. 그 작품은 소설에 대한 자의식이 맹숭맹숭해서 무슨 동화 같은 것이었다. 대중은 쉬운 것, 편하게 이해할 수 있는 것을 좋아하지만, 막상 그런 내용을 고르기도, 또 그렇게 쓰기도 만만한 일은 아니다. 물론 내게는 그런 소재를 잡아내는 머리도 없고, 술술 읽히는 문장을 쓸 재간도 없다) 한동안 연간 몇만 부씩 팔리는 기현상은 참으로 알 수 없고 신기하다며, 그런 효자 상품 때문에 그나마 까치사도 밥을 먹고 산다는 푸념을 늘어놓을 때는 덩달아 나도, 다 팔자지요, 돈이야 제 발로 똘방똘방 굴러와야지, 기를 쓴다고 벌리나 하고 실없는 성원을 보태곤 했다.

↓

이러구러 정년을 맞아 다시 서울로 올라오니 박 사장은 기다렸다는 듯이 내 작업실 근방으로 기사 딸린 차를 갖고 와서 저녁을 샀다. 나처럼 한동안 핸드폰 없이 버티더니만, 역시 사장이라 접이식 손전화기를 장만해서 차 속에서도 통화하는 모습이 그렇게 어색하지는 않았다.

아무래도 대구에 있을 때보다 서울로 올라오게 되니 그와 더 자주 만나게 된 것은 그나 나나 성질이 그래서 가깝게 지내는 친구도 많지 않고, 김형은 반주로 뭐라도 시키지 하고 권해도 내가 술을 바치지 않아서였다. 그의 고교 동기생 중에는 나와 호형호제하는 친구도 있어서 더러 보고 지내냐고 물어보면, 안 만난 지 오래됐다고 했고, 그도 모모 문인을 거명하며 내게 안부를 물으면 나 역시 안 본 지가 2, 30년도 넘은 것 같다는 대답을 들려줄 수밖에 없었다. 하기야 우리 나이가 벌써 그런 지경에 이르러 있었고, 대체로 환갑 전후부터 친구가 시나브로 주위에서 멀어지고, 영영 사라지는 처지임을 새록새록 새겨가는 중이었다.

이제사 되돌아보니 역시 그의 지병 때문에 우리는 전보다 더 자주 만났던 것 같다. 남자가 노년에 잘 걸린다는 그 암종은 나의 혈육에게도 덮쳐와서 수술의 고통을 겪게 했으나, 내가 들려줄 도움말은 이렇다 할게 없었다. 어느 병이라도 그렇지만, 재발은 예후가 안 좋은데, 그도 그것을 초조하게 걱정하고 있었다. 그렇긴 해도 평소의 일상을 그대로 유지한다고, 그러나 오래전부터 숙면을 못 한다면서, 밤 한 시나 두 시에 꼭 깨서 잠을 이루지 못한다고, 그때는 회사의 교정 일거리를 펼쳐놓고 보다가 새벽 대여섯 시 전후에는 곤해서 선잠을 자다가 정시에 출근한다고 했다. 그 잠버릇도 나와 비슷했고, 수면 부족증으로 눈꺼풀이 늘 껄끄럽고 따가운 동병상련도 나누었다. 눈가에 피로를 잔뜩 묻힌 그 좀 침침한 눈매로, 이제는 교정도 신물이 나서 못 보겠다고, 직원들한테다 일임해야겠다고 했다. 말만 그렇게 할 뿐 그가 잠시도 빈둥거리지 못하는 성질임을 잘 알고 있는 나로서는 선뜻, 좀 쉽시다, 쉬어가며 합시다, 내남없이 쉴 때도 됐구마는, 같은 입에 발린 말을 차마 건네지 못했다.

언젠가는 단골 한정식집에서 점심으로 늘 하던 대로 쇠고기 국밥을 시켜 먹고 난 후, 아래층의 커피숍에서 이 말 저 말 나누다가 다시 예의 그 예후를 걱정하면서, 문득 생각난 듯 그전에 입원/통원 치료를 받은 병원에서 퇴원하며, 집사람과 상의한 후, 도네이션을 했다고, 도네이션

알지요 하고 내게 말했다. 나는 평소에도 외국어를 가능한 한 안 쓸려고 애를 쓰느라고 어눌해지곤 하는데, 그것을 알고 그러는지 도네이션을 한 차례 더 반복했다. 나는 물론 즉각 그 영어를 알아들었으나, 눈길로만 안다는 시늉을 보내고 그 액수를 추측하느라고 머리를 분주히 굴려보았으나 떠오르는 숫자가 없었다. 근검절약하면서도 궁상도, 허풍도, 거드름도 한 점 안 비치고 조용히 도리를 닦아가는, 누구와 만나더라도 밥값을 도맡아내 버릇하는 그만의 씀씀이를 떠올리고 있으려니, 유독 내게 도네이션했다는 말을 강조한 것만으로도 적지 않을 그 금액이 짐작되었으나 내색하지는 않았다. 나중에 생각해보니 그때는 그 병증이 제법 우선했던 것 같고, 담당 의사도 예후를 걱정하지 말라고 다독거렸지 않았나 싶다.

↓

어느새 세월이 네 해나 덧없이 흘러갔는데, 그해 봄에 나는 그 전해 '촛불 혁명'이니 뭐니 떠들어대는 세태가 아니꼽기 짝이 없어서, 여야는 물론이고 재야의 뭇 떼거리들까지 합심 협력하여 오히려 저희들이 밤마다 '국정농단'을 만판으로 저지르고 있는 행태에 분기탱천해서, 오늘날 모든 글쟁이는 반드시 정치적 발언을 삼가지 않아야만 밥값을 하며 사는 셈이라는 지론에 들씌워 연작 형식의 장편 '시론(時論) 소설'을, 그것도 1천6백 장 분량을 단숨에 썼다. 그 글의 기조는 현대소설이야말로 중산층의 정서와 의식과 동정을 철두철미하게 반영하는 세태소설이어야 현실주의 운운할 수 있다는 나의 평소 작가 의식에다 우리 '역사 읽기'의 맹점을 덤으로 덮어씌운 것이었다. (그즈음 박 사장과 나눈 대화로는 당연히 청와대의 동정에 대한 비화도 있었는데, 헌재의 탄핵 재판이 부결될 것이라고, 그 정보를 믿고 청와대 주인이 수수방관했다는

10. 한 출판인의 초상

언질을 그가 비쳤는데, 나는 그 소식통이 어디인지 궁금했으나 묻지는 않고 반신반의하면서, 직무 방기가 아니라 그쯤 되면 직무희롱 아인가, 가짜 정보나 고해바치고, 고위직이든 말단이든 공무원도 가지가지라 카든이 하고 말았다. 그는 내 말뜻을 알아듣고, 다들 일손 놓고 짐 꾸리고 있을 낀데, 저거 아부지처럼 오기가 살아 있으만 스스로 목숨을 끊어야 시정의 국정농단이 한목에 확 풀릴 꺼를 뻔히 알면서도 차마 그랄 수는 없는 기지 하며 말을 줄였다.)

시류에 부응한다기보다 연년세세 정치 과잉과 그 횡포에 시달리는 집단심성을 나름의 역사적 시각으로 그린 소설이라서 어느 출판사에라도 맡겨 하루빨리 책을 묶어내고 싶은데, 마땅하게 떠오르는 데가 없었다. 한때는 여기저기서 책을 내자고 조르는 출판사도 있었으나, 50대 후반부터는 척진 듯 내 글을 찾는 편집자가 씻은 듯이 없어졌다. 흔히 우리 작가들의 조로 현상을 지목, 시비를 따지지만, 그 비난이 잘못된 것은 모든 잡지사/출판사가 중견작가들을 먼지 앉은 고리짝 대하듯이 따돌리는 한편, 한창 물이 오르는 신진 작가들의 인기를 부축하며 그 단물이나 빨아먹으려는 오래된 고질 때문에 나름의 원숙미를 떨치려는 중진/대가급 작가들은 전적으로 타의에 의해 글을 쓰고 발표할 기회를 박탈당하는, (비유를 끌어와 쓰면) 늘 상놈들을 담장 밖으로 내둘리는가 하면 양반 중에서도 저희 패거리들만 뭉쳐서 우물쭈물 대사를 치르려고 바둥거린 조선 시대의 그 절뚝발이 관행에 길들여져 있어서이다. 그거야 어떻든 책을 내주겠다면 감지덕지해서 앞뒤 따질 것도 없이 선선히 맡기곤 했던 한 시절이 새삼 그려졌으나, 서둘러 한때 거래한 출판사에 작품을 이메일로 보내고 출판 여부를 알아보았더니, (인편에 듣기로는 원고를 검토한 젊은 평론가들이) 소설 내용상 정부 비판이 너무

심해서 곤란하다는 판정을 내렸다고 했다. 작품은 읽기 나름이고, 그 품평도 저마다 다를 수 있긴 해도 역시 세대 차를 절감하면서, 사람이든 글이든 고분고분하라고, 나보고 기회주의자로 살라고, 얼빠진 인간들, 상종하지 않으면 그뿐 아이가 라고 툴툴거리며 앵해지는 마음을 억지로 삭였다. 개인이 다수의 패거리한테 이길 수는 없고, 그 '세력'에 끼이려면 점잖고 곱상한 자태의 품을 오래도록 팔아야 한다. 쉽게 말해서 그 품은 두름성을 발휘해야 한다는 것이고, 사람은 혼자서 살아갈 수는 없으므로 늘품성이 있어야 한다는 소리다. 그런데 나는 기질상 여러 사람과 어울리는 것이 싫다기보다 이내 진력이 나고, 사귀어도 어색하니 겉돈다는 자의식을 떨쳐버릴 수 없다. 더욱이나 문학은 (다른 예술 장르도 다 그렇듯이) 혼자서, 외돌토리로 힘겹게 씨름해야 그나마 생색이 나는 일생의 과업이고, 나처럼 머리도 외곬으로 멍청한 위인은 부지런히 남의 글을 익히고 깜냥껏 매일 일정한 양을 쓰는 버릇에 내 전신을 죽을 둥 살 둥 비끄러매야 한다는 주의로, 그래서 책으로 배우고 익히면 그만이지 선생이, 선배의 도움이 무슨 소용인가 라는 소신이라기보다 습관을 나름대로 익히며 살아온 주제이다.

어쨌든 난잡한 시류를, 우리의 얍삽하고 저질스러운 정치 현실을 우원사고(迂遠思考)에 기대서 말깨나 하고 사는 서민들의 세태기를 그린 내 소설을 후딱 출간해보려니 막막했다. 맡길 만한 출판사 한두 군데는 (나의 당시 기분으로는) 이래저래 껄끄러운 구석이 없지 않았다. 머리를 싸매고 있는데, 마침 박 사장이 저녁이나 먹자고 불렀다. 까치사가 문학책을 발간하지 않는다는 방침도 누구보다 잘 알고, 박 사장과의 오랜 우정을 돌아보더라도 나의 출판 의뢰가 무례한 줄이야 짐작하고도 남았다. 저녁을 먹고 나서 인근의 커피숍에서 나는 입이 안 떨어져서 한참 망설인 끝에, 어차피 여기까지 왔다는 심정으로 소설의 제목과 목차별 원고 매수와 작의 등을 요약한 메모지를 박 사장에게 건넸다. (그 메모를 작성하다 보니, 내 소설의 화두 중 하나인 예의 그 시답잖은 '촛불 혁명'에 떼지어 몰려나온 '무리'의 정체와 성격을 알아야겠다 싶어서 참고 자료로 삼으려고 까치사에서 예전에 발행한 후 일찌감치 절판된 『1789년의 대공포』를 한 권 얻어보려고 했더니, 박 사장은 보관본밖에 없다면서 전권을 복사해서 우편물로 보내준 기억이 되살아나기도 했다. 기연이란 그런 것이었다.) 예상대로 그는 난색이었다. 소설은 문학 전문 출판사에서 펴내야 시장에서도 알아주고, 김형 정도라면 출판해주겠다는 데가 많을 텐데 라며 곤란한 청탁이라고, 난처한 기색을 노골적으로 드러냈다. 중병을 앓으면서도 일상생활과 회사의 업무를 종전과 다름없이 치르는 그에게 공연히 부담을 안겼다 싶어 쑥스럽고, 무안했으나 엎질러진 그릇이라 솔직히 털어놓았다. 내 글의 수준과 재미야 웬만큼 알 테고, 여전히 팔리지도 않을 내용인 거야 메모지에 적힌 대로이니 내가 할 말은 별로 없었다. 다만 이제는 나이도 있어서 출판사를 내 발로 직접 찾아가기도 차마 못할 짓이다, 글을 달라는 대로 맡겨 버릇한 황금 시절도 딱 20년에 그치고, 역시 비인기 작가의 만년이 이렇게 섭한 걸 이제사 절감한다는 신세타령도 주워섬겼다. 말해놓고 나니 내가 점점 난감했다. 정 그러면 오늘 강청은 없었던 일로 하자는 말을 꺼내자니 그가 이때껏 내게 보여준 호의를 생각하더라도 영 마뜩잖은 언사였다. 짜증을 누그리는 그의 안색에 피로까지 덮쳤다. 한참이나 멀뚱거리다가 다른 화제를 잡기도 머쓱해서 우리는 일어섰다. 그가 나의 메모지를 접어 신사복 주머니에 갈무리했다.

이튿날 오전에 박 사장은 전화를 걸어와 일단 원고를 이메일로 보내라고, 직원한테 받아서 검토하라고 일러두었으니 그렇게 알라고 했다. 그 후 일은 일사천리로 진행되었다. 출판계약서가 우편으로 날라져 왔고, 내용상 문제가 있을 것 같은 부분은 임의로 삭제, 생략, 첨삭도 하겠다는 '을'의 권리를 계약서에 명기해두었으니 한번 '단디이' 읽어보라는 당부도 내놓았다. 학술서와 번역서를 많이 출판하다 보니 책이 나오고 난 후에도 저작권자 '갑'과 하도 따따부따 말이 많아서 그 조항을 신설해 넣었다고도 했다. 심지어는 어떤 저자와 법에 호소하는 소송전 직전까지 갔다는 일화도 들려주었다. 소설인 경우에도 충분히 있을 수 있는 사례라서 수의대로 하자고, 빼야 되겠다 싶은 대목을 표시해주면 뜯어고치든가, 도려내서 말썽이 안 나도록 교정 때 수정할 테니 염려하지 말라고 나는 다짐했다.

↓

역시 박 사장은 출판사 경영자보다는 교정 전문가로서 양서를 펴낸다는 방침을 사수하는 고집쟁이였다. 자신의 신념으로 굳어져 있는 몇몇 원칙에는 양보가 없는 게 아니라 일언지하에 그래야 하고, 그렇지 않으면 '없었던 일로 하자'고 단호히 말할 자세였다.

우선 내가 제시한 제목은 너무 설명적이니, 호기심 유발 차원에서라도 '줄여서' 『이 세상 만세』로 하자고, 이쪽이 함의도 낫고 풍자적이기도 해서 좋으니 바꾸자고 했다. 책 제목이든 소설의 제목이든 필자가 뭣에 꽂히면 '이것뿐이고 딴 것은 다 쓰레기다'는 소위 눈에 콩깍지가 씌어버려서 이성을 잃어버린다. 그 사정을 경험상 잘 알고, 편집자/사장의 임의대로 바꿔본 적도 있었으나 결국에는 바꾼 것이 더 신통찮고, 오히려 가깝게 지내는 지인들도 '빡빡 우기지 공연한 짓을 했네'라고 한 사례도 있었으나, 나는 그러자고 즉석에서 승낙했다.

내용에서 고치자, 들어내자고 한 부분도 많았다. 식물에 관한 사소한 정보들은 의심스럽다고 일일이 연필로 밑줄을 긋고 물음표를 달아놓고 있었다. 나는 원래 인터넷을 잘 이용하지도 않거니와 그 정보에 믿기지 않는 서술이 많아서 책자만 참조하는데, 전거(典據)를 들이밀었다. 또 다른 대목은 내용 중에 어느 출판사 사장의 행태를 희화화한 묘사가 있었는데, 그 부분이 한때 내가 거래하며 책을 몇 종 펴낸 모 출판사 사장이 아니냐, 그처럼 '남' 을 조롱하는 것은 아무리 소설이라고 해도 곤란하다고 했다. 그럴 리는 없지만(출판사 사장들이 의외로 책을 안 읽고, 더욱이나 김모 작가처럼 난해하고 꾀까다로운 문장을 써버릇하는 소설을 읽을 리는 만무하지만 이라는 뜻이다) 혹시라도 소문을 듣고 지나가는 말로라도 그럴 수가 있냐고 섭하게 생각하면 동업자로서 곤란하다고, 아주 난색이었다. 그런 쓸데없는 말썽만은 피하고 싶다고, 나이 때문이 아니라 자기의 생리가 그렇다는 것을 알지 않냐고, 눈빛으로 호소했다. 나는 풍자적 분위기를 살리려고 일부러 그렇게 만든 인물이므로 어떤 모델이 있을 리 만무하며, 소수의 몇몇 출판사를 논외로 친다면 오늘의 대다수 우리 출판 행태가 얼마나 야비하냐고, (말을 노골적으로 하지는 않았지만) 출판사 사장들이 명색 저자가 되고 싶어서 안달하는 필자/작가/시인/수필가들에게 자비 출판을 구실로 소위 '갑질' 을 상습적으로 저지르는 경우도 많은데, 그것을 내 딴에는 정상배들의 허튼 말버릇과 비교한답시고 그린 것이라서 바꾸기도, 들어내기도 어렵다, 장담컨대 소문이 날 리도 만무하고, 누가 읽더라도 내 주위에, 아니 서울 바닥에서 내로라하는 출판사 중에 이런 몰지각한 사장은 없을 테고, 3류 출판사야 내 소설에 관심이 있을 리 만무하니, 틀림없이 김모 작가가 지어낸 인물인 줄 알 거라고 진지하게 털어놓으면서, '말썽은 무슨, 살려둬도 괜찮을 겁니다. 나야 잘 아시다시피 문학판에서 남의 눈치 안 보고 혼자서 꾸물대며 살아왔는데' 라고 어눌한 말투를 주워섬겼다. 오래 사귄 사이로 서로의 진심을 알아채는 데는 따로 더 말을 보탤 필요도 없었다. 그래도 나의 해학, 풍자가 버무려진 표현이 좀 지나치다 싶은 것은 재차 연필로 밑줄을 그어놔서 나는 다른 말로 대체하는 데는 주저하지 않았다.

가장 난처했던 대목은 한때 단신으로 방북했다가 자의반 타의반 국외를 떠돌아다니는 망명 생활 끝에 반공법 위반으로 장기간 복역한 바 있는 어느 소설가의 그 '통일 기원 무용담' 을 내 나름으로, 그러니까 '과거' 는 끊임없이 재해석되어야 '역사 옳게 읽기' 가 이루어진다는 시각으로 기술한, 다분히 해학적으로, 더러는 비아냥거리면서 조명한 단락이었다. 거의 두 페이지에 걸친 그 부분은 북한의 통일정책이란 것이 수시로 말 바꾸기로 일관해 왔고, 그런 정략이 결국은 북한의 인민을 볼모로 잡고 휘두르는 반동적/시대착오적/쇄국적인 김씨 왕조 체제의 연명책으로서 양두구육이 아니냐는 내 평소의 신념조차 회화화한, 딴에는 그 느물거리는 가락이 회심의 표현이라고 자부하는 대목이었다. 그런데 박 사장은 자신도 그 이름을 익히 잘 알고 있던 그 작가의 성씨조차 들먹이지 않고, 단호하게 이러지 말자고, 공연히 긁어서 부스럼 만들어 좋을 게 뭐 있냐고, 화제를 불러일으키는 것도 딱 거슬리고, 여기저기서 입방아를 찧는 소리도 듣기 싫다고 했다. 이미 조판은 다 진행되어 있었으나, 요즘은 한두 페이지 줄이는 것쯤이야 컴퓨터가 수월하게 해결해주니 아예 '없애라' 고, 통째로 들어내라고 요구했다. 실로 난감했다. 내 작의가 시론소설을 겨냥하고 있음은 아무리 눈이 먼 독자들도 알아볼 텐데, 그 요긴한 대목이 지레 '명예훼손' 으로 치일까 봐 삭제하라니. 그러고 보니 어느 출판사가 내 원고를 거부한 것도 그 유명한 작가의 이름과 그 배후의 막강한 '세력'에 지레 쫄아서, 그 대목으로 나와 따따부따하기 싫어서 그랬을지도 모른다는 엉뚱한 짐작도 공글리면서 나는 한동안 그 교정지를 노려보기만 할 뿐 차마 '지우자'는 교정부호를 그리지 못했다. (내 기억의 활성화에 기대면, 좌중을 쥐락펴락하는 구변에서도 뛰어나고 현실주의적 시선으로 조명한 몇 편의 소설들은 전례를 찾기 어려운 것이 분명하므로 장차의 한국소설사가 크게 다루어야 할 그 작가가 방북 중 김일성 주석의 환대를 받고 있던 그 시점에 판문점에서는 일단의 좌파 문인들이 북쪽을 향해 '남북 왕래를 허하라' 식의 연좌 농성을 벌였으니, 그 대비도 남북분단의 희비극을 극명히 보여주었을뿐더러, 북한 당국의 통일 전략이 얼마나 양두구육인지, 한편으로 남조선의 문인/지식인을 오죽이나 우롱의 대상으로 삼고 있었는지를 단적으로 시사하고 있다.)

작금의 모든 유명인은 자신의 일거수일투족이 곧장 화제의 도마에 오르내리기를 바라는 게 아니라 자청해서 구설복을 누리려고 머리를 사납게 굴리며 생존을 이어간다. 그의 일언일행이 당장 대중의 입길에 떠올라야 명사로서의 떠들썩한 품위 유지에 득이 되고, 그런 행태가 인기와 지명도를 증폭시켜가는 비결이다. 그 지명도가 명예와 부를 불러오고, 유명세에 따라붙는 실익은 웬만한 곤욕을 상쇄하고도 남는다. 문인도, 특히나 작가도 예외일 수 없다. 세태어 '관종'의 생리는 매스컴의 주기적인 관심이 멀어졌다 싶으면 자기 회화적/소모적 화젯거리를 자가 생산/재생산하는 경지로까지 치닫는다. 그 회로에 무심하여 독야청청하는 사람은 무염(無染), 무류(無謬)의 초인이라서 첩첩산중으로 들어가 자급자족의 생활을 꾸려갈 수밖에 없을 텐데, 바로 그런 야인적/반문명적 생존에도 나름의 게으른 야심이 꿈틀거리고 있다고 비치며, 따라서 그 재미없는 반시대적 삶 자체가 오히려 매스컴의 화제로 떠오를 수도 있다. 그러므로 오늘은 누구라도 유명인이 될 수 있는 자격을 누림과 동시에 저절로 유명세를 치를 대상으로 떠올라 있으니 상당한 명예훼손과 그 반사 이익을 각오하면서, 속절없이 그 미필적 고의를 저지르며 살아가고 있는 셈이다. 오죽하면 매스컴 복이란 비아냥까지 있겠는가.

그런데 당사자가 명예훼손 운운하며, 자신이 입은 모욕감의 정도를 법에 호소한다고 할지라도 그 밑바닥에 흐르는 은밀한 '유명인 대망증'까지 계량했다고 보기에는 무리가 있다. 실은 그런 고소 행위도 '이름 팔기'의 한 전략일 수 있고, 그렇게 비치는 것이야말로 현대문명의 생리랄까, 매스컴의 기능적 특성이다. 어쨌든 그런 일련의 사법적 수단까지 동원하여 '명예훼손'을 저울질하는 소행 자체는 매스컴을 한껏 활용하면서 자신의 실속만 챙기려는, 한 마디로 난센스가 아니고 무엇인가. 문학이, 영화나 회화 같은 다른 장르가 현대문명의 이 모순을 다양한 방법으로 희화화하는 예술상의 '관습' 자체를 명예훼손으로 몰아가는 것은 현대적 메커니즘 일체를 부정하는 자가당착일 뿐이다.

좀 더 쉽게 풀이할 수도 있다. '안 듣는 데서야 임금 욕인들 못 하나' 같은 속담도 서민에게는 발언권과 표현권이 천부적으로 주어져 있고, 공인은 경청권을 만부득이 받들어야 한다고 우스개 삼아, 그러나 단호하게 '언론의 자유'를 강조하고 있다. 표현의 자유에 관한 한 전자는 면벌권을 누리며, 후자는 문책권을 행사할 수 없다는 말이기도 하다. 옛날에도 그랬는데, 표현의 자유를 최대한으로 구가하라는 제도적 장치를 다종다양하게 개발해놓은 이 전자 문명 세상에서야 더 말할 나위도 없다. 설혹 그 표현의 자유를 소설의 풍자라는 구실로 무엄하게 행사하는 통에 피해자가 씻을 수 없는 치욕을 느꼈다며 법에다 시비를 가리자고 한들, 또 다수결로 가름하는 헌법재판소의 최종적 심판이 어느 한쪽의 손을 들어준다고 할지라도 그런 일련의 제도가, 법이 또 다른 법의 제정을 사주하는 그 수선스러움이 무슨 의미가 있냐는 질문은 전혀 별개의 논란거리다. 아무리 엉성한 법이라도 없는 것보다 있는 것이 낫다는 말은 난장판의 무질서를 일거에 잠재우기 위해서라도 법리적/행정적 폭력은 필요하다는 논리도 있을 만하니까.

다른 실례를 먼 데서 빌려 쓸 것도 없이 북한 정권이 오늘의 시점에서 비정상적인 국가이기는커녕 퇴행적 전제군주 국가임은 표현의 자유를 원천적으로 제약하는, 엄연히 사전에 등재된 말들조차 쓰지 말라는 그 체제의 악습/타성이 증거하고도 남지 않나. 행위미술의 일종인 그래피티라는 벽화 '낙서'에서 특정인을 괴물로 그려놓았다고 일단의 무리가 소동을 일으키는 진정한 목적을 헤아리기는 정말 난해하고, 결국 우물쭈물 양비론이나 끌어와 써먹어야 하는 대중의 고역은 호오의 감정으로, 취향에 따른 분별로 재단할 수도 없는, 무소불능한 현대문명의 취약점이기도 하다. 그렇다고 무작정 사회 전반의 자정(自淨) 기능에 맡긴다는 것도 절대다수인 우중(愚衆)의 집단심성을 차제에 개선해보자는 식의 무책임한 지연술책이거나 방임주의일 뿐이다. 그럼에도 불구하고 비판 무시를 넘어서 비판의 원천 봉쇄는 사유, 나아가서 지식 전반을 퇴행시키는 차원을 뛰어넘어 아예 가장 빠른 속도로 '사고 정지 상태'를 기도하는 족쇄임은 재론의 여지가 없다. 개개인의 사고 행태는 말할 것도 없고, 사회 전반에도 그런 대목은 숱한데, 종교계, 학계, 언론계 등도 자기비판에 얼마나 성실히 임하는지를 매일 찬찬히 자숙해도 충분치 않을 것이다.

한동안의 숙고 끝에 나는 그 '남북통일 염원 자작극'이 북한 당국의 '통일 지연 술수'에 놀아난 꼴이 되고만 한 문인의 기상천외한 해프닝에 대한 내 표현을 모조리 삭제했다. (그의 반문인적인 비상한 돌출행동이야말로 하나같이 소심하고 비겁한 어리보기들인 남한 지식인들에게는 경종에 값하며, 누구도 실천할 수 없는 창조적인 일대 거사였다는 찬송가 풍의 해학을 덧붙이기도 했다.) 풍자도, 희화화도, 익살/농담도 용납하지 못하는 우리의 고질적인 지적/출판 풍토에서는 두루뭉수리의 용문(冗文)만 연년세세 활개를 칠 수밖에 없다는 체념을 삭여야 하는 내 심사는 껄끄러웠다. 김일성과도 당당히 대면했다는 그 문인에 비하면 우리의 모든 지식인은 얼마나 살갑고 옹졸하며, 그들의 글들은 여북이나 횃대 밑 사내의 기개를 여전히 잘 떨치고 있는가. (내 식의 자조를 덧붙인다면, 내 글이 원천적으로 대중의 '인기를 못 누리는' 근저에는 만년 반골로 사사건건 시비를 걸고, 비판적으로 걸고넘어지는 '꼬라지'가 딱 거슬린다는 지배적 집단심성이 깔려 있기 때문일 것이다. 이 세상을 천당으로, 온갖 전자제품이 정물로서 살아 움직이는 그 통속/통념으로 대하는 글들이 그렇게나 재미있다면, 그래서 대중의 취향만이 절대 선이라면 어쩔 수 없는 일이었다. 설마 만부득이 '딴살림'을 살아야 하는 당사자의 사고 행태마저 핍박할 수는 없을 테니까.)

나의 삭제에 대해 박 사장은 어떤 반응도 드러내지 않았다. 그 묵언은 출판사 측이 누리는 월권의 승리가 아니라 좋은 게 좋다는 우리 고유의 풍토적 원만주의가 거둔 만장일치의 판정승이자, 시식잖은 생떼거리는 일단 피하고 보자는 우리 전래의 그 투안(偸安) 심리가 발휘한 무소부지(無所不至)의 능력이었다. 개인은 언제라도 어떤 '세력'의 집단심성/집단의식 앞에서는 무릎을 꿇고 시키는 대로 조공을 바치겠다는 서약서를 내

놓아야 했다.

(한 출판인의 초상화와 더불어 그 배경으로서의 우리 출판계의 민얼굴도 덧대고 있는 이 글의 또 다른 주제어이기도 한데) 위의 사례와 유사한 검열 행태는 비단 우리 출판계만의 관행도 아니고, 명색 언론의 자유를 최대한으로 보장하고 누리는 미국, 일본 같은 데서도 널리 시행되고 있는 공공연한 비밀이다. 제목 바꿔치기는 당연하게도 사장/편집자의 권리이자 지엄한 지상명령이 된 지 오래고, 문장/문맥들도 곳곳에 '칼질'로 해체해 버릇하는 그들의 월권행위는 조심스러운 차원을 넘어 심술궂은 시어미처럼 온갖 트집을 일삼고, 작가/저자의 무능/무식을 책잡는 그들의 '시장 중심적 사고방식'은 대체로 저질이고 유치하며 단도직입적이라서 그 재미의 꺼풀이 워낙 얇고 단조로움에도 불구하고 안하무인이다. 이래저래 한풀 꺾여 생각하면 그런 원근법적 제재에도 순기능/역기능이 있기야 할 테지만, 대체로 편집자의 그 특권은 '거칠다'는 이유로 창작, 표현의 진정한 자유를 '반지성적으로' 가로막는 횡포와 다를 바 없다. 일류 편집자는 거칠고 순한 표현에 둔감한 자질을 타고 나야 할 텐데, 그런 사람은 다른 직종에 종사할 확률이 높은 일반적인 현상도 진부한, 어슷비슷한 '세상 설명'에 톡톡히 기여하고 있다. 문장의 묘미에 개성이 덜 묻은 우리 쪽은 물론이고 서양의 문장/문맥들도 작금에는 (컴퓨터의 집어넣기/이어붙이기 기능 덕이기도 할 테지만) 밍밍하고 어질더분해서 도무지 씹히는 맛이 없다. 편집자들의 쓸데없고 무딘 '칼질'로 말미암아 문장의 요리 맛, 재료 맛이 감쪽같이 없어져 버린 것이다. 예의 그 반체제적/반정부적/비방적/도발적/자극적 표현 일체에 대한 편집자들의 가차 없는 '손질'은 사실상 허울 좋은 언론/표현의 자유를 거대한 표충망으로 에워싸고 있는 형국이다. 이런 현대문

명적/제도적 검열 아래서, 문장/문맥의 거칠고 부드러움을 일도양단식으로 가름하는 편집자들의 단호한 전정(剪定) 가위질에 부대끼면서 '독창적인 세계 구현'을 노린다는 글쓰기 자체는 아이러니가 아니라 어불성설의 표본일 뿐이다. 다르게 봤으니 달리 설명, 표현하겠다는 의식은 적어도 타의에 의해 아담하게 손질이 되지 않으면 빛을 보지 못하거나 설혹 출판물이 되더라도 소수의 편견이라며 '왕따'를 면치 못하다가 이내 사장되고 마는 현황이 오늘날의 검열 현장이다. 세상이 이렇게 돌아가고 있음을 적시하는 또 다른 장르의 개발과 발표 양식을 창조해야 할 지경이고, 이것보다 더 다급한 일거리가 있는지 나로서는 분별이 잘 서지 않는다. '손대지 않는 생원고'만을 취급하는 세상을 만들려면 '세력'이 필요한데, 그들도 결국에는 근본주의를 피해 가려는 위선 행위로부터 무제한으로 자유로울 수 없다는 난관에 봉착할 것은 자명하다. 그런 의미에서도 발표형식이 다르긴 하나, 미술 쪽과 영화 쪽은 창작/표현의 자유에 있어서 글보다는 간섭/제약이 훨씬 덜한 편이고, 그래서 순수예술/종합예술의 씹는 재미와 위엄을 과시하며, (반복해서 보게 되므로) 어마어마한 금전적 혜택까지 누리고 있다.

그 밖에도 어떤 역사적인 사건/사태에 대한 과격한 표현을 눅여 달라는 요청이 있었으나, 대체로 지엽적인 문제에다 용어 선택에서 다소 거칠고 과격한 내 불찰도 뚜렷해서 나는 흔쾌히 따랐다. 본문 교정이 한창 진행 중에 표지 시안도 여러 개 만들어 이메일로 보내줘서 나는 그중 제일 나은 것을 골라내는데 망설이지 않았다.

↓

그런데 책 발간에 따르는 교섭에서 박 사장은 종전과 다른 면모를 한사코 드러내서 나를 뜨악하게 돌려세워 놓았다. 뭔고 하니 출판사에서 먼저 본 1차 교정지를 보내오면 필자가 그 위에다 충분히 첨사한 후, 되돌려줄 때는 내가 출판사로 찾아가 고친 대로 시정해달라는 주문과 함께 교정지 옆에 적어둔 '설명'도 말로써 이르는 관행을 좇는데, 박 사장은 우편으로 충분하니 까치사로의 방문을 일절 금하는 것이었다. 전에는 회사 내방을 그렇게 반기더니만, 재개발 지역으로 묶이는 통에 예의 그 종로구에서 마포구 합정동께의 사무실로 이전했을 때는 내가 직접 관엽식물 화분을 들고 찾아간 적도 있어서 이번에도 두 번째로 옮긴 회사의 첫 방문인 만큼 난초라도 한 촉 사 들고 가려고 벼르고 있었는데, 내 그 본의를 미리 간파했는지 딱 잘라 밀막으며, 우편으로, 우편물로만 되뇌는 것이었다. 수상하기 짝이 없었다. 우선 생각하기로는 새 사무실이 너무 협소한 만큼 사세가 점점 줄어드는 외양을 보여주기 싫어서 그러는 모양이라고 넘겨짚었다. 그렇지 않고서야 그와 나 사이에 뭘 쉬쉬한단 말인가. 이제 신병도 있으니 조만간 회사 일을 누구에게 일임하고 물러날 참이라 굳이 마지막 사무실을 구경시킬 것까지 있나 라고 생각했을까. 그전부터 그는 '꼴랑 구멍가겐데 물려주고 자시고 할 것도 없어, 더 크게 안 키운 게 오히려 다행이다 싶은 생각도 들고'라는 말을 허심탄회하게 흘린 바도 있었다. 한참 후에 생각해보니 내가 뭘 사 들고 오는 게 싫어서, 남에게 그런 폐를 끼치는 게 생리적으로 거슬려서 나의 내방을 극구 사양하지 않았을까 하는 짐작을 여투었다. 아마도 내 추측이 맞지 않나 싶은데, 출판사 사장으로서 이번에는 친구가 아니라 저자인 나를 대하기가 마뜩잖고 쑥스럽다는 것도 억지 변명 같아서였다.

책은 무사히 나왔고, 몇몇 신문에서 출판 기사로도 다뤄줘서인지 불과 보름도 안 돼서 증쇄해야겠다고 박 사장이 손수 알려왔다. (초판 발행 부수가 워낙 미미하고, 증쇄 부수도 공개하기에는 남부끄러운 정도였다.) 일찌감치 수정할 대목을 이메일로 알려달라는 지시에 따라 나는 오자 몇 군데와 틀린 부분을 일러주었다.

출판 계약금은 관례에 따라 계약서를 우편으로 주고받은 직후에 부쳐주더니 책 발간과 동시에 그 계약금을 공제한 인세를 내 통장으로 송금했다. 증쇄분 인세는 통상 6개월에 한 번씩 정산한다는 계약서의 규정대로 정확히 입금해주었다. 그런 중에도 두 달에 한 번꼴로 판매 현황이라면서 책 판매 부수를 도표화한 양식도 이메일로 보내주어서 이때껏 어느 출판사로부터도 받아보지 못한 대접이라 흔감했다.

하나를 보면 열을 안다는 말대로 까치사는 어느 구석을 털어도 책잡힐 거리가 손톱만큼도 없다는 자부심을 그렇게 드러내고 있는 셈이고, 그것이 '숨기고 자시고 할 기나 머 있나, 입출금이 빤한데'라는 박 사장의 평소 회사 운영 방침이었다. 다른 출판사들도 판매 현황이야 저자가 요청하면 얼마든지 제공할 수 있다고 할지 모르나, '갑질'이 워낙 만연한 우리 출판계의 풍토상 그것을 '갑'이 눈치도 없이 대놓고 요청하기가 말처럼 쉽지는 않다. 그런데 까치사는 박 사장의 정직한 성품이 저자와의 그런 껄끄러운 관계를 미리 알아서 추호의 의심도 스며들지 않도록, 군말이 얼씬도 안 나오도록 철저히 예방해버린 것이었다. 일컬어 '투명 경영'의 본을 사소한 것에서부터 보여주는 것이다. 여느 출판사들도 요즘이 어떤 세상인데 인세를 속이다니, 말 같잖은 소리는 하지도 말라고 하겠으나, 모든 저자들은 미심쩍은 구석이 눈에 훤히 비치고, 의심이 의심을 부채질하여 출판사를 불신하게 마련이다. 원고를 달라고/주겠다고 양측이 신경전을 벌일 때부터 알게 모르게 떨치는 출판사의 '갑질 부리기'는 결국 서로 소원한 관계를 낳고, 그런 관행의 누적은 음양으로 저자의 불이익을 촉발하는 동시에 출판사의 은근한 횡포로 이어진다. 회사 사정이 여의치 않다는 구차한 변명을 앞세우며 인세 지급을 일방적으로 무기한 지연시키거나, 홍보용 운운하면서 증쇄한 몫의 일부에 대한 인세를 아예 삭감하는 수도 있고, 이상하기 짝이 없는 '독창적/반상식적' 관행을 만들어 시행함으로써 원재료 공급자인 저자의 인격을 송두리째 무시, 박탈해버리는 작태도 숱한데, 굳이 여기서 그것까지 밝힐 것은 없고, 앞에서의 그 제재를 보더라도 외국은 계약하기 전부터 시시콜콜하니 더 지독하게 따진다고 알려져 있다.

강조하건대 까치사는 비록 어떤 말썽을 사전에 밀막느라고 본문의 내용에 대한 시의적 적절성 여부를 검열하겠다는 방침을 박 사장의 성격상 고수하고 있긴 했으나, 나머지 부분에서는 저자를 원고 제공자로서 깍듯하게 대접하고, 인세에 관한 한 하등에 의심할 꼬투리를 안 비치는 능률을 과시하는 관행을 솔선수범하고 있었다. 사장이 돈 문제로 한 점이라도 흐트러진 구석을 보이면 직원에게 무슨 영이 서겠냐는 것이 박 사장의 평소 소신이었다. 그것을 당사자로서 몸소 체험한 것만으로도, 나도 딴에는 깔끔한 처신을 워낙 기리는 터이라, 뿌듯하기 이를 데 없었다. 책이 출간된 지 6개월쯤 지나자 '지금'의 재고 현황을 예의 도표로 작성하여, 이를테면 교보문고에 몇 부가 남아 있다는 숫자를 붉은 잉크로 표시하여 알려주었다. 더불어 인터넷 인세라면서 19,500원을 내 통장에 입금해주었다. 난생처음으로 인터넷 인세를 받아본 셈이고, 10여 년 전까지는 불문에 부친다고 하더라도 정년퇴직 후 발간한 나의 근작에 대한 인터넷 인세가 생겼는지를 다른 출판사들은 일절 알려주지도 않을 뿐만 아니라, 그 소액이 발생했다면 어떻게 처리하고 있을지하는 생각에 미치자 사람을 믿지 못하는 내 평소의 기질은 무럭무럭 악화일로로 치달을 수밖에 없었다. 어차피 저자는 출판사의 여러 호구 중 하나인 신세임에랴. 그래도 박 사장 같은 양반을 의지하는 것만으로도 안도의 한숨이 저절로 터지는 데야.

↓

이러구러 『이 세상 만세』가 까치사에서 나오고 난 후, 한 해쯤이 지났을 때, 하루는 까칩니더 라는 예의 그 전화 음성을 앞세우고 퇴근할 시간이 아니냐고, 별다른 약속이 없으면 저녁이나 함께 먹자고 불렀다. 차를 타고 움직이고 있다면서 길동역 앞에서 기다리겠다고 했다. 가방을 꾸려서 허겁지겁 2백 미터쯤 떨어진 1번 출구로 달려갔다. 차주가 여기로 타라고 손짓하며 옆으로 비켜 앉았다. 박 사장은 녹색기가 보이는 체크무늬 중절모자를 깊숙이 눌러쓰고 있었고, 안면에 붉은색 홍조와 부기가 완연했다. 그의 평소 얼굴은 노인성 검버섯이나 잡티가 한 점도 없이 하얗고, 늘 발그레하니 화색이 돌아서 보기에 좋다. 담배는 아예 안 피우는 데다 술을 멀리하고 워낙 소식하며 자기 관리를 잘하는 덕분이지 싶어서 만날 때마다 배울 점이라고 새기고 있는 터인데(40대에도 치실을 매일 밤 자기 전에 상용한다면서 내게 권하기도 했다), 병색이 짙어서 안타까웠다. 모자 밑을 얼핏 보니 탈모 증세도 있는 듯했다. 내가 놀란 눈길로 바라보자, 그는 성남의 어느 대학병원에서 검진을 끝내고 오는 길이라고 했다.

이제는 나잇살이 말하는 대로 병자의 댁이나 병원으로 찾아가 문병해도 미리 챙겨둔 할 말이 선뜻 나오지 않는다. 말주변도, 너름새도 없어서 그런 줄 잘 알고, 돌아서 나오면 '많이 불편하십니까, 더 아프지나 말아야 할 텐데요' 같은 말도 왜 못 했나 하는 후회도 곱씹곤 하지만, 매번 말문이 턱 막히는 데는 속수무책이다. 무슨 위로를 들먹인단 말인

10. 한 출판인의 초상

가. 병의 경과나 현재의 통증 등이라도 자분자분 물어볼 수 있으면 좋으련만, 병자로서는 그 대답이 얼마나 성가시겠는가. 또 그것을 말해서 무엇하며, 알아서 어쩌자는 말인가.

그 후에도 그는 중절모를 쓴 채로, 나는 여전히 말문을 못 떼서 이 말 저 말을 고르느라고 머리만 주억거리면서 육개장을 여러 차례나 먹었으므로 그때인지 정확하지는 않은데, 그가 이 말을 했든가 모르겠네 라면서, 내 책을 어디 다른 출판사에서 재발간하자면 그러라고, 일부든 전부든 잘 가필해서 결정판을 내라고, 굳이 계약서대로 5년까지 기다릴 거 없다고 권했다. 그럴 데도 없고, 만에 하나 그러자고 해도 내가 못 그러는 성미를 잘 알면서 새삼스럽게 무슨 말이냐고, 그런 재탕이 얼마나 낭비냐, 그럴 기회가 내게도 닥칠지 모르지만, 최종적으로 전면 개고한 후에 반쯤은 매장해버리고 나머지로 선집 같은 것을 꾸리고야 싶지만, 내 욕심인 줄도 안다는 말도 잇대었다. 우리 사이라 허심탄회하게 지껄이는 소리였으나, 그는 이번 책 『이 세상 만세』가 더는 움직이지 않는다고, 거의 다 팔린 거 같애, 신문 기사로도 다뤄졌는데 책을 많이 못 팔아서 미안하다고 했다. 나는 즉각, 무슨 소리냐, 내 책 때문에 까치사가 다문 얼마라도 밑졌을까 싶어서 면목도 안 서고, 괜히 들떠서 까치사에 맡긴 것이 후회스럽고 해서 민망스럽기 짝이 없다고 했다. 솔직한 심정이었고, 그도 내 진심을 알아채고 있었다. 그의 속마음이 그렇지 싶어서, 내 책은 이제 돈 들여서 광고 같은 걸 한다고 잘 팔리지도 않는다는 것쯤은 잘 알고 있고, 내 소설이 공연히 어렵다는 뜬소문이 널리 퍼져 있어서 어느 출판사라도 광고를 안 할 뿐더러 내 스스로가 광고는 제발 하지 말라고, 돈 아껴 라며 말린다, 이제 내 나이에 이름이 팔리는 것도 창피하다고 여기는 판이다 같은 속내를 느직느직 털어놓

있다. 그가 운전기사의 뒤통수를 무연히 바라보며, 김형 마음이야 잘 알지, 내가 미안한 거는 다른 말이고 라고 알 듯 말 듯 한 말을 덧붙였다. 신문 광고를 안 해서 책이 팔리지 않았다고 내가 오해할까 봐, 또는 내 형편을 웬만큼 짐작하니 책을 많이 팔아서 까치사가 경제적으로 좀 도와줬어야 하는데 뜻대로 되지 않았다는 말 같았는데, 내 의사가 충분히 전해졌을 듯해서 그의 옆모습을 잠시 쳐다보다가 제발 그런 기우는 털어버리라는 말을 보태지는 않고 눈길을 돌렸다.

↓

까치사는 이미 출간된 책 중에서 어느 다른 출판사가 다시 펴내겠다면 얼마든지 그러라고 선뜻 내준다는 것을 나는 박 사장의 실토를 통해 잘 알고 있었다. '그걸 붙들고 있어서 머 할라꼬, 까치가 못 판 거를 저들이 잘 팔면 좋지' 라면서 그 책명을 열거하기도 했고, 『열하일기』를 국내에서 처음으로 펴내기로 하고, 번역자를 골라서 계약했으나, 몇 년이나 기다린 그 번역 원고가 영 매끄럽지 못하고, 미심쩍은 대목도 많아서 그동안 들인 고료와 모든 경비를 포기한 적도 있다고 했다. (내 기억이 맞지 않나 싶은데, 그 후 세월이 한참 흘러서 2천년대에 들어와서야 어느 출판사가 북한판 『열하일기』 완역본을 그대로 출간했다.) 그런 일화는 그 밖에도 숱하나, 박 사장 자신이 이 책은 팔리든 말든 꼭 출간할 만한 양서라고 판단하면 웬만한 경비, 수고 따위는 괘념치 않고 발간함으로써 까치사가 처음으로 출판했으나 실속은 별로였다는, 그래서 '쓸데없는' 명성만 누리는데 급급한 면도 없지 않았다.

그 후로도 몇 번 더 만났고, 볼 때마다 예의 그 부기와 붉게 달아올랐던 홍조의 그 안면은 몰라볼 정도로 원래의 그 좋은 화색으로 돌아와 있어서 나는 적이 안도했다. 캐묻기도 뭣하고, 짐작으로만 역시 현대의

　10. 한 출판인의 초상

술은 일취월장을 거듭하고 있구나 하는 감상을 나대로 쟁이고 있었다.

우리의 만남은 점심으로 육개장이나 우거지 선지국을 고르고, 청포채 한 접시를 시켜 나눠 먹고 나서 커피를 마시며 한담을 나눈 후(커피값도 내가 내려면 그는 질겁했다), 그는 승용차로 귀사하고, 나는 전철로 귀실하는 식으로, 그 판에 박힌 일정이 조금이라도 비끗하면 큰일이라도 날 것처럼 조심조심 이어졌다.

그즈음 나는 단편, 평론, 논문 같은 장르 개념을 아예 의식하지 않는 탈장르적인 글쓰기에 매달려보려는 작정에 따라 등단 후 처음으로 명색 '산문집'을 겨냥, 한창 열을 내고 있던 차였다. 글쓰기는 운김이 달아올랐을 때, 직정경행(直情徑行)해야 소기의 목적을 반이라도 거머쥔다는 것만은 경험으로 잘 알고 있으므로 정해진 시간에 내 몸을 책상 앞에 부려놓았다가 정해진 길을 오가느라고 여념이 없었다. 이윽고 1천8백여 장 분량의 원고 『편견 예찬』을 탈고해놓자, 그즈음 우연히 회식 자리에서 소개받은 한 출판사 사장이 자기에게 일임하라고 해서 맡겼더니 영세한 출판사답게 자체적인 교정도 보지 않고 내 원고대로 책을 묶어내는 기염을 부려서, 저자 증정본을 받자, 번갯불에 콩 볶아 먹는다더니 책이야말로 이제는 싸구려 소모품 중에서도 가장 하치의 허드레 상품이구나 하는 생각을 곱씹었다.

박 사장에게는 종전대로 기명한 책 『편견 예찬』을 우편으로 부쳤다. 그러고 보니 그새 그를 안 본 지가 몇 개월이나 훌쩍 흘러갔음을 알고 좀 켕겼다. 늘 그러는 대로 그가 전화 음성으로, 아, 까칩니더 라고 나를 찾는 관행에 익숙해서 그러기도 했지만, 내 평소의 소행이 전화로 안부를 묻는 버릇도 없어서, 평생토록 나야말로 도리도 못 챙기고, 의리도 없는 불목하니 맞잡이로 사는 신세를 저울질해보니 이래저래 심란했다. 생각을 다잡아보니 무슨 염탐질이나 하는 것처럼 그의 근황을 전해 듣는다는 것이, 그것은 결국 병세의 호전 여부에 대한 탐문이며, 설혹 우선해지고 있다는 전갈이라고 해도 심상찮게 새겨야 할 내 처지 때문에라도 나는 전화하기를 삼가고 있었던 셈이다. 구지레한 변명을 둘러댈 것도 없이 내 불찰이고, 평생토록 제 앞가림에나 허둥거리는 너름새 없는 내 성미 탓이었다.

왠지 조마조마해지는 심정으로 며칠 내내 그의 전화를 기다렸으나 종무소식이었다. 언제라도 그는 책을 받자마자 잘 받았다고, 조만간 날을 잡을 테니 밥이나 먹자고 전하는 터인데, 그 말이 없다니, 이상했다. 내 짐작도 안 좋은 쪽으로만 자꾸 뻗어나갔다. 책을 부친 지 열흘쯤이 지나서야 나는 그의 회사 사장실로 전화를 걸었고(그의 핸드폰으로 전화를 건 적은 없다, 그와 나 사이에 그것을 꼭 사용할 정도로 다급한 일이 없어서였다), 가녀린 음성으로, 예, 누구시오 라는 그의 음성을 듣자고 한참이나 전화 송수화기를 잡고 있었더니 한 사원이, 사장님이 부재중이라고 했다. 더 캐묻기도 뭣해서 내 이름을 밝히고, 신간이 나와서 증정본을 보냈는데 혹시 제대로 들어갔는지 알아보느라고 전화를 했다고 일렀다. 뭔가 찜찜하기 이를 데 없었다.

서너 시간이나 지났을까. 늦은 오후에 박 사장에게서 전화가 걸려왔다. 전화 음성은 예전과 다를 바 없었으나, 지금 입원 중이라고 했다. 내 짐작으로는 성남쪽의 어느 병원이지 싶었고, 책 말은 할 것도 없었다. 역시 또 내 말문이 막혔다. 소설가라서가 아니라 내 천성이 섣부른 지레짐작을 먼저 내놓고, 그 제멋대로의 추측 남발이 말을 아끼는 게 아니라 아예 벙어리를 자처해버리도록 쾌치는 내 처신은 실로 사람 구실도 못 하고, 딱한 게 아니라 속이 터지는 판이었다. 며칠째 입원 중인지 묻지도 않았고, 하다못해 많이 불편하냐고, 주로 어디가 많이 아프냐 같은 말도 못 꺼내는 내가 명색 작가라니 한심한 노릇이었다. 그도 말을 줄이고 있으므로 나는, 어서 퇴원해서 또 밥이나 먹어야지요 하니, 그럽시다 하고 그는 서둘러 전화를 끊었다. 그의 음성과 느긋한 말씨도 예전과 다름없어서 차도가 있겠거니 하고 나는 좋은 쪽으로만 생각을 굳혔다.

그러나 어느 순간 그가 사장실을 비우고 있다는 사실이 예감 같은 것을 재촉했다. 여러 차례나 입원한 후에도 그는 퇴원과 동시에 회사로 출근, 평소대로 업무를 봐 왔음을 나는 잘 알고 있었다. 이제는 좀 쉬지요, 어디 조용한 시골로 들어가서 회사 걱정일랑 일절 끊어버리고요 같은 빈말이라도 할 수 있었는데, 잠시도 빈둥거리지 못하는 그의 성정을 잘 알고 있는데 그런 권유가 무슨 소용이 있겠는가.

그는 부음을 전하지 않을 거라고, 이 세상에 흔적을 단 한 점도 남기지 않고 저세상으로 갈 거라고, 가족에게도 가장 간소하게 장례를 치르라고 오래전부터 일러뒀다고 몇 번이나 내게 말한 바 있어서 그의 임종과 그다음 절차가 어떻게 이어질지는 대충 짐작할 만했다.

뜻밖에도 어느 날 아침, 평소대로 새벽 일찍 일어나서 신문을 펼치니 그의 죽음이 크게 기사로 다뤄져 있었다. 나는 한동안 머리를 주억거리긴 했으나, 놀라지는 않았다. 10여 일 전에 운명했다니 나와 통화한 그 날이 운명하기 사나흘 전쯤이었지 싶었다. 가족장으로 조촐하게 장례를 치르고 난 후에야 그의 죽음이 알려져서 신문이 추모 기사를 썼을 것이었다.

신문이 부음을 전해 준 그 날 오전에 까치사 남자 직원이 전화로 '저희 사장님'의 장례를 무사히 치렀다는 소식을 전해주었다. 아침에 신문으로 봤다고. 거의 40여 년간 이어져 온 우리의 우정을 간략하게 들려주고 난 후, 장례를 어떻게 치렀는지 따위에 대해서는 묻지 않았다. 전화를 끊고 나자 부음을 전할 명단도 그가 운명을 앞두고 작성해두지 않았을까 하는 생각이 들었으나 이내 지웠다. 그의 평소 처신이 워낙 깔끔해서 사후 처리도 소신대로 한 점 흐트러짐 없이 이루어지도록 당부해놓았을 게 틀림없었다.

↓

머칠 내내 출퇴근하는 길목에서 그를 떠올리며 기리고, 그와 나눈 회식 자리 등의 동정을 회상하다가 문득 '그랬지, 그랬을 거야' 하는 생각이 퍼뜩 떠올랐다. 까치사가 시, 소설, 평론 같은 우리의 문학 관련 책을 한사코 펴내지 않은 것은, 그래서 문인들과 거리를 두었던 것도 실은 그 글들이 대체로 무식하고, 작가나 평론가들이 제 잘난 체 유식을 자랑하지만, 실은 그 뱀뱀이가 허술하기 짝이 없는 것들이어서 그들과의 거래가 성가실 뿐이라는 박 사장 나름의 판단 때문이 아니었을까 하는 추측이 들어서였다. 아마도 내 추정이 거의 틀림없을 것이다. 그는 소신껏 교양서만을, 자신이 교양서적이라고 판단하고, 또 그렇게 알려진 책만을 출판하기로 작정하고, 그 신념을 관철하기 위해서 오로지 혼자 힘으로 꿋꿋하게, 그러나 최대한으로 겸손하게 처신했으나, 속으로는 소설이나 시나 평론이 얼마나 무식한 소리를 도나캐나 늘어놓고 있는지 잘 알고 있었으므로 그런 글들을 책으로 묶어낼 마음을 애초에 거두어들인 게 아니라 아예 삭제해버리지 않았을까. 소설만 한정해서 말하더라도 그 내용의 태반은 교양과는 거리가 멀며, 유식한 말을 기고만장하니 떠벌려도 그 거죽을 한 꺼풀만 벗겨보면 세상의 곡절 많은 사정을 몰이해로, 인간사에 대한 몰지각으로 뒤발한 게 훤히 비치는데, 그

　　　　10. 한 출판인의 초상

것을 양심상 어떻게 책으로 엮어서 내놓겠는가.

허튼소리가 아니라 개성이라는 이름으로, 성격 창조라는 명분으로 소설은 괴상한 인간상을, 소위 그 예외적인 인물이 떨치는 이중 삼중의 선악을 억지스럽게 그리는가 하면, 반사회적일뿐더러 몰상식한 주인공을 만들어놓고 그 돼먹잖은 인간이 합리적으로 굴러가는 세상에 호기롭게 달려들다가 쓰라린 패배를 맛보는 경과를 조작하고 있으나, 그 이야기에 최소한의 교양이라도 대입하면 당장에 어불성설임이 드러나고 마는, 결국 일종의 언어 희롱을 펼치고 있음을 간파할 수 있지 않은가. 그런 창작 행위야말로 그가 보기에는 상상력이라는 보호막을 뒤집어쓰고 저지르는 무분별한 광대극이지 않았을까. 소설 속에서 관습적으로 써먹는 그 숱한 과장법을 보더라도 그 이야기들의 구구절절은 태반이 무식의 소치에 지나지 않으며, 그 주인공들은 비인간적일 뿐만 아니라 몰상식한 괴물에 불과하니 말이다. 그것을 문학이라는 이름으로 호도해서 돈을 벌려는 수작은 염치없는 작태인데, 명색 길조(吉兆)를 전한다는 까치가 어떻게 그 엉터리 허풍들을 책으로 묶어서 독자 앞으로 다가가겠는가.

나의 헐렁한 깨달음은 늘 이토록 늦어 터졌지만, 이렇게 되고 만 사단은 박 사장의 그 한결같은 단정한 처신, 남에게 조금이라도 폐를 끼치기 싫어하는 지성스러운 성격이 덤터기 씌운데다, 만사를 남 탓으로 돌리는 나의 지다위질을 늘 좋은 말로 찬찬히 눙치곤 했던 그의 언행 덕분이었음을 이제야 고백하지 않을 수 없다.

그는 정말 정직한 사람이었고, 깔끔한 옷차림이 말하는 대로 처신도 점잖았고, 남에게 신세지는 짓을 극단적으로 싫어하는 좀 괴상한 위인이었다. 나는 연락을 받고 그의 친상에도 조문을 갔었고, 두 자제의 혼사에도 신사복 차림으로 얼굴을 디밀었으나, 그때마다 그동안 늘 얻어먹기만한 밥값을 생각해서라도 부조 봉투를 지참하고 갔는데, 그는 부조 책상을 아예 치워버리고 있었다. 인정을 베풀기만 할까 그런 품앗이를 되돌려받기조차 한사코 거절하는 별난 성미였다.

이제 나도 그가 양서 출판을 위해 눈이 짓무르도록 교정을 보며 고군분투한 그 세월만큼 살아오지만, 적어도 출판계에서는 그만큼 청정무구한 사람을 아직 보지 못했다는 장담을 내놓을 수 있다는 것이 그나마 작은 보람으로 여겨지는 나날을 영위하고 있다.

그는 도대체 왜 한사코 자신의 행적 일체를 감추려고 그토록 기를 썼을까. 최근에서야 산책 중에 나는 얼핏 그를 대변하는 비유 하나를 떠올렸다. 칼자루 속에는 칼의 뿌리가 박히는데, 그 부분을 슴베 또는 고달이라고 한다. 그는 그 슴베처럼 자신을 조금도 드러내지 않고 자신이 감당하는 일을 혼자서 묵묵히 해낸 특이한 인물이었다. 만년에는 배냇교인인 부인의 권유를 받들어 천주교에 귀의했다고 실토하며 가뿐한 기색을 감추지 않았는데, 그 종교의 으뜸가는 교리로서의 일곱 가지 죄종(罪宗)에서 그가 그르친 죄목은 하나도 없는 듯한데, 그중에서도 (내가 아는 한) 교만, 인색, 태만, 탐욕과는 동떨어진 그런 훌륭한 사람이었다. 명복을 빈다는 상투어도 그가 얼마나 떨떠름하게 여길지를 나는 웬만큼 알고 있다. 그는 성심성의와 진술을 아우르면서 까치 소리처럼 진실한 글을, 진지한 교양서를 펴내기 위해 힘껏 일하다가 까치가 원래 그런다는 대로 어떤 흔적도 남기지 않고 홀연히 이 세상과 하직한 것이다.

↓

추기 1_ 박 사장은 체질적으로 자기도회(韜晦)가 지나쳐서 매스컴에 자신의 동정 일체를 드러내지 않으려고 기를 쓴 양반이다. 이 글의 행간

10. 한 출판인의 초상

에도 생전의 그런 처신이 웬만큼 그려져 있을 텐데, 보기에 따라서는 이 회상기가 그 개성을 정면에서 거스르는 소행이기도 하므로 그의 인품 전반에 누가 되지 않을까 적이 걱정스럽다. 그렇긴 해도 요즘처럼 자기 선전에 열을 올리는 세태를 돌아보면서 그가 어떤 모범을 보여주었으므로, 강조하건대 장례조차 너무 떠들썩하니 치르는 풍조에 작은 경종을 울려보려고, 나아가서 부음이 전해지고부터 생전의 그 구지레한 '허상'을 쓸데없이 다시 도두보는 관습을 시정하기는 어렵겠지만 곰곰이 새길 여지는 많다는 생각에 쫓겨서 이 글을 얼른 써야겠다는 마음을 먹었다. 어쨌든 그의 성품이 워낙 올곧았으므로 내가 아는 정도 안에서 최대한으로 과장을 줄이며 기록한 이 초상화가 비록 전신상은 아닐지라도 그 실상 중 여러 면면을 그리려고 애를 썼으며, 그를 기리는 우인들이 그 흔적이나마 떠올릴 수 있다면 다행이겠다. 화가가 손수 그린 자신의 자화상도 스스로 못마땅하다고, 다른 감상자들도 어딘가 허술해서 빠진 구석이 있는 것 같다는 품평을 내놓을 수 있겠는데, 어떤 인물도 성인군자일 수는 없으므로 초상화의 명암은 두드러질수록 배우고 느끼는 감흥도 더 짙어지지 않을까 싶긴 하다.

추기 2 _ 나이를 먹을수록 많이 부드러워지긴 했으나, 그가 작가와 평론가, 번역자 같은 글쟁이들의 실력을 나지리 보면서도 유독 시인들은 과보호했는데, 나는 왜 그럴까 하고 의심하면서도 굳이 캐묻지는 않았는데, 최근에야 그 의문이 풀렸다. 그의 일주기에 맞춰 비매품으로 나온 책 『출판인 박종만』에 따르면 그가 학창 시절에 시를 써서 한 공모전에서 입상한 후, 수상은 거부했다는 경력이 알려져서이다. 덧붙이면 어느 일간지로부터 시론(時論) 청탁을 받았다면서, 내게 꼭 읽어보라고 권할 정도로 그는 자신의 글에 대한 자부심이 대단했다.

추기 3_ 작가 나름의 적당한 변주를 거치므로 '모델'이라는 말은 더러 화제를 불러 모으려는 수작으로 비치기도 하나, 박 사장을 좀 닮은 캐릭터를 주인공의 주변 인물로 형상화한 내 소설로는 긴 단편인 「소음 전시장」과 중편으로서도 제법 긴 『젊은 천사』가 있다.

추기 4_ 본문 중 까치사에서 발간한 책명의 언급에는 부정확한 것도 있을지 모른다. 최근에 또 이사하면서 소장본을 거의 다 버려서 참고할 수도 없어 한스러울 뿐이다. 그러나 빠뜨릴 수 없는 대목은 박 사장이 '사전' 만들기에 전심전력했으며, 재력, 인력이 따르지 못한다는 한탄을 내놓는 법도 없이 우리말의 결정판 '국어사전'을 꼭 출간하겠다는 야심을, 비록 눈빛일망정 드러내고, 나도 덩달아 부추기기를 거르지 않았다는 일화는 특기해두고 싶다. 아마도 그의 완벽주의 근성이 '국어사전'의 방대한 작업을 지레 상정, 차일피일 미루다가 결국 포기하지 않았을까 싶은데, 생각할수록 아쉽고 허전해지는 정황이다.

추기 5_ 대다수 작가가 다 그렇지 싶은데, 나도 제목을 먼저 열심히 고르면서 구상을 이어가며, 탈고 직전까지 염두에 두고 있는 몇몇 제명이영 성에 차지 않아 전전긍긍하는 버릇이 굳어 있다. 졸작 장편 『이 세상 만세』(2018년, 까치사)도 예외는 아니었다. 본문 속에서도 언급한 대로 '이 세상 만세'는 박 사장이 간략하게, 설명을 피하는 게 박력도 있고 여운도 길다며 단호히 결정한 것이다. 작가로서 다소의 불평이야 있을 수밖에 없었으나, 그런 결정에도 일리는 있고, 작가들은 무엇엔가 '꽂히면' 다른 제목은 심중에 안겨 오지 않으므로 마지 못해 출판사의 요청을 받아들이곤 한다. 다시 나의 창작 노트를 훑어보니 '협잡 사회를 위한 투명한 투정', '바람 든 나뭇잎', '속물 세상 만만세', '참을 만한 실정의 무거움', '미쁘고 시시한 우리 세상', '낙엽처럼', '갈대의 푸념' 같은 제목을 적어두고 있다.

추기 6_가족장을 처자식과 형제자매 위주로 간소하게 치르는, 외부에 부음을 일절 전하지 않는 장례 풍습은 요즘 우리 풍토에서도 점차 퍼지고 있는 듯하다. 일일이 이름을 거론할 것도 없이 일본에서는 유명인일수록 유언대로 혈육만으로 가족장을 치르고 나서도 매스컴에조차 알리지 않는 사례가 드물지 않다고 한다. 서양의 사례는 좋은 영화에서 잘 다뤄지고 있으므로 여기서 그 단출한 장지의 입관 풍습이나 교회에서의 의례를 재연할 필요는 없을 것이다. 박 사장은 자신의 성정을 일찌감치 분별, 흔적을 남기지 않겠다는 다짐을 누누이 내게 되풀이했으니 역시 선견지명이 남달랐다는 소회가 깊어진다.

추기 7_우리의 문상 풍속은 부조를 들고 주로 대학병원의 부속시설인 장례식장으로 가서 유족측에서 제공하는 밥 한 끼를 먹고, 조문객들과 고인의 생전 일화나 인덕을 회상하는 것으로 마무리하는데, 요즘 일반화된 이런 풍속은 유가족과의 진정한 슬픔 나누기와는 분명히 역행한다. 알게 모르게 장례를 요식행위로, 죽음의 슬픔을 '거래'로, '품앗이'로 포장하는 저질스러운 행태로 비치기도 하니까. 개선이 필요한 생활양식의 하나이지만, 풍속을 바꾸기는 정말 지난하다. 제사 풍습이 점점 희미해지고 있으니, 고인의 추모도 유족과 우인/지인들이 합심하여 치르는 다른 '양식'을 만들어가야 할 시점인 듯하다.

11. 버킷 리스트의 품질

↓

우리의 일상생활 중 외국어의 사용 빈도수가 점점 불어나고 있는 현실은 불가피한 대세라서 이해할 만하지만, 우리말로 옮겨서 쓰기에는 마땅찮은 외국어를 (그 본의와 달리) 함부로 써버릇하는 타성을 한 번쯤 짚어보는 것도 무익하지는 않을 듯싶다. (외국어 남용의 실례로서 '윈윈'은 상부상조에 상당하고, '밈'은 풍토성과 일치하며, '개그'는 우스개나 신소리/흰소리나 해학일 뿐이다.) 나로서는 '버킷 리스트'도 그런 말 중의 하나이고, '버킷 리스트'란 말만 읽으면 왠지 초조해지고, 내게도 설마 '평생 소원풀이'야 없을 리 만무하니 그것들을 찬찬히 작성해보아야 할 것 같은 강박증에 쪼들린다.

다들 감으로도 익히 짐작하다시피 '버킷 리스트'는 각자가 '죽기 전에' 꼭 하고 싶은 일이나 꼭 보고 싶은 경관/풍광/정경 따위를 적은 목록을 뜻한다고 인터넷 사전은 부실하게 풀이해놓고 있다. 나의 정리로는 당연하게도 (다음 생에서는) 직업을 바꾸거나, 철딱서니 없던 시절부터 중년에 이르기까지 비록 여러 번 바뀌기는 했으나 공상으로만 그리던 어떤 비실재적인/이상적인 여성을, 더 구체적으로는 내 처신과 성정을 반이나마 이해해주는 여자와 인연을 맺어 꼭 1년간의 시한부 일상생활을 함께 누리거나, 자식들의 됨됨이나 뱀뱀이가 지금과는 전혀 다른 '자질'로 태어나 그에 걸맞은 '직능'으로 살아가는 모습을 보고 싶다는 욕심도 마땅히 버킷 리스트에 집어넣어야 할 것 같다. 그 외에도 '죽기 전 소원' 이야 부지기수겠으나, 그것을 일일이 거론하는 것도 부질없는 일이다. 대체로 그런 소원 목록은 애초에 이루어지지도 않을 것들이라서 공상으로만 주물럭거린 것이든가, 앞으로도 시나브로 삭아서 한낱 흐릿한 꿈 같은 원망이거나 실없는 욕심이기 때문이다.

그러니 시쳇말로서의 '버킷 리스트'는 '죽기 전'이라는 관형사가 가리키는 대로 정년퇴직 후, 대체로 60세 이후에 여윳돈을 웬만큼 지닌 남자들이 그동안 직업에 매인 몸이라서 미루고 있던, 또는 한 가정의 대소사를 꾸려내느라고 아득바득 살아온 여자들이 평소에 품고 있던 소원을 이루려는 간절한 욕망으로, 마음만 독하게 먹고 과감하게 도전하면 얼마든지 가능한 '일상 탈출극'이라고 해야 옳을 것이다. 그런 것마저 욕심을 부리기로 들면 한두 가지도 아닐 테지만, 대다수 선남선녀는 기껏 손으로 꼽는다는 것이 외국의 어느 관광지를 찾아가서 '한 달이고 두 달이고' 실컷 놀다 왔으면 하는 바람인 듯하다. '죽기 전에' 고작 그 정도의 소원이라도 꼭 이루고 싶다는 '그릇' 자체가 당사자의 하릴없는 전신상을 일목요연하게 드러내고 있다는 (일반적인) 현상이야말로 대다수 현대인의 신언서판을 단순하게 규정하고 있기도 하다. 늘 직장 일로, 가사의 잡무로 바쁘게 살아왔고, 돈 때문에 이래저래 시달리면서, 이사하기와 자식의 학력 만들어주기에 부대끼면서, 매사가 뜻대로 되지 않아서 그 속달임에 시근거리면서 오늘이 어제 같고, 내일도 그제 같은 팍팍한 나날을 영위해온 것이다. 그래서 '지금-여기'서 당장 떠나 낯선 외국 땅에서 일 걱정/밥걱정/돈 걱정을 당분간이라도 훌훌 벗어던지고 마냥 게으름을 피우면서 어슬렁거리고 싶어진다. 그 간절한 소원은 흘러간 한 시절의 연인처럼 끈질기게 심상에 드리워져서 당사자의 머리카락을 쥐어뜯게 만든다.

그런데 꼭 하고 싶었던 일을 아직도 못하고 있는 데는 자기 자신의 능력이 부족했거나, 그 당시의 여러 사정이 허락지 않아서 '언젠가는' 하고 막연히 미룬 것들이 대다수가 아닐까 싶기도 하다. 희수(喜壽)를 눈앞에 둔 나의 경우만 하더라도 그런 소원을 들기로 하면 이루 다 말할 수도 없을 지경이다. 가령 나의 버킷 리스트에는 이런 평생소원도 지금껏 꿈틀거리며 여운을 이어가고 있는데, 남들이야 비웃거나 말거나 털어놓아 보면 이렇다.

↓

어릴 때부터 나는 손수 설계한 집을 꼭 지어서, (손재주가 손방인 나로서는 집 짓는 비용이나 대고 난 후 뒷짐을 지고 어슬렁거리며 이것저것 간섭하는데 그칠 터이나) 내 성미에는 7할쯤이나 찰까 말까 한 그 양옥집에서 살아보고 싶은 절절한 소원이 있었다. 2층짜리인 그 집은 건평이 불과 80평밖에 되지 않는 아담한 크기로, 반드시 뒷마당과 전면의 정원이 120평 정도는 딸린 구조물로서, 외형은 철근 콘크리트에 (건축비와 추후의 수리비를 줄일 수 있을 것 같은) 노출 시멘트벽으로 축조되어 있으나, 실내는 목조와 상아색 벽지 일색으로 마감한, 딴에는 그리스적 예술의 특성이라는 '단순한 조화미'를 최대한으로 살린 거주/작업공간이어야 했다. 정원에는 백합나무, 낙우송, 전나무, 가문비나무, 떡갈나무 같은 키 큰 나무들을 심어놓고 전면 통유리 창가의 흔들의자에 앉아서 그 장기수(長期樹)들의 성장 속도를 매일 한 시간씩 관조하는 나날을 꾸려가고 싶었다. 금상첨화를 반드시 써먹어야 할 대목인데, 피아노를 익혀서 모차르트의 피아노 협주곡들을 마음 내키는 대로 즉석에서 두드릴 수 있는 경지에 이르러 있어야 할 테고, 누구라도 무엇을 대상으로 삼았는지를 알아볼 만한, 가령 휘어지면서 이어지는 선으로 난을 치거나 둥그런 비비추의 이파리들을 다양한 모양새로 아로새기면서 덧칠의 요량을 '이번에는 달리' 하려고 기를 써야 할 것이다. 그러나 음감의 터득은 어릴 때 개발, 숙성의 과정을 익혀야 하고, 색감, 구도를 작품마다 별스럽게 조성, 분식할 수 있는 기량은 고도의 숙련이 따라야 하므로 피아노든 캔버스든 내게는 개발의 토수일 게 자명하다.

그런 꿈을 뒤적거릴 때면 불면으로 눈꺼풀이 따가워져도 그 아슴푸레한 정경을 이어가는 데 지치지 않았는데, 마흔 중턱쯤에 이르러서야 내 주제로는 도저히 이룰 수 없는 헛된 욕심이라고 치부할 줄 아는 '의식'은 생겼고, 그 자각은 한낱 작가의 지지리도 못난 무능을 저주하는 경지로까지 이어졌다. 그럴 수밖에 없는 것이 그만한 집을 지으려면 상당한 돈이 있어야 하고, 그러자면 무슨 사업이든 벌려서 거금을 장만해야겠는데, '반드시 이래야만 한다'는 내 천성의 고집으로는 여러 사람을 두루뭉술하게 부리는 수완도 모자라고, 글쟁이 노릇을 작파하고 전직할 만한 주변머리나 재주도 없어서였다. 그나마 내친걸음이니 작가로서 성공하길 바라야겠는데, 내 천성으로 인기 작가가 되기는 틀렸고, 돈복이라도 굴러와서 베스트셀러라도 터지길 바랄 수밖에 없으나, 그것도 기를 써가며 나름의 표현을 덕지덕지 덧대 버릇하는 내 문장력으로나 극적이고 감상적인 이야기 구색을 칠칠히 꾸려가지 못하는 내 '글꼴'로는 도저히 불가능하다는 것을 알아채는 데는 긴 시간이 걸리지도 않았다.

내가 그토록 자주 아파트 살림을 옮겨 다닐 때마다 잠을 설쳐가며 그리던 그 2층 단독주택의 주인이 되는 행운을 (천우신조로) 거머쥐었다 할지라도 나처럼 게으른 위인이 그 건물을 과연 깔끔하게 가꾸며 즐길 만한 능력이 있을까 하는 의문에 대답이 궁해지는 것을 보더라도 개개인의 일반적인 욕심은 '현실'을, 좀 더 구체적으로는 주변 환경이나 여러 여건 따위를 철저히 도외시하고 있다. 부연컨대 (내 식의 소설관에 따르면) 상상력이 소설 조작 상 필요불가결한 동력원임에 틀림없으나, 그것은 현실을, 구체적으로는 인간의 생활세계와 세상의 당시 동정과 그 생태계를 철두철미하게 전제, 이용할 수밖에 없다. 그러나 보다시피 현실은 상상력을 처음부터 끝까지 경멸, 무시함으로써 둘은 길항 관계를 유지하고, 언제라도 팽팽하게 맞선다. 따라서 한쪽의 우월은(괴기 취미랄 수 있는 상상력 비대증에 대한 현실의 객관적인 압력/통제 기능이다) 관견(管見)의 조율에 따라 세칭 순수문학으로 나아가고, 다른 한쪽의 열등은(따분하고 진부하게 마련인 현실의 적당한 조합을 일부러 기피, 기상천외한/반현실적인 상상력에 기대서 재미만을 바치는 활극이다) 일찌감치 대중 추수주의에 투항함으로써 통속문학에 이르고 만다. 이런 도식이 일반인에게는 물론 쓸데없는 현학으로 비치고, 실제로도 객쩍은 너스레에 불과하나, 그 요지는 '상상=공상=환상'이 인간의 고유한 자유에 버금가는 천부적 권리이긴 하나, 현실은 언제라도 그 달착지근한 감상의 분비물을 무자비하게 응징해버린다는 사실이다. 그것을 매번 쓰디쓰게 경험하면서도 그 감상의 노예로 살아가는 미약한, 구제 불능의 존재가 인간이기도 하다. (어차피 함께 살아가야 하므로) 남과 대의를 위해서라도 일방적인 자기주장에 지나지 않는 그 감상주의에 빗장을 질러야 하건만, 성직자들조차도 제 감정의 부하로서 기신거리며 살아가는 여러 현상을 목격할 때, 참으로 철딱서니 없는 인간 군상, 덧없는 인생살이, 각자 제 식으로 살 수밖에 없다는 이기주의의 편만 등을 떠올리게 되고, 기가 질리다가 종래에는 그 뻔뻔스러운 횡행을

　　11. 버킷 리스트의 품질

속수무책으로 용납, 수용하게 되고 만다. 나 하나쯤이야 이디서든 어떻게라도, 꾸물거리면서 조물주가 정해준 천명만큼만 살아갈 수 있는 세상이 이 무자비한 인간계/사바세계인 것이다.

↓

사설이 다소 길어졌으나, '버킷 리스트'에 주워 담을 것이 고작 해외여행이란 사실도 한심스럽고, 그 욕심을 죽기 전에 꼭 이루고 싶어 하는 대다수 사람의 지난 인생이 오죽했을까에 생각이 미치면, 역시 단조롭기 짝이 없는 우리의 일상에서 상상력은 일용할 양식에 값하고 있다는 상념을 쉬이 떨쳐버릴 수 없게 된다. (상상력을 완전히 거세당한 개인은 있을 수 없을 텐데, 머리 없는 좀비/괴물들이 이상한 지역/공간에 나타나 난동을 부리는 세칭 블록버스터 영화가 '창작의 자유'라는 이름 아래 저지르는 어처구니없는 망상은, 밑도 끝도 없는 그 원수 갚기식 발광을 직시하고 있으면 여행, 인권 같은 말이 한가로운 군소리임을 실감한다.) 누구라도 답답한 일상을, 곧 따분하기 짝이 없는 의식주 관행의 구속감을 일거에 걷어치우고 가볍게 여행길에 오르기를 바라는 습관적 욕망/충동은 '근대' 이후의 서양적 생활 양식이라고 알려져 있는데, 18세기의 산업혁명 이후 중산층의 대두와 그들의 물질적/시간적 여유가 불러온 그 혜택에 증기기관의 발명이 축지법 같은 신발까지 신겨준 것이다.

우리도 이제는 먹고살 만해졌으니 한껏 외국의 풍물을 보며 즐기자는 당찬 결의를 가타부타할 것까지는 없을지 모른다. 그러나 대개 다 주마간산으로 그칠 그 여행의 의의는 대수로울 게 거의 없다. (텔레비전에 방영되는 해외여행 다큐멘터리에서 들리는 감탄사가 그토록 한 목소리인 것은 실로 신기한 현상이다.) 그 번거롭고 수선스러운 행정이 결국 시간 낭비에다 돈 탕진에 불과했다는 생생한 체험담은 서너 해 후의 뿌연 '회상'에서 그대로 드러난다. 기껏 '그때 뭘 봤더라' 하는 흐리마리한 기억 앞에서 느끼는 공허감, 허탈감도 인생의 묘미일 수 있는지는 각자의 분별에 따라 달라질 터이다. 물론 이국 취미를 나무랄 것까지는 없겠으나, 그 밑바닥에는 자기 위주의 일방적인 감상주의가 도사리고 있을 뿐만 아니라 반일상적인 또는 낭만적인 기대감으로서의 상상력 비대증이 들썩이고 있다는 사실을 간과하고 있으며, 그것을 소설이나 영화 같은 장르가 피상적으로 과소비하고 있다는 자성도 챙기면서 그 무책임을 한 번쯤 되돌아봐야 한다는 지청구일 뿐이다.

그러므로 차제에 나로서는 버킷 리스트에 쓸어 담을 수 있는 다른 욕심들도 무한히 늘려 있다는 점을 강조하고 싶다. 이를테면 앞에서 주거 양식을 언급했으니 식생활/의생활에서도 그 목록은 얼마든지 다채롭게 불어날 수 있지 않을까 싶은 것이다. 가령 책상, 의자, 식탁, 책장, 칸막이 같은 가구/집기에 대한 평소 원망과 소망을 열거하자면 버킷 리스트는 끝도 한도 없이 길어진다. 그중 가장 단순한 것으로는, 여느 서부영화에서나 단골 소도구로 나오는 흔들의자를, 그 외형도 가지각색에 천차만별인데 그중에서 그나마 내키는 차선의 것을 하나 골라서 애용하고 싶은 욕망이 그것이다. 당장에라도 인터넷의 중고품 매매/교환 센터를 뒤적여 그 소원을 손쉽게 해소할 수 있을 것 같지만, 내 분별과 결단력으로는 그게 결코 만만한 일이 아니다. 내 방의 구조, 내 일상의 동정/동선, 내 취향 따위를 고려할 때 웬만한 흔들의자는 당연히 부적절한 것이거나 불량품이다. 목공예 전문점에 가서 맞추는 그 성가심은 생각하는 것만으로도 끔찍하다. 이처럼 꼭 이루고 싶은 이번 생의 최대 과제는 대체로 자신의 성격/버릇/취향 등과의 끈질긴 암투에 패배함으로써 흐지부지되고 만다. 자승자박일 뿐이고, 차일피일하며 자신의 무능을 자탄하는 그 따분한 회로에 감겨버리는 것이다.

예를 들자면 숱하다. 규격품 같은 스탠드 칼라 대신에 차이니스 칼라의 줄무늬 와이셔츠에다 보랏빛이 비치는 짙은 청색의 신사복을 입어보고 싶다는 평생소원을 영영 이루지 못하고 살아가는 사람의 졸장부다운 인생살이를 그려볼 수도 있다. 차이니스 칼라의 와이셔츠를 사 입거나 맞춰 입기가 그렇게 버거운 소원 풀이인가 하고 대드는 양반이 있을지 모르겠는데, 자기 마음에 꼭 드는 상품이 백화점에는 없는 경우가 더 많고, 맞춤집에 가본들 마땅한 재질의 천이 없거나 주문대로 지어내기도 어려울뿐더러 그 밑에 드는 돈이야 어차피 감당한다 하더라도 그 수고는 건짜증만 불러일으킨다. 우리 사회는 각 방면에 장인이 귀하고, 있다 하더라도 편재되어 있어서 그런 과외의 경제적/시간적 비용쯤이야 얼마든지 내놓을 수 있다는 극소수의 계층에게만 천국이다. 그러니 와이셔츠/남방셔츠 한 장도 안성맞춤인 것을 골라 사 입기도 불편하거나 불가능하고, 내키지 않은 채로 차선이 아니라 최악을 간신히 면한 엉터리 옷을 적어도 3년쯤은 마땅찮은 채로나마 걸치고 살아야 한다. 그 옷을 입을 때마다 어김없이 덮쳐오는 '신경질적인' 성가심과 못마땅함을 눅이려면 주머니 사정은 나중 일이고, '어쩔 수 없지 뭐' 하는 체념을 몸에 익히는 것 말고는 별다른 뾰족한 수가 없는 형편이다.

그러니 이렇게 요약할 수 있다. 내가 갖고 싶은 모든 상품은, 내 애초의 작의를 웬만큼 반영하여 빚어낸 소설들이 늘 그런 것처럼, 어떤 완성품과는 동떨어진 것이라서 내 성에 7할도 차지 않는 것들이다. 그 미달의 3할 부분이 눈에 가시라서 조만간 보기 싫어지고, 결국 어느 날 성마르게 내던져버리게 된다. 모으기보다 버리기에 소질이 있는 내 기질상 수집가들의 그 집요한 정열은 언제라도 경외의 대상이 아닐 수 없다. 따라서 내 버킷 리스트에 들어찰 소망의 태반은 신기루 같은 막연한 허상에 불과하다.

↓

대개의 여성이 특정 상표를 '눈에 띄게/속물답게' 붙여놓은 고가의 핸드백을 그토록 사고 싶어 하는 욕구도 결국은 장신구에 대한 한 맺힌 소원 풀이로서 당연히 버킷 리스트에 주워 담을 만한 것이다. 식생활에서도 희귀한 와인이거나 일류 세프가 정성껏 장만한 정식 서양요리를 한 번이라도 먹고 싶다는 욕심이 버킷 리스트의 한 목록으로 오를 자격이 없다면, 다른 욕망은 피상적이거나 '꿈결' 같이 모호하다는 질책을 받아야 마땅하다. 이런 식으로 버킷 리스트의 목록을 늘려가면 해외여행보다는 훨씬 실제적이고, 적어도 피상적인 감상주의와 막연한 동경을 일삼는 보바리슴 사고 행태를 불식할 수 있는 계기가 되지 않을까 싶은데, 자기 위주의 일방적인 강변인지 어떤지는 생각하기 나름이다.

실은 이 글의 화두가 그렇듯이 남의 버킷 리스트야 논란거리도 아니고, 그 공상 만발을 탓하기보다는 얼마든지 그러라고, 욕망의 최대치를 더 구가해보라고 부추겨야 마땅할 사안이다. 그처럼 실없는 꿈이라도 가지고 아무에게라도 떠벌리는 것이 바람직하다고 선동할 수도 있다. 만물의 영장은 흔히 그 꿈을 쟁취하기 위해 무모한 도전을 일삼는 데 주저하지 않음으로써 사람의 자격을 명분상으로도 획득한다고 지절거리면서.

이런 형편이니 나의 버킷 리스트도 여러 여건상 실현 가능성이 거의 무망한 것들이겠으나, 적어도 그 꿈을 목록화함으로써 인간다워질 수는 있지 않을까 싶다.

이렇다 할 도락거리도 없이 늘 책상 앞에 눌어붙어 있는 나의 단조로운 일상에 대한 반발로 30대 중반부터 일주일에 한 번씩은 서울 근교의 산자락을 서너 시간 싸대는 낙을 누려왔는데, 그 연장으로 언젠가는 세칭 백두대간을 꼭 완주해보고 싶었다. 관련 서적도 여러 권이나 구해 탐독하면서, 마음 맞는 동행을 구했다 하더라도 대략 세 달 남짓을 한달음에 주파할 여유도, 체력도 없는 만큼 2박 3일 일정으로 띄엄띄엄, 2년쯤에 걸쳐 지리산에서 진부령까지 쉬엄쉬엄 걸어보려고 했다. 40대 말에 세 명의 일행과 함께 지리산을 4박 5일 일정으로 헤맨 경험도 사전 준비작업이었는데, 역시 내 팔자에는 그 반쪽 백두대간을 종주해볼 짬이 나지 않았다. 두서없을 정도로 일에 쫓기고, 당장 먹고사는 데 얽매여서 꼼짝할 수도 없는 나날의 연속이었다. 이윽고 정년퇴직을 코앞에 두고서는 중병에 걸려 복강경 수술까지 받고 나서 그 뒤치다꺼리로 5년 이상의 추적검사에 붙들려 지내기도 했다. 겨우 생기를 찾은 다음, 동네 근처의 야산을 두어 시간 싸댔더니 그것만으로도 숨길이 가빴다. 이래저래 백두대간을 완주해보려는 꿈은 제물에 사그라들고 말았다.

그 대신에 서울에서 출발하여 대구나 경주까지 걸어보고 싶다는 소원을 품고, 내 주거지에서 10킬로 반경을 발길 닿는 대로 걸어보니 우리의 도로 사정은 한마디로 엉망진창이었다. 멀쩡한 인도가 걸핏하면 흔적도 없이 사라졌고, 흔히 무슨 '대교'라며 거대한 토목공사로 지은 튼튼한 다리 끝에는 인도가 없는가 하면 차도도 느닷없이 철책 같은 것으로 가로막혀 있고, 이정표도 없는 그런 되다 만 길거리를 온갖 차량이 제멋대로 빵빵거리며 질주하고 있었다. 우리의 토목공사 기술이야 중동의 산유국들 지도를 바꿔놓았을 정도지만, 막상 짚신장이가 헌 신 신는다는 말대로 우리 땅을 무작정 갈가리 찢어놓은 형국이었다. 그런 위험천만한 길에다 내 일신을 송두리째 맡긴다는 것은 백해무익을 따지기 전에 걷기도, 생각하기도 여의찮은 고행과 다를 바 없었고, 그 사지에다 내 걸음품을 허비할 생각을 떠올린 것만으로도 진저리가 났다.

역시나 몸으로 때우는 여기가 나의 평생소원으로는 부적합한 게 아니라 거의 불가능하다는 단념이, 뒤이어 씁쓸한 체념이 서서히 내 심신을 옭아매기 시작했다. 사람이란 염치가 좋은 동물이어서 환경에도 잘 길들어지지만, 자신의 정신력/체력의 미달과 생체리듬의 불비에는 즉각적으로 반응, 순종하는 변신술에도 능하다.

↓

어설픈 고백으로 들릴지 모르겠는데, 나는 오래전부터 글쓰기라는 내 직업을 과감하게 떨쳐버리고 싶었다. 명색 작가로 행세하고부터, 좀 더 정확히는 첫 책을 펴내고 나서 즉각 내 소설이 어떤 '수준'에 닿기에는 역부족이라는 자의식을 떨쳐버릴 수 없는 데다, 써갈수록 그 장황한 사설들이 도무지 성에 차지 않고 비루하게 여겨져서, '역시 안 되겠네, 항복해야지, 쓸데없는 말이 자꾸만 길어지는데 어째, 이것도 천성인데 누가 정성이 뻗쳐서 나만의 개성이라고 곱게 봐줄까, 그러나 마나 이 작업마저 내팽개쳐버리고 나면 장차 뭘 해 먹고 살지, 막연하고 딱하긴 하네' 같은 생각을 공글리기 시작했다. 당연하게도 땀을 뻘뻘 흘려가며 몸으로 때우는 단순노동에 종사하게 되면 책상 앞에서 꿍얼거리며 머릿속을 파먹는 이 스트레스 만발의 고역에서 일단 놓여날 수 있을 것 같았다.

그 소원은 극성스러울 지경으로 집요해서 지금 나이에도 문득문득 난감한 채로나마 '공연히 재능도 모자라는 행내기가 헛다리 짚은 거지' 하고 있는데, 내 깜냥으로는 애초부터 '발을 잘못 디뎌서' 전직조차 불가능하다는 것도 잘 알고 있었다. 그럴만한 근거도 없지 않다.

주위의 친지나 친구들을 유심히 살펴보더라도, 숱하게 읽은 동서고금의 위인들 특기를 참조하더라도(물론 '평전' 같은 책을 통해서이다) 저마다 한 가지 이상의 재주와 장기는 천성으로 타고났던데, 부실한 유전인자 탓인지 내게는 그것이 손톱만큼도 없다. 크게 나누면 대개 다 머리가 뛰어나던가(창의력/암기력/사고력/수리력 중 어느 하나가 남보다 한결 낫다는 것이 대번에 드러나게 되어 있다), 운동 신경이 남달라서 하나 이상의 스포츠 활동을 즐기던가(창피하게도 철봉에 매달리면 젖은 옷가지처럼 후줄근히 처지고 마는 나의 둔한 운동감각은 '훈련'을 한다고 나아지지도 않는 일종의 선천성 불구 상태이다), 음악(노래하기와 악기 다루기)이나 미술(그림 그리기와 모형 빚어내기)에서도 손방은 면해 있던가, 수더분하니 굽실거리는 사교성 내지는 꿀리지 않는 늘품에서 한결 도두보이던가 하는 법인데, 내게는 그중 어느 것이라도 상대적으로 다소 낫다 싶은 것이 없다. 그래도 그 무재주를 일찌감치 깨닫는 머리는 있었던지 사춘기 때부터 지독한 열등감을 반추하면서도 한편으로는 내성적인 기질로 그 천형을 감내하면서, 또 가정 형편상 철저히 묵종과 인내로 버티면서 구지레한, 그만큼 보잘것없는 생활을 영위해왔으니 내 삶, 내 인생, 내 생존방식은 '반복 불가/재연 불용'의 점철이었고, 내 한 몸 부지에만 전전긍긍하는 이기적/배타적 의식이야 오죽 치열했겠는가.

그런 천성의 특기에 관한 한 서양의 위인들 사례는 워낙 우람해서 감히 초들어 말하기도 민망할 뿐이고, 가까운 일본의 내로라하는 명사들이 비근한 실례로서는 제격이 아닐까 싶다. 그중 하나로 전후 일본 인문학의 태두에다 달변이었으나 대중매체와는 거래를 삼갔던 마루야마

마사오(丸山眞男) 같은 정치학자는 스키 타기에도 능수인가 하면 고수의 음악 감상가로서 피아노 연주에도 아마추어의 경지는 진작에 벗어났다고 알려져 있으며, 카메라와 사진에도 일가견을 가지고 있었다는, 그야말로 학문적으로나 재기로나 다재다능한 전인이었다고 한다. 그뿐만 아니라 거의 30년 이상 일본 국내는 물론이고 세계적으로도 유명한, 연예인 이상의 인기를 누리는 유행 작가인 무라카미 하루키(村上春樹)는 마라톤과 수영을 매일 즐기는 만능 스포츠맨인가 하면 클래식/팝송 감상에서 출중한 기량을 과시, 자부하는데 스스럼없다. 이 두 사례에 필적할 만한, 예체능에 두루 출중한 유명인사가 우리나라에도 있기나 한지 과문한 나로서는 알 수 없다. 왜 그럴까. 우리의 유전인자가 일본인들보다, 이 사례대로라면 학자나 문인들이 상대적으로 열등해서일까. 그럴리는 없을 것이다. 그들의 자기 관리가 반듯하고 엄격할뿐더러 부지런한 성정을 사회적/문화적/가정적 여유가 고무, 격려한 덕도 없지는 않을 테지만, 그런 풍토성에 들보기 눈길을 내둘려보면 일본 사회의 기율이 우리보다는 훨씬 더 유연함으로써 개인적 자유와 취미 활동을 풍요롭게 보장하며, 그런 기득권을 서로 존중하고 있다는 '공기'를 감지하게 된다. 그러니 그들은 합리적 세계관으로서의 개인/사회의 개성 함양과 그 존중의 시대적 공감대랄 수 있는 '근대성'의 향유 연조도 길뿐더러 그 풍성한 자존자대를 각자가 제대로 개발, 즐길 줄 아는 기량에서 한 걸음 앞서 있다는 점을 주시할 필요가 있다. 달리 말하자면 '근대'의 자각과 그 소화력에서도 탁월하고, 개인들이 그 실천력에서 뛰어난 기량을 발휘할 수 있는 안정적인 사회의 제반 인프라가 만들어져 있는 나라가 일본이다. 별것도 아닌 남의 나라의 사회적/문화적 기풍을 들먹이며 자학을 사서 일삼는다면 어쩔 수 없이 우물쭈물할 수밖에 없지만,

이 차이를 간과하는 한 우리의 '전근대적' 자의식은 만년 제자리 뛰뛰기에 진둥한둥 헐떡거릴 것이라고 장담할 수 있다. 보다시피 진보와 개선/개량을 담보하는 '근대'의 수용에서 한사코 뒷걸음질하기에 바쁜, 퇴행적 쇄국정책으로 일관하는 괴팍한 김씨 왕조 국가 북한의 반인륜적인 정치체제가 웅변하고 있듯이 우리 사회 구석구석에는 여전히 '억지'가 관행으로 통하고 있으며, 식자들일수록 그 부조리/불합리를 그러려니 하고 무신경으로 일관하는 둔팍한 '기후'가 대를 이어가며 만연하고, 무소불위한 그 풍토성에 모든 서민이 끌려다님으로써 개인의 재능, 시간, 삶 전체를 비정상적으로 왜곡시키고 있다. 이런 비인간적 현실이 그런 다재다능한 소양의 개발을 최대한으로 억압, 통제함으로써 '우물 안에서 기고만장하는 반쪽 인간들만' 양산하고 있다면 정녕 불령분자의 패배주의적 시각일까.

추단컨대 우리도 '근대'의 진정한 면목을 풍요롭게, 바라건대 장기간 습득하게 되면 그처럼 다재다능한 기량을 한평생에 걸쳐 발휘할 수 있는 학자/문사가 속출할 테지만, 일본과의 이 질적 격차는 의외로 커서 착잡한 열등감을 부채질하고 있을 뿐이다. (타고난 재주든 후천적으로 쌓은 기량이든 부족한 것은 시인할 수밖에 없다.) 내가 보기에 더 지독한 열등감을 반추해야 하는 지점은, 자기 인생을 그처럼 바쁘게, 부지런히, 빈틈없이 운영하면서 다방면의 심신 개발과 그 고양에 투자한 위인들이 만년에 '버킷 리스트'라면서 해외여행이라는 항목을 추가하지는 않을 것이라는 엄연한 사실이다. 하기야 평생 아마추어로서 이것저것 집적거리다가 한동안씩 빈둥거리기로 시종일관한 삶도, 온종일 컴퓨터 앞에서 소일하는 선량한 서민들에게 남에게/사회에 봉사하는 즐거움을 귀가 따갑도록 설교해대는 매스컴의/성직자들의 생활 방정식도 값진 인생으로서는 손색이 없겠으나, 각자의 심신과 정신의 개발 의욕을 최대한으로 추구하는 예의 그 사례와 한 번쯤 비교해보는 것도 나름의 의의는 있지 않을까 싶다. 서로의 풍토성이 다르고, 역사적 문맥은 더 판이한데 비교우위론을 펼치는 것도 어불성설이라고 할 수 있겠으나, 만사를 '우리의 특수성'이라는 그 소위 '내재적 접근법'으로 재단하면 결국 곱게 봐주기식의 공허한 자랑 타령에 불과할 테니까. 개인의 긴장이나 나라 안의 모든 갈등도, 심지어는 매사의 우열까지도 그 근거를, 이를테면 그것들의 원인, 기준, 경과, 결과 등을 전적으로 '외부'에서 찾아야 하건만 우리는 그 사실을 모르거나 무시하려고, 그 규명을 남에게 미루려고 버둥거린다.

↓

타고난 지능과 재능이 극도로 빈약한 게 아니라 아예 한 가지 재주도 없는 데다 성장 기간 내내 이렇다 할 예체능 개발의 혜택을 누리지 못한 나의 출신이 감당할 만한 직업으로 무엇이 있을까. 아무리 둘러봐도 마땅한 게 없다. 그래서 가장 만만하다고 덤빈 것이 책 읽기와 글쓰기였는데, 그것도 막상 달려들어 보니 예의 그 머리 부족을 절감하고 두 손을 털고 일어서야 할 처지니 기가 찰 노릇이었다. 쉰 줄이 넘어서야 어쩌다 운이 닿아 대학에서 교편을 잡느라고 그럭저럭 밥은 먹게 되었으나, 역시 내 능력으로는 억지 춘향이 노릇을 간신히 배겨내는, 내 자리를 봐두고 바늘방석에 앉아 있는 것 같은 심사를 출퇴근 때마다 반추하지 않을 수 없었다.

어느 해 늦가을, 제자의 초청으로 청송의 한 과수원을 탐방, 한창 수확기여서 수십 명의 놉이 사과밭에서 분주하게 품을 팔고 있는 장관을 목격할 기회가 있었다. 대뜸 내 인생에서 빠져 있는 그 품팔이의 육체

11. 버킷 리스트의 품질

노동이 그렇게 갸륵하고 장하게 보일 수가 없었다. 일용직 노동이 그처럼 그럴싸해 보이고, 계절별 날품팔이꾼이라는 그 놉들을 실어나르는 조직이 벌써 2천년대 전후부터 농촌 바닥을 휩쓸고 있다는 증언도, 점점 그 구인난도 심각해져서 일당도 들쭉날쭉하다는 정보도 귀담아듣긴 했으나, 내 주제가 과연 얼마나 오래도록 저런 육체노동을 감당해낼 수 있을지, 생각만 해도 머리가 휘둘렸다. 어떤 직업도 얕잡아 볼 수 없다는 것쯤이야 진작부터 숙지하고 있었지만, 글쓰기라는 평생 몸부림과 머리 혹사가 매일 가르쳐주고 있는데도 나는 남의 육체노동을 만만하게 보고 있었음을 통절히 깨달았다.

이런 대목에서 흔히 무재주 상팔자라며 그런 위인에게 안성맞춤인 직업은 스님/신부/목사 같은 성직이라고 하지만, 심신을 혹독하게 단련시켜야 할 그 고행이야말로 겁쟁이에다 변덕스러운 내 심성에는 얼토당토않는 천직일 것이다. 더욱이나 좋은 뜻으로서의 위선/위악을 적절히 잘 분별, 춥고 서글프고 허름한 곳곳에다 최상의 선심을 베풀어주어야 하는 그 성직도 예의 그 사교성과 붙임성이 젬병인 내게 어울릴 리 만무하니, 이래저래 이 세상에서 내가 설 자리는 책상 앞에서 뭉개며 머리 쥐어짜기/글 품팔기와 엉덩이 씨름이나 하는 팔자가 고작이었다.

젊었던 한 시절에는 사전 편찬자 정도가 내 능력/소질에는 가장 걸맞지 않을까 하는 생념도 가졌지만, 그 직업도 우리 출판계의 현황, 장인의식의 홀대 등을 두루 살펴보면 내가 들어앉을 책상도 쉬이 나서지 않을뿐더러 요행히 직책을 맡게 되었다 한들 그곳에서 내 운신의 폭이 얼마나 협착할 것인지는 상상만으로도 훤히 보였다.

↓

역시 버킷 리스트에는 각자의 생업이 만부득이하게 반영되어야 그나마 자신의 '주제 파악' 내지는 '꼴값'의 보람을 마지막으로 되돌아보는 계기가 되지 않을까 싶다. 그래서 어떤 재능도 없이 무작정, 무일푼으로 이 살벌하고 척박한 세상에 던져진 나의 버킷 리스트야 창피하기 짝이 없는 원망 일색이라는 취지의 너절한 말을 늘어놓게 되었다. 그렇긴 해도 내 심중에도 개인적/사회적 여건상 한낱 사나운 욕심에 지나지 않는, 그러나 꼭 이루고 싶은 '꿈'이 오래전부터 빚쟁이처럼 투그리고 있긴 하다. 그것은 기왕의 내 모든 작품을 꼼꼼히 점검, 전면 개작하면서 영영 버릴 것을 가려내고 반쯤으로 간추리는 한편 그동안 내 소양이 어느 정도로 나아졌는지를 알아보는 낙을 누려보자는 것이다. (누가 일찍이 들든 소회를 남긴 바 있지만, 개고/개작을 통해 자신의 지적 성장을 조감하는 낙이야말로 문인에게 주어진 유일한 수혜라는 그 말을 나도 이제야 절감하고 있다. 바로 어제 쓴 글의 미흡/미달을 발견, 조탁하는 오늘의 작은 보람은, 당사자만이 오롯이 누리는 그 성취감은 얼마나 뿌듯한 것인가.) 그 정도 소원 풀이야 만사를 물리치고 지금 당장에라도 실천하면 그뿐이지 않냐고 할지 모르지만, 막상 그렇지도 않은 것이 아직도 우리 사회의 여러 형편은 갈수록 천격을, 무지를, 억지를 앞다투며 보랍시고 과시하는 데 혈안인데, 그 풍토성 전반에 대한 내 나름의 응시를, (굳이 소설이라는 양식을 빌리지 않더라도) 마지막으로 일종의 총체적 장르 감각을 쏟아붓고 싶은 숙원이 눈앞에서 얼쩡거리기도 하려니와 그 구상으로 밤잠을 설치고 있으니 내 한때의 그 착잡한 분신들의 전면 개작은 차일피일 미뤄질 수밖에 없다.

그 결실이 언제 나올지 모르긴 하지만, 전면 개작한 몇몇 작품의 탈고가 유종의 미를 거둔다면 오래전부터의 소원대로 이번에는 반드시 성경이나 사전처럼 본문 용지를 인디아 페퍼로 쓰고, 여백을 빈틈없이 줄여놓은 예외 그 성경, 사전, (일부의) 양서(洋書) 같은 편집 기술을 그대로 본받아서 (요즘 세태어로는 '벽돌책'이 되는 셈인데) 1천 쪽 안팎의 책 대여섯 권쯤으로 묶어내고 싶다는 욕심도 비등하다. 물론 팔리지도 않을 테고, 그런 기대를 미련 없이 버린 지도 오래전이지만, 출판사와의 눈치 싸움을 피하기 위해서라도, 또 출판사 사장과 편집자들의 푸대접을 무언으로 밀막기 위해서라도 자비 출판도 불사할 심보랄까 배짱만큼은 찬찬히, 느긋이 키우고 있다.

그 밖에도 경주의 남산 자락 아래서(한때 그 솔밭과 마애불상이 산재한 남산을 서너 차례쯤 빠댄 적이 있다), 굳이 외국까지 들먹이라면 홀린 듯이 몇 번이나 어슬렁거려본 교토와 그 인근의 고적 도시에서, 경비가 꽤 많이 들 테지만 영국의 스코틀랜드나 콘월 같은 지방의 소도시에서 딱 1년만 머물며 역사의 숨결과 사계절의 풍광을 만끽하고 싶은 욕심도 있다. 왜 소도시여야 하냐고 묻는다면, 평생 무노동으로 살아온 내가 어느 나라 어떤 농촌에서든 거치적거리는 한낱 이방인일 게 분명하고, 그처럼 '왕따' 당하는 눈칫밥을 먹고 배기기도 싫을뿐더러 도시야말로 현대소설의 진정한 무대이자 인물/사연의 집산지이기 때문이다. 낯선 도시에서의 그런 기한에 쫓기는 삶을 누릴 때면 사전 따위야 일절 뒤적거리지 않으면서 잡기장에다 이런저런 단상이나 끼적거리며, 이윽고 그런 따분하고 단조로운 일과에 지칠 때는 내키는 대로 참한 단골 술집을 찾아가서 밤늦도록 독작을 즐길 수 있길 바라지만, 내 식의 남루한 공상에 지나지 않는다는 것도 알고는 있다.

부언컨대 앞에서 잠시 나온 주제어인 나의 버리기 습벽은 완벽주의자의 일면 같다는 오해를 살 만한데, 전혀 그렇지 않다. 완벽주의도 제대로 실천하려면 우선 느긋한 성정부터 타고나야 할뿐더러, 그 밑에 드는 시간, 품, 돈, 기량 같은 여건에 무한한 여력이 있어야 할 테고, 한편으로 '성에 찰 때까지' 그런 외부 환경과 조건을 무시할 수 있는 배짱과 근성을 길러야 한다. 그것이 불가능한 줄 알면, 대체로 다들 그렇듯이, 미련을 버리게 된다. 그런 살가운 포기는 오히려 다른 방면의 일에서 성취를 맞볼 확률이 높아진다. 이런 바 어떤 결핍이 '승화'를 부추긴다는 경지이다. 그러나 내 경우는 어떤 집착/집념이 부족해서라기보다 머리가 나쁘고 빙충맞아서 미련을 버리지 못하므로 그 반발로 자기의 한때 '분신'을 과감히 구겨 박지르고 내던져버리는 것이다. 그러므로 버킷 리스트에 들어갈 목록은, 아직도 미련을 떨치지 못하고 있으나 곧장 버려야 할 내 신변의 해묵은 일용품이나 다를 바 없다.

↓

추기 1_여백을 알뜰히 줄이면서 글의 체제를 최대한으로 질박, 간소하게 편집한 모범으로는 우리의 옛날 문인들이 한때 한문으로 쓴 '문집'들을 들 수 있겠으나, 최근의 사례로는 행갈이 자체를 아예 없애버린 『나무 신화』(수류산방, 도리스라우데르트 지음/이선 옮김, 2021년) 같은 이색적인 책도 있다.

추기 2_어쩌다가 서울 시내에서 친구를 만날 때면 두 시간쯤 미리 짬을 내서 세종로의 교보문고에 들러 책과 문구류를 사면서 요즘 우리 책들의 형식/내용을 일별하는 것이 나의 취미 중 하나인데, 그 전반적 수준이 괄목할 만한 것은 사실이지만, 막상 여기저기를 훑어보면 엉성하기 짝이 없다는 내 편견은 순식간에, 거죽만 요란하네, 어째 이리도 못 만들려고 애를 부득부득 썼을까, 신통하다 하는 찜부럭이 저절로 터져 나온다. 명색 디자인 감각을 발휘한답시고 표지는 아무렇게나 울긋불긋하고, 본문에서는 예의 사전, 성경 같은 그 정색한 방정도 안 보이고,

알뜰한 지면 처리에도 한껏 등한한 책들투성이다. 시대가 바뀐 줄이야 익히 알고 있지만, 본말전도의 그 실물에는 출판사 사장이나 편집자들이 원재료 공급자들, 곧 저자, 표지/본문 디자이너, 용지 공급자, 인쇄업자, 제본 회사 담당자 등에게 관행으로 통하는 음양의 갑질을 마구 행사한 흔적이 속속들이 배어 있다. 모든 상품이 그렇듯이 책도 싸구려와 진짜는 어디가 달라도 다르고, 한눈에 드러나게 되어 있다. 성의 부족이라는 진부한 지적과 아울러 책마다 최소한의 개성이라도 보여주려는 고심이 엿보이지 않는 위조품/모조품 같다는 단정을 떨쳐버릴 수 없다. 이 수준이 바로 우리 지식산업의 겉과 속이라는데 동의하는 식자들이 과연 얼마나 있을지. 하기야 내 소원은 이처럼 작은 불평의 해소에 대한 미련이다. 물론 한편으로 체념하면서도 언제 완제품을 볼 날이 있을까 하는 간절한 바람을 삭이고는 있다.

12. 예술원 회원의 자격과 예술원상의 성격

↓

올해(2021년) 7월 중순에 내로라하는 소설가들이 연이어 꽤 당돌한 시론(時論)을 발표하여 비상한 화제를 불러일으킨 바 있다. 처음으로 화제의 포문을 터뜨린 글은 (그 원문을 안 읽어봐서 잘 모르는 채로나마) 명색 소설의 형식을 빌렸다고 하며, 다른 글들은 (짐작하건대 청탁을 받아 쓴) 칼럼으로 신문에 실렸던 듯한데, 나로서는 그것들을 요약한 신문 기사와 인터넷상의 보도로 읽고 난 후, 적잖이 괴이쩍은 발상이라고 치부하며 짐짐한 채로 소회를 애써 삭이고 있었다. 그 첫 글의 전문을 구해 보기도 난감하여 무르춤하니 나름의 속생각만 곱새기고 있던 차에, 이번에는 현하의 정치적 난맥상을 촌철살인의 구절로 일도양단해버리는 이 시대의 탁발한 논객 진중권씨도 '이 주제야말로 내가 경종을 울려야 마땅하지 싶다'는 조의 논설을 발표하고 있어서 나로서는 적이 놀랐다. 그에 덩달아 문인 수백 명의 동의를 받아 청와대의 게시판에 청원서를 올렸다는 소식도 전해졌다. 그 후 무슨 뾰족한 결과가 드러났는지, 후속의 암중모색이 끈질기게 진행 중인지는 알 수 없으나, 우리의 모든 수습책이란 것이 흔히 용두사미로 끝나는 그 관행을 좇지 않나 싶은데, 나로서는 한낱 문인으로서 내 속견을 개진함으로써 밥값도 못하는 득보기 주제라도 면해볼까 하는 심정으로, 또 후일을 위해서라도 일필을 남겨두어야겠다는 심사에 부응하지 않을 수 없었다.

요컨대 그들과 더불어 몇몇 신문 기사들이 이구동성으로 '이 적폐는 차제에 꼭 공론화시켜서 어떤 개선책을 마련해야 한다'라며 팔을 부르 걷고 나선 화제의 고갱이는 이렇다.

　첫째, 현재의 예술원 회원 선출 방식은 요즘의 유행어대로 '공정성'을 잃고 있다.

　둘째, 기왕의 예술원 회원들의 투표에 따라 신입 회원으로 선출되고 나면 종신제로 꾸려가는 제도 자체도 불합리하며, 모든 회원에게 매달 지급하는 일종의 연금과 그 액수도 과연 합당한지 따져봐야 한다.

　셋째, 해마다 시상하는 예술원상의 심사에 정실이 작용하고 있다는 혐의를 불식하기 어렵다.(이 주제에 대해서는 지면이 모자라서 그랬는지 진씨는 함구하고 있다. 과분하게도 40여 년간이나 작단의 말석에서 얼쩡거리고 있는 나로서도 이번에 운 좋게 그 수혜자가 됨으로써 이 화제에 대해 소견을 토로하지 않을 수 없는 구실이 생긴 것이다.)

　주지하듯이 여러 소설가와 몇몇 신문 기사들이 노골적으로 거명하지는 않았지만, 지금의 예술원 회원 중에는 그들이 도대체 어떤 '얼굴'으로 피선되었는지도 수상쩍고, 그러니 그 자격조차 의심스러운 양반들도 없지 않다는 주장이 배면에 여실히 깔려 있고, 사실상 '탁상 의제'는 바로 이것이다. (알려진 대로 예술원은 네 개의 분과로 나눠져 있고, 문학을 선두로 미술, 음악, 연극/영화/무용 등이 그것인데, 각 분과 별로 25명 안팎의 회원을 거느릴 수 있도록 '예술원법'이 규정하고 있다고 한다. 말썽의 도화선이 된 '종신제'는 개정을 거쳤다고 하며, 회원은 예술원상의 수혜 대상자가 될 수 없다는 조항도 10여 년 전의 수정에 따른 것이라고 한다.) 사태의 핵심을 꼭 집어내는 한편 좌파/우파를 두루 '모두 까기' 하는 선봉장으로서 진씨의 예의 칼럼도 바로 이 '말썽거리의제'를 물고 늘어짐으로써 화두의 핵심을 건드리고 있다. 그는 '나도 할 말이 있다'고 나선 데림추들과 신문 기사 등이 얼버무리고 있는 그 어병한 논점을 뿌리치고, 아주 구체적으로 박경리 선생과 최인훈 선생을 들먹이면서 두 고인이 예술원 회원 되기를 일언지하에 물리친 것만 보더라도 현재의 그 구성원들의 위상, 덧붙이건대 그들의 '성향'과 자격이 어느 수준인가를 대충 짐작할 수 있지 않은가 하는 논조를 펼치고 있다.

굳이 지적할 거리도 아닌 성싶지만, 어느 유명한 문인이 어떤 단체에 가입하지 않고 '한심한 것들'이라며 그 특정 집단의 성격이나 구성원들의 자질을 싸잡아 깔볼 수 있음은 그의 오만한 개성이거나 사날없는 천성과도 무관하지 않을 것이므로 남들이 가타부타할 일은 아니다. 하물며 평생토록 자율적인 창작 세계의 구축에 전전긍긍해온 별난 성격의 문인이라면 더 말할 것도 없다. 그토록 돌올하게 남을, 어느 유파를, 그 두루뭉술한 색채를 단호하게 거부할 수 있는 기질도 문인/예술가들이 누리는 특유의 자존자대인 만큼 더 논란할 화젯거리도 아니다.

실은 대단히 선동적인 진씨의 시론의 핵심은 일급 문인의 자격과 그 업적을 정확히 분별, 그에 맞추어 예술원 회원을 '올바로' 선정해야 한다는 것이다. 틀린 말일 수는 없으나, 그 자격을 정확하게 마름질하기는 참으로 지난하고, 그 일을 감당할 수 있는 사람이 과연 누구일지 나로서는 감히 예상할 수도 없다. 앞서 거론한 박경리 선생과 최인훈 선생의 경우만 하더라도 보는 시각에 따라서 그 평가는 천차만별이다. 남들이야 어떻게 점수를 매기든, (내가 앞장서서 당돌하게 말한다면) 두 분은 생전에 매스컴의 지나친 조명을 받아온, 일컬어 과대평가의 복을 톡톡히 누린 수혜자들이었다.

소략하게나마 나의 소견 중 한 토막을, 그것도 부정적인 측면만이라도 토로하면, 화제작 『김약국의 딸들』과 『성녀와 마녀』 같은 일련의 통속소설을 일단 논외로 치더라도 박경리 선생의 대표작 『토지』는 그 길이만으로도 역작임에는 분명하겠으나, 과연 한국소설사에 남긴 이바지가 무엇이었는가에 대해서는 선뜻 말문이 열리지 않는다. 한정된 지면을 최대한으로 거침없이 유용(流用)하고 있는 그런 대하소설로는 홍명희의 『임꺽정』이 당대의 풍속과 우리말을 남기려는 확고한 작의/시의를 상당한 정도로 성취한 바 있으나, 미완성작으로 끝났을 뿐만 아니라 '현대소설'로 취급하기에는 무리가 많은 일종의 영웅소설에 불과하다는 내 독후감을 괄호 속에 묶어놓더라도 (일이관지하는 장차의/미지의) 한글소설사가 『임꺽정』의 성과에 관한 한 큰 지면을 할애할 수는 있을 것이다. 『수호지』류의 그런 읽을거리로서는 『임꺽정』이 효시라는 점에서도 그렇고, 그 이야기의 서술이 우리 식의 원형에 가깝지 않나하는 독보성도 놓칠 수 없는 실적이기 때문이다. 『토지』를 『임꺽정』의 아류작이라면 다소 어폐가 있겠으나, 문학사는 어차피 대하소설로 묶을 수밖에 없고, 그와 유사한 긴 장편소설들은 추수주의의 본색을 어느 정도 드러내고 있다는 점에서도 그것들의 문학적 위상은 상대적으로 협착하다고 할 수 있을 것이다. 어떻든 그런 대중소설들을 문학사가 크게/작게 다룬다는 것은 관점에 따라 달라지므로 그에 따라서 개별 작가들의 소설사적 크기도 확대/축소의 명운을 누릴 수밖에 없다. 따라서 '예술에 우열은 없고 오로지 차이만 있을 뿐이다'라는 정전 부정형 정의도 당대의 어떤 기류나 이념의 적극적인 공세를 일정하게 반영한 희언일 수 있는데, 뒷북치기는 어떤 창작 행위에서라도 금기시해야 하는 일종의 압력이기도 할 테지만, 그 시의성이야말로 특정 작품의 문학사적 공적에 참조할 만한 잣대임을 시사하고 있다. 요컨대 그 '차이'로서 『토지』가 어떻게 구별되며, 무엇을 보태고 있는지, 그 긴 내용에 동어반복도 그만큼 이어지고 있지나 않은지를 분별해야 한다는 지론 앞에서 얼마나 떳떳한지를 한 번쯤 새겨봐야 할 것이다. 그러나 그런 논의가 비등해질수록 『토지』의 화제성은 점증하여 다시 과대평가의 대상으로 떠오를 수도 있다는 아이러니를 문학사적 관점이 어떻게 수습할 수 있을지는 단순한 숙제거리의 차원을 넘어서는 과업일 것이다.

출세작 『광장』으로 일약 '전후 최대의 작가'라는 호명을 얻어, 시종 문단의 풍운아로 군림한 최인훈 선생의 소설/산문의 전모와 그 수준은 세평만큼 그렇게 우수한 게 아닐 수 있다. (물론 시의성을 최대한으로 누리고 있긴 하다. 초기작이라서 또 모더니즘의 세례를 엉성한 채로나마 허둥지둥 수습하느라고 그 공소성은 민망한 수준인데, 그럼에도 불구하고 일부의 '세력'은 지금도 한국동란을 부당/부실하게 조명한 이 작품을 부적처럼 떠받들고 있다.) 그의 글들이 당시로는 압도적인 성가를 누리면서 상대적으로도 단연 탁월했다는 품평은 날림투성이의 현학문학을 과감하게 분식하며, 그것도 과격한 수사와 표현을 앞세우고 문단을 휘저은 그 도도한 기세 덕분이었다는 사정을 간과할 수 없어서 그렇다. 또한 그 득의의 모더니즘적 취향은 그 구색이 허술하기 짝이 없어서 리얼리즘=현실주의의 기법을 육화하기에는 자신의 소설기법적역량이 따르지 못해 탄식으로 내뿜은 내적 독백에 지나지 않는다는 독후감까지 불러온다. 뿐만 아니라 그만의 폐쇄적 '환상'을 요란하게 채색한 일련의 중단편들은 사실상 '터무니없는 예술'의 난반사 같아서 우리 소설사의 지적도 밖에서 유아독존을 누린다고 해도 지나치지 않다.

절대다수가 침묵의 덕목을 누리고 있어서, 또 공연히 화제의 도마에 올리고 싶지 않아서 그렇지, 『광장』을 위증의 표본으로 치부하는 또 다른 '세력' 도 의외로 두텁다는 사실은 새겨둘 만하다. (치열한 난상토론을 일방적으로 피하려는, '좋은 게 좋다' 는 우리의 전통적 원만주의가 이번의 예술원 회원 자격 시비에서는 물론이고 인문학 전반에도 널리 편재해 있고, 이런 전통이 문학/학문의 항상적 지지부진을 담보하고 있기도 하다.) 더욱이나 그의 작품 중 가장 길고, 구성상 장편에 값하는 『태풍』 같은 소설은 이야기를 얽고 풀어가는 형상력이 너무 심심하고 산만해서, 더욱이나 조잡한 이국취향을 남용함으로써, 도대체 이런 무용(無用)한 작품의 탄생 비화가 궁금할 지경이다. 이런 '불편하나 여실한 사실' 에도 불구하고 최인훈을 초일류 작가로 대접하고 있는 시속은 한편으로 우리의 허접한 지명도를 되돌아보게 하며, 치열한 공방을 통해 문학사/소설사의 좌표 설정에 게으른 강단비평의 한계를, 비정(批正)과 비정(比定)의 정립에 투철해야 할 현장비평의 가식/위선을 되돌아보게 하고 있다. 그런저런 고식적 호평의 대물림은 '발달 장애적인' 우리의 문단 풍토를 노골적으로 반영하는 것이어서 개전의 여지가 전혀 없다는 지적도 공염불일망정 되뇌어야 하지 싶다. 더불어 '명성은 모든 오해의 정수일 뿐이다' 라는 어느 시인의 시니컬한 경구는 우리의 '한국문학' 이해가 얼마나 피상적인가를 일깨워주고 있기도 하다.

대충 간추린 위의 두 사례만 보더라도 어느 문인의 진정한 실적은 세평과 전적으로 겉돌고, 바로 이 잣대만으로도 진중권씨의 거명은 부실한 사례를 뛰어넘어 시중에 떠도는 '반(半)사실' 을 적당히 후무린 것일 뿐이다. 주로 신문 기사를 주축으로 한, 여러 잡지 매체를 통한 추수주의적 문학 평론들이 선도하는 세평의 위력은 실로 '가짜 뉴스' 의 그것을 능가하는 게 사실인데도, 대개의 식자는 그것에 자신의 의식을 통째로 일임하는 것이 관례이고, 또 엄연한 현실인 것은 비단 우리만의 허술한 사례도 아니다. (물론 현대라는 제반 매커니즘의 속성이자 대중매체 자체의 과부하적 '적폐'의 본질이기도 하다. 하기야 역설적이게도 매스컴의 난잡한 조명의 위력이 얼마나 막강한지를 반드시 돌아봐야 하는 대목이라서 전혀 불필요한 번설을 이렇게 늘어놓고 있기도 하다. 직언을 서슴지 않으면 진씨가 박경리와 최인훈의 문학 전모를 얼마나, 또 어느 정도로 소상하게 읽었고, 자신의 탁설을 더 분명하고 길게 개진할 수 있을지는 실로 의문이다. 그도 세평에 전적으로 기대고 있을 뿐만 아니라, 글줄이나 낮게 읽은 먹물들일수록 '허명'을 그대로 받드는 '여론 복창'의 나팔수로서, 다들 그러듯이 주위들은 풍월로, 건성으로 '일부'만 읽은 대로 제창하는 그 안다니 수준을 그대로 답습하고 있다는 의심을 불러일으키고 있어서이다. 특히나 이 땅의 고유한 풍토성 중 하나는 식자들이 대체로 사실/진상/진실 밝히기에는 등한하면서도 이미 널리 알려진 고루한 '고전'들을 덩달아 읽고 허명/허상 붙좇기와 퍼뜨리기에 전념, 허송세월하고 있다는 것이다.)

↓

어느 문인의 문학적 '크기/깊이'를 잴 수 있는 잣대로 무엇을 상정할 수 있는지도 난감한 주제이긴 하다. 문학사에 남을 만한 절창 시 서너 편을 노래한 후, 과작의 소명을 재주껏 고수하는 시인과 자기 시 세계를 소박한 채로나마 꾸준히 넓혀 가는 다작의 시인을 한 저울에 올려놓고 우열을 따지는 근거에는 볼수록/매만질수록 새삼스럽게 곱다라니 다가오는 그 골동품 애호 취미가 배어 있다. 그의 절창과 다른 여러 타작과의 질적 불균형을 해설하는 특정의 시론이 과연 얼마나 설득력을 발휘할 수 있을지도 의문이다. 완물상지(玩物喪志)의 경지가 놓치고 있는 사례/사물/사고(思考)/사태는 의외로 무수하다. (요즘 지식인들은 대체로 원시안, 통찰력, 역사적 문맥에 대한 투시력에서 함량 미달이고, 당대성/지역성이란 변수에 유능한 체하지만 실제로는 그 흔들리는 잣대를 아무렇게나 휘두르고 있을 뿐이다.)

소설의 경우는 더 심하다. 한두 편의 명작 단편을 초기에 발표, 명성을 선점한 후, 장편을 한 편도 쓰지 못하는 '재능 은폐형 절필'의 작가를 한사코 우대하는 기현상도 우리 소설사가 기리는 만년 기득권이다. 앞서의 그런 대하소설을 몇 종류나 발표하여 거금의 인세 수입을 확보, 평생 인기 작가로 군림하는 소수의 문학/문화 권력자를 후대하는 속풍에는 문학사적 시각과 그 존립을 철저히 따돌리는 근시안적/통속적 취향이 엿보인다. 통속소설/대중소설을(신문/잡지에서 거론하는 우리의 대다수 소설은 말 그대로 멜로드라마로서의 통속소설에 지나지 않는다, 예쁜 방을 오목조목 잘 꾸며놓는 앤티미즘의 상투성이 그렇듯이) 부지런히 양산하는 세칭 인기 작가와 그 작품들을 옥석으로만 갈라놓는 비평이야말로, 그나마 돌을 돌이라고 소명하지도 않는 서평이야말로 추수주의적/비문학적 날품팔이가 아니고 무엇이겠는가. 세월과 인기와 세평이라는 여과장치에 맡겨두는 이런 잡상인 집단 같은 문단 풍토에서 무슨 잣대인들 그 정당성이 유효하겠으며, 누군들 그 호가를 제대로 믿겠는가. (요즘 대학에서는 전임 교수 선발 때, 1백 장 안팎의 논문 한 편에 몇 점, 저서 한 권에 몇 점 하는 식으로 가름, 계량화한 점수 매기기를 시행하고 있다. 그 글들의 질적 가치를 무시한 그런 우열 가리기를 문학에도 그대로 적용한다면 말이 되겠는가. 어처구니없는 잣대와 그런 편법은 또 다른 말썽의 소지를 시종 불러올 뿐이다.)

하기야 문인들도 대개 다 그런저런 세평과 허명에 곱다시 편승, 승복하게 마련이다. 한창 성가를 올리는 동료 문인의 작품을 죄다 읽을 수도 없고, 어느 특정의 작품을 읽고 난 후의 독후감이 마뜩잖아서 점점 비등해지는 그 세평과 심정적으로는 딴살림을 차리고 있다 할지라도 그러려니 하고 점잖게 함구로 일관한다. 그에 비해 비등한 세평의 득세를 일신에 두른 작가/시인들은 자중자애를 한껏 부양, 알게 모르게 오만의 은현(隱現)에 부심하는 것도 인지상정이다. 앞에서 예로 든 두 선행 문인도 그런 안하무인의 경지를 은근히 온몸에 휘감고 있어서, 만년까지 저럴 수도 있겠구나, 예술은 원천적으로 자성의 기회를 스스로 앗아가는 얄망궂은 양식인 모양이다. 이 좁은 바닥에서 저런 자세(藉勢)의 가식적 시위는 다들 인기에 코가 꿰여 사는 최신 풍속이 아닐까 하는 나의 한때 느꺼움을 토로하자면 상당한 지면이 따로 있어야 하지 않을까 싶다. 웬만한 문인들도 나름의 오기랄까 기고만장이야 겹겹으로 두르고 살아갈 텐데, 박 선생과 최 선생이 그것을 좀 과도하게, 나름의 겸양을 배면에 두터이 깔고 드러냈다면 문운이, 더 직접적으로는 팔자가 그렇게 주선, 사주함으로써 고유한 개성/처신으로 굳어졌을 수는 있을 것이다. (두 분과 예술원의 관계는, 세간에 알려진 허상과 달리, 상당한 '와전'의 탈을 덮어쓰고 있다는 말도 떠돌고, 나도 그 일부를 듣고 그럴 수도 있겠다 싶었다.)

문인상경(文人相輕)의 속성은 겸손과 자부를 동시에 거느려야 하는 예술인 고유의 원초적인 멍에다. 문인의 한계가 아니라 인간의 이 함정이 자신의 작품을 '더 낫다'고 절대시하는 한편 남의 것을 나지리 보게 하는 관건이다. (내 눈에는 박 선생과 최 선생이 예의 그 '세력'들에 대한 반감을 두드러지게 드러내는 한편, 그들의 '태무심 전술'에 그러려니

하는, 상대방의 문학 논조도 일면 긍정해버리고 짐짓 느긋해지는 그런 대인의 기풍이 모자라지 않았나 싶다. 그런 성마른 오기가 그만한 문학적 역량을 과시한 관건이긴 할 테지만.) 어차피 나와 남은, 내 작품과 남의 것은 다를 수밖에 없고, 그래서 '나를 무시하다니' 하는 그런 경쟁의식이 있어야 세상/인간을 독보적으로 해석했다는 자부에 겨울 수 있었을지 모른다. 그런 성정에 트집을 잡는 치부도 우리의 유전/환경이라면 똑같이 두루춘풍으로 소일할 수밖에 없는 노릇이기는 하다.

그런 개인적 성정과 작품의 성과와 문학적 역량의 진상이야 어떻든 박 선생과 최 선생이 예술원 회원으로서 그 자격과 위엄을 거느리기에는 부족함이 없었겠으나, 그 과정에는 여러 변수가 작용하는 것도 엄연한 사실이다. 가령 입회 시기를 놓쳤다든가, 동년배나 후배들이 감히 천거하기가 차마 송구스러워 적당한 '거리두기'로 일관하게 만든 평소의 '덕망' 미달/부재도 거론할 수 있을 텐데, 그 실기(失期)와 어정쩡한 처신을 기존 회원들의 상대적인 위상과 대비한다는 것은 무리가 아니라 엉뚱한 '책임전가증'일 수도 있는 것이다.

↓

상대방을 인정, 시비를 가리는 난상숙의를 애초에 거부, 섣부르게 진정서부터 들고 엉뚱한 '해결사'를 찾아간 이번의 야비한 시위도 세태의 판박이로서 반문인적 행패의 전형이지 싶은데, 나머지 숱한 지엽적 반론은 자승자박이지 별것이겠는가. (종신제에 대한 대안 없는 트집이 그런 것이다.) 똑같은 이치를 둘러대면 한쪽이 일방적으로 '특대'를 바라면서 남들의 지위를 무시하는 자만과, 예술원의 존재와 그 선출 방법 같은 제반 제도는 전혀 별개의 사안이다. 특정 개인의 문학적 성과와 그 유별난 인격을 선험적으로 분별하는 기득권자들의 투표 행위에 자기 이름을 올리기 싫다면 쌍방간에 '공적/사적인 거리'를 텅 비워두는 것 말고 무슨 상책이 달리 있겠는가. 그런다고 세속적인 그 과대평가/과소평가가 바뀔 리도 만무하니 종전대로 어영부영 눈 밝은 문학평론가의 강림이나 바랄 수밖에 없지 않겠는가.

어쨌든 예술원 회원 개개인의 그런 완강한 선입견/편견이 엄연할 터이므로 여러 회원 후보자의 개별적 업적들이 '상당한/정당한 평가'를 받기는 어렵지 않을까 싶다. 그런 고정관념을 무시하더라도 (다들 경험하다시피) 어떤 투표라도 별개의 정서적 추이에 따라 표의 행방이 찬반으로 단순하게, 그것이 마치 정정당당한 옥석 분별인 양 갈라지게 되어 있을 테니 말이다. 이를테면 투표 당일의 회의장 분위기도 변수일 수 있고, 모든 선거가 그렇듯이 차선을 고르게 되어 있으므로 후보자들의 면면에 대한 상대적인 저울추는 어느 순간 특정인 쪽으로 쏠리게 되고 만다. 게다가 사감도 크게 작용할 수 있다. 특정 문인과 어떤 '세력'과의 친소 관계도 반감을 부채질할 소지가 다분하고, 평소의 고까운 말 한마디에 대한 분풀이가 터뜨려질 수도 있다. (문인의 이 이상한 특권이자 자질은 원만한 성격과 원숙한 나이가 보완해주지도 않을 듯하다. 저마다 예민한 정서를 지니고, 어휘 하나를 바꿔치기하는 데도 바들바들 떨며 살아온 유구한 경력은 별난 집착/고집으로 승화되어 있다.) 당연하게도 어느 후보자의 문학적 업적보다 세평에 의존하는 그 '부질없는 허상'이 득표의 관건으로 떠오를 수밖에 없다.

그래서 지금의 예술원 회원에게 신입 회원의 선발권을 맡기는 현행 제도 대신에 '선별위원회' 따위를 따로 두자는 제안을 무슨 기발한 아이디어인 양 내놓고 있는데, 그 특대를 누리는 문인들을 매번 누가 뽑을 것이며, 말썽을 각오하고 '기중 나은 인물을 골라서 뽑을' 그 양반들인들 과연 불편부당하게 그 임시적 특권을 제대로 구사할 수 있을지는 누구도 장담할 수 없는 일일 것이다. 어떻든 두 번의 그 고역을 누가 매번 감수할 것인가. 그래도 지금보다는 그들이 예술원 회원 후보자 개개인의 문학적 업적을 솔직하게 분별해내지 않을까 하는 희망 사항은 전적으로 망상이다. 옥상옥은 대체로 거추장스러운 군더더기인데도 작금의 우리 관공서/관변단체들은 하등에 불필요한 무슨 '자문위원회' 같은 것을 따로 만들어서 해당 기관의 책임자들에게 면책권을 누리도록, 슬하의 유능한 부하들에게 직무유기를 한껏 즐기도록 부추기고 있다. 물리적/금전적/시간적 낭비를 부추기고 있음은 차치하고라도, 그런 결정은 대체로 또 다른 화근을 불러와서 법정에서 시비를 가리자는 망조로까지 비화할뿐더러 임시변통의 '해결' 마저 지지부진으로, 그 책임소재를 흐리멍덩하게 몰아간다. 명색 사물/인물/세상 물정의 잠정적 선악/시비를 원근법적으로 조망한다는 문인으로서 나쁜 풍속/세태에 저항, 비판할 줄은 모르고 그대로 답습하겠다니 도처낭패라서 즉각 '자괴감'을 느끼지 않을 수 없는 국면이다.

전언에 따르면 예술원 회원 선발법은 여러 후보자 중에서 1차, 2차 투표로는 종다수결로 득표자를 가려내고, 3차나 4차쯤에서 특정 후보자 한 사람의 적격 여부를 묻는다는데, 이때 출석 회원의 3분의 2가 찬성해야 비로소 신입 회원이 되는 모양이다. (예술원상의 경우도 같다고 한다.) 따라서 찬성표를 얻으려는 집요한 '호소' 작전이 비일비재하다는 것도 널리 알려진 비밀인 듯하다. 어느 분야에서나 있게 마련인 이런 기존 회원들의 기득권 누리기를 통제할 장치의 명문화에는 여러 의견이 속출할 테지만, 별다른 탁견이 나올 성싶지도 않다. 각자의 짱짱한 개성이 출중한데도 불구하고 여느 직종과 마찬가지로 염속(染俗)의 지체도 마냥 즐기는 문인이 옳은 후학을 고르기에 오죽 신중할까 싶기도 하니까. 그럼에도 불구하고 만사를 투표/득표로 결정할 수밖에 없는 오늘의 시속이 문학판에서도 과연 민주주의적인지 어떤지 나는 잘 모르겠다. (만사를 입법으로 대처하고, 걸핏하면 법에 심판을 구하는 작태에 문인들이 솔선수범, 승복하겠다는 의지가 가상하다면 예의 그 '신문고법'도 제정하라고 독촉하고 싶다.)

↓

별쭝맞은 사견임을 전제하고 다음과 같은 시안(試案)을 내놓을 수는 있을 듯하다. 곧 일찌감치 장수 시대를 맞고 있는 우리의 실정을 고려하더라도 일흔 살을, 아니 차제에 일흔다섯 살을 예술원 회원 후보자의 자격으로 아예 못 박아두자는 안이 그것이다. 당시의 시대상을 참작하더라도 20대에 장군으로 승진하여 거들먹거리고, 40대에 예술원 회원이 되던 50년대와는 비교할 것도 없이 이제 장수야말로 문학의 양과 질을 상당한 정도로 반영한다는 점에서도 가장 중하게 다룰 만한 자격 중 하나이며, 그것 자체가 글의 깊이를 풍요롭게 아로새기는 결정적인 눈금일 수 있다. (이 안건이 개정에 반영된다면 다음에 다룰 연금 시비를 비롯하여 몇몇 사안이 한꺼번에 풀어질 수 있을 듯하다.) 더불어 앞서 말한 자격의 점수화도 연령대별 점검으로 강화하는 것이 여러모로 합리적이지 않을까 싶기도 하다. 이 안은 구체적이어야 말썽의 소지를 줄일 수 있으므로 좀 너절한 설명을 덧붙이지 않을 수 없다.

이미 반쯤 드러난 대로 이 변변찮은 글도 현행의 예술원 회원 선출 방식이 선입견/세평/사견에 좌우되는 요식행위로, 당일치기의 즉흥적 투표로, 사전의 호소 '작전'에 기댄 정실 인사로 '유유상종'을 선발하고 있다는 비난이 난무하므로, 이 기회에 엄격한 심사를 비록 '형식적'으로라도 강화하자는 것이다. 곧 회원 후보 지망자들은 자신의 저작물 세 권을 심사용으로 선별하고, 곧 20대에서 30대에 이르는 초기 저서 한 권, 4, 50대의 것, 나머지는 60대 이후의 최근작을 각각 자선(自選)해서 제출해야 하며, 그 사본(寫本)을 심사위원들 앞앞에 돌려서 숙독하게 하는 제도가 그것이다. 굳이 특정 시기별 저작물 세 권을 의무적으로 자천하라는 것은 그의 문학이 어떻게 발전을 거듭했는지 점검하는 한편 그 성과가 당대의 세태를 얼마나 제대로 반영, 소화해내고 있는지 분별하기 위해서이다. (당시에는 호평을 누리며 섣불리 '명작'의 반열이 오른 작품들이 세월이 흐를수록 째마리로 굴러떨어지는 현상에 문학사적 관점을 들이댈 필요가 있다는 소리다.)

다들 쉬쉬하고 있어서 그렇지 주제의 심화라는 구실을 앞세워 만년 동어반복을 일삼는 문인도 숱하며(대체로 그들은 자신의 동어반복이 막상 어떤 경지인지도 모른다. 그렇지 않고서야 그럴 수가 있겠는가), 불혹 전에 대성하여 절필의 위락(慰樂)을 만끽하며 재사에 값하는 한량 맞잡이 문사도 없지 않고, 오래전에 쓴 글을 몽땅 긁어모아 갑자기 개인 전집을 묶어내는 문필가도 드물지 않다. 어느 경우라도 그들은 자아도취적인 자기 모방자 내지는 자작의 만년 표절자에 지나지 않는다. 예술을 위한 예술은 흔히 가짜를 포장하느라고, 제자리 뜀뛰기를 능사로 삼느라고 공연히 분주스럽다. 자신의 '과거'를 줄기차게 파먹는 이런 모조품 양산자가 '키치'로 으스대는 꼴불견은 백해무익하지만, 실은 '신선한 창작물'을 매번 생산할 수 없는 인간적 고뇌와 한계 때문에 '변주' 운운하며 예의 그 자아 쓰다듬기로 소일하는 정경은 낯설지 않다. (실은 문학의 본령이 자기 '복제술'의 보장일지도 모르며, '변신'이 그렇게 만만하지도 않으므로 개인의 시기별 '성취' 검열은 눈 가리고 아옹일 수도 있다.)

어떻든 이런 '전신상'의 심사, 검열이 문학사적 좌표 매기기에도 유효할뿐더러 개인의 동시대적 체적을, 상대적인 차이와 비교우위를 저울질하는데도 주효함은 재론의 여지가 없을 것이다. 모든 업적은 결국 종적=문학사적, 횡적=동시대적 의미/의의를 점검, 품평하도록 쫴치며, 그래야 그 문인의 진위를 제대로 평가할 수 있음은 더 말할 거리도 아니다. 강조하건대 남의 작품을 뒷북치기식으로 베껴버릇함으로써 문학사를 희롱하는 문인도 의외로 수두룩하고(앞서의 선례도 다시 참조할 수 있는데, 대체로 그 돈벌이 수단에 대한 작가 일반의 혼신의 매몰과 독자들의 상습적인 상찬이야말로 문학/문화의 사각지대이기도 하다), 질주하는 세상을 외면하고 누에처럼 자신의 고치에서만 웅크리는 억척보두도 문인의 반열에 올릴 수 있는지, 그런저런 자아 번롱을 그럴싸한 문장력으로 포장하는 것은 사기 행각이 아닌지를 고찰할 필요는 있다. 문인은 누구라도 생각과 환상과 실천을 각각 제멋대로 다루는 그 자해/자위행위를 뻔히 알건만 마땅한 지향점도 없이 어딘가로 나아가고 있는 방랑자이기는 하므로. 당사자가 귀담아들을 리는 만무하지만, 문학사가 그 비독창적일뿐더러 허술한 사기술을 '완곡어법으로' 지적해둘 수는 있을 것이므로.

하기야 '시시한 글'은 진절머리가 나서 쳐다보기도 싫은 문학 기피증으로 허덕일 고령의 심사위원들에게 후학 아무개의 되다 만 초기작을 (귀재의 출세작은 다소 예외이기도 하지만, 대개의 초기작은 엉성궂기 짝이 없다) 의무적으로 읽으라는 주문도, 우리 문학의 향상을 도모하기 위해서라도 옳은 후배를 반드시 선발하겠다는 심정으로 심사에 정성을 다해 달라는 요구도 실은 언어도단이다. 서너 쪽만 읽으면 벌써 판단이

설 테고, 실제로도 더 읽어봐야 부질없는 짓거리임을 (다른 심사를 통해) 이미 수십 차례나 경험했을 테니까. 그래도 상중하로 등급을 매겨주고, 세 문장쯤의 독후감을 부기해야 하며, 그리하여 세 권의 등급에 대한 총평도 적기해야 한다는 규칙을 만들어놓아야 예술원 본래의 권위를 드높이지 않을까 싶긴 하다.

이를테면 장르별로 해당 후보 지망자의 문학적 넓이/깊이를 저울질하는 이 선고(選考)에 기왕의 전문분야별 예술원 회원 세 명쯤과 평론가 두셋을 윤번제로 선정하고(물론 그 명단은 추후 발표를 원칙으로 해야 할 터이다), 예의 그 상중하 등급화에 따르는 간략한 소감도 증빙서류로 영구 보관한다는 세부 규정을 마련해놓는다면 '자격미달자' 운운하는 불평불만은 웬만큼 수그러질지 모른다. 물론 선고위원 전원의 양심과 실천에 기댈 수밖에 없겠으나, 요식행위일망정 이런 제도의 설치와 착실한 시행이 사전의 후보자 난립을 어느 정도까지는 막을 수 있다는 이점도 크며, 문학의 전반적인 세속화에 대한 마지막 제동장치로 기능하지 않을까 싶기도 하다. (얄궂은 요령/구실/변해로 심사 자체를 무력화시키는 찌그렁이 '세력' 들의 온갖 '편법 개발' 이 집요하게 설치겠으나, 이번의 현대판 '신문고' 원성만큼은 잠재울 수 있을 것이다. 법/규정/전통 등은 비록 하잘것없는 것이라 하더라도 어기는 사례를 밀막는 근거로서 상당히 유효하며, 그것의 존립과 시행에는 기대 이상의 '구속성' 이 작동함으로써 권위의 부상에 이바지한다. 번거로운 이 방책에 즉각 따따부따할 무리의 대두야말로 문학의 어이없는 양적 팽배, 하릴없는 질적 파행의 척도이기도 할 것이며, 이제는 문인의 지위/자리가 예전과는 많이 달라져서 '작가/시인' 이라는 명찰조차 남부끄러워졌으니 더 말할 거리도 아니다. 그런 거시적 문학 환경에 따라붙는 '토론 경시/

무시 풍조'도 워낙 막강해서 앞의 시안을 비롯한 어떤 '개선안'도 태동은커녕 '난상토의'에 붙여질 전망도 전무하지 싶다는 소견은 덧붙여도 좋을 듯싶다.)

등급화 내지는 서열화까지 매겨진 해당 장르의 예술원 회원 지망생들을 본회의의 투표 대상자로 올린다고 하더라도, 기중 좋은 점수를 받은 사람이 '인품' 때문에(그 평판은 대체로 선입관/편견에 기대고 있겠으나) 득표의 상한선에 미치지 못했다면 어쩔 수 없는 일일 것이다. 또한 그의 문학적 역량이 선고위원들의 양식/양심에 따른 분별로, 그것도 '양호'로 판정을 받고서도 장르별 견제로 3분의 2 문턱을 못 넘는 사례도 허다하겠는데, 그에 대한 대책은 또 다른 숙고 사항이긴 하다. 지금의(2021년) 예술원 문학 분과는 시인 12명, 소설가 9명, 평론가 6명으로 짜여 있고, 해마다 1명만 뽑는 관례가 대체로 지켜지고 있는 듯하다. 일종의 편법에 따라서 알게 모르게 구축되었을 것 같은 이 구성 비율이 과연 얼마나 합당한지는 논란거리 축에도 들지 않을 게 분명하다.

↓

예술원 회원에게 매달 지급하는 연금의 부당성에 대한 거론은 다분히 시샘으로 비칠 여지도 있어서 말하기가 여간 껄끄러운 대목이 아닌데도, '신문고'를 두드린 서두의 소설가들은 가난을 시위하듯 좁쌀뱅이답게 단견을 내놓고 있다. 곧 지금 예술원 회원들은 대개 다 대학에서 다년간 봉급을 받은 경력이 있어서 교원 연금을 받고 있을 터인데(현재 문학 분과의 예술원 회원 27명 중에서 교원 연금 수령자는 반쯤 되는 듯하고, 소설가로는 두 명뿐이라는 전언을 나는 들은 바 있다), 또 나랏돈 180만 원을 다달이 받는 것은 젊은 문청들의 하고많은 간난신고를 봐서라도 동업자로서의 어른스러움과는 겉돌지 않느냐는 논지를 떨치고 있다. 일견 그럴듯해 보이나, 그런 투정은 오히려 학술원 회원들에게 직언해야 할 졸견으로 비친다. 그들이야말로 절대다수가 대학교수 출신이고, (전공 분야별로) 이중, 삼중 수혜자의 표본일 텐데, 형평성을 따지더라도 예술원 회원부터 먼저 열외로 돌린다면 제 밥그릇을 차는 행태가 아니고 무엇이겠는가.

접근의 방법이 전적으로 잘못되었을 뿐만 아니라 진단을 달리 내려야 할 사안임에 틀림없다. 곧 우리의 임금/보수/수당/사례 체계 전반을 다시 점검해야 마땅한 것이, 옳은 답을 애써 찾기보다는 외워둔 정답(定答)만 공허하게 되뇌다가 사세가 불리해지면 묵언으로 돌변하거나 토막글로 일부의 들뜬 여론이나 끈질기게 조종하려는 서울대 로스쿨의 조모 교수는 강의도 하지 않고 월급을 꼬박꼬박 받고 있었다는 데도 그 생떼거리를 성토하는 '문사'가 없지 않았나. 뿐인가, 고위 공직자는 정년 후 동계의 직종에 5년간 취업할 수 없다는 규정에도 불구하고 능력과 명성을 요리조리 활용하여 여기저기다 '얼굴'만 걸어놓고 돈벌이에 종사하는 현실을 남의 일이라고 내버려 두자는 것인가. 이 능력 중시주의 내지 불공평한 사회구조는 우선 세법 위의 상위법으로 철저히 막아야 할 텐데, 그 총대를 문인이 과연 제일 먼저 맬 수 있을지, 그만한 실력/완력이 있는지 소심한 꼼바리에 불과한 나로서는 심히 미심쩍다.

연금의 본질은 노동력이 떨어졌거나 없어졌을 때, 그동안의 예탁금을 나눠서 다달이 최소한의 생활비를 받거나(이것이 국민연금 같은 각종의 유상제이고, 노년에 접어들수록 돈이 더 필요하다는 농담은 국가가 관리할 사안이 아니며, 노인의 절도/절제/절약은 개인의 미덕인 동시에 집단심성의 성숙을 웬만큼 갈음한다), 국가의 위상과 그 품격의 양각에 기여한 정도를 따져서 국고에서 공짜로 지급하는 것이다. 잘 모르긴 해도 학문, 예술, 체육을 비롯한 여러 직능의 유공자가 국민 정서의 단합과 함양에 끼친 영향을 봐서라도 벌이가 없는 그들의 노후에 적정한 생계비를 대주는 것은 타당한 복지시책 중의 하나일 것이다. 그 액수의 균일성, 수혜자의 자격(체육 부분에는 금은동의 등급에 따라 연금액도 다른 듯하다), 그 범위의 포괄성 등을 어떻게 평정하느냐는 거시적 통찰 없이 예술원 회원 중 문인 제위에게만(화가와 음악가 등이 문인보다는 훨씬 여유가 있을 것이라는 추단을 일반화한들 그쪽의 수많은 예외자는 어쩌자는 것일까) 시비를 거는 소이는 참으로 자가당착의 최대치를 보여주는 단견이 아닐까 싶다.

흔히 남부끄럽게도 '불우 문인'이라는 관용어를 남발하며 박애주의적 시각을 휘두르는데, 글 품팔이의 보수가 다른 예술 장르에 비해 상대적으로 워낙 열악함은 재론의 여지가 없다. 그러나 문학과 문학 관련 서적 및 그 일환으로써의 여러 '사업'을 장사의 도구로 이용하는 부류가 우리 사회 저변에 드넓게 퍼져 있는 것도 사실이다. (국부의 일취월장으로 출판업의 득세와 돈 단위도 괄목할 지경임은 공지의 사실이건만, 흔히 간과하고 있다.) 마찬가지로 그런 세태와 시류에 부화뇌동하면서 오로지 문명(文名)이란 허상을 좇는 일단의 문인 지망생들이 가난을 노래하다가 중도에서 좌절하는가 하면, 만년 불우를 곱씹다가 결국 소리 소문도 없이 쓰러져가는 '한 많은 인생'도 헤아릴 수 없이 많다. 누구라도 모를 수가 없는 그런 선례를 상정하더라도 평생토록 스스로 즐길 본업에 전심전력으로 매진하기 위해서는 (장기적이든 단기적이든) 다른 노동으로서의 돈벌이에 일신을 투척하는 열정의 연장선상에 문학의 본령이 더 우람하게 떠올라 있을 것은 자명하다. 그 고행을 감내할 수 없다면 그의 문학적 순도는 일단 질과 양에서 의심을 사기에 족할

것이다. 특별하게도 '심리적으로/신체적으로' 그런 일시적/영구적 품
팔이를 오롯이 감당할 수 없다면 굳이 문학/예술을 빙자하여 호구와 입
신과 출세를 바라는 그 저의가 수상쩍을 수도 있다.

　문학청년이든 원로 문인이든 그들의 (정신적/육체적/생계적) 불우
는, 예의 그 정열의 순도를 저울질할 것도 없이 개선해야 한다는 지당
한 말씀은 문학을 장삿속으로 경영하는 '문화 권력자들'의 벌거벗은 사
업수완과 그런 상업적 구조에 부회뇌동할 수밖에 없는 시속 앞에서는
별 의미도 없다는 것이 나의 문학관이다. 이것이 지금의, 이 땅의, 우리
문인의 전반적인 민얼굴인데 어쩌랴. 부언컨대 문학이 게으른 자들의,
무재무능, 무력한 위인들의 안식처나 피난지가 되어서는 안 되며, 이제
는 그런 시대가 아님을 자각해야 마땅한 것이다. 하기야 문학의 '허상'
을 좇는 개인의 불행 전반을 국가나 돈이 가로막거나 도울 수 있다는
발상도 오지랖 넓은 간섭 같은데, 어떤 낭비라도 생리적으로 싫어하는
내 편견을 관대하게 보아줄 '세력'이 오늘의 세태에서는 거의 없지 않을
까 싶긴 하다. 예술가 지망생인들 '공돈'을 싫어할 리는 만무할 테니까.

　말의 남발을 줄이기 위해서라도 요지를 되풀이한다면 문인 앞에 '불
우'라는 관형사를 꼭 붙여 버릇하는 상투도, 아울러 대다수 문학청년이
겪는 자발적 역경도 다른 품팔이꾼들이 볼 때 '저게 무슨 호사 취미에
신선 놀음인가' 할 텐데, 막무가내로 숫제 구걸하듯이/특권이라도 되는
듯이 나라나 사설재단에 선심을 요구, 강청하는 '문청들'의 순수성/진
정성을 얼마나 믿을 수 있는지 나는 알 수 없다. '세계적 예술가'가 관
변단체의 지원금을 속속 빼먹는 기현상을 내물려놓고 '불우 문인' 운운
하는 것도 우견(愚見)의 본색을 대변할뿐더러, 결코 자랑일 수 없는 가난/
구호/헌금 따위를 범사회적 기득권인 양 '감성팔이' 하는 단체/개인의

셈속 자체도 대개는 평생 생업을 못 찾은 (무능 만발의) 생계형 취업자들이 공짜 밝히는 추태와 다를 바 없지 않을까 싶긴 한데, 나의 치사한 억측일 것이다. (이 사안을 구지레하게 초 들어 말하는 것은 예술원 운영 경비를 문청 지원책으로 돌려달라는 구호를 서두의 그 '신문고' 기사/글이 언급하고 있기 때문인데, 이미 다른 보도로도 토를 달아두었듯이 창작 지원금이나 출판 후원금 같은 명목으로 상당액을, 그것도 예술원 연간 예산보다 많은 국고를 문청/장년/노년에게도 연례적으로 제공하고 있다고 하며, 그런 지원책이 운영의 성실성/포괄성에 기대서 활수하게 이루어짐으로써 진정한 문학/예술의 장단기적 발전에 밑거름이 되어야 함은 재론의 여지도 없다.)

↓

주지하듯이 이번(2021년) 예술원상은 뜻밖에도 내가 말발에 올라서 비록 무언의 싸개통일망정 호되게 당하고 나니 한동안 냉가슴을 쓸어내리느라고 전전반측했다. 특히나 신문 기사에 나온 문구로서 '친형이 예술원 회원인데'와 내 '형편'을 들먹이며 '자존심'도 없는가 하는 대목에서는 열불이 일어 분을 삭일 수 없었다. 이게 무슨 개망신인가 하고 노염을 억지로라도 삭이려다가, 저쪽에서는 사분(私憤)을 건드렸으나 이것은 공분(公憤)으로 따질 만하다는 생각 끝에 이런 난필이라도 휘둘러보려고 작정한 것이다.

우선 '친형'의 도움 운운한 대목은 말이 안 된다기보다 상상력도 깡통인 명색 문인들의 강새암에 불과하다. 그도 그럴 것이 나의 '친형'은 오래전부터 와병 중이라 (누구라도 신병이 겹치면 그렇듯이) '출석하면 거마비를 준다 캐도 나는 만사가 귀찮다, 니가 알아서 하지 머'라며 하나뿐인 동생에게 짜증을 내는 처지이고, 따라서 3년 전쯤서부터 아예 투표권을 행사하지 않고 있다. 그렇다고 해서 '공정'을 꼭 지켰다고 할 수 없는 것은, 최근의 한 사례로 '세계적 예술가'가 연속적으로 공공의 지원금을 타 먹음으로써 모종의 압력성 '입김'이 작용하지 않았나 하는 의심을 살 만하나, 내 추측으로는 '친형'을 의식하며 찬성표를 던질 예술원 회원이 반이라도 있었을까 하는 판이다. (내 짐작인데, 오히려 태반 이상이 '복잡한 심정적 쐐기 의식'이 작용하여 반대표로 돌아섰을 것 같다. 문인의 본성은 예의 그 문인상경에서 우러나온 상대적 우열 의식으로 찬반 투표에서도 즉흥적으로 반응할 것이라는 나의 판단이 맞는지 어떤지 모르겠다.) 게다가 아무리 친형제라 하더라도 동업종에, 그것도 비좁아터진 우리 '문학판'에서 함께 종사하는 처지는 매사에 여간 거북한 게 아니라서 내 처신은 등단 후부터 오늘날까지 옹동그려질 수밖에 없었고(일부러라도 형의 '문학적 동선'을 피해 다니느라고 가능한 한 조신스러운 처신으로 일관해왔다), 그나마 나의 천성의 무뚝뚝하고 붙임성 없는 기질 덕분에 그런 자폐적/칩거형 처지를 무던히 감내할 수 있었다.

문단과 멀찍이 떨어져서 허송세월한 내 지난날의 궤적도 그 근본에는 생업을 잘못 선택했다는 후회가 짙게 깔려 있기도 하다. 또한 성장 기간 내내 헐벗은 가정형편 탓으로 띠앗머리가, 그 오순도순한 정분이 무엇인지도 모르고 지내왔다. 아마도 잔정 나누기에 우리 형제만큼 살센 사례도 드물 테고, 데면데면한 그런 정경을 직간접으로 목격한 극소수의 문인은 대체로 짐작이 있으리라고 믿는다. 어떻든 이번의 투표에서 '친형'의 불출석이 얼마나 찬성/반대를 불러왔을지 나로서는 잘 알 수도 없거니와 더 관심을 가질 일거리도 아니다.

내가 잠시 지방대학에 적을 걸어놓고 밥벌이를 했으므로 '형편'이 좋을 것이라는 지레짐작도 망발에 가깝다. 13년 6개월 동안(병가로 휴직하는 통에 반년간 월급을 한 푼도 못 받은 생경험도 치뤘다) 교편을 잡으면서 월급을 받았기 때문에 전업작가보다야 금전적으로 덜 부대꼈을 터이나, 예의 성장기 내내 입은 혹독한 트라우마 덕분으로 극단적인 내핍생활과 그 신조는 지금도 내 일상의 중핵이 되어 있고, 낭비는 무엇이든 극도로 혐오하는 편이다. (이미 행간에 저저이 드러나 있듯이 감정의 낭비마저도 나는 최대한으로 자제하는 쪽이다.) 더 이상의 언급은 궁상스러운 정경이라 피하지만, 어느 후보라도 그의 현재의 가난과 어려운 형편이, 모든 투표가 그렇듯이 일종의 동정표를 불러올 수는 있겠으나, 그것이 꼭 참작할 만한 조건은 아닐 것이다. 어떻든 나는 어떤 경우에도 들지 않아 그나마 다행이긴 해도 '넉넉하니 양보해야지' 하는 강변은 억지스럽고 내 형편을 몰라서 함부로 지껄인 헛소리다.

흔히 문인/예술인의 일반적 개성으로 '자존심'을 들먹이는데, 또 자신의 그 우쭐한 작품과 유일무이한 작품세계에 대한 지존감이 하늘을 찌를 듯한 사람만이 그것을 온몸에 두르고 있어야 어울릴 텐데, 그러고 보니 내게는 그것이 (수상스럽게도) 도통 없었던 것 같다. 아니래도 성장기간 내내 신체적/정신적/두뇌적 장애와 결함을 수두룩하니 지닌 처지임을 뼈저리게 느끼면서, 누구라도 하나씩은 보통 이상의 장기를 누리게 마련인 음악, 미술, 체육, 공작 등의 재능이 선천적으로 부족한 게 아니라 아예 빠져 있는 나만의 인간실격 의식이 내면화하여 지독한 열등감투성이인 내 처지를 새삼스럽게 지적해줘서 고맙긴 하지만, 수상 여부와 자존심 유무를 결부시키는 것도 언어도단이 아닐까 싶다. 적어도 어떤 사람에게 자존심이 있는지 어떤지를 알아보려면 직접 대면해서 그의 신언서판을 뜯어보거나, 그의 글이라도 건성으로 훑어본 연후에 판단해야 하지 싶은데, 이번의 신문 기사들은 그 과정을 송두리째 빼먹고 있는 듯하다. 트레바리와 샘바리 기질은 문인 일반이 일쑤 부리는 야비다리라서 충분히 이해할 수 있는 대목이긴 해도 자존심도 없는 위인으로 몰아세우니 적잖이 씁쓰레하지 않을 수 없다. 나야 '되다 만' 문인이라 그렇다치더라도 어느 정권/신문/방송/잡지/출판사라도 부르면 쪼르르 달려가는 대개의 문인은 진정으로 자존심이 센 걸까, 돈벌이만을 강제하는 이 시대 특유의 표정일까를 천착한 후에 자존심의 시대적 정의를 내려야 하지 않을까 싶긴 한데, 나의 오그랑이 성질을 매도해도 어쩔 수 없는 국면이긴 하다. 생활비라기보다는 생계비를 벌기 위해서 헐레벌떡 내달려온 내 지난날을 되돌아볼 때, 충분히 구현하지는 못했을망정 이 시대와의 불화를 감수하면서 나름의 반골 정신을 글로나/몸으로나 실천하며 살아온 터인데도 '자존심도 없'라는 그 세평은 함부로 지껄이는 망발 수준의 가짜 뉴스가 아닐 수 없다.

↓

모든 상은 운이 따라주어서 주면 받는 것이고, 따라서 상에 무슨 특별한 성격이 있을 수 없음은, 감히 비교급도 아니지만, 노벨상을 보더라도 분명하다. (노벨상은 그 범세계적인 '성격상' 중복을 피하느라고 특정 언어권을 고려한다지만) 작금의 그 뜨르르한 노벨상을 보더라도 유행 가수가 받아도 그러려니 하고, 대체로 이류 작가/시인들을 어렵사리 골라내건만 수상 당사자도 뜻밖이다 하는 것이 통상 관례이고, 상이란 어차피 그런 것이다. 수많은 후보자가, 심지어는 수상자조차 승복할 수 없는 호사가 상이란 제도이고, 이 사회적/세계적 호사 취미의 다변화로 막상 수상자 개인의 업적/실적이 임시적 화제 부풀리기에 그치고 마는 일종의 해프닝임은 익히 보는 바 그대로이다.

(수상식 당일의 경과보고를 경청하면서 들은 바에 따르면) 문학 분과에서는 이번에 일곱 명이 투표 대상자였다고 한다. 그중 시인과 소설가들이 각각 몇 명씩이었는지, 또 누구인지도 밝히지 않았고, 나도 굳이 알려고 물어보지도 않았다. 다들 문단적 경력과 문학적 공적이 상대적으로 출중했을 테고, 앞서의 그 편견과는 상관없이 누가 수상자로 선정되었더라도 엉터리라는 투정이, 개별적으로는 몰라도 공적으로/집단적으로 터져 나왔을 것 같지는 않다. (비록 심사 경과가 적어도 제도적으로는 허술하다는 '일부'의 원성에도 불구하고) 기왕의 예술원상이 문학적 연륜, 나이, 지명도 등을 참작한 일종의 '공로상'이므로 수상자의 작품 전모의 우수성과 그 이바지는 보기 나름일 것이므로, 그것도 투표에 따른 결정이므로 그럴 수밖에 없기도 하다. 눈에 훤히 비치는 가식과 겸손 따위의 치렛말을 걷어내버리면 나도 그 일곱 명 중의 한 명으로서 우연, 일진, 운 등이 맞아떨어져서, 또 요행수를 간절히 바란 보람이 있어서 세칭대로 상복을 얻어걸린 데 불과하니 말이다.

  탄핵 운운한 시기부터 우리 사회 구석구석은 걷잡을 수 없이 '잗다란 확증 편향'의 만연 사태로 치닫고 있다. 각계각층이 유치한 반동 성향에 휩쓸려 '질투/증오 강박증', '다 아는 체하는 현학벽', '제도 피로증', '투표 만능주의'에 시달리며 싸개판을 벌이고 있는 형국이다. 내남없이 서로 적폐라고 손가락질해대니 상식과 정의가 허수아비 꼴로 빈 들이나 지키고 있는 황량한 풍경이 아닌가. 옳고 그른 게 없어졌으니 다들 넘쳐나는 단편적/단견적 정보만을 걸귀 들린 듯 섭취한 후, 딴에는 모를 게 뭐 있어, 통빡이 뻔한데, 서로 짜고 치는 고스톱이지 식의 섣부르고 오지랖 넓은 '간섭증'을 무시로/아무 데서나 남발하고 있기도 하다. 진정한 문인의 근본적 자세는 글로나/말로나/몸으로나 체제 비판 의식의 최전선에서 의용병 노릇을 마다하지 않는 것이겠는데, 오늘날 우리 문단에서 그 지상명령에 따를 지원병이 과연 몇이나 될지, 생무지에 지각도 없는 나로서는 감히 헤아릴 수조차 없다. 반골 의식을 반도 못 지닌 위인들이 세태/금전/권력에 적당히 빌붙으려고 엉너리 치기를 능사로 삼으면서도 허울 좋은 문인 행세나 하고 있다니, 개탄스러울 뿐이다.

↓

추기 1_ 최인훈 소설의 전반적인 공소성(空疏性)에 대해서는 『편견예찬』(김원우 산문집, 시선사, 2020년 5월)을 참조할 수 있으며, 『광장』의 부당한 허구성을 비판한 『최인훈의 '광장' 다시 읽기』(유중원 문학평론집, 시선사, 2020년 10월)는 기왕의 '광장' 과대평가의 부실을 역사적/당대적 사실에 근거해서 논박하고 있다.

추기 2_ 역사적 배경도 다를뿐더러 소기의 목적대로 참작, 실천하기는 여러 가지 조건 때문에 도저히 가당찮은데도 불구하고 걸핏하면 '남' 의 사례를 들먹이는 우리의 글쓰기 풍토에 질려서 가능한 한 그러지 않으려고 애쓰지만, 만부득이 그런 관습도 더러 써먹을 수 있을 것 같아서 일본의 실례를 간단히 따오지 않을 수 없다.

현재 일본 예술원은 3부로 나누어져 있고, 제1부는 미술 분야인데 회화(일본화/양화/판화를 포함), 조각, 공예, 서예, 건축/디자인, 사진/영상 등의 6개 분과로, 제2부는 문예로서 4개 분과로, 제3부는 음악/연극/무용이 8개 분과로, 전부 18개 분과로 각각 갈라져 있다고 한다. 제2부 문예의 4분과 중 제7분과는 소설/희곡, 제8분과는 시가(詩歌), 제9분과는 평론/번역, 제10분과는 만화로 장르를 분별해두고 있으며, 정원은 37명인데 제7분과는 13명, 제8분과는 9명, 제9분과는 6명, 제10분과는 2명으

로 현재 30명을 충원하고 있다고 한다(예술원 전체 정원은 120명이고,
2021년 현재 103명의 회원이 각 분과 별로 선점하고 있다고 되어 있다. 인
터넷 정보이니 누구라도 열람할 수 있을 듯하다. 제3부는 가부키 같은 일
본의 전통적인 음악 양식이 많아서 굳이 여기서 열거하지 않았다).

　우리 것과 비슷한 것 같으면서도 상대적으로 장르의 세분화에 따르는
'선긋기'가 분명한 점이 돋보인다. 우리의 문학 분과에 맞먹는 '문예'
소속 4개 분과 중 '만화'가 있는 것도 특이하다. 일본의 출판물 중 만화
가 4할 이상이라는 (발행 종수가 아니라 발행 부수가 그렇다는 소리 같
다) 정보를 감안하면 별개의 '서사' 장르로 대접하는 것이 타당할 것
같기도 하다. 질이야 어떻든 양과 '세력'을 무시할 수는 없으니까. 각
분과별 정원은 없는 듯하나, 상당한 배려, 견제, 신중의 암투가 차분하
게/치열하게 진행 중임이 한눈에 읽힌다. 더 이상의 염탐은 풍토가 다
르므로 쓸테없는 관심일 듯하다.

　이상의 하찮은 '정보'도 잘 써먹으면 예의 그 예술원 회원 '자격 시
비'를 발설한 재야의 당당한 '세력'에게는 다소의 도움이 되지 않을까
싶은데, 다들 시먹은 체질이라 참고하라는 말도 귀 밖으로 흘려들을 게
분명하다.

13. 민춤한 수상 소감

↓

되돌아보니 올해로써 제가 명색 문필생활을 시작한 지 꼭 마흔네 해째를 맞게 되었습니다. 그동안 여러 장르의 소설과 산문을 써서 과분한 분량의 저작물을 갖게 되었으니 그야말로 글품을 팔며 근근이 살아온 고달픈 인생이었습니다. 모든 문인이 자나 깨나 지겹도록 치르다시피 저도 무엇이 독창성과 개성인지를, 그 자기만의 분별을 어떻게 표현해야 하는지를 두고 매일같이 머리싸움을 벌렸습니다. 본 대로 느낀 대로 겪은 대로 쓴다지만, 그 안목은 선행의 남의 글에 기대서 아무것이라도 적당히 후무리는데 지나지 않음을 깨닫는 데는 오랜 시간이 걸리지 않았습니다. 쓸수록 점점 더 보잘것없어지는 글감이야 그렇다 치더라도 글발조차 사전이 가리키는 대로만 붙좇느라고 늘 허둥거렸습니다. 좋은 문장을 쓰려면 사전의 적시와 경계를 가뿐히 뛰어넘어야 하는데도 워낙 소심하고, 또 의심증도 심해서 지리멸렬한 글월을 장황하게 늘어놓는 통에 글쓰기 자체가 자주 힘들어지곤 했습니다.

그런 심신의 곤혹을 그나마 이겨낼 수 있었던 것은 어차피 자청한 생업이었고, 무재주 상팔자라는 옛말대로 무능하기 짝이 없어서 다른 직업을 찾기가 막막해서였습니다. 변변찮은 구실을 하나 더 내놓자면 아무리 이리저리 견줘봐도 세상이 주인인 것은 분명한 사실인 성싶으니, 그 상전이 시키는 일만을, 곧 예의 그 남의 글이 가르쳐주는 대로, 또 사전이 일러주는 대로 따르면 노예의 하루하루 삶도, 나아가서 그 인생도 그런대로 바람직하리라는 소신에 겨울 수 있었기 때문이었습니다. 자족감은 흔히 무식한 위인이 마냥 누리는 가장 만만한 노리개이기도 하므로 세상의 형편은 물론이거니와 자신의 신분과 장래를 돌아볼 겨를도 없게 되곤 하는 것입니다. 다들 말하기가 쉬워서 노예의 자유와 자기해방을 논란거리로 삼지만, 그의 의식의 진정한 개안과 성숙은 대체로 피상적인 수준에 그치고 마는 게 상례임은 익히 봐오는 바와 같습니다.

자랑이 아니라 궁상에 가깝지 않나 싶은데, 제 일상과 지향점이 이렇듯 단조롭고 빤했으므로, 또 생각이나 늘품도 활달하지 못해서 어느 대목에서나 공연히 쑥스러워하는 비사교적인 천성을 장기인 양 뜯어고칠 엄두도 내지 못했습니다. 따라서 이때껏 어떤 문학단체에 얼굴을 내민 적도 없고, 흉금을 털어놓을 문우 한 명도 만들지 못한 제가 과연 문인일 수도 있는지 문득문득 떠올려보곤 했습니다. 예전이나 지금이나 문학을 무슨 사업처럼 끼리끼리 뭉쳐서 여러 사람과 함께 일정한 목적을 성취하기 위한 수단으로 여기는 문인들이 많다기보다도 그런 야단스러운 집단심성의 득세가 유독 한글 문화권에 현저하지 않나 하는 생각을 요즘에서야 자주 곱씹게 되는 것도 저의 자폐적 기질과 더불어 오래전부터 누리는 칩거 생활과도 무관하지 않은 듯합니다. 그러니 한때 유행했던 소위 소아병적인 좌파 의식을 요즘에는 우리 역사상 유례가 없는 국부의 기름진 풍요가 한껏 조장하고 있는 것 같다는 불온한 체념마저 자청해서 즐기고 있습니다. 다소의 섣부른 주체 의식도 없지 않았을 예전의 월북 문인들이 치른 한 많은 인생조차 희화화하고 있는 듯한 작금의 세태는 어불성설을 넘어 소설 같지도 않은 경우의 서사가 아닌가 해서 착잡할 뿐입니다. 그들이 봉착했을 그 살벌한 신체적 위해 앞에서, 이제부터는 '지정곡'에 상당하는 글짓기와 문학 사업을 해야 한다는 철권 아래서 자기성찰과 자기 구속에 투철해야 한다는 그 소위 '사회참여의식'이 얼마나 당황했을지를 상상하기는 어렵지 않을 듯합니다. 거의 한 세기에 걸쳐 이처럼 들떠 돌아가는 환경 속에서도, 한결같이 조잡하기 이를 데 없는 유전의 세례가 북새판을 벌이는 중에서도 우리 문학의 발전과 융성을 기대한다는 것은 자가당착이 아니고 무엇이겠습니까.

일찍이 인간의 모든 비극은 저마다 혼자 가만히 있지 못하고 문밖으로 나가 버릇한 데서부터 비롯되었다고 어느 유명한 사색인이 성마르게 성토한 바 있습니다만, 자기 세계를 가지고 넓히려는 문인이라면 남들과 어울리려는 그 소위 바깥출입을 때맞춰 즐길 정신적 여유도 없지 싶건만, 문학 말고 다른 타율의 업종에 봉사하려는 그런 열정은 참으로 부러운 경지가 아닐 수 없습니다. 아마도 제가 세상 물정에 태무심한 탓일 테지만, 대체로 우리의 문화 전반을 기율, 선동하는 정열은 좀 유치한 수준이 아닐까 하는 제 생각은 한낱 푼수의 객기에 불과한지도 모르겠습니다. 앞서 잠시 서두를 떼다 만 대로 제 진의는 우리의 환경과 유전적 소인이 합세하여 혼자서, 말 그대로 온종일 독방에 틀어박혀서 수작업으로 이뤄야 할 문학까지도 단체가, 집단과 세력이 뭉쳐서, 그리하여 동료와 더불어 어떤 공동선을 모색하고, 그 대의를 선언, 복창하는 시위가 문학 행위일 수 있는지, 그럼으로써 훌륭한 글이 지어지는 것인지 의심스러워서 중얼거리는 투정일 뿐입니다. 요컨대 모든 말썽과 그로부터 빚어지는 소란은, 일인극으로서의 자기 생업을 끈질기게 물고 늘어지기에는 그 유별난 예술적 정열이 넘쳐나서, 또한 그 낙을 여럿이서 즐기려는 비인격적 협동심에 몸이 달아서, 뒷북이라도 쳐야 매명에 득이 된다는 추수주의적 근성이 우리 사회에 미만해서 속속 불거지지 않나 싶고, 이처럼 시끄러운 우리 생태계의 해묵은 관성을 관용으로, 무반응으로 대응하는 한결같은 원만주의도 적극적으로 돕고 있지 않나 싶은데, 제 불찰이기를 바랄 따름입니다. 글쓰기가 그렇듯이 책읽기도 혼자서 치르면서 그 재미와 신고를 만끽해야 할 텐데, 그것을 훼방하는 시절과 환경 앞에서 개인은 무력할 수밖에 없고, 문인은 절망을 곱새겨야 할 듯싶습니다.

제 문학적 자산이 이처럼 가난할 뿐만 아니라 고루하기 짝이 없는 심경과 처신도 웬만큼 드러나 있음에도 불구하고 각별한 격려를 아끼지 않으신 예술원 회장 이근배 선생님을 비롯하여 회원 여러분의 성원에 힘입어 이 자리에서 되잖은 소감이나마 피력하게 되었음을 잘 알고 있습니다. 심심한 감사의 말씀을 올립니다. 아울러 예술원 소속의 공무원 여러분들이 보여준 성실한 복무도 마음속에 작게나마 새겨 두겠습니다. 이런 공적인 자리에서 할 말은 아니라고 생각하지만, 관례도 더러 있으므로 덧붙이자면, 그동안 꼭 할 말도 일부러 안 하고 혼자서 꾸물거린 가장을 말썽 없이 따라준 혈육에게도 여러 가지로 미안하고, 차제에 개전의 정이 전혀 없는 내 성격을 양해하라는 당부를 오늘에사 내놓습니다. 부질없는 말이 길어질수록 청승만 떨 것이 점점 여실해지므로 이만 줄이겠습니다. 고맙습니다.

↓

추기 1 _ 보다시피 낭독한 수상 소감이다. 같은 말이나 어슷비슷한 말을 되풀이하지 않으려고, 더불어 횡설수설도 피하려고 수상식장에서는 미리 작성해온 글을 낭독하는 버릇을 길들였다. 그런데 이상하게도 번번이 마지막 두어 문단의 몇몇 문장들을 건너뛰어 버리곤 하는데, 알

만하다, 고만 해라, 사설이 길다는 청중의 낌새에 쪼들려서이다. (그러고 보니 공연히 허세를 부리고, 쓸데없는 단어도 많고, 의미로나 통사로나 읽기와 듣기에 거북한 엉터리 문장도 허다해서 민망할 따름이다.) 이번에도 예외가 아니었다. 다만 원고지 대신에 피씨에서 출력한 인쇄물 두 장을 읽었다는 점이 달랐다.

추기 2_당일 예술원 회장 이근배 선생의 전언에 따르면, 지난해에 이어 올해도 문학 분과의 수상자를 못 내면 상금을 문체부에 반납하게 생겼다는 (강압성) 모두 발언도 덧붙였다면서, 그래도 5차 투표까지 가는 난산 끝에 겨우 수상자가 결정되었다고 했다. 이래저래 운이 좋았고, 여러분의 은혜를 톡톡히 입은 셈인데, 이렇다 하게 사례도 못 갖춰 아직도 점직스럽다.

추기 3_제66회 대한민국 예술원상 시상식은 2021년 9월 3일(금요일) 오후 3시에 서초동의 예술원/학술원 건물 2층 강당에서 열렸다. 주최 측에서 코로나19 방역 지침을 만부득이 따라야 한다면서 수상자의 하객을 서너 명으로 제한한다고 통보했다. 나로서는 가깝게 지내는 문인이나 지인이 딱히 없으므로, 게다가 천성이 허례허식을 극단적으로 싫어하고 남의 시상식에 가서 여러 축하객과 진땀을 흘리며 '인사/덕담/칭찬 나누기'를 경험한 바도 없어서 그 시환 예방책이 오히려 무슨 시혜 같았다. 처자식 세 명과 함께 오랜만에 넥타이 차림으로 참석했더니, 과연 다른 수상자 세 분도 자제 두세 명을 대동하고 있어서 관에서 시키는 대로 잘 따르는 우리 서민의 고분고분한 심성을 확인할 수 있었다. (주최 측에서는 좌석을 '사회적 거리 두기'로 두 줄씩 배열, 바로 옆자리와의 사이에도 투명 플라스틱 판으로 칸막이를 해두어서 수상자들에 딸린 하객 숫자가 한눈에 보였다.)

13. 민춤한 수상 소감

추기 4_ 그날 뜻밖에도 다른 수상자의 하객으로 참석한 사진가 강운구 형을 만났다. 거의 20여 년만에 만난 조우였다. 한때는 책 표지에 쓸 저자의 인물 사진을, 흔히 출판사에서 '근영'을 요청하므로 꼭 운구 형에게 맡겼는데, 택시 전복 사고로 얼굴에 유리 파편을 뒤집어쓴 이후부터 책에다 '많이 상한 내 면상'을 공개하지 않기로 했으므로 사진 찍을 일이 없어졌다. 자연히 운구 형과의 내왕도 소원해져 버렸다.

강운구의 사진은 어느 종류의 것이라도 여느 것과는 완연히 다르다. 어떻게 다른지를 구구하게 예증할 자리도 아니고, 소략하게나마 내 분별을 적시해봐야 문외한의 객쩍은 껍적거림일 터이므로 송구스러운 노릇이다. 그렇긴해도 빛의 음영과 그 여백을 섬세하게 조성해내는 그의 시각에는 일급 장인의 솜씨가 자연스레 배어 있음이 한눈에 돋보인다. 자주 말하는 내 상투어로 '어째 우리 문인/예술가들은 자기 인물 사진 하나도 제대로 못 남기나'가 있다. 그들의 안목도 따분하기 이를 데 없고, 사진가들도 '장인 기질'이 없다고 하면 뻔한 소리고, 양쪽 다 자신의 본업은 물론이고 남의 천직에 대한 존중과 배려에 등한한, 아니, 참다운 예술가 기질의 생활화에 무지한 천민 습성 탓이라는 내 소신 때문에 그런 지청구를 입에 걸고 사는데, 이런 한심스러운 풍토성에 눈 감을 줄 모르는 나의 못방치기 기질은 이 나이에도 가셔지지 않는다. (요즘도 명색 일류 출판사의 책 표지/내지에 실리는 저자/필자의 인물 사진을 보면 나는 즉각 '도대체 이게 무슨 무작한 시위인가, 자기 자신의 촌스러움도 모르고 그것을 떨치지 못하는 것도 풍토성이라고 봐야지' 하고 혀를 차는 일방 시퉁해진다.)

사진기 앞에서 내 얼굴과 전신상을 피사체로 몇 번 맡기고 나니, 운구 형은 이번에는 배경을, 그 구도를 어떻게 짤까를 미리 구상해두고 있었던 게 아닌가 하는 느낌을 '사진 작품'을 보고 나서야 알아챌 수 있었다. 매번 그 분위기가 뚜렷하게 달랐고, 비록 못생긴 얼굴이나마 '무언가를 모색하고 있는' 한 작가의 어떤 체취를 끄집어 내놓는, 사물의 특징과 특색을 충분히 조직, 열거한다는 그 '기술(記述)'이 그의 '작품'에는 여실히 스며들어 있는 것이었다. 라이카로도 찍고, 폴라로이드 카메라로는 즉석에서 인화지를 여러 장이나 빼서 받기도 했는데, 면전이라서 호들갑을 떨지는 않았지만, 그때마다 나는 속으로 적이 탄복했다.

급기야는 어느 월간 잡지사의 요청에 따라 거의 1년 동안 매달 운구 형은 사진을 찍고, 나는 르포 기사를 쓰느라고 전국 각지를 돌아다니는 2박 3일간의 동업자로서 동고동락한 적도 있었다. 그때 나를 식당에 앉혀두고 그 무거운 사진기 장비 가방을 화장실에 갈 때도 꼭 어깨에 걸머메곤 했는데, 혹시라도 호기심으로 내가 그 가방을 뒤적일까 봐 그러는 게 아니라 그만의 직업의식이 일정한 선긋기를('내 가방을 잘 지키라'는 불필요한 말이나 눈짓은 서로 겸연쩍기도 할 테니까) 강제하고 있어서 그러는 것 같았다.

수상식 당일도 운구 형은 내 최초의 '정장 차림'을, 일부러 상고머리로 바싹 치켜 깎고 나선 늙은 옷거리를 사진으로 찍었는데, 의외로 핸드폰을 사용하고 있었다. 이제는 그것도 쓰느냐고 물었더니, 아주 잘 나온다고, 벌써 더러 상용한 지도 오래되었다는 즉답에 사진기와 사진술을 전혀 모르는, 더욱이나 아직도 핸드폰도 없이 뭉개는 나로서는 그런가 보다 하고 말았지만, 방금 찍힌 저 사진을 언제쯤 보게 될지만을 열심히 더듬느라고 더 빳빳해지는 내 전신을 멍청히 내버려 둘 수밖에 없었다. 쓸 만한 '사진 작품'만 보여주는 그의 작가정신을 익히 알고 있으므로 그날의 내 몰골이 운구 형의 솜씨에 어떤 기색으로 빚어졌을지가 초미의 관심사인데, 제대로 안 찍혔는지 종무소식이다. 어떤 구실을 앞세워 그 '근영'을 볼 수 있을지 막연하고, 생각할수록 착잡해진다.

  이제는 매체의 다변화로 '사실' 자체의 진위마저 당장에든/숙고 끝에
든 가리기가 어려워졌다. 말이야 늘 부실하므로 논외로 치더라도 숱하
게 쏟아지는 글들조차 하나같이 요령을 제대로 잡아채지 못해서, 또 다
들 알거냥하느라고 선입관/편견에 불과한 '가치판단' 부터 앞세우며
'사실' 의 몸통보다 더 큰 꼬리를 지레 흔들어대는데 겨를이 없어서이
다. 하기야 온갖 잡다한 여론/민심/집단심성/댓글 따위의 견강부회 식
발언들이 '진상' 의 일부마저 집요하게 깔아뭉개고 있기도 하다.
  시각에 따라 달라지는 '사실' 과 비슷하게 모든 지식은 당시에만 유효
하게 통하는 임시의 가설일 수 있다. 과학이 증명한 지식조차 절대불변
의 진리가 아니라 곧장 바뀌고 마는 생필품 같은 도구이기도 하다. 진
실/진리 같은 유식한 말을 함부로 남용하는 식자는 떠벌이거나 지적 사
기꾼일지도 모르며, 진상/진정성 따위를 퍼뜨리는 장담투성이의 글감/
글발이 과연 얼마나 '불편한 사실' 인지를 헤아리는 인사도 드물어졌다.
지식의 가치, 기준, 평가에는 당연히 시대적/환경적 상대성도 고려해야
하므로 '특정의 자기 생각' 만 옳다고 할 수도 없다. 그런데도 누구나 자
기 자신이 알고 있다고 자부하는 그 지식을 무슨 선동가처럼 떠들고 싶
어 안달하고, 심지어는 광신자처럼 안 믿으면 나중에 낭패를 본다며,
공감을 때리는 언동도 서슴지 않는다. 흔히 간과하지만, 말과 글은 그
목적상 흔히 '선동적/폭력적' 양상을 띠곤 한다. 지식의 양면성인데,

실은 자체적 반성, 회의를 강제하지 않는 지식은 나쁜 뜻으로서의 한낱 주의고 사상일 뿐이다. 다들 목격했다시피 '촛불 혁명'에, 뒤이어 '조국 수호 대열'에 부나비처럼 엉겨 붙은 그 수많은 군중이 사회의 전반적 기율을 정당한 쪽으로 확 바꿔놓는다는 예의 그 '혁명'의 청량한 과즙을 제대로 맛보았는지, 다들 남의 글을 베껴 쓰곤 한다는 그 관행을 그대로 답습한 명색 대학교수의 무엇을 그토록 기렸는지 알 수 없게 되고 만 오늘날의 이 정황을 어떻게든 바로 설명할 수도 없게 되었다. 모르긴 해도 그들은 예의 그 못난 버릇으로서의 고루하고 납작한 '지식'이 아니라 편견을 뿌리치지 못하는 관성에 따라 기껏 '피차 마찬가질 텐데' 같은 두루뭉술한 말이나 되뇌면서, '다 그런 거지 뭐' 하고 어영부영 지낼 게 거의 틀림없을 것이다.

말이 나온 김에 덧붙이면, 불과 5년 전에 헌법재판소의 재판관 전원이 한 뜻으로 찬성한 탄핵 판정, 곧 '파면'에 써먹은 그 개인별 '확정 편향'은 임시로나/영속적으로나 과연 정정당당했을까. 여론에 휘둘려서 재판관 각자는 통치권의 진정한 의미를 최대한으로 부풀린 나머지 자기주장을 지레 축소 조정하지 않았을까. 하기야 피고인으로서의 최후변론마저 스스로 포기한 자괴감투성이의 그 파리한 여성성에서 '여성 해방'의 뿌리 깊은 상대적 열등감을 읽고 치열하게 응원하는 세력도 없었으니, 그 대목에서 말로만 떠벌리는 페미니즘 운동의 나지막한 천장을 가늠한 여성학자들이 과연 몇 사람이나 있었을까. 그런데 지금은 보다시피 그 구지레한 통치권의 '위반'이 아니라 아예 대놓고 '파괴'한 사례를 무수히 남긴 지난 정권의 최고 위정자의 그 어수룩한 자만이야 그렇다 치더라도, 그 뻔뻔스러운 정치 행위를 옹호하는 세력들의 무지막지한 집단심성을 어떻게 가려야 옳을지도 모를 지경에 이르게 되었다. 아마도 지난 '좌파' (이 용어가 과연 맞는지 분간할 수도 없으나) 정권의 유일한 치적을 열거한다면, 공정/상식/정의의 기준 같은 것을 철저히 깔아뭉개고, 법치에 기댄답시고 어떤 판단조차 둥개기를 버릇함으로써 우리 사회 전반의 기율을 아노미 상태로 탈바꿈시킨, 그래서 '한 번도 경험하지 못한' 몰상식한 세상을 단숨에 만들어놓았다는 이 가시적인 현상 자체일 것이다. 새 정권이 들어선 지 불과 네 달쯤이 지난 지금 시점에도 전 정부 세도꾼의 통치권 행사 '들' 에는 만경 타령, 두 손 매무리가 부지기수였다고, 국권 농단이 아니라 주권/통치권 훼손에 오로지 골몰한 그 여러 현장을 성토하는 시론들이 매일같이 신문의 면면에 넘쳐나고 있는데도 '손을 제대로 못 쓰고' 있는 지질한 치세 능력도 실은 전 정권이 덤터기 씌운 그 고질의 환부가 너무 크기 때문일 것이다. 이처럼 불가해한 인간의 사고행태와 버릇 들이기를 주목하고 있으면 우리 사회/서민의 발 빠른 변신 능력을 웅숭깊은 혜안으로 파악한 지난 정권의 국정 철학에 새삼 보비위를 표해야 하지 않나 싶다. 어떡하든지 법의 닦달만은 모면해보려고 온갖 안전장치를 마련해두는 그 비범한 책략도 겉볼안으로 샅샅이 살펴야 했거늘, 우리의 어리숙한 민도가 이처럼 늦어 빠졌으니 후회해본들 무슨 소용이 있을까만.

↓

공자 같은 성인이 아닌 다음에야 어떤 식자도 만인이 싫어하고/좋아하는 것을, 나아가서 그 일반적인 심성이나 지적 배경을 꼼꼼히 통찰하려고 덤비지 않는다. 그럴 수밖에 없는 것이, 남보다 무엇인가를 조금이라도 앞서 알면 그것을 남에게 알리고 싶어지는 기양(技癢)이 모든 지식의 속성이기 때문이다. 그 별것도 아닌 나름의 의식과 판단에 집착, 고집을 부리는 데서도 지식 자체의 천박한 전염성은 곧장 드러나 있다.

작가 후기

지식, 곧 (한낱 착각에 불과하지만) 자신만이 알고 있다는 어떤 자부심으로서의 앎 그 자체는 즉각 남들 앞에서 소비하고 싶어지는, 그래서 그 반응을 즉석에서 알고 나야 속이 풀리는 '쥐뿔같은' 매개물일지 모른다. 모든 잡다한 매체의 구실이 그렇듯이. 그래서 만사를 믿지 말고 의심하라는 당부를 선각자들은 앞다투어 내놓기도 했겠으나, 막상 당사자들은 자신의 앎 전반을 부정하기는커녕 그 잔다란 온축을 퍼뜨리기 위해 동분서주하느라고 귀한 생애를 허무하게 탕진했으니까.

어떤 지식/판단이라도 그 허상을 즉각 파악하기는 쉽지 않다. 그것이 참인지 거짓인지를 알려면 그 대상의 전모를, 가능하면 그 전후와 좌우까지도 분별해야 하므로 그럴 수밖에 없기도 하다. 대체로 말해서 그런 집요한 통찰은 글공부로 영일이 없는 판장원의 소관 사항이므로 만인은 여전히 했던 말을 또 하고 또 해대느라고, 그래서 과외의 비용도 많이 소모하고, 그 시비 가리기로 우리의 일상 전체가 늘 떠들썩하다. 안하무인과 이전투구가 무시로 벌어지는 세속계의 한결같은 이 진풍경은 실제로 '잘 알지도 못하면서 아는 체' 하는 만인 공유의 이 지긋지긋한 만성 질병 탓인 게 거의 분명하다. '제 잘난 멋에 취해서', '제 혼자 다 알고 있다고 설치는' 기풍은 우리 사회 곳곳에, 이를테면 정계, 교육계, 노동계 등에서 앞장서서 팔을 끄덕거리는 무리 낱낱의 두뇌 전체를 철두철미하게, 톱니바퀴처럼 일관성 좋게 얽어매고 있다. 그들은 누구보다 똑똑하지만, 자신들의 그 앎의 '허우대'가 얼마나 허술한지를 톺아보는 법이 없다. 온종일 여기저기 돌아다니며 말품만 팔아대느라고 그 헐어빠진 지식을 개선/개량할 짬이 한 자밤도 없어서 그럴 것이다.

이제야 숙고 끝에 '글을 읽을수록 내남없이 다 반풍수라는 말이네' 같은 싱거운 소리나 하고 있다고 할지 모르나, 지난 정권의 숱한 실정들도 그렇지만, 엄연한 명색 대한민국 '주권'의 천인공노할 왜곡, 파기, 훼손의 행적조차도 그 알량한 지식의 과부하로 말미암은 자기기만 때문이었고, 그 허실을 지금도 미처 깨치지 못하고 있음은 명백하지 않을까 싶어서 하릴없이 반풍수의 쓴소리를 이렇게 힘없이 적바림해놓고 있다. 비록 소설처럼 실감 나게, 큼지막하게, 구체적으로 샅샅이 살을 붙여갈 수 없는 '에세이'라는 사정에 치였다는 변명을 둘러댈 수도 있겠으나, 그 전후 문맥을 먼눈으로나마 더듬어보면 우리의 역사적 서술은 어떤 시각을 들이대더라도 즉각 형용모순에 빠지고 만다는 것을 뼈저리게 감지해서이기도 하다. 가령 '자유, 민족, 북진, 흡수, 평화' 같은 관형사를 달고 설치는 '통일'을 말끝마다 앞세우는 대다수의 우국/애국지사에게, 분수에 넘치는 그 과제를 혼자서/이쪽에서 먼저 도맡을 작정이냐고, 허영기나 소영웅심리로 남들이 떠들어대니 공허한 고함이라도 보태는 수작인 것 같다고, 김씨 왕조 정권에게 지금 당장이라도 그 쇄국 체제를 바꾸라고, 나아가서 세상을 바로 보라고, 주체고 나발이고 사람이 제때 밥 먹고 살자고 주의나 사상도 있는 것 아니냐고, 그러니 인권부터 챙겨야 하지 않냐는 말 같은 언사도 못 건넬 배짱으로 무슨 통일이냐고 눈앞에서 묻지도 못하는 절대다수의 침통과 묵언을 어떻게 해석해야 하는지 실로 난감할 뿐이다. 하기야 인문학을 공부한다는 것도, 정치를 바로 잡겠다는 것도, 사회의 여러 정의/상식/통념 중 다문한 조각이라도 옳게 고쳐보겠다는 갸륵한 정성조차도 이제 이 땅에서는 끝없이 공허하고, 해괴한 자가당착으로 들리는 것은 '통일'을 머리에 이고 살 수밖에 없는 우리의 비정상적 사고행태에서 비롯되었다는 것을 의식해 본들 무슨 소용이 있겠는가.

↓

작가 후기

어떤 장르라도 글쓰기란 자기 자신이 아는 만큼만, 가능하면 현학을 최대한으로 물리치면서 쉽게 써야 하지만, 그것이 쉽지 않은 것은 어떤 유식한 독자를 상대로 글맛을 보여줄까로 머리를 쥐어짜야 하기 때문이다. 그 고충이 앞의 여러 글의 행간들에 숨어서 가녀린 한숨을 토해내는 정경이 내 눈에는 훤히 비친다. 그럴 수밖에 없는 것이 비로소 원고지를 책상 위에서 걷어치우고, 하얗게 비어 있는 공간에 불과한 컴퓨터 화면에다 글자를 심어가는 일대 '개혁'을 감행한 것이 이 책부터의 새로운 글쓰기 수단이니 나로서는 감회가 깊지 않을 수 없다. 그래서 그런데 별것도 아닌 기왕의 내 구지레한 문투가, 집어넣고 들어내기가 여의로운 컴퓨터의 '평범한' 기능으로 말미암아 좀 난잡해진 느낌이 완연해서이다. 계몽주의가 그 거창한 판단력과 민첩한 처세에도 불구하고 세상을 단숨에 바꾸지 못한 것은 이내 맞닥뜨린 기계적 일상과 그 기능화에 무능할 수밖에 없었던 한계 때문이었을 텐데, 이런 초조한 심사도 원고지에다 글쓰기보다 하얀 공간에다 글자 새기기가 가르쳐주지 않았나 싶다.

새삼 덧붙이면 이 책의 주제어는 '트레바리 방관자의 지청구' 쯤 될 것이다. '트레바리'와 '지청구'를 사전에서는 '까닭없이'라고 풀이하고 있는데, 지역/학벌/직능 같은 온갖 '세력'들의 이기주의자가 온 나라를 수시로 난장판으로 몰아가는, 이 무지/억지의 '사진'보다 더 사실적인 '까닭'이 또 있을까. 이 '소음과 분노'의 총체야말로 무지가 불러들인 굿판이 아니고 무엇인가. 적폐/개혁/통일에 신들린 식자들의 그 거창한 '환상'에는 위선과 거짓말이 숨어 있지 싶은데, 그 종잡을 수 없는 생각/망상의 골이 워낙 깊고 넓어서 그 해석, 해소에는 과외의 집요한 노력이 필요할 것이라는 방관자의 신음을 누가 귀담아 들을까만.

'까닭'이 그렇듯이 해결책도 선명하건만 누구도 '사진'을 더 자세히 훔쳐보지 않으려는데야 어쩌겠는가. 우리의 이 전신상을 모르다니, 외면하겠다니.

가장 사적인 글에서마저 그런저런 정치 편향적/부정적 소회가 켜켜이 묻어나는 것을 피해 가려니 새삼스럽게 이 땅에서의 글쓰기는, (소설식 과장법을 덧입히면) 못난 관견(管見)과의 사투가 아닐까 하는 느낌만 여실했다. 정년퇴직 후부터, 그러니까 길게는 꼬박 10년, 짧게는 지난 5년 동안 우리의 엉터리 정치 행태, 곧 그 어지러운 난정(亂政)과 무문농필(舞文弄筆)의 활갯짓에 매일 씩씩거리면서도 견뎌낼 수 있었던 것은 역시 몸에 밴 칩거와 소외의 낙을 제법 진지하게 따랐기 때문인 듯하다. 세월이 흐를수록 내 삶은, 내 생각은, 내 행태는 뻑뻑한가 하면 어정뜨고 둔팍해서 쓸모없음을 절감하고 있긴 하다. 이래저래 살아내기가 민망하고 지질하며, 그래서 실큼해지고 있다.

본문 중에도 여러 군데나 덧붙여 놓았지만, 이 졸고는 지난 4월 말에 탈고했으나, 몇몇 하리드는 일이 연이어 불거져서 발간이 늦어졌다. 컴퓨터의 기능상 첨삭이 워낙 여의로워서 더러 내용상 중언부언이 있긴 한데, 그러고 보니 오늘날의 모든 원고/저작물이 '벽돌책'으로 탈바꿈하는 과도기임을 절감했다. 앞으로는 이 덧대기 버릇을 어떻게 떼치는가와 한동안 씨름해야 할 것 같다. 그나마 이 졸고를 개미가 물어주어서 천만다행이었고, 책 만들기에서 나의 평소 속종을 서슴지 않고 받아준 최대순 시인에게 감사의 말을 전하고 싶다. ― 2022년 9월

반풍수 세상

1쇄 발행일 | 2022년 11월 03일

지은이 | 김원우
펴낸이 | 정화숙
펴낸곳 | 개미

출판등록 | 제313－2001－61호 1992. 2. 18
주소 | (04175) 서울시 마포구 마포대로 12, B-103호(마포동, 한신빌딩)
전화 | (02)704－2546
팩스 | (02)714－2365
E-mail | lily12140@hanmail.net

ISBN 979－11－90168－50－2 03810

값 16,000원